El valle

El valle

Stacey McEwan

Traducción de Librada Piñero

Rocaeditorial

Advertencias sobre el contenido:
violencia gratuita y muerte,
muerte de una menor,
suicidio e
intento de agresión sexual.

Título original en inglés: *Ledge*

© 2022, Stacey McEwan

Primera publicación en el Reino Unido y Estados Unidos en 2022 por Angry Robot, un sello de Watkins Media Limited.
www.angryrobotbooks.com

Primera edición: marzo de 2023

© de la traducción: 2023, Librada Piñero
© de esta edición: 2023, Roca Editorial de Libros, S. L.
Av. Marquès de l'Argentera 17, pral.
08003 Barcelona
actualidad@rocaeditorial.com
www.rocalibros.com

© del mapa: Thomas Rey

Impreso por LIBERDÚPLEX, S. L. U.
Printed in Spain – Impreso en España

ISBN: 978-84-19449-09-2
Depósito legal: B. 2041-2023

RE49092

A mis padres, Andrew y Julie McCallum,
que habrían saltado el Abismo por sus hijas

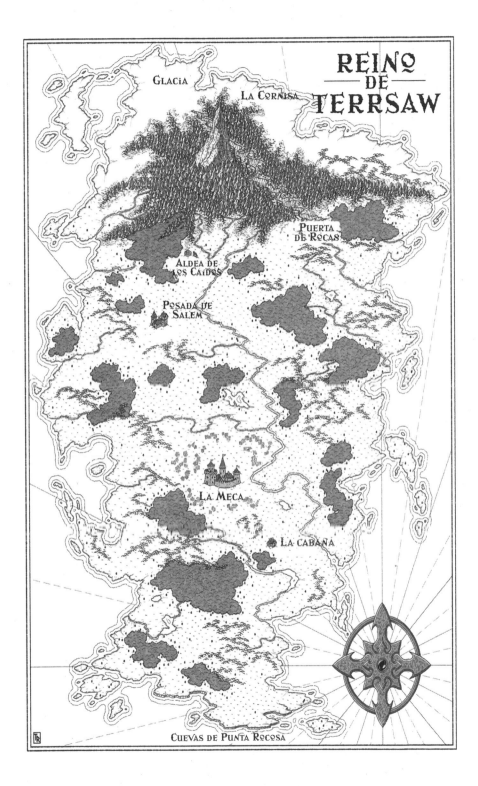

1

El frío es despiadado, pero no está vivo. Puede consumirte, chantajearte y convencerte de hacer cosas atroces. Puede convertir a tus enemigos en calor, y a tus amigos en los abrigos que les robas. El frío no vive, pero no puedes librarte de él.

Dawsyn golpea las manos enguantadas contra el tronco más cercano para que sus dedos lo noten. Murmura su mantra en voz baja. Los días en que no lo hace, el frío parece un animal.

> El frío no está vivo.
> Mantén a raya la escarcha.
> Ten cuidado con el Abismo.

Es un murmullo que vive en su interior. Un proverbio. Al principio no era más que una lección de la infancia, pero ahora es un código que la mantiene entre los vivos en un lugar destinado a los muertos.

Recoge su hacha de la nieve, la levanta por encima del hombro y la deja caer con fuerza para partir un tronco en dos. Mientras tanto, la escarcha se cuela, encuentra caminos por encima del lecho del bosque y entre las aberturas de su ropa. Ella tararea para mantenerla a raya.

—¡La Entrega! ¡Ya viene!

El viento le trae las voces. Se gira, envaina el hacha y abandona su tarea. Empieza a correr esperando que los pies no se le hundan en ningún montículo. Sale por la pineda.

A su alrededor, docenas de pies corren hacia el centro del pueblo como insectos hacia un cadáver. Allí caerá la Entrega.

Dawsyn mira al cielo y la ve. Unas alas blancas se agitan bajo la nube turbia con una gran caja de madera colgando de sus garras.

Acelera aún más el ritmo, levantando nieve con las botas. Oye muchos pasos detrás, agarrándose a ella. Si no se da prisa, en ese cajón no quedará nada que recoger.

Desde arriba, las criaturas de dos alas sueltan la carga y ella la ve caer en medio de la gente, con el crujir estruendoso de la madera al astillarse. El cajón cede y su contenido se desparrama sobre la nieve. Y la gente…, la gente se arremolina alrededor.

Dawsyn llega al montón. roto apenas instantes después de que caiga, pero aun así tiene a demasiados delante. Gente entre la que tendrá que abrirse paso a zarpazos. Solo los rápidos y los fuertes consiguen algo de la poca comida, ropa y herramientas que trae la caja.

Trepa a la espalda de un hombre que se ha encorvado para recoger algo de fruta y se lanza de lleno a la lucha. Un codo perdido le atiza en la mandíbula y Dawsyn gruñe de dolor al aterrizar. Alguien intenta agarrarla por la espalda del abrigo, y ella lo aparta de una patada. Agarra un mísero trozo de pedernal que ve entre una maraña de miembros y solo consigue que le dé un tirón en la muñeca una mano marchita. Una mano de mujer.

No piensa, no mira para ver quién es. Se limita a empujar a la dueña con todo su peso. Da igual si están delicados, hambrientos o enfermos. No piensa ceder ante los débiles.

El contenido del cajón se reduce a migajas y estallan peleas entre vencedores y vencidos. Siempre pasa. No es raro que haya muertes tras la Entrega. La Cornisa no recompensa a los mansos.

Dawsyn se aleja de los restos vacíos y regresa a los árboles tan solo con un trozo de pedernal y unos retales de tela. No hay comida ni otras herramientas, pero por suerte no vuelve con las manos vacías. Se lo guarda todo en el bolsillo, se frota lentamente la mandíbula, hinchada, y coge su hacha de donde la lleva siempre, junto a la columna vertebral.

Tiene veinticuatro años, reflexiona Dawsyn, y se ha pasado casi dos décadas cortando leña. Sus manos muestran el desgaste. Hace mucho tiempo que no se le forman ampollas, pero a veces se le abren grietas entre los callos y sangran, aunque ella no las nota bajo la piel que cubre sus manos.

Los árboles que cosecha, que aún no están en su punto álgido, están marcados con una S. Es la S de Sabar, su apellido. Sus ramas cargan con el peso de la nieve, siempre presente. Esta pineda en particular se plantó hace poco menos de veinte años. Todos los pinos de la pequeña arboleda están marcados con varias firmas familiares. Solo dos llevan la S.

—S de supremacía —bromeaba su madre—. S de supervivientes.

Dos árboles para doce meses de calor. Ha luchado mucho por ellos, por este bosque. Cuando sus vecinos de la Cornisa fueron a requisarlos, Dawsyn blandió su hacha, soltó malas palabras, amenazó de muerte y cosas peores. Los árboles son suyos, de momento. Pero, a pesar de la S tallada, no estarán a salvo hasta que estén talados y apilados junto a su casa. Así que levanta el hacha. Seguirá cortando hasta que cada trozo sea realmente suyo.

El viento le corta las mejillas. Aúlla suavemente por entre los troncos cuidadosamente espaciados, agitando la nieve y haciéndola desplazarse por el lecho del bosque como un fantasma que le apedrea las piernas atravesando su traje de cuero. «El frío no está vivo.»

Hace oscilar el hacha hacia el lado, luego por encima del hombro, y deja que la gravedad y el peso de su cuerpo tiren de ella hacia abajo para partir la madera una vez, y otra. Hay un ritmo en esa tarea que le proporciona paz. El dolor del hombro es familiar, si es que no es ya un amigo. El hacha conoce sus manos y cede cada vez, obedeciendo sus órdenes, golpeando donde se le indica. Una vez. Y otra.

Mientras su cuerpo cae en un ritmo conocido, su mente divaga. Divaga sobre los cuentos de su abuela, algunos

13

reales, aunque la mayoría no. Divaga sobre su madre y su hermana, y acerca de las canciones que cantaban mientras trabajaban. Ahora es ella quien las canta para mantener a raya la escarcha que se cuela por las suelas de sus botas.

Puede que solo haya dos árboles, pero son semanas de trabajo para una sola persona: la única persona que queda de la familia Sabar. S de solitaria. S de singular.

Se tarda más de una hora en transportar el pino encima de un trineo hasta su cabaña, pero ella tira hasta que sus hombros lloran. Tumbado en la nieve no le servirá de nada. Antes de refugiarse dentro para protegerse del frío, se saca de los bolsillos los retoños de árbol, que ha cortado y guardado cuidadosamente.

Dawsyn coge una curvada pala de jardinería, la lleva al suelo y cava a través de la nieve hasta llegar a la tierra congelada. Ataca hasta que la tierra pasa de gris a marrón oscuro, y hunde uno de los arbolitos en ella, cubriendo sus raíces. Planta el arbolito restante a diez pasos y le susurra unas palabras de ánimo. Mira al cielo y reza para que llegue el día en que le proporcione madera y calor, si es que vive para verlo.

Tiene que preparar la comida, pero, cuando finalmente llega a la seguridad de su pequeña cabaña, se dedica a recoger sus herramientas. Esta noche su cuerpo rechaza la necesidad de comer, es mejor tallar madera. Convertirá uno de los trozos de pino en una mesa. Le llevará varios días, atareada como está, pero no le importa. Su padre le transmitió la habilidad de tallar un árbol en cualquier forma que le plazca, como una herencia. Al igual que cortar leña, tiene su cadencia, aunque más suave. Es más un fluir que un compás. Dawsyn deja que su mente viaje de nuevo por el río de su memoria para ver a su familia, desaparecida hace mucho tiempo. Aunque el hogar apenas puede calentarle el cuerpo, su mente sí que es capaz. Tal vez no haya aprendido nada más en su vida, pero al menos ha aprendido la mejor manera de mantenerse caliente: engañando a la mente. Así que talla y corta, recuerda y lucha contra la escarcha, porque a veces, cuando el frío le dice que salte al fuego, que se sumerja en agua hirviendo, que se entierre en los cuerpos de los muertos, ella quiere escucharlo.

Pero hoy no. Hoy mantiene a raya la escarcha. El frío no está vivo.

2

*A*manece y Dawsyn no se ha entregado al sueño.

Ha tallado toda la noche hasta que le han acabado sangrando los callos. Ahora hay una pequeña mesa de cocina en su cabaña. Se acerca al hogar y coge el cuenco de hierro fundido que se calienta al fuego. Entre escalofríos, sumerge las manos en él; el agua está caliente, pero no hirviendo. Observa su sangre seca y suspira de alivio. Con dedos expertos, se saca las astillas una a una. Es un ritual. Canta en voz baja para sí misma unos versos que le gustaban a su abuela:

> Transforma tu alma en sí misma,
> rompe el hueso y cúralo,
> porque, cuando yazcas en la boca,
> el coste no será menor.
> Cierra los ojos y duerme.
> No muevas los labios, deja de respirar;
> yace donde el dolor no se atreva a estar,
> libre de las manos de la muerte.

Versos macabros, pero que son mejores que el silencio. Esta cabaña que ahora es suya en su día estaba demasiado llena y era demasiado ruidosa: demasiado para ella. Pero ahora no es suficiente. Ha aprendido el poder del silencio. Es el preludio del miedo. Es la ausencia de compañía. Es el momento previo a que el monstruo te tome en sus garras. Lo detesta.

Y qué silenciosa está hoy la Cornisa. No se oyen voces más allá de la puerta. Su hogar es una prisión que no necesita de altos muros y cadenas. Aquí no tendrían ningún sentido. Dawsyn nació en esta montaña, en la Cornisa, tan cerca del cielo que nunca ha vislumbrado el suelo.

La Cornisa no es más que un precipicio, un recorte plano en la ladera de la montaña. Los rehenes que viven allí nunca se van, porque la Cornisa está al borde de un gran Abismo que divide la montaña en dos. Un Abismo tan profundo que no se ve el fondo. Los bordes son tan mortales como la caída. Una vez su amigo Klaus se agachó a recoger un tronco caído y resbaló varios metros hasta la boca del Abismo..., y allá que fue. «Ten cuidado con el Abismo.» No estaba tan cerca, pero los bordes están cubiertos de hielo y son una trampa para los pies de cualquiera que se aventure a acercarse.

La gente de la Cornisa dice que el Abismo está maldito.

Dawsyn dice que es la gente la que está maldita.

Los aldeanos se mantienen tan lejos como pueden del Abismo, lo cual dice poco. Lo que los rodea no es más que la cara vertical de la montaña. La roca de obsidiana es una pared en sí misma, imposible de escalar. El espacio que queda es cuestión de un par de hectáreas, suficiente para pequeñas arboledas de pinos y abetos. Suficiente para que la caza menor sobreviva. Suficiente para que los aldeanos construyan refugios con el pino que cosechan. Una especie antes extendida, ahora confinada a un puntito en el mapa y abandonada. Y, aun así, es mejor que la alternativa. Mejor atrapados como ratas aquí, en esta plataforma helada, que tragados por el Abismo; o, peor aún..., llevados al otro lado.

Dawsyn se ata las botas de nuevo y desliza los guantes todavía húmedos sobre sus manos heridas. Se pone un abrigo y saca el trineo afuera. Coge la mesa recién tallada y la arrastra hasta la puerta. La llevará a una cabaña que se encuentra no demasiado lejos, en la curva de la roca, donde la recibirán con gratitud.

Aquí, tan cerca de la Cara, esa pared interminable de roca negra que sube hacia las nubes y más allá, la nieve no se le traga los pies. La Cornisa cae gradualmente, se inclina poco a poco hacia abajo, y luego, de repente, se precipita de lleno hacia esa

17

grieta que atraviesa el mundo, como un monstruo que ladea un plato para metérselo en la boca.

En los meses más cálidos, cuando la nieve se molesta en derretirse un poco, la Cara se vuelve brillante, una cascada congelada y reluciente, un espejo de las profundidades del Abismo. Si esta montaña dejada de la mano de Dios tiene una cumbre, Dawsyn no la ha visto nunca. A veces se pregunta a qué altura están en la Cornisa. ¿A medio camino? ¿A un tercio? ¿A menos? Nadie parece saberlo y de arriba nunca cae nada aparte de nieve y aguanieve. Ninguna roca, ninguna avalancha, ninguna pista.

La estación todavía es hostil, por lo que la Cara no brilla. En el camino que toma Dawsyn no hay nadie, un lujo poco frecuente. Es la ruta más segura entre las cabañas, el punto más lejano del Abismo y, en consecuencia, el camino más transitado. Pero el aullido del viento ha advertido a los aldeanos de que se alejen. Hoy es un día para pasarlo cerca de un buen fuego hasta que la ventisca haya amainado. Estaba distraída; no oyó el viento antes de salir.

Dawsyn maldice entre castañeteo de dientes. Arrastra el trineo hasta la puerta de la cabaña y le da un único golpe con el puño. El excesivo esfuerzo del corto trayecto le ha desgarrado los pulmones. Ve unos ojos que se asoman por entre los listones de madera. La puerta se abre de golpe.

—¿Qué coño haces aquí fuera, Sabar?

Ella frunce el ceño, aunque el tiritar disminuye el efecto.

—Voy de pícnic. ¿Te vienes?

—Entra —gruñe Hector. Solo entonces se percata de la mesa que ha traído—. ¿La has hecho tú?

Por toda respuesta, Dawsyn se abre paso empujándolo, prácticamente arañando para llegar al fuego.

—Puedes entrarla tú mismo.

Eso hace. Pasa la mesa por la puerta haciéndola rodar de lado y la mete en la cabaña, donde vuelve a ponerla sobre las patas.

Dawsyn lo observa mientras se quita los guantes. Hector parece algo delgado, o más delgado de lo normal. En la Cornisa no hay nadie que parezca bien alimentado. Su pelo, rubio y sucio, toscamente cortado, cuelga sin fuerza. Hector tiene la edad de Dawsyn, año arriba, año abajo. Esta cabaña es suya y de su madre, a quien no se ve por ninguna parte.

—¿Ha enfermado tu madre? —pregunta con precaución.

No es extraño que un miembro de la familia esté aquí un día, y al siguiente ya no.

—No, está bien —contesta Hector mientras pasa la mano por la superficie de la mesa—. Anoche fue de visita a casa de los Roth; como empezó la ventisca tan de improviso, tuvo que quedarse. Me temo que quizá tenga que quedarse otro día.

Y, efectivamente, parece temerlo. Entorna los ojos, preocupado, y no para de mirar en dirección a la puerta de la cabaña.

Dawsyn sabe que no teme por el bienestar de su madre, que estará perfectamente cuidada en casa de los Roth, sino porque tendrá que pagar un precio por su hospitalidad, por la comida que le dé aquella gente, por el calor que absorba de su madera, y Hector no tiene con qué pagar. Perdió el derecho sobre su pino a manos de unos cabrones muy conocidos en la Cornisa, y su madre y él llevan un mes haciendo equilibrios por la delgada línea que separa la inanición de la congelación. Hector tuvo que quemar su última mesa, y Dawsyn sospecha que también tendrá que quemar esta nueva.

—Deja de mirarme con tanta lástima —le dice Hector, y se sienta a su lado junto al fuego—. He hecho un trato con los Polson. La estación que viene les daré una cuarta parte de nuestra madera.

¿Una cuarta parte? Es demasiado. Con todo, Dawsyn supone que tiene que comerciar con ella.

—¿Y cuánto te han dado a cambio?

—Lo suficiente —responde él con una mueca—. Gracias por la mesa. Madre estará aliviada. —Hay auténtica gratitud en su sonrisa, en el rubor que le sube por el cuello.

Le sirve agua humeante en una taza mientras fuera la ventisca empeora. No dicen nada más. De pequeños no hacían más que hablar. Dawsyn supone que se han quedado sin cosas que decir. Desde luego se han quedado sin las cosas felices. No queda rastro de la sorpresa que les hacía brillar los ojos en la infancia. Hace mucho que dejaron de provocar curiosidad en el otro acerca de lo que habría por debajo o por encima de ellos. Durante horas intercambiaban ideas como si fueran monedas, imaginando hadas que guardaban los bosques, brujas que lanzaban hechizos desde sus madrigueras de nieve. Hace mucho que se secó el pozo de la imaginación del que bebían, debatiendo sobre los reinos del Abismo y las bestias del otro lado. Pero aquí está ella, inclinada ante el fuego de Hector, disfrutando de su calor y de su compañía. Tanto si habla como si no, él llenará el vacío de silencio que Dawsyn ha sufrido en los últimos años. Él romperá la sequía entre caricias.

Cuando Hector la mira, ve a una aliada, a una persona a quien conoce y entiende mejor que a cualquier otra en la Cornisa. Es el tipo de amiga que, en medio de una incipiente ventisca, cargará con una mesa hecha a mano para él sin exigirle nada a cambio. Es su amiga, y él, el suyo, y los amigos escasean en la Cornisa.

Los amantes escasean aún más, y ni Dawsyn ni Hector son inmunes al deseo.

—Tendrás que quedarte esta noche. Si sales ahora, la ventisca te llevará al Abismo —dice él.

—Ya —asiente Dawsyn.

—Sospecho que lo habías planeado así.

Y puede que lo hubiera hecho. Tal vez en las horas más solitarias de la noche, mientras tallaba, también estuviera tramando, aunque no conscientemente. A pesar de la compañía que Hector pueda ofrecer, no compensa exponerse a la ventisca. Pero el tiempo que ha pasado desde la última vez que tocó a otro ser humano es largo, la ha dejado hambrienta.

Se quedan sentados sin decir nada unos instantes más mientras ella se acaba su taza, luego se levanta y se quita las botas y el abrigo. Sin avisar, se hunde en el regazo de Hector.

Él la estaba esperando. La agarra por la cintura y sus labios se encuentran.

A Hector nunca le han gustado los rodeos. Su lengua se desliza por el labio inferior de Dawsyn mientras con las manos le levanta el dobladillo de las capas de ropa. Tira de ellas, se las saca por la cabeza y las descarta, y de inmediato vuelve a poner las manos sobre su cuerpo.

Dawsyn le tira del cordón de los pantalones y se los afloja mientras él hunde la boca entre sus pechos. Ahora están de pie. Hector la hace retroceder hasta su catre mientras va retirando la ropa que queda entre ellos, después desliza su cuerpo sobre el de Dawsyn y empuja dentro de ella.

Dawsyn y Hector nunca han conocido otra cosa que la necesidad de apresurarse. Siempre hay algo que deberían estar haciendo, alguien que podría interrumpirlos en cualquier momento. Hoy, mientras la nieve y el viento golpean la puerta, no hace falta ir deprisa, pero aun así lo hacen. Su acoplamiento es producto de la necesidad más que de las ganas o el deseo real. Contiene el dolor.

Hector empuja hacia las profundidades más cálidas de Dawsyn una y otra vez. Saca el aire entre dientes al notar sus paredes envolviéndolo, y se acelera contra las embestidas con las que responde ella. Las caderas de la joven se levantan para encontrarse con las suyas y luego le dejan pasar. Desliza los labios por su cuello y ella gime, se le acelera el pulso, se le calienta el vientre. La chispa de su centro se enciende. A medida que él aumenta la velocidad, ella se convierte en una llama que de repente arde, radiante, y que se apaga con la misma rapidez. Se extingue allí, en aquel preciso instante.

Hector la sigue poco después, gimiendo de placer en su cuello, y sus caderas se agitan con la fuerza de la descarga. Se desploman juntos.

Después no hay ternura entre ellos, nunca la hay. Tampoco hay incomodidad. La suya es una danza bien ensayada.

Hector se tumba a su lado, desnudo, y el pecho de ambos se mueve al compás. Pronto se pondrán la ropa y actuarán como si entre ellos no hubiera nada más que amistad.

Pero hoy no hay necesidad de darse prisa.

Hector observa el cuerpo de la joven desde los hombros hasta las caderas y los pies, y después levanta la vista al techo. Parece… introspectivo.

21

—Hace un año que el Abismo se llevó a padre —dice, y su voz se pierde al final.

A Dawsyn se le encoge el estómago. Claro. Tendría que haberse dado cuenta. El primer año es siempre el más duro.

—Lo siento —dice.

Hector se levanta y recoge su ropa.

—No pasa nada —murmura.

Dawsyn lo observa con recelo.

—Me pregunto qué clase de tonto pensaría mi padre que soy por haber perdido nuestro pino a manos de aquellos imbéciles.

Aquellos imbéciles son los Levison, una familia de hermanos, una manada de lobos salvajes. Hector le habló del día en que había perdido su asignación de árboles, de cómo los Levison le habían puesto un cuchillo en la garganta y habían vuelto a marcar su pino con la firma de los Levison. Dawsyn había querido ir a su cabaña y prenderle fuego, pero Hector no había estado de acuerdo.

—No, no pensaría que eres un tonto. Solo un tonto daría su vida por unos pocos árboles —argumenta Dawsyn, y lo dice en serio.

—Y, sin embargo —empieza a decir Hector mientras aviva las llamas del hogar—, aquí estoy, dependiendo de la madera y de los muebles que mis vecinos tengan a bien darme. —Mira con tristeza alrededor de su cabaña y luego cierra los ojos, incapaz de soportar el resumen de su vida.

Ignorando su ropa, Dawsyn se pone en pie con los puños apretados, va hacia él y le golpea con fuerza en el pecho.

—Deja de hacer eso. ¡Compadecerte de ti mismo no te salvará!

Él no responde. Dawsyn ve que se queda mirando fijamente a las llamas y que se le humedecen los ojos. Se le escapa una lágrima que toma un atajo hacia su barba de varios días.

Hector extiende los brazos, que ella acepta, y la rodea por la espalda, atrayéndola hacia sí. Nota los pechos de Dawsyn contra el suyo y hunde la cabeza en su pelo. Después empieza a llorar a lágrima viva.

22

Desde fuera podrían parecer amantes: la chica desnuda sosteniendo contra su pecho a un hombre que llora. Lo cierto es que solo son dos matices de la misma soledad, amigos con cosas en común que se abrazan durante la tormenta.

Dawsyn le acaricia el pelo y con el otro brazo le rodea la cintura hasta que los sollozos apagados se calman. Hector levanta la cabeza y se pasa la mano por el rostro manchado.

—Debería vestirme —dice Dawsyn con cuidado mientras le limpia la mejilla húmeda.

Hector se limita a asentir con la cabeza, pero su mirada vuelve a estar vacía y Dawsyn está segura de que sigue recordando el día que se llevaron a su padre. Ella sabe que un recuerdo puede convertirse en un fantasma.

Al otro lado del Abismo hay bestias. De hecho, las mismas que reunieron a la gente en la Cornisa hace muchos años. Son sus guardianes. Sus celadores. Los dueños de su destino.

Los glacianos.

De vez en cuando, las grandes criaturas de alas blancas dejan caer en la Cornisa provisiones, raciones escasas. Aunque no solo vienen entonces.

Los habitantes de la Cornisa lo llaman el día de selección. Una mórbida ceremonia forzada. Un día de ajuste de cuentas.

El primer día de cada nueva estación, los aldeanos se reúnen ante la escalera de entrada a sus casas y aguardan. Esperan a que los glacianos del otro lado del Abismo vengan a reclamarlos.

Es costumbre que el cabeza de cada familia espere varios pasos por delante del resto de los miembros, ofreciéndose en lugar de los demás. Cada estación, los aldeanos están atentos a los cielos para ver cómo un puñado de glacianos planea sobre los árboles batiendo sus alas venosas. Dan vueltas en el cielo como una bandada, un preludio aterrador, y luego se lanzan en picado. La gente se estremece, pero no busca refugio. No ganan nada acobardándose. Los hogares que se atreven a no presentarse jamás pasan desapercibidos; los glacianos patean la puerta de sus cabañas, les aplastan el techo con las garras y arrastran al Abismo a todos sus habitantes…, hasta el último.

23

Y así los aldeanos ofrecen a uno y salvan al resto. Los glacianos se lanzan en picado. Sus pies con garras cogen a un aldeano al azar, le perforan los hombros y lo elevan al cielo. Desaparecen entre las nubes y ya no regresan.

Los aldeanos creen que devoran a los seleccionados, aunque no tienen pruebas de ello. Dawsyn ha visto a los glacianos aplastar a sus vecinos, dejarlos caer y clavarles las garras, pero nunca morderlos. Jamás los ha visto convertirse en comida. Sin embargo, supone que si se esfuerzan tanto por capturar y reprimir a los humanos, algún motivo tendrán. Necesitan a los humanos, como un humano necesita sembrar semillas, cuidar los cultivos, recoger la cosecha. Los glacianos no vienen a aniquilar. Reunieron a los humanos aquí, en sus campos, y vienen a recoger el ganado de la temporada para la matanza.

Dawsyn recuerda el día, hace dos estaciones, en que un glaciano blanco y reluciente se abrió paso entre la bandada como una flecha en dirección a la Cara y a la cabaña de Hector. Recuerda que el padre de Hector estaba de pie, al descubierto. Aún oye el llanto de muchos en la Cornisa cuando las garras agarraron la piel y se enroscaron en torno al hueso. Pero el padre de Hector no emitió sonido alguno. Su rostro se arrugó de dolor, pero antes de poder gritar ya se había ido. Un momento estaba allí y al siguiente no era más que una mancha en el cielo.

Antes de que se llevaran al padre de Hector habían pasado más de diez años desde que su familia había sacrificado a un miembro. Tanto Hector como su madre decían que era de esperar, pero sentían su pérdida como una herida infectada. Dawsyn sabe perfectamente que esas heridas pueden pasar desapercibidas, pero, poco a poco, lentamente, se extienden, mutan, y luego se apoderan de su huésped cuando menos se lo espera.

—La próxima selección será dentro de una semana —dice ahora Hector.

Él ocupará el lugar de su padre, dispuesto a desaparecer en el cielo para salvar a su madre.

Y Dawsyn volverá a presentarse como la cabeza de su propio hogar, su único miembro, como lleva haciendo los últimos siete años.

Anoche la asaltó una idea, como lo hace al final de cada estación: ¿se le acabará la suerte la próxima selección? Siete años, catorce selecciones, y ha sobrevivido a todas ellas. Supone que algún día se le acabará la buena suerte.

—La oferta sigue en pie —le dice Hector, rompiendo su ensimismamiento—. Puedes ponerte detrás de mí, con nuestro hogar.

Pero no puede hacerlo. No puede abandonar la cabaña Sabar, la guarida de chicas, y dejar que Hector se ofrezca en su lugar.

Le sonríe.

—Si quieres una esposa, podrías pedírmelo sin más.

Hector frunce el ceño.

—Si lo hiciera, no volvería a tener ni un solo día de paz.

—Puede que no —dice ella, encogiéndose de hombros—, pero al menos tendrías a alguien que te vigilara los árboles. En la Cornisa se rumorea que tienes problemas para defenderlos.

Hector sonríe.

—Eso duele.

Va a la despensa, coge dos peras y le pasa una. Al parecer, recogió más cosas que ella en la Entrega.

—Nunca te casarías conmigo, Dawsyn. Si pensara que lo ibas a hacer, te lo pediría, a pesar de todo. Que le den a la paz. Sería mejor que saber que te dejo sola allí, en tu cabaña.

—No me dejas sola —dice Dawsyn, dando un mordisco a su pera—. Yo elijo estar sola.

—¿Sabes qué? —Hector reflexiona, con su pera aún intacta—. Me pregunto si no estarás deseando que te seleccionen.

Dawsyn deja de masticar. Piensa en las noches en que no puede dormir, en los terribles días de trabajo que llevan lenta e inexorablemente hacia cada selección. Piensa en el silencio de su cabaña y se pregunta si tal vez esté deseando que la espera acabe.

Puede que esté cansada.

Quizás haya cosas peores que la muerte.

ϒ

Esa tarde, Dawsyn sucumbe al sueño; afuera, unos chu-
bascos de escarcha barren la luz del día. Hector y Dawsyn se
acuestan en catres separados y ella se siente reconfortada por
el suave sonido de la respiración del chico, su pequeña porción
de compañía. Antes de que se le cierren los ojos y su mente
viaje lejos, piensa en esas garras glacianas atravesando la piel y
se pregunta si dolerá tanto.

3

*L*a mujer que la crio llamaba a la cabaña «la guarida de chicas», la única como esa de la Cornisa, donde las hostilidades no terminan con el clima o el Abismo. Tampoco acaban con la escasez de alimentos. Además de esas cosas, está la amenaza de los hombres, y la falta de lugares a los que una mujer pueda huir. Dawsyn supone que al vivir como lo hacían, en un hogar con solo dos mujeres para protegerlo, podrían haber sido un blanco fácil.

Pero su madre dormía cada noche con su catre junto a la puerta, con un cuchillo afilado debajo de la almohada, y todos los aldeanos lo sabían. Algunos lo descubrieron al verlo presionándoles la garganta. Dawsyn no sabe en qué momento sucedió, pero al final los hombres dejaron de honrarlas con su presencia.

Hace mucho tiempo también hubo un padre. El hombre que construyó la cabaña y que las mantenía alimentadas. Ahora yace en algún lugar del fondo del Abismo, amontonado sobre los que cayeron antes que él, enterrado bajo los que vinieron después. Otro hombre y él peleaban demasiado cerca del borde y, en un abrir y cerrar de ojos, su esposa Briar se quedó viuda y con un bebé en su vientre.

Dawsyn recuerda que Briar entró en la cabaña precedida por su barriga.

—Se lo ha llevado —murmuró a la habitación, a sí misma, a nadie.

Tardaron unos instantes en darse cuenta de que se refería al Abismo.

—¿De veras se ha ido? —preguntó Valma, la abuela de Dawsyn.

Briar se hincó de rodillas en el suelo de madera y asintió, pero no se vino abajo. No en ese momento.

Por la noche, Dawsyn se despertaba al oírla sollozar en silencio, pero de día aquella mujer no vacilaba jamás. A partir de aquel día, una capa de acero cubrió su guarida de chicas y Briar crio a sus hijas, mantuvo a raya la escarcha, tuvo cuidado con el Abismo y nunca dejó que ningún intruso se acercara más allá de los escalones de la entrada.

Dawsyn aprieta sus manos rosadas contra un paño seco que hay junto a la jofaina y se vuelve hacia la cabaña. Aquí es donde Maya, su hermana pequeña, corría dando vueltas, gritaba más que hablaba, con su pelo negro alborotado como un nido de pájaros. Su abuela se sentaba en su catre junto a la pared y remendaba la ropa, con una olla de agua hirviendo siempre al fuego, mientras un flujo constante de advertencias salía de su boca en dirección a Maya, que ni siquiera la oía. Al final, Briar pedía a Dawsyn que sacara a su hermana afuera y la dejara correr a sus anchas. Cómo detestaba Dawsyn esa tarea. Se resistía a atarse las botas, ponerse el abrigo y alejarse del calor del hogar. Su hermana le suplicaba que jugara con ella y se escapaba cuando Dawsyn la llamaba. Se le empezaba a acumular escarcha en las cejas y maldecía a Briar por enviarla con Maya día sí, día también.

Pero, del mismo modo que el pino creció, también lo hicieron Maya y Dawsyn, y los juegos se fueron haciendo tolerables, menos agotadores. Cuando Dawsyn tenía quince años, su abuela acabó sucumbiendo a la mala tos que la había afectado durante un año, y las cuatro pasaron a ser tres.

Incluso sin su abuela, la guarida de chicas se las arregló bien los años que siguieron. Briar protegía a Dawsyn y a Maya, las mantenía calientes y alimentadas. Milagrosamente, sobrevivieron ilesas a todas las selecciones. Dawsyn supone que se había confiado. Por aquel entonces, a los dieciséis años, los glacianos no habían mermado su familia ni una sola vez.

Su suerte no duró.

Con el cambio de estación, la gente de la Cornisa se agrupó ante sus puertas mientras los vientos señalaban la llegada de los meses hostiles que se avecinaban. Dawsyn tenía bien agarrada a Maya. La capa que la cubría estaba deshilachada y le iba dos tallas grande; había sido de su abuela. Diez pasos por delante de ellas estaba Briar mirando al cielo, preparada para la adversidad, con su cuchillo escondido a la espalda.

—Puede que esta vez se la lleven —dijo Maya a Dawsyn en voz baja, asustada.

—No se la llevarán.

—Puede que sí… No soy una niña. No hace falta que me mientas —dijo, frunciendo el ceño mientras parpadeaba para apartar las pequeñas ráfagas de nieve.

Dawsyn no dijo nada al respecto.

—Si la seleccionan, tenemos que pelear.

Dawsyn se volvió hacia su hermana.

—No seas tonta. Te matarán.

Tendría que haberlo sabido. Tendría que haber sabido que Maya, que nunca había escuchado ni una puñetera advertencia que se le hiciera, no iba a cambiar de manera de actuar porque se tratara de algo importante.

Llegaron los glacianos.

Empezaron a sobrevolar en círculos, insensibles al aguacero. Una racha alcanzó a Dawsyn en la cara antes de que pudiera girar la mejilla y cerrar los ojos, que le ardían por la escarcha. Notó que el hombro de Maya desaparecía de debajo de su mano. Al abrir los ojos, vio que su hermana se había ido. Luchando contra el viento que intentaba devolverla a la curva de la Cara, Maya se esforzaba por avanzar por la nieve hacia su madre. Dawsyn gritó, pero el viento se llevó su voz.

Los glacianos descendieron.

Dawsyn salió en su busca dando tumbos, frenética. Las botas se le hundían en la nieve, que se acumulaba dentro y la lastraba. Volvió a gritar otra vez, y otra, pero avanzaba muy despacio y el mismísimo cielo aullaba en sus oídos.

29

Otro aullido, este menos familiar. Briar cayó hacia delante en la nieve cuando Maya rodó sobre ella. Las garras de un glaciano colosal y blancuzco se clavaron en los hombros estrechos de la niña. Un último vistazo al pelo negro y ondulado de su hermana, a su rostro aterrorizado, a la sangre que le manchaba ya el cuello... Y se había elevado hacia el cielo. Se había ido.

Habían pasado ocho años.

Dawsyn se despierta en su cabaña con el sonido de los gritos fantasmales de Briar. La fiebre del sueño le ha dejado una capa de sudor en la piel. Tiene el pelo húmedo como consecuencia de otra noche de inquietud.

Suspira y se sienta en el catre. La mayoría de los días le cuesta acordarse de ellas. A veces olvida los detalles de su hermana, pero Dawsyn sabe que hoy no será uno de esos días.

El sol sale y no llega a tocar ni las puntas de las ramas más altas. Es el primer día de la nueva estación, la estación fértil. Es más cálida..., aunque apenas llegará a serlo; en realidad, la Cornisa es un invierno interminable. Las dos estaciones se diferencian en la nieve y la aguanieve, en el hielo y el granizo. Pero al menos marca el paso del tiempo. Trae algún cambio al paisaje. Significa que Dawsyn puede sobrevivir a los días sin tener que avivar constantemente el fuego. Las horas no serán la suma de la madera quemada.

Antes que nadie, Dawsyn sale de su cabaña y sus botas pisan la nieve. Hoy no sigue la curva de la Cara, sino que baja la pendiente gradual de la Cornisa, cruzando la arboleda. La luz intenta alcanzar sus hombros, pero no lo consigue. El parloteo de los animalillos y los pájaros cesa a su paso. No tarda en salir al otro lado.

Ahí está el Abismo, una grieta que atraviesa el mundo entero. Se extiende ante ella en ambas direcciones, a solo seis metros de distancia. El viento que la impulsa hacia él es tranquilo, un mero empujoncito, fácil de resistir. Muy diferente

30

del día en que seleccionaron a su hermana, muy parecido al día en que Briar la dejó.

Briar, la de la columna de acero, que no flaqueó ante las muertes de su propia madre ni de su marido, se desmoronó rápidamente sin Maya.

Dawsyn ha llegado a la conjetura de que un corazón puede romperse solo hasta cierto punto antes de hacerse pedazos. O tal vez fue por la naturaleza de lo que sucedió. Su marido murió en un trágico accidente, su madre por una enfermedad pulmonar común. Pero Maya ocupó el lugar de Briar. Una vida de solo diez años vividos no debería intercambiarse por otra de cuarenta años soportados.

Así que Briar se vino abajo. Su postura, antes tan erguida, se encorvó. Se convirtió en una sombra que cortaba leña, hervía agua y remendaba ropa, pero que no hablaba, no reía. Durante los primeros meses después de que seleccionaran a Maya, Briar dormía días seguidos; después había otros muchos en que no pegaba ojo. Y se quedaba con la mirada fija. Dios, aquella mirada fija. Dawsyn no sabe lo que veía. Pero, fuera lo que fuera, se venía abajo una y otra vez.

En el año que siguió, Dawsyn vio cómo Briar iba desapareciendo poco a poco, pero, aun así, buscaba señales de que las cosas iban a mejor. Si un día a Briar le brillaban los ojos significaba que el día siguiente sería más fácil. Si una noche dormía sin que la despertaran los gritos, quería decir que las cosas estaban cambiando de rumbo. Las pequeñas sonrisas significaban que, finalmente, Briar empezaba a perdonarse.

Y entonces llegó una mañana en la que Briar fue quien despertó a Dawsyn, como solía hacer antes. Nada menos que un día de selección. Ya había té preparado y el fuego quemaba en el hogar. Briar, en su día tan hermosa, giró su rostro demacrado y arrugado hacia la ventana.

—Hace un día tranquilo —le dijo a Dawsyn—. He pensado que podríamos caminar juntas.

Dawsyn se abrigó y siguió a Briar hacia la débil luz del sol, preguntándose si aquel sería el día en que la líder de la guarida regresaría a ella.

31

Cogidas de la mano, se adentraron en el bosque y lo cruzaron; cuando Dawsyn escupió un insulto sobre los glacianos, Briar echó la cabeza hacia atrás y se rio.

—Eres mucho más que yo, amor mío —le dijo, y le besó la mano.

Se sentaron ante el borde del hielo, tal y como Dawsyn ha hecho cada día de selección desde entonces. Briar le explicó a Dawsyn historias sobre su abuela. Le contó cuentos de su infancia y al final habló de Maya.

—Nunca escuchaba —susurró Briar, con los ojos distantes.

—Es verdad.

Briar sacudió un poco la cabeza y después sonrió a Dawsyn.

—Tú en cambio eres una superviviente, amor mío. Una y otra vez me has mostrado fortalezas que yo jamás he tenido. Y seguirás haciéndolo, nunca lo he dudado.

Dawsyn frunció el ceño.

—Tengo una tutora magnífica.

Briar volvió a reírse.

—No estoy tan segura de ello.

—Lo has hecho lo mejor que has podido.

La sonrisa de Briar se volvió triste.

—Tampoco estoy segura de eso. Pero sé que te quiero y que quise a tu hermana. Al menos en eso no he fallado. —Giró la cara hacia el Abismo y cerró los ojos, respirando profundamente—. Los echo de menos… y estoy cansada.

Dawsyn asintió. Conocía bien esa sensación; cuando miró a Briar, pensó que nunca había visto a una mujer más agotada.

Ella le alborotó el cabello con la mano y le besó la frente con sus agrietados labios una vez, y después otra.

—Tú lo harás mejor —le dijo con voz serena—. El frío no está vivo, pero tú sí.

Dawsyn buscó los ojos de Briar y vio que se cerraban. La mano que tenía en su mejilla cayó, y entonces Briar dio una sacudida hacia delante.

Con la espalda contra el hielo, resbaló más y más, hasta rebasar el borde. El impulso la dejó en suspenso un instante, durante el cual su pelo flotó en el aire y sus brazos se abrieron.

Luego desapareció. Igual que los otros.

Dawsyn fue todo lo que quedó.

4

*U*n paso más y los talones de Dawsyn tocarán el hielo, y resbalará hasta caer en esa boca negra que se abre ante ella.

El comienzo de cada estación la trae aquí, al borde del Abismo, desde donde puede ver el reino glaciano al otro lado: Glacia. Si uno desafía el borde del Abismo, como Dawsyn está haciendo, ve los capiteles y las torretas del castillo, así como la cúspide de los edificios más pequeños situados a su sombra. Allí la tierra no es más indulgente, pero las laderas de más allá de Glacia dan paso a bosques, valles y todo lo demás. Mientras que quienes habitan la Cornisa deben permanecer dentro de sus límites, Glacia contempla el mundo que hay por debajo de ella. Aunque al parecer no abandonan su reino en la nieve. Los glacianos viven bien en el frío. No parecen tener ningún interés en buscar terrenos más cálidos.

La gente de la Cornisa cuenta una y otra vez las historias de los ataques que los trajeron a ella en un principio. Abajo, en el valle, donde en su día habían vivido los aldeanos, las poderosas hordas glacianas les aplastaron las casas y se las quemaron por completo. A la gente la masacraron o la capturaron, la empujaron montaña arriba y más allá, y los glacianos los llevaron volando al otro lado del Abismo. Una vez allí, los tiraron sobre la nieve y el hielo de esta plataforma, donde siguen. Los glacianos solo necesitan dos cosas para sobrevivir: el frío y a los humanos.

Ojalá los humanos necesitaran tan poco. Si no precisaran de tanto alimento con tal regularidad, vivir sería sencillo. Dawsyn suele jugar a ese juego. Se imagina los cambios que un detalle en concreto traería a su vida. Si no necesitara calentarse..., si tuviera la piel de hierro..., si el fuego no necesitara madera..., si hubieran ganado aquella batalla de hace tantos años..., si pudieran salir de esa puta montaña.

Reflexiones infantiles... y poco útiles. No hay forma de bordear el Abismo ni de salvarlo. No hay modo de escapar hacia el mundo de abajo que no te mate primero. Dawsyn, que nació en la Cornisa, no conoce el mundo de abajo, pero su abuela le contaba historias de arbustos verdes y espacios abiertos, de tierra que cedía ante la mano, donde las ventiscas acababan dando paso a meses de calor. Dawsyn no nació para conocer ni tocar esa tierra, sino para mantener a raya la escarcha, para tener cuidado con el Abismo.

Observa los contornos neblinosos de Glacia y se prepara para el día en que finalmente se la lleven allí. Suele preguntarse si no debería seguir a su madre por el hielo y dejar que la llevara a una muerte más rápida. Sería mejor que morir congelada, más amable que morir de hambre, menos doloroso que ser devorada.

Sin embargo, no lo hará. Sea por miedo, estupidez o terquedad, no está segura. En lugar de eso, envía a la sima una oración por sus padres y luego lanza otra al cielo por su hermana y su abuela. Da la espalda al paisaje glaciano, se aparta del Abismo con cuidado y regresa a la línea del bosque.

De repente oye el crujir de la nieve bajo una bota. Después, una risa suave.

No es el sonido de Hector, cálido y cansado. Es el sonido del peligro que se avecina, el que precede a una amenaza.

De debajo de las sombras sale un hombre.

—¿Sabar? —dice, lamiéndose los labios como un lobo—. Qué lugar tan extraño para encontrar a una chica sola —continúa, mirando con intención al Abismo por encima del hombro de ella—. O quizá no sea tan raro. Al menos para tu familia.

—¿Necesitas algo, Redmond? —susurra ella.

—Necesito muchas cosas. Pero tú no tienes mucho que ofrecer, nena —dice con una sonrisa.

Josiah Redmond: bajo y enjuto, con unos hombros lo bastante anchos como para llenar el espacio entre dos troncos, pero que ni así compensan la masa de sus enormes orejas ni la longitud de su nariz aguileña. Una barba de tintes rojizos le llega hasta el pecho, que hincha al fanfarronear. Los dientes que le quedan en su boca vieja y aborrecible están rotos, resultado de las trifulcas casi constantes. Incluso Briar podría reclamar como obra suya un par de esos huecos.

—Solo hay una cosa que podrías ofrecerme —dice.

Dawsyn inclina la cabeza a un lado.

—Dudo mucho que tengas intención de esperar a que te lo ofrezca, pero, si es así, puedes esperar sentado.

—Vamos… —Redmond se ríe y da un paso hacia ella—. No te hagas la estrecha conmigo, que veo tus idas y venidas con Hector.

Dawsyn se lleva una mano a la espalda. Con la otra se frota la cara, con la irritación a flor de piel. Con estos hombres siempre es lo mismo, son como animales enjaulados. Cuando entran en celo, empiezan a dar cabezazos y embisten como toros. No reservan ni una gota de sangre para el cerebro; se les va toda a las pelotas.

Hoy no es día para encontrarla caritativa.

—La última vez que intentaste quitarme la virtud, quedaste segundo, Redmond. ¿Seguro que quieres volver a probar?

El tipo se saca un cuchillo de filetear de la cadera y encoge los hombros con los ojos fijos en los de ella.

—Es día de selección, Sabar. Nuestro último día en esta maldita roca deberíamos dedicarlo a nuestras actividades favoritas. ¿Quién sabe lo que nos deparará el anochecer?

«Que así sea.»

Dawsyn se afianza en su posición mientras Redmond empieza a dar vueltas. Es un luchador predecible, siempre prefiere ir hacia los flancos y retroceder, como un cobarde.

—Una vez me beneficié a tu madre. ¿Te lo contó? Qué bellezón era. Fue lo bastante amable o lo bastante puta como para ofrecerme su cuerpo. —Sonríe.

Otra táctica pueril: enfadarla para que cometa un error.

Ya casi le ha dado una vuelta completa, y ella no ha movido

ni un pie. Sabe cuál es su posición por el ruido de sus botas y por su olor. Deja que se acerque, espera; cuando él embiste, se mueve.

La mano que tenía a la espalda deja a la vista su hacha. Cuando Redmond extiende el brazo con la intención de rodearle el cuello, Dawsyn se inclina hacia delante. Atrasa la pierna junto al cuerpo y gira rápidamente mientras con la culata del hacha le propina un golpe fuerte en la sien. Redmond cae al suelo.

Con un gemido, medio inconsciente y borracho, se esfuerza por coger su cuchillo, que se le ha caído a algo más de un palmo de distancia.

—Me das vergüenza —afirma Dawsyn, y escupe en la nieve.

Da un paso para recuperar el cuchillo de Redmond y se agacha, cerca de su cara. Le ve abrir y cerrar los ojos, nublados, y le acerca el cuchillo a uno de ellos hasta poner la punta plateada al nivel de la pupila.

Redmond se serena al instante. Le tiemblan los labios.

—Si no fuera por ese comentario tan grosero que has hecho sobre mi madre, podría haber dejado pasar esto —dice con palabras razonables.

—Por favor —murmura él—. Por favor.

Dawsyn pone los ojos en blanco.

—¿Por qué los hombres solo usan sus modales cuando tienen un cuchillo apuntándoles al ojo? Hace un minuto no eras tan caballero.

Redmond arruga los ojos de miedo antes de cerrarlos del todo. Después se le afloja la mandíbula y se desmaya.

«Típico.»

Dawsyn supone que podría dejarlo así y que se despertara más tarde con la cabeza dolorida y congelado.

Pero no puede.

—Cobarde de mierda.

Se pone de pie, guarda el cuchillo y vuelve a meter el hacha bajo la correa que lleva atada a la espalda. Luego coloca la bota entre el costado del hombre y la nieve y empuja hasta hacerlo rodar. Repite la operación varias veces hasta que ve que el cuerpo golpea el hielo, y observa, con no poco placer, cómo se desliza hacia la profunda boca del mundo.

37

¿Qué significa que no llore ni se derrumbe? ¿Qué quiere decir que sienta satisfacción en lugar de remordimiento? No tiene ansia por matar, nunca lo busca, pero tiende a encontrarse esa situación. Briar le enseñó a matar si su vida estaba en peligro. No debía dudar.

Aunque no está segura de que se refiriera a lo que acaba de suceder.

5

La selección llegará al anochecer, cosa que es una crueldad. Es un día en el que los aldeanos y ella han de intentar aprovechar el tiempo al máximo, pero sin disfrutarlo. Siempre pasa siguiendo patrones impredecibles. La mañana se va arrastrando, y luego, de repente, la luz se atenúa, las sombras se alargan y llega la hora.

Dawsyn lo pasa haciendo muy poca cosa, y no le sirve de nada. Cada vez se descubre casi deseando que llegue la undécima hora. Antes de que llegue, se esconde un arma en el muslo. Lleva el hacha, afilada y engrasada, sujeta a la correa de la espalda, con el talón de la hoja descansando sobre la escápula. Briar y su abuela, Valma, preferían los cuchillos, pero Dawsyn se decanta por algo más familiar, aunque menos práctico.

A medida que la luz se desvanece en la Cornisa, Dawsyn y todos los demás abandonan sus cabañas. Las botas se le hunden en la nieve al llegar a un lugar que detesta: el de cabeza de una familia desaparecida hace mucho. Respira agitadamente y el aire helado le pinche al fondo de la garganta. Mira a un lado y sigue el camino de la Cara hasta la cabaña de Hector, donde el chico está de pie delante de su madre. Hector levanta la mano en un pequeño gesto, y ella se lo devuelve asintiendo y traga con fuerza. Luego levanta la vista al cielo.

Las nubes de granito se arremolinan en espirales lentas; está en casa, en su montaña. Cuando se acelera su corazón, también lo hace la neblina. No es tan tonta como para fingir que no teme lo que se avecina. Sin embargo, el miedo no la ayudará si la seleccionan, así que yergue la espalda, sacude las manos y espera.

En el manto de nubes aparece una perturbación y las espirales se escabullen.

La Cornisa entera contiene la respiración. ¿De quién será la última?

El primer glaciano se acerca trazando un arco lento. Es una hembra de piel pálida e imponente tamaño. Sus alas, esqueléticas y transparentes, tienen la longitud de una cabaña. Su pelo, de un gris ceniciento, el mismo de los otros cinco que rápidamente atraviesan la nube tras ella, se agita al viento. Ahora van juntos a la deriva trazando un amplio círculo sobre la Cornisa, observando a su presa, como buitres que acecharan un cadáver. Se da cuenta de cómo deben de verla esas criaturas, esperando allí abajo: como algo que ya está muerto.

Dawsyn empieza a contar. ¿Cuántos círculos harán antes de bajar a coger lo suyo? ¿O se embestirán primero? ¿Hay alguien que no haya aparecido ante su cabaña?

A la sexta vuelta, los ojos de la hembra dejan de buscar. Ha fijado su presa. Una mancha en la cima de la montaña, libre para capturarla.

40

Dawsyn le devuelve la mirada. Ve que a la glaciana se le retraen los labios sobre los dientes y que el desafío le enciende los ojos. Al instante, la criatura desciende en picado, los demás la siguen. Con las alas recogidas a los lados, caen hacia la tierra.

Antes de que la glaciana la alcance, Dawsyn ya sabe que se la llevará.

Ve cómo la hembra extiende las garras en el aire segundos antes de que choquen contra su carne.

Le da tiempo de mirar a su izquierda, de cruzar la mirada con Hector, antes de notar en la piel el primer pinchazo de esas garras. Cierra los ojos: no quiere ver cómo le atraviesan la carne por debajo de las clavículas. Gime ante el dolor repentino y caliente que le atraviesa los hombros, pero eso no borra su última imagen de la Cornisa: Hector cayendo de rodillas sobre la nieve con las manos en la cara. Su guarida de chicas alejándose de ella, haciéndose minúscula.

La elevan y se la llevan.

6

*E*l dolor hace que pensar resulte casi imposible. Se ve propulsada a través de una espesa niebla que la ciega. No puede girarse ni mover los brazos sin que sus huesos rechinen contra las garras. Intenta sin éxito alcanzar el cuchillo que lleva en el muslo. Las palabras de Briar le llenan la cabeza, le dicen que luche, que corte, que se deje caer antes que dejar que se la lleven, pero no puede alcanzarlo. No puede. Grita de frustración.

Dawsyn no ve si cruzan el Abismo. Pasan segundos o minutos o milenios antes de que vislumbre el suelo precipitándose a su encuentro, demasiado rápido, lo bastante como para aplastarla.

Se prepara, pero, justo antes de que sus huesos queden triturados, se produce una sacudida en la otra dirección y suelta otro alarido. La glaciana que la transporta la mantiene suspendida en el aire y Dawsyn roza con los dedos de los pies la roca helada que hay debajo.

Han llegado.

Ante ella se alza el reino de Glacia, con su aire ártico lleno de chillidos. No puede girarse a mirar, pero imagina que los demás seleccionados estarán suspendidos como ella a lado y lado, como nuevos premios de este inframundo.

Su cuerpo cae bajo su propio peso e intenta desesperadamente apoyar los dedos de los pies en el suelo. Nota la tensión de los huesos doblándose con cada batir de alas de la glaciana. A pesar de sí misma, le caen lágrimas por las mejillas, se le escapan gemidos y sabe que su conciencia se desvanece.

De repente se oye una voz. Dawsyn levanta la vista, aletargada.

—Traed las cadenas.

Ante ellos hay otro glaciano, el más grande que ha visto nunca, con la neblina arremolinada a sus pies.

Justo cuando tiene la sensación de que le van a arrancar los huesos del cuerpo, las garras la sueltan y se desploma desgarbadamente sobre la roca. Suelta un gruñido de dolor y golpea el suelo con la cara, ya que sus brazos no consiguen frenar la caída. Escupe sangre y se obliga a levantar la cabeza del hielo para que no vuelvan a caer sobre ella.

Parpadea al ver las figuras que salen de detrás del glaciano, de entre la niebla, y abre los ojos como platos.

—No —murmura.

Ante ella aparecen seis humanos.

Todavía reconoce sus rostros. Son Gerrot, Lisha y Page. Están mucho más viejos, más curtidos que la última vez que los vio en la Cornisa. Pero están vivos.

«¿Cómo puede ser?»

El gigante glaciano ladra algo y todos se apresuran a avanzar, cada uno de ellos con un juego de grilletes y cadenas en la mano. La que está más cerca de Dawsyn, Page, se inclina ante ella y con manos expertas cierra los grilletes alrededor de sus muñecas, preocupándose de apretarlas. Su aliento empaña la cara a Dawsyn, pero ella no levanta la cabeza para mirarla a los ojos.

—¿Page?

Nada. La chica solo sacude la cabeza una vez.

Dawsyn nota las sombras bajo sus ojos, el corte en su pómulo, ahora tan severo contra su cara.

Con destreza, Page asegura otros grilletes a los tobillos de Dawsyn y luego la levanta. Le rodea la cintura con los brazos y tira de ella para ponerla de pie. El peso de los grilletes en las muñecas de Dawsyn tira de sus destrozados hombros y la joven gime patéticamente.

En su día vecinos, estos humanos demacrados se apresuran ahora a asegurar las cadenas que unen a los seis recién seleccionados, que están allí de pie, sangrando, algunos llorando, otros maldiciendo y dando patadas a esas personas a las que un día conocieron.

La mujer que está más cerca de Dawsyn, Mavah, llama desesperadamente a Gerrot, que se niega a responder:

—¡Gerrot! ¡Gerrot, ayúdame! ¡Mírame! —solloza—. ¡Maldita sea, hombre! ¡Soy tu mujer!

Gerrot contrae el rostro, pero por lo demás no se detiene, y pronto los humanos convertidos en esclavos han encadenado y unido a sus paisanos recién capturados.

Los glacianos, que continuaban planeando sobre ellos, aterrizan, y su peso retumba por la roca hasta las plantas de los pies de Dawsyn. Con asombro, la joven observa cómo sus garras, manchadas de sangre y goteantes, se retraen y van desapareciendo, se van haciendo cada vez más cortas hasta convertirse en pies. Su atuendo de cuero está bien confeccionado, como el de los guerreros. Con las alas plegadas tras ellos y las garras escondidas, parecen humanos grandullones e incoloros.

La hembra glaciana, la captora de Dawsyn, la mira a los ojos y sonríe. Cómo ansían las manos de Dawsyn coger su hacha, su cuchillo, pero sería inútil, y eso la detiene.

—Acompañadlos adentro —dice el glaciano de mayor tamaño.

Gerrot tira del extremo de la cadena y la línea de montaje grita al unísono cuando los grilletes les tiran de las heridas. Avanzan uno tras otro, a trompicones, porque las cadenas de los pies les dificultan mantener el equilibrio. Mavah cae y un glaciano le da una patada en la espalda que la hace gritar. Gerrot no se inmuta. Se limita a volver a tirar de la cadena y a ignorar los gritos de dolor de su esposa.

Avanzan a un ritmo torturador por las rocas que ascienden hacia la entrada del reino glaciano. A Dawsyn se le revuelve el estómago ante tal inmensidad: un palacio de piedra y mármol que brilla frío, un lugar que siempre imaginó hecho para demonios.

Los glacianos y los esclavos que los flanquean se detienen ante una verja levadiza y el grupo hace lo propio. El glaciano de mayor tamaño se acerca a la puerta y coloca su mano desnuda sobre el acero, ante la mirada del resto. De la mano surge un resplandor blanco, y debajo de ella parece como si el hielo se extendiera y agrietara los barrotes de acero. Entonces la verja rechina con fuerza y empieza a elevarse.

Es magia.

La abuela de Dawsyn contaba historias sobre la magia glaciana, pero ella había pensado que no eran más que eso, historias.

Cuando finalmente llegan a la gran entrada de madera del palacio, vuelven a detenerse. Los esclavos humanos se dan la vuelta hacia los prisioneros, como si los llamaran, y de repente Dawsyn deja de ver.

Le han tapado la cabeza con un saco; una mano en la espalda la insta a seguir adelante. Escucha los jadeos y las quejas de sus compañeros cuando a ellos también les tapan la cabeza. Se le engancha un dedo del pie en una elevación del camino y está a punto de caerse. Los arrastran en todas las direcciones, en tropel, escaleras abajo, junto a voces que resuenan, hasta que por fin se detienen.

Necesita desesperadamente quitarse el saco de la cabeza, pero no se la juega. La tela apesta a sudor y a moho, y la asfixia, pero la joven reprime el impulso. Oye trajín de pies que se arrastran y murmullos de los esclavos humanos, y, sin previo aviso, le empiezan a tirar de la ropa. Le bajan las mangas por los brazos heridos y sisea entre dientes. Le aflojan los lazos de la túnica y tira de las cadenas de las muñecas para llevarse las manos a los pechos, pero no logra alcanzarlos. De todos lados le llega el sonido de tela desgarrada a medida que van desnudando a los prisioneros, tirando sus abrigos, arrancándoles las botas.

Cuando la persona que desnuda a Dawsyn encuentra el hacha bajo su abrigo, duda antes de quitársela y dejarla caer al suelo con estrépito. Lo mismo ocurre cuando encuentra el cuchillo. Y parece que no es la única que ha llegado armada. El sonido del metal sobre el suelo firme repiquetea en sus tímpanos a intervalos. Cuando la corriente de aire le llega a los pezones, la barriga, los muslos, se estremece violentamente. A su alrededor aumentan las risitas de los glacianos y se le revuelve el estómago.

«¿Así que de esto se trata? —se pregunta—. ¿Somos una mera diversión?» ¿Había escapado al amanecer de un hombre con las mismas intenciones para que ahora, al anochecer, no sirva de nada?

Se oye más movimiento y le pasan algo pesado y áspero por la cabeza y los brazos. Nota unos dedos en la espalda atando alguna cosa.

El grupo vuelve a moverse y se detiene al cabo de poco. Unas manos se mueven por sus muñecas y nota que el peso de los grilletes desaparece. Le liberan los tobillos y la empujan hacia un lado, esta vez unas manos demasiado grandes, unas manos que le transmiten frío a través de la manga de arpillera. Es un glaciano.

Dawsyn golpea el suelo con el hombro y grita al notar un dolor punzante que la atraviesa.

Se oye una risa, y luego:

—Que duermas bien, chica.

Dawsyn tarda mucho en levantarse.

Cuando lo hace, le cuesta un mundo. Con cuidado, se quita el saco de la cara y parpadea, confundida.

Se encuentra en una especie de calabozo. Qué predecible.

No está sola. Alineados contra las paredes de la diminuta sala de piedra ve a los otros cinco seleccionados. Ellos también se han destapado los ojos. Son una colección de hombres y mujeres, viejos y jóvenes. Junto a Mavah están Deidre y Carl, ambos de edad parecida a Dawsyn. Carl parece haberse resistido. Tiene una herida abierta en la mandíbula que supura de un modo repugnante. En la pared de enfrente, Justin y Lester, ambos encorvados y de pelo cano, se examinan los hombros.

Dawsyn se arrastra hasta llegar a la rejilla de acero de la puerta, la única abertura que hay en la piedra, y parpadea confundida al oír un goteo. Baja la vista y ve dos charquitos que se han formado a lado y lado de ella. Las mangas de su traje de prisionera están teñidas de rojo por la sangre. Ve cómo los patrones se extienden, arqueándose por su pecho, como las

45

pinturas al agua que hacía su abuela. De mala gana, se baja una manga del hombro para dejar a la vista el daño. Tres boquetes profundos, la carne desgarrada de forma desigual, el hombro lleno de moratones.

Pero está viva. En contra de lo que suponían, están todos vivos.

Dawsyn observa los agujeros que tiene en los hombros y en el pecho, cómo vierten ríos de sí misma en la arpillera, sobre el suelo de pizarra. Antes de que pueda escurrirse con su sangre, se pregunta qué será de ella al día siguiente, si es que sobrevive a esa noche.

Finalmente, la oscuridad viene a recoger su premio y la joven se desploma.

7

—*D*awsyn, ¿estás viva, cielo?

La joven parpadea.

—No.

—Me temo que sí, muchacha. Ya es más de lo que se puede decir del viejo Lester.

Dawsyn abre los ojos y ve a Mavah inclinada sobre ella. Poco a poco gira la cabeza, que nota pesada, hacia donde está Lester, despatarrado, con la barbilla sobre el pecho y los ojos a medio cerrar. Su piel tiene un matiz azulado y en la sala reina un ambiente mortuorio. Lester debe de haber sucumbido durante la noche.

Dawsyn suspira y echa la cabeza atrás con cuidado.

—Eso va a oler.

Mavah asiente con el rostro ceniciento. Parece que intenta envolverse un hombro con los restos de su saco y a cada movimiento entorna los ojos de dolor.

Dawsyn se sienta apretando los dientes, pero se da cuenta de que el peso de la gravedad no hace que le duelan los hombros como ella esperaba. Mavah también le ha envuelto sus heridas. En la Cornisa es curandera, o lo era.

—Gracias —le dice Dawsyn.

—Las viejas costumbres…, ya sabes. No creo que se te infecte —responde con rostro sombrío mientras se ata con los dientes el improvisado vendaje—. Dios sabe lo que esos abominables tendrán bajo esas malditas garras. Pero ahora no estamos en posición de pedir, ¿no?

—Por no decir que para cuando se ponga el sol probablemente ya se nos hayan comido y hayan escupido nuestros restos. Tal vez una infección haría menos atractivo el festín.

Mavah se ríe sin alegría.

Cuando Dawsyn mira a su alrededor, ve que los demás ya van vendados y que sus hemorragias se han detenido. La mayoría de ellos yacen dormidos o inconscientes, salvo Carl, que jadea discretamente en un rincón; Lester, que está muerto; y, por supuesto, Mavah, la benefactora.

Todos llevan los mismos trozos de arpillera sobre sus cuerpos y no hacen nada por contener el frío. Están temblando; todos menos Carl, que suda.

—¿Ya se le ha infectado? ¿Tan pronto? —le dice Dawsyn a Mavah con un murmullo.

Si Carl la oye, no da muestras de ello. Sus esfuerzos parecen resignados a jadear, con los ojos bien apretados.

Mavah asiente.

—Ese arañazo que le cruza la cara quema a rabiar.

Y, efectivamente, la mejilla parece inflamársele por momentos.

—No sobrevivirá mucho tiempo —murmura Mavah—. Aunque supongo que ninguno de nosotros está destinado a sobrevivir, ¿verdad, muchacha?

Dawsyn debería haber luchado. Tendría que haberse sacudido violentamente y haber caído hasta estrellarse contra el suelo. Mejor aún, debería haberse tirado al Abismo después de empujar a Redmond. Cualquier cosa que no fuera esta lenta demora hacia el fin.

Se oye un traqueteo estremecedor: una verja levadiza que se abre y después se cierra con estrépito. Unos pasos resuenan por los muros de piedra. El parpadeo de la llama de una antorcha resplandece en los ojos de la joven, duros en la penumbra de su prisión, y entonces en la rejilla de acero aparece un rostro: el de Gerrot. Tiene los ojos hundidos y la piel arrugada, herida. No dice nada, se limita a mirar fijamente a la novia que perdió hace mucho y que ahora tiene ante él.

Mavah mantiene una expresión pasiva.

—¿Todo este tiempo has estado vivo?

Gerrot asiente solemnemente. Por cómo le cuelga la piel de los huesos, Dawsyn duda que haya sido una vida abundante.

—El chico —dice Mavah, señalando a Carl—; tiene una infección y está ardiendo. ¿No puedes traerle un ungüento?

Gerrot sacude la cabeza con los ojos llorosos.

—¡Habla, tío! ¡No pudiste ayudar ayer, pero más vale que lo hagas ahora!

Una lágrima rueda por la mejilla de Gerrot. Un sonido sale de sus pulmones y surge de su boca, que se abre un centímetro.

A Mavah se le entrecorta la respiración.

—¿Te han cortado la lengua?

Gerrot asiente.

Por un instante, el rostro de Mavah pierde la dureza y muestra todo su dolor, aunque no tarda en recomponerse.

—Bueno, al final tenía que pasar. Aunque siempre pensé que sería yo quien te la arrancaría.

Pero cierra la mano sobre la que él tiene puesta en la reja y la aprieta. A pesar de las lágrimas, Gerrot le sonríe. Sus frentes se tocan por el espacio que hay entre los barrotes y Dawsyn aparta la mirada. El momento le parece demasiado íntimo como para presenciarlo.

49

No hay luz en los confines que marque el paso del tiempo, solo el despertar y las conversaciones en voz baja de sus compañeros de celda, el hedor creciente del cadáver que hay entre ellos, la respiración cada vez más lenta de Carl y el latido debilitado de su corazón. Dawsyn, Mavah y el resto observan con impotencia. No hay agua para refrescarle la frente, ni una manta con la que taparlo cuando empieza a tiritar. El corte que le recorre la mejilla y la mandíbula supura implacablemente, y hasta un tonto se daría cuenta de lo rápido que se ha extendido el contagio. La propia curandera parece asombrada por la decisión con que la lacra avanza, contaminando la sangre del chico desde el interior. Las venas, azules y abultadas, se extienden desde la herida) como ríos, llevando la enfermedad a todo su cuerpo.

Mavah le sostiene la mano mientras muere. El cuerpo del chico está rígido e inflexible como el hielo.

—¿Por qué él? —Dawsyn hace la pregunta que todos han evitado—. ¿Por qué sus heridas le han matado tan rápido cuando las nuestras no lo han hecho?

—Porque nosotros hemos tenido mala suerte, señorita —dice el viejo Justin—. Mejor que haya muerto así que tener que vivir lo que nos espera a nosotros. —El hombre mira con indignación hacia Lester, su amigo muerto, como si el cadáver contuviera un premio.

—No es natural —insiste Dawsyn. A Carl todavía le salen sangre y pus de la cara—. Eso no era una infección normal y corriente.

—No era una infección, muchacha —murmura Mavah, sacudiendo la cabeza con consternación—. Es más bien veneno.

Deidre jadea y, acobardada, se aleja del cuerpo de Carl, fiel a la mansedumbre por la que Dawsyn la conoce.

Dawsyn solo mira a Mavah.

—¿Veneno? ¿De las garras del glaciano? Pero entonces estaríamos todos envenenados también, sin duda.

Mavah sacude la cabeza. Con cuidado, aparta la manga de Carl y desenrolla el vendaje que ella misma le puso para dejar al descubierto las heridas del hombro del chico, idénticas a las de Dawsyn. La hemorragia se ha detenido y no tienen las marcas de enfermedad en expansión que sí tiene su cara.

—Yo diría que sus garras son gatitos, comparadas con sus dientes.

Las palabras se hunden como el plomo en la sala mientras cada uno de ellos comprende. Dawsyn se fija en la mandíbula de Carl con una nueva mirada. Si observa más allá de la sucia secreción, puede distinguir la forma de media luna de la herida, los surcos de las marcas de pinchazos.

—¿Su mordedura es venenosa? —pregunta Justin.

—Joder, parece que sí.

Mavah vuelve a taparle el hombro al chico muerto. Quejándose, se sienta de nuevo contra la pared de piedra. Tiene la cara tan pálida como un fantasma.

—Hoy has hecho demasiado —murmura Dawsyn—. Si no descansas, serás el próximo cadáver.

—Solo los tontos les dicen a las viejas lo que tienen que hacer, muchacha —murmura ella, y cierra los ojos.

A los pocos segundos, emite un suave ronquido.

Débiles, hambrientos y casi congelados, el resto duerme de forma intermitente durante horas, incluso días. No hay forma de saberlo. Ningún glaciano o esclavo va a sacar a los muertos, y el hedor aumenta. No ven comida ni agua. Dawsyn se siente frustrada.

«¿Pretenden matarnos de hambre? ¿Con qué fin?» Si el plan de los glacianos fuera devorarlos, no habría necesidad de retrasarlo.

Cuando no está inconsciente, Deidre llora, y Mavah amenaza con hacerla callar a bofetadas. En un momento dado, Dawsyn se arrastra hasta su lado y se tumba junto a ella, dejando que la longitud de su cuerpo se encuentre con el de la chica. Finge que ella necesita el calor corporal y no el consuelo que le proporciona.

Se oye el estruendo de unos pasos pesados, seguido del rechinar de la verja levadiza.

Los cuatro humanos que quedan en la celda de piedra se yerguen, serios y despiertos. Deidre gime.

Ante ellos aparecen dos nuevos glacianos y dos humanos: Page y Gerrot.

El glaciano de delante maldice, con el pelo ceniciento de punta.

—¿Ya han caído dos? Un grupo débil. —Mira por encima del hombro a su compañero glaciano, que está en la sombra—. Quizás incluso tú podrías habernos encontrado mejores presas, Ryon.

El glaciano llamado Ryon resopla, divertido.

—Puede que aún quede algo de iskra en sus cuerpos.

Iskra: una palabra que Dawsyn no conoce, pero que, sin embargo, le resulta familiar.

El primer glaciano lleva la mano a la puerta de la celda. Como antes, parece salirle hielo de los dedos. Un hielo que sube insípidamente, como algo vivo, por los barrotes de la reja. Como si el hielo hablara al metal, la puerta se abre con un fuerte chirrido y luego traquetea por el suelo de piedra.

—Preparadlos —ladra la bestia a Gerrot y a Page.

Se apresuran a entrar con un surtido de frascos y vendas.

Desde su lado, Dawsyn oye a Mavah refunfuñar.

—Un poco tarde, querido —dice débilmente a Gerrot.

Pero se vuelven a dar la mano y entre ellos fluye toda una conversación sin palabras.

—¡Maldita cabra vieja!

El glaciano cruza el umbral de la celda y en dos zancadas le planta el talón en la espalda a Gerrot. De repente le aparecen las garras donde antes no había más que los pies agrietados y sucios de un hombre, y le araña la espalda al esclavo que, encorvado, se estremece violentamente, gimiendo.

—No te tomes libertades, humano. Conoces bien las consecuencias.

Gerrot, que ya ha bajado la vista, se aleja de su mujer.

Mavah mira fijamente al glaciano.

—Si te acercaras lo bastante, me tomaría la libertad de cortarte esa cosa horrenda que tienes en la pata.

A Dawsyn se le para la respiración.

En la mandíbula del glaciano surge una sonrisa malvada mientras apunta con su pie con garras a la cara de Mavah.

—Inténtalo.

—Jorst, su excelencia nos espera —dice Ryon, el otro glaciano.

Sale de entre las sombras y, finalmente, Dawsyn puede verlo bien. Se lo queda mirando, sin dar crédito.

El hombre que ella creía que era un glaciano tiene alas, y sin embargo… En lugar de ser blanco como el hielo, tiene la piel negra. Sin duda no es la de un glaciano. Tampoco lo es su pelo, oscuro y espeso. Tiene la constitución de las bestias, corpulenta, musculosa, grande, pero mientras que el glaciano llamado Jorst parece tallado en piedra, este otro parece… humano.

Un híbrido, algo a medio camino entre hombre y no hombre.

Ryon parece darse cuenta de que lo está mirando y muestra los dientes, blancos y brillantes. Dawsyn aparta la vista. Le viene a la cabeza cómo se propagó el veneno por las venas de Carl y se estremece.

De repente, Gerrot aparece delante de ella y le señala el hombro. La joven se baja la manga para dejar al descubierto las vendas de Mavah; él se apresura a desenrollarlas, sin prestar atención a sus muecas. Después coge una aguja y la enhebra con destreza, tras lo cual le dirige una mirada significativa.

Dawsyn asiente para indicarle su acuerdo mientras se le revuelve el estómago. Le da tiempo de apretar los dientes antes de sentir el pinchazo de la aguja sobre su carne maltratada. Jadea al notar cómo sus dedos tiran del hilo una y otra vez. Al menos va rápido. Cose los charcos abiertos de un hombro y luego los del otro, y al final, afortunadamente, le aplica un ungüento. Al principio le alivia, le refresca la piel, pero enseguida le resulta molesto: está congelado. Gerrot le vuelve a poner las vendas en los hombros mientras ella aprieta los dientes, y luego pasa a Deidre, que llora durante todo el calvario.

Al final, cuando Gerrot y Page se levantan con sus deberes cumplidos, el glaciano llamado Jorst se dirige a los cuatro prisioneros que quedan.

—Venid —les dice, otra vez con esa insípida sonrisa—. Vamos a cenar con el rey

53

8

Antes de cruzar la primera verja levadiza les vuelven a tapar la cabeza con sacos. A ciegas y encadenados, arrastran los pies para subir los empinados escalones y avanzar por el frío suelo de pizarra. Dawsyn tiene entumecidos los pies descalzos, al igual que los dedos de las manos, pero la cabeza le va a mil por hora. Con la amenaza de la muerte tan cerca, se le ha despertado la necesidad creciente de escapar. La sangre le late en los oídos, detrás de los ojos, y le grita que se largue de allí. A sus espaldas, Deidre está chillando. La chica le llora a su madre que la salve, una madre que murió hace mucho tiempo.

A Dawsyn se le acelera la respiración y el estómago se le vuelve de plomo. Su resistencia, los años de supervivencia en solitario no cuentan nada. La ha traído hasta aquí: a morir junto a personas a quienes nunca se molestó en conocer realmente. Susurra una disculpa a aquellos a los que eludió porque no quiso aceptar ayuda o consuelo. Le susurra su arrepentimiento a Hector, con quien debería haberse casado de no haber sido tan cobarde. Y finalmente susurra a su guarida de chicas y reza para que estén en el otro mundo, esperando.

El sonido de unas puertas pesadas sobre bisagras en tensión llena el aire; también llegan otros ruidos.

Sonido de cubiertos, de tintineo de vasos. Sonido de muchas voces que se elevan en una cacofonía de celebración.

Le quitan el saco de la cabeza y parpadea ante el repentino aluvión de luz. La ciega desde cada pared, desde cada rincón del enorme espacio, que, al parecer, es un salón. Las paredes paralelas están flanqueadas por largas mesas y vestidas a la perfección. La luz de las antorchas hace brillar las galas que las cubren: cuchillos, tenedores, cuencos, platos y una cantidad innumerable de cristalería, llena de una cerveza u otra. Todos los lugares, salvo unos pocos, están ocupados por glacianos, cuyas grandes alas resplandecen al chocar con las de sus vecinos. Les sirven nada menos que humanos.

Al verlos, Dawsyn suelta el aire con fuerza. Llevan bandejas de copas, tablas de pan y fruta. Inmediatamente empieza a escudriñar todas y cada una de las caras en busca de una que reconozca: la de Maya.

Consumida pensando en su hermana, Dawsyn no se da cuenta de lo más extraordinario de la sala. Entre las dos mesas, hundido en el suelo de piedra, hay un estanque perfectamente circular y lleno hasta el borde de una sustancia que brilla tanto como la llama de cualquier antorcha. Es ese brillo deslumbrante lo que finalmente hace que aparte la atención de los esclavos.

Es líquido y a la vez... no lo es. El peculiar contenido se agita, aunque no hay ningún elemento que influya en él. El plateado y el bronce se entrelazan con el azul celeste y el verde esmeralda. Los colores chocan y se combinan para luego separarse de nuevo, en una danza que adormece. Dawsyn está tan fascinada que se sobresalta al oír una voz que llena la sala, que resuena por el techo asombrosamente alto.

—¡Bienvenidos, invitados de la Cornisa!

Los ojos de Dawsyn se centran en un tipo que está al fondo de la sala, detrás del estanque. Un glaciano, aún más grande que los que ha visto hasta el momento, se ha levantado ante un trono.

«Así que este es el rey —piensa Dawsyn—. El mismísimo diablo.»

Descalzo, como los demás, camina alrededor de su mesa solitaria, puesta con la misma suntuosidad que las otras. Parece joven, ni de lejos de mediana edad. El pelo ceniciento le cae hasta los hombros. Sus brazos están desnudos, aunque lleva el pecho cubierto por una coraza: el mismo atavío formal que llevan los otros glacianos, solo que la del rey es dorada.

—¡Haced sitio a los humanos, asquerosos animales! —grita en broma a su corte con los brazos extendidos.

55

Las risas estridentes de los glacianos resuenan en los oídos de Dawsyn.

Cuando le quitan los grilletes de las muñecas y los tobillos, le tiemblan las manos. Jorst y Ryon los empujan por detrás y los conducen a los espacios de los extremos de las mesas, donde les hacen sentarse. Jorst empuja con crueldad a Deidre por su hombro herido, se carcajea cuando ella grita y, asintiendo hacia Ryon, le indica:

—Ve a buscar a los cojos.

Se inclina sobre la mesa para coger una copa y se aleja sin prisa hacia la ruidosa multitud de glacianos, mientras el otro, Ryon, va de nuevo hacia las puertas abovedadas.

Dawsyn se recoloca cuando él pasa; no quiere darle la espalda ahora que está libre para moverse. No dejará que ninguna de esas criaturas le meta los dedos en las heridas. Coge un tenedor de la mesa y se prepara.

El movimiento hace que los ojos del glaciano se dirijan hacia los de ella y se detenga.

La sorpresa le ilumina los ojos. No la sorpresa de ver una presa, sino la de estar desconcertado, intrigado. Una pequeña mueca de risa aparece en la comisura de su boca, y, por encima del estruendo, Dawsyn oye su diversión amortiguada.

La joven entorna los ojos. Hay una pesada sombra que recorre la mandíbula y la barbilla del glaciano que no puede evitar ver. Le recuerda a los hombres de la Cornisa, más que a la cara de un glaciano. No lleva la misma coraza que los demás, sino una túnica gris que no disimula el volumen de los hombros y el pecho. Él ve el tenedor en su mano, y luego vuelve a mirarla a ella.

—Yo no lo haría, chica —dice en voz baja, ahora sin rastro de su sonrisa. En su lugar, si Dawsyn no se equivoca, hay algo como… lástima—. Ninguno de vosotros está de suerte —murmura, y después se aleja y abandona el salón rápidamente.

Sentada en un banco, Dawsyn mira ahora las copas y los vasos que tiene delante y coge una sin pensárselo dos veces. Tiene tanta sed como hambre, y traga la cerveza ámbar que contiene. El ardor que le provoca le quema la garganta, pero aun así la sacia. A su lado, sus compañeros hacen lo mismo.

Nadie viene a matarlos. Los glacianos apenas se dignan a mirar hacia ellos. Dawsyn y sus compañeros cautivos se apresuran a sentarse y beber, todavía vivos, por desconcertante que parezca.

Y mientras sigan vivos, todavía hay una oportunidad. En su vida, a Dawsyn la han acorralado de espaldas a un árbol, la han sujetado en el suelo con la cara sobre la nieve, la han pillado entre el Abismo y un cuchillo. «Los lugares estrechos —le enseñó su abuela— requieren más pensamiento que fuerza.» Hay una manera de salir de aquí, solo que está escondida.

De repente, las puertas en forma de arco vuelven a abrirse y aparece Ryon de nuevo. Tras él, en dos filas ordenadas, hay más humanos.

Dawsyn y sus compañeros dejan de beber frenéticamente.

Las personas seleccionadas de la Cornisa, al menos veinte, entran lentamente en el salón. Llevan un atuendo idéntico al de Dawsyn, pero son… diferentes.

Reconoce a la mayoría, por supuesto, pero le cuesta más de lo que debería poner nombre a las caras. Esos rostros están vacíos. No hay expresión en ninguno de ellos. La postura y el modo de andar de cualquiera de ellos no difieren de los del siguiente mientras caminan obedientemente hacia la mesa contraria.

—Sentaos —les grita Ryon.

Lo hacen, sumisos como marionetas. Se sientan, pero no beben. Cuando sacan la comida y se la ponen delante, no comen. En lugar de eso, se quedan mirando fijamente a la nada.

Maya no está entre ellos.

—Entonces será esto lo que nos quiten —dice Mavah desde su lado.

—¿El qué?

—A nosotros mismos —responde Mavah.

Les ponen delante la comida: es mejor que cualquier comida que Dawsyn haya logrado por sí misma. La mayoría de los platos no los ha visto nunca. En bandejas de plata hay pescado al vapor, carnes asadas y pan aderezado. Montones de verduras de raíz burbujean y se cuecen a fuego lento. Dawsyn se apresura a echarse estofado en su cuenco y a coger pan a puñados. Se zampa las tiernas carnes mientras observa los cuerpos inactivos de quienes tiene enfrente, que apenas parpadean. No tienen luz en los ojos, salvo la del reflejo del estanque. No hablan, ni hacen muecas, ni bostezan, ni siquiera se mueven. Si no fuera por su capacidad de estar sentados, Dawsyn pensaría que se trata de cadáveres.

Entre ellos hay una niña, quizá de diez años, a la que Dawsyn reconoce. Se llama Grace. Dawsyn recuerda cuando la seleccionaron, hace más de diez años, pero la niña no ha envejecido ni un día. Ha cambiado…, pero no ha envejecido.

—Se los ve mucho mejor que a mi porquería de marido —dice Mavah en voz baja mientras sus ojos calculan tanto como los de Dawsyn.

—Eso es lo que seremos —deduce Dawsyn, y frunce el ceño—. Sea lo que sea que hagan, nos vaciará.

—Sí —asiente Mavah—. Y no pienso dejar que eso ocurra. Preferiría lanzarme sobre sus dientes.

Dawsyn contempla lo que será su última comida. No pensará en salir por la fuerza de este rincón. Aunque lo lograra, ¿adónde iría?

—Te seguiré poco después.

El rey de Glacia vuelve a subir a su tarima mientras cuencos y platos se van vaciando. El estruendo de voces se suaviza hasta apagarse; todos los glacianos se vuelven hacia él, expectantes.

—Traedlos al estanque de Iskra —dice, y su voz resuena por la sala.

«Iskra.» Dawsyn rehúye de nuevo esa palabra, a la vez conocida y desconocida para ella.

Varios glacianos hacen levantar de sus asientos a Dawsyn, Mavah, Deidre y Justin. Las manos frías y carnosas pesan sobre sus hombros heridos. A Dawsyn se le hace un agujero en el estómago y nota que la exquisita comida que ha ingerido le sube garganta arriba.

Les hacen detenerse ante el estanque brillante, lleno de agua y aire, y de ninguna de las dos cosas.

De repente, Ryon aparece por detrás, siniestramente, llevando sobre sus hombros los cuerpos de Lester y Carl. Sin detenerse, el glaciano híbrido pasa entre todos ellos y va hacia el borde del estanque. Sin más preámbulo, arroja sus cargas al interior.

Asombrada, Dawsyn observa cómo reacciona la sustancia que contiene. Se separa físicamente ante la promesa de la caída de la presa, moviéndose, como si fuera consciente de ello. Se pliega rápidamente sobre los cuerpos, envolviéndolos, como la boca de una serpiente que se ensancha para ingerir a su presa. De pronto, el estanque se enciende. El brillo le quema los ojos mientras barre la habitación y luego desaparece, y el estanque recupera su resplandor anterior.

Primero sube a la superficie el cuerpo de Lester, luego el de Carl. Unos glacianos que esperan los enganchan rápidamente, los sacan y los desechan.

—Todavía les queda algo de chispa —dice el rey—. Aunque habría más si no fuera por ese mal carácter que tienes, Tithe. Pf… —dice el rey, y señala a un glaciano que está a su izquierda, quien esboza una sonrisa de dientes brillantes.

—Bueno, humanos, no nos demoremos más. Este grupo alborota cada vez más si no se les da el postre.

La sala retumba con risas de agradecimiento.

—Saltad al estanque de Iskra y recibiréis el don de la vida inmortal —dice haciendo un gesto hacia los humanos malditos, que continúan obedientemente en sus asientos—. La magia de su interior impedirá que envejezcáis. Nunca conoceréis otro día de sufrimiento o dolor. Viviréis tanto tiempo como podáis evitar el daño físico.

Una burla frustrada de Mavah.

—¿Y vivir como una vaina? ¿Como un fantasma?

—Es mejor que una vida de miseria —replica el rey—. Mejor que la muerte. Pero, si lo prefieres, siempre podemos arrojar a ella tu cadáver cojo después de rajarte la garganta.

A Dawsyn se le acelera la mente. «La sustancia del estanque ¿le quita a uno el alma? ¿La mente?»

—Iskra —continúa el rey glaciano— es un pequeño precio que pagar por la paz eterna.

59

—Iskra —susurra Dawsyn para sí misma, con las ideas confusas.

—No obstante, hay un camino alternativo —descubre el rey—. Aunque han pasado muchos años desde que un humano fue tan insensato como para elegirlo. —Mira sonriente hacia las largas mesas, como si compartiera una broma privada—. Podríais jugárosla en las laderas. Incluso os daríamos ventaja antes de ir a cazaros.

Tras estas palabras, los ojos de los glacianos brillan y las comisuras de sus labios se curvan.

—Pero os lo advierto: ningún humano ha logrado llegar a la base de esta montaña. Y no hay relatos de lo que os ocurriría si os convirtierais en el trofeo de un glaciano.

Se dirige al estanque con sus blancas alas desplegadas. Observa al pequeño grupo y sus ojos se encuentran con Justin.

—Anciano, tú serás el primero en elegir.

—Yo… te concedo mi servidumbre —balbucea Justin con la saliva burbujeando en la comisura de los labios.

Sus ojos, reducidos a astillas tras años de entornarlos para mirar a través del viento, se dirigen a toda velocidad hacia Gerrot, Page y los demás esclavos humanos.

El rey se ríe.

—Me temo que por ahora no hay vacantes —dice, y hace un gesto hacia el estanque.

A Justin le tiemblan las manos, tan envejecidas, pero camina con decisión. El contenido del estanque se hunde y se curva para darle la bienvenida: en apariencia, no es más que un lugar blando donde acurrucarse. Justin cierra los ojos, respira profundamente y se sumerge.

Como antes, se produce una explosión de luz procedente del estanque que envuelve la sala. Luego se calma, pero su brillo se hace más prominente. Los glacianos pescan a Justin. Su cuerpo no gotea la extraña sustancia del estanque, ni parece haber absorbido nada de ella en el pelo o la ropa. Ahora su rostro tiene también la mirada sin alma de los otros veinte y le empujan para que se siente entre ellos.

—Ahora tú —le dice el rey a Deidre.

La chica seguirá el mismo camino que Justin. Está demasiado aterrorizada para hacer mucho más. Temblando, se acerca al estanque mientras se le escapan los gemidos. Cuando llega al borde, vacila al ver que la sustancia se arremolina y forma una cuna para ella. Fascinada, se queda mirando fijamente las profundidades sedosas del estanque e inclina la cabeza, como si escuchara algo... Dawsyn no sabe el qué.

—Date prisa, chica —gruñe Jorst, y empuja a Deidre hacia dentro.

Los gritos de la joven resuenan por las paredes mientras cae. Después, ella también se va. El choque de luz se clava en los ojos de Dawsyn antes de que pueda cerrarlos y luego se desvanece. Los glacianos recogen lo que queda de Deidre y la joven camina como un espectro para reunirse con los demás. Su cuerpo ha dejado de temblar.

Una mano coge la de Dawsyn y se la aprieta. Mavah la mira con expresión resignada.

—Anciana, adelante —dice el rey.

Los ojos de Mavah miran más allá del hombro de Dawsyn y encuentran los ojos de su marido, Gerrot. Hay una disculpa en ellos.

—No —dice con decisión—. Yo no. Creo que ya he tenido suficiente de este lugar abandonado.

La sonrisa del rey se desvanece. Dawsyn duda que esté acostumbrado a que los humanos le desafíen.

—Métete en el estanque... o serás arrojada a él.

Un destello de luz brilla en la mano de Mavah: un fragmento de cristal.

—Pues entonces os lo haré lo más engorroso posible —dice con los labios apretados y la espalda recta.

Demasiado rápido como para que la puedan detener, se clava el cristal muy adentro en el cuello y después se lo saca.

La arteria perforada chorrea como un géiser. La sangre salpica la piedra. Un gorgoteo ahogado sale de sus labios y Mavah se desploma.

Gerrot aúlla como un poseso, como un animal herido. La propia Dawsyn jadea con dificultad, sintiendo el pecho opri-

61

mido. Demasiado tarde, se deja caer al suelo ensangrentado y le pone la mano en el cuello a Mavah, pero es como intentar contener el agua de una presa, y ve cómo la sangre se le escurre fácilmente entre los dedos.

El rey pone los ojos en blanco.

—Tiradla dentro.

Jorst y Ryon arrastran a Mavah hasta el borde y la ven caer. El estanque engulle con rapidez su sangre, que continúa saliendo a borbotones.

Dawsyn observa cómo sacan el cuerpo de Mavah bruscamente de aquel agujero del suelo y nota una oleada de calor en los pulmones que le acelera la respiración. Se le enrojece la cara, se le tensa el estómago, se le cierran los puños. La rabia le hierve y la consume al mirar a esas malditas bestias blancas: los captores de la Cornisa, los guardianes del Abismo.

Finalmente, el rey la mira a ella.

—Ahora, tú —se limita a decir.

Nada más. Como si esperara que ella siguiera al resto, como si la considerara una simple humana, sin nada que la diferencie de los otros cien que cayeron antes en ese maldito estanque. Como si no tuviera un padre, una madre, una abuela, una hermana, una guarida de chicas y un apellido que honrar.

Dawsyn se queda mirando al rey con la mirada ardiendo y se da cuenta de que no lo puede permitir.

—No.

El rey suspira dramáticamente y mira a la sala.

—Creo que en el futuro hemos de intentar seleccionar humanos más agradables. Ya me estoy aburriendo, chica. Salta.

—No —vuelve a decir Dawsyn, ahora con voz más clara.

El rey asiente hacia Jorst y Ryon, que se acercan a ella.

—Deseo huir —dice con voz entrecortada.

Los glacianos se detienen. El murmullo se calma. El propio rey no oculta su sorpresa. Se hace un momento de silencio.

—Bueno, bueno. —Una sonrisa más grande que las anteriores se encarama a lo alto de las blancas mejillas del rey—. ¿Una humana lo bastante valiente como para enfrentarse a las laderas?

Los glacianos empiezan a inquietarse, se puede palpar la

emoción entre ellos. Dawsyn ve que se les eriza el pelo y se les tensan las alas; algunos le enseñan los dientes.

—Que así sea. Hacía mucho tiempo que uno de vosotros no nos regalaba algo de entretenimiento.

La multitud se ríe a carcajadas, lo cual no hace más que alimentar el fuego que hay dentro de Dawsyn.

—¿Cómo te llamas, chica?

Ella levanta la barbilla y responde claramente:

—Dawsyn Sabar.

—¿Y quién de mi corte está a favor de este cebo? ¡Que dé un paso al frente!

Al instante, glacianos de todos los rincones van ante el rey y se arrodillan a sus pies. Son al menos una docena, dispuestos a desollarla, desgarrarla y hacerla pedazos. El último en unirse a ellos es Ryon, el extraño glaciano cuyas alas, tan grandes como cualesquiera otras, hacen juego con su tono de piel.

—¿Ryon? —pregunta el rey con las cejas levantadas en señal de diversión—. ¿Quieres ir a la caza de la chica?

Ryon se limita a asentir con la cabeza mientras los demás se ríen. Es evidente que están tan perplejos como el monarca.

El rey se ríe por lo bajo.

—Muy bien, mestizo. Hasta ahora me has sorprendido.

El rey procede a seleccionar a otros tres glacianos arrodillados ante él, aparentemente al azar, casi sin mirarlos.

Dawsyn los observa: son al menos palmo y medio más altos que ella, y tienen músculos marcados bajo su piel de mármol. Esas bestias pronto se lanzarán sobre ella.

—Y ahora —proclama el rey—, antes de la cacería, ¡bebamos!

9

*L*as laderas parecen infinitas. Bajadas escarpadas y planicies irregulares hasta donde la noche permite ver. Desde la salida de un túnel, encadenada, Dawsyn mira cómo la montaña cae en picado a sus pies, hacia un lugar desconocido.

—Espero que tengas la piel tan gruesa como el cráneo —gruñe una voz en su oído—. Si te congelas antes de que te encuentren, no tiene ninguna gracia.

Dicho esto, Jorst le quita los grilletes y la empuja afuera, donde sus pies ya resbalan en la precaria pendiente.

Se oye el toque de un cuerno que perturba a las aves que están en sus nidos. Dawsyn avanza desesperadamente entre tropiezos, luchando por encontrar un punto de apoyo. El aire helado se le clava al fondo de la garganta.

Echa a correr.

El vestido que lleva, demasiado largo y apolillado, no la ayuda en absoluto. Gerrot se lo ha llevado a la celda hace solo unos minutos, imagina que por orden de los gilipollas alados. Al verlo casi se echa a reír. Dawsyn no se ha puesto un vestido en su vida, pero, entre sus pliegues, Dawsyn ha descubierto un rayo de esperanza: su hacha, todavía reluciente, y su cuchillo. Al levantar la vista para dar las gracias a Gerrot, él ya no estaba.

Mientras corre, el mango del hacha le golpea la parte baja de la espalda. Se las ha arreglado para hacer un agujero en el vestido en el que trabar el hombro del hacha y se ha echado la capa por encima. Lleva el cuchillo en la cadera, metido en la costura de la cintura.

Esta noche no hay ventisca, y en eso la suerte está de su lado. El viento no la empuja ladera abajo o contra un árbol, matándola, tampoco le dificulta el avance. No se puede decir lo mismo de su atuendo, sus heridas o las rozaduras que le provocan las botas demasiado pequeñas que calza.

Se apresura a atravesar una pineda oscura, muy diferente de aquella de la Cornisa. Los troncos se inclinan precariamente sobre la pendiente, desordenados e imprevisibles. El ocaso engaña a sus ojos. De repente aparecen peñascos ocultos bajo la nieve, y no para de caerse, aunque el polvo blanco la salva.

Vuela, cae en picado montaña abajo y, aun así, sabe que no será suficiente. ¿De qué le sirven las piernas contra las alas? ¿Cuántos minutos han pasado? ¿Cuánto se ha alejado? ¿Oirá el cuerno cuando se le acabe el tiempo? ¿Y cuando lleguen los cazadores?

Gruñe a su cuerpo, a sus limitaciones, y comienza a buscar mientras corre: una madriguera, una cueva, algún sitio donde esconderse cuando vengan a por ella. No se puede ir más rápido que los glacianos. Sabe que su mejor oportunidad es esperar su momento.

Suena otro cuerno, y la montaña transporta el sonido y lo envía entre los árboles, como una burla que la estimula. Dawsyn no desperdicia energía mirando al cielo. Conoce bien el sonido que hacen esas alas; las oirá mucho antes de verlas.

Reprime el pánico e inspecciona en el bosque frenéticamente. Le arden los muslos, sus hombros se lamentan por el esfuerzo que están realizando sus brazos, pero sus ojos peinan el paisaje con decisión.

Allí. Allí delante.

Ve la base descubierta de un pino, la tierra erosionada de debajo. El árbol está inclinado hacia un lado de forma inestable, con las raíces todavía en contacto con el suelo como dedos enjutos. Es sorprendente que no se haya caído. Está a solo quince metros de distancia. Puede esconderse allí antes de que lleguen los glacianos.

65

Un sonido conocido le roba el aliento. El sonido del aire perturbado, azotado bajo el cuero de las alas. Se acercan.

Se abre paso con más fuerza. Ya está a seis metros, ahora a tres. El sonido se acerca mientras ella se desliza dentro de la abertura de su escondite. La cadera le quema cuando la escarcha se derrite a través de la tela del vestido y se le pega a la piel. Se da la vuelta hasta tener la barriga contra la tierra fría y se apresura a mirar por entre las raíces enredadas del árbol. A Dawsyn se le para la respiración, se le encoge el corazón y maldice.

Desde lo alto de la ladera, una perfecta línea de puntos en la nieve conduce a través de los árboles y por encima de las rocas hasta el lugar donde se esconde. Sus huellas se ven clarísimas en la nieve limpia; para eso podría haber dejado un puto mapa.

El viento le llena los oídos, y luego lo hace un golpe seco cuando dos pies caen contra el suelo. A Dawsyn se le revuelve el estómago al darse cuenta. Fuera hay un glaciano; le ha seguido la pista hasta este escondite en cuestión de minutos. No ha conseguido sobrevivir ni siquiera una hora.

Oye pisadas alrededor del tronco del árbol.

Briar, que se habría avergonzado de su lamentable intento, la despreciaría aún más por morir con la cara en el suelo. La rabia sofocante la consume una vez más, y Dawsyn gruñe ante la agonizante frustración de ser capturada, de ser más débil, de ser impotente. No puede dejarse atrapar. No lo hará.

Cuando las botas tocan la nieve de delante de su guarida, la joven desata el cuchillo que lleva en el costado.

De repente, el cazador se inclina y su brazo se abre paso por el hueco que hay entre las raíces. En un abrir y cerrar de ojos, mete la parte superior del brazo y la arrastra al exterior. Ella no se resiste. El glaciano la levanta casi en volandas con ambas manos mientras se la acerca al pecho.

Dawsyn levanta la vista.

Es el híbrido.

Sus ojos marrones van como un rayo hacia el cuchillo que ella sostiene contra su garganta; la punta ya se le está marcando en la piel. Vuelve a mirar a la joven, entretenido.

—¿Vas a cortarme, chica?

Dawsyn sacude la cabeza una vez y su aliento se mezcla con el de él. Mira a los ojos al cazador, resuelta.

—Voy a matarte.

—¡Ryon! —El grito proviene de tierra firme, ladera arriba.

Sin previo aviso, Ryon le rodea los brazos con los suyos y le bloquea los codos contra el cuerpo. El cuchillo se le clava en el cuello, pero ella no puede moverlo. El glaciano despliega sus enormes alas, y de repente están en el aire. Surcan el cielo, el viento pasa silbando. A Dawsyn se le revuelve el estómago con violencia y está a punto de gritar. Entonces, inesperadamente, los pies del glaciano golpean algo sólido. Dawsyn deja de notar viento alrededor y parpadea furiosamente con la respiración entrecortada.

—No digas nada —le sisea Ryon al oído.

Su aliento es caliente.

La suelta con una de las manos y le tapa la boca, ahogando sus jadeos. Ella intenta liberarse.

—Yo no haría eso —susurra él—. Quédate quieta o te dejaré caer.

Con sus senos dolorosamente apretados contra su pecho, Dawsyn alcanza a ver poco de dónde están. Desvía la mirada hacia un lado y ve las copas de los árboles.

Las copas de los árboles.

El mundo cae de lado.

Solo entonces se percata de que están encaramados a una estrecha rama que se comba bajo el peso de ambos, de que las agujas de pino le arañan las piernas. Deben estar a treinta metros del suelo.

—¡Ryon! —La voz resuena hacia ellos, más cerca que antes.

—Shhh —sisea Ryon.

—Huellas de la chica… y de alguien más —dice otra voz áspera.

—¡El cabrón del mestizo! ¡La tiene!

—No oigo cuernos. Todavía no la tiene.

—Quizás esté jugando con ella antes.

Dawsyn se tensa. «¿Es eso lo que pretende el glaciano?»

—Ha alzado el vuelo. Si realmente planea llevársela aparte primero, probablemente volará la cresta. No querrá compartirla.

—La compartirá —retumba la otra voz—. O le cortaremos las alas.

El sonido del viento va en dirección a ellos, cada vez más fuerte. Un glaciano le grita una dirección al otro. Dawsyn está segura de que la verán, pero el sonido de sus alas se va atenuando conforme se alejan.

El pecho de Ryon parece relajarse un poco, pero sus labios permanecen junto al oído de la joven.

—Si haces ruido, dejaré que te cojan y te hagan lo que quieran. ¿Entendido?

Dawsyn asiente bajo su mano. El glaciano aparta uno a uno los dedos que le tapaban la boca. Ella espera, lista para atacar.

En el momento en que la mano se separa de sus labios, la joven se mueve para clavarle el cuchillo en el cuello, pero él también se mueve. La mano que le acaba de soltar la boca dobla sus dedos hacia atrás mientras ella empuja. El cuchillo le corta la piel de la garganta antes de que consiga desarmarla, y el cuchillo pasa de los dedos crispados de ella a los de él. Dawsyn oye un gruñido grave y luego se vuelve a ver atrapada entre sus brazos.

El glaciano salta.

A Dawsyn se le sube el estómago a la garganta cada vez que él salta de rama en rama en un descenso que acaba con una larga caída en la que se precipitan sobre el suelo. Los pies de Ryon reciben el impacto y las ramas de los árboles tiemblan a su alrededor.

Dawsyn traga una bocanada de aire y se le escapa un sonido estrangulado.

—Suéltame —dice en voz baja y temblorosa—. ¡Suéltame!

Y, para gran sorpresa suya, Ryon lo hace. La jaula de sus brazos cae rápidamente. El aire frío llena el espacio donde su pecho aplastaba el de ella y Dawsyn suspira de alivio.

Ryon retrocede varios pasos con las manos en alto. En una de ellas lleva el cuchillo, que resplandece apuntando hacia la nieve. Observa a la chica detenidamente y pliega las alas a la espalda.

—¿Tienes algún otro cuchillo escondido en el vestido? —le pregunta tranquilamente.

Dawsyn sacude la cabeza. Ryon asiente una vez y hace ademán de guardar el cuchillo. Dawsyn aprovecha la oportunidad. Solo tendrá una.

Se arranca la capa, gira en redondo mientras su mano vuela por encima de su hombro para coger el hacha que lleva a la espalda. Tira de ella mientras contorsiona el cuerpo y el hacha pasa boca abajo sobre su cabeza. La hace girar en el aire, atrapa el mango, que su palma conoce tan íntimamente, y completa la rotación con las rodillas dobladas mientras su hombro herido protesta. Lanza el hacha hacia el glaciano con toda la precisión letal que los años le han ido otorgando.

Ryon maldice y se tira al suelo en el último momento. El hacha pasa sobre su cabeza silbando y dando vueltas; con un fuerte golpe, se clava en un árbol imponente.

Ryon escupe nieve.

—Joder —dice en tono amenazante mientras sus ojos se empapan de ella.

Se levanta con cuidado, ahora con el cuerpo tenso.

Dawsyn reconoce la postura de un luchador y adopta la misma.

—Eso no ha sido muy amable por tu parte.

Dawsyn se hace a un lado con la esperanza de incitarlo a dar vueltas a su alrededor.

—Creo que no —dice Ryon, con los pies plantados en el suelo—. No te acercarás más a esa hacha que a un cuchillo. —Frunce el ceño—. No tengo tiempo para juegos. ¿Qué otras sorpresas tienes ahí? —Sus ojos se deslizan por el vestido de ella.

—Acércate y averígualo —dice Dawsyn con más valentía de la que debería tener una persona desarmada.

—Es tentador —dice Ryon sonriendo—, pero me gusta tener mis miembros donde están. Con un simple «gracias» habría bastado.

Dawsyn escupe a la nieve por toda respuesta.

69

—Lo suponía. Desgraciadamente para ti, soy tu mejor oportunidad de salir viva de esta montaña.

La burla brota de los labios de ella.

—¡Ja! ¿De veras?

—Pues sí —insiste el glaciano, que clava los ojos en el cielo—. Resulta que necesito llegar al valle tanto como tú, chica.

10

*D*awsyn mira al extraño glaciano.

—¿Por qué necesitas abandonar tu propio reino?

—Tengo todo un mundo de necesidades y nada de tiempo para recorrerlo. Y tú no me sirves de nada, así que decídete, chica. O pruebas suerte conmigo o te dejo aquí. Solo recuerda que tres de nosotros cuatro tardamos unos pocos minutos en localizarte. La próxima vez te encontrarás con tu creador.

Dawsyn se pone a la defensiva ante esa insinuación, ante la verdad que entraña.

—No pienso ir a ninguna parte contigo —dice, con los pies clavados en la nieve.

No puede evitar observar el brillo de los dientes de él detrás de sus labios.

Él se da cuenta y se ríe.

—No te preocupes —le dice—. Los míos no son de los venenosos.

Podría estar mintiendo. Dawsyn no tiene ninguna esperanza de poder escapar de él. Si quiere hacerlo, tendrá que matarlo, pero ¿cómo?

No tiene oportunidad de elegir.

En cambio, el extraño glaciano asiente.

—Que así sea. Buena suerte, chica.

Ryon le da la espalda y saca el hacha del tronco en el que estaba alojada. Sus brazos musculosos lanzan las armas de la joven, tanto el hacha como el cuchillo. Instintivamente, ella se lanza al suelo rodando, pero las armas vuelan lejos de ella y aterrizan una tras otra en un árbol cercano. Se apresura a recuperarlas; cuando se da la vuelta, el glaciano ha desaparecido.

La respiración de Dawsyn cae rápidamente, empañándose la vista. La ha dejado vivir. El glaciano a quien había visto sacar a su gente de aquel lugar la salvó y luego la dejó ilesa, e incluso le ha devuelto sus armas. ¿Ha sido un truco? ¿Era este el juego al que se referían los cazadores?

Tiene que empezar a correr de nuevo. No puede permitirse el lujo de quedarse quieta a la intemperie. Y está claro que esconderse es inútil si no puede ocultar sus huellas. Su mejor oportunidad está en la espesura de los árboles, que al menos la cubren un poco desde arriba.

Corre y tropieza, tropieza y corre. Físicamente es fuerte, está en forma para correr rápido durante mucho tiempo, pero solo hasta que llegue la siguiente ventisca, solo hasta que los dedos de sus pies no aguanten dentro de esas botas demasiado pequeñas, solo hasta que sus pulmones se rindan. Y la probabilidad de que todo esfuerzo sea en vano le pesa, la ralentiza. La atraparán.

Dawsyn corre en mitad de la noche mientras aguza el oído por si oye el sonido de alas. Se muere de sed, pero no se atreve a detenerse. El amanecer despunta cuando la joven nota que empieza a levantarse viento. Sopla como el aliento de un monstruo por la ladera, al principio en pequeñas ráfagas, llevando la escarcha a su espalda. Dawsyn lo huele: se avecina una tormenta. Los últimos restos de la estación hostil acarician la montaña, cortos pero tan duros como cualquier ventisca. Pronto tendrá que buscar refugio.

El viento aúlla tan fuerte que al principio la joven no oye el sonido de alas arrastrándose en el aire sobre su cabeza. Cuando alza la vista, demasiado tarde, por encima de ella hay dos cazadores que ya van en picado hacia ella, con las alas pegadas a los costados.

Mientras se acercan, Dawsyn se detiene a coger el hacha y las botas le patinan un poco en la pendiente. Los glacianos aterrizan ante ella.

Las dos pálidas bestias tienen la misma mirada. Dawsyn

se percata de las sombras negras bajo sus ojos y de sus pechos agitados. Parecen cansados.

—Nos has evitado, ratoncita. ¿Cómo lo has hecho? —pregunta uno que ya avanza hacia ella.

—No ha sido tan difícil —miente ella, sosteniendo el brazo a la espalda—. Estaba preparada para monstruos, pero tu rey ha enviado gatitos.

El otro glaciano suelta una risa amenazante.

—Tiene más cojones que la mayoría, Theodore —le dice a su compañero.

Theodore no contesta, pero sus ojos blancos se ensanchan de ira.

Dawsyn nota que se le doblan las rodillas y se le tensan los hombros. Él será el primero en atacar. La joven flexiona la mano y calma la respiración.

El glaciano llamado Theodore se lanza hacia el lugar donde ella espera.

La joven mueve el hacha en el aire buscando golpearle en el cuello. El filo de la hoja corta limpiamente la carne y vuelve a salir mientras Dawsyn se coloca al lado de él. El glaciano cae al suelo y la sangre oscura se derrama sobre la nieve debajo de él, pero, a pesar de la herida, se levanta con una espada en la mano mientras con la otra detiene el río que brota de su cuello. Al tiempo que Theodore se tambalea hacia ella, el otro glaciano saca también su espada. Antes de que la alcance en el pecho, Dawsyn se defiende con el mango de su hacha; la madera se astilla. El peso de la bestia tras la espada es asombroso. La joven se aleja dando un giro al oír silbar detrás de ella la espada de Theodore, que le pasa muy cerca del cuello. Dawsyn da una vuelta rápida, levanta el hacha de nuevo y la baja de golpe. Se oye un golpe húmedo cuando se clava en la espalda del segundo glaciano, entre las alas, y luego un aullido que hace temblar la tierra.

La joven le quita la empuñadura de la espada de la mano y da vueltas. Luego se detiene.

Theodore se levanta sobre ella, con la punta de su espada entre sus ojos. Su cuello escupe sangre entre sus dedos y la

73

mano que sostiene la espada tiembla. La punta acaricia el puente de la nariz de Dawsyn y ella se estremece cuando le corta la piel.

—Quédate muy quieta, chica. Si te llevo muerta, me quedo sin premio. —Pero su mirada nublada se pone en blanco por la pérdida de sangre. La envergadura de sus alas cae al suelo nevado—. Venga, suelta esa hacha.

Un vendaval hace temblar los abetos y pinos que hay alrededor.

—¡Que la sueltes! O te separaré ese brazo del hombro. No me gusta mucho volar con tormenta. —Vuelve a tropezar.

Le queda quizás un minuto antes de caer. Dawsyn solo tiene que esperar e intentar que no la desmiembren. Pero la hoja de la espada todavía la mira desde arriba; si el glaciano cae, lo hará cuesta abajo, hacia ella, a través de ella.

No tiene que esperar el minuto entero. Un gran silbido de aire le llena los oídos y el glaciano levanta la vista y deja caer la espada. De repente, una cegadora ráfaga de nieve los rocía. Se oye un gruñido estrangulado al tiempo que una masa oscura cubre al glaciano blanco. Después, su cuello se retuerce con un sonoro chasquido.

Cuando la ráfaga se asienta, el glaciano se hunde en el suelo con los ojos abiertos, pero sin ver.

Detrás de él está Ryon, que jadea con fuerza.

—Te advertí que te encontrarían de nuevo. —Habla con serenidad, pero frunce el ceño mientras observa el terreno a su alrededor, a sus dos camaradas muertos, la sangre que se ennegrece y se congela sobre la nieve; la espada glaciana que ella tiene en la mano; las gotas de sangre entre sus ojos.

Dawsyn retrocede varios pasos con la espada en alto. Gira la muñeca con la empuñadura hacia el cielo, e inclina la cabeza, observándolo.

—¿Acaso parece que necesito tu ayuda, glaciano?

Ryon mira su espada con más cautela y levanta las manos.

—No, no lo parece.

—Entonces te propongo un trato: no te acerques a mí, déjame llegar al pie de la montaña y podrás conservar tu garganta…, y también el resto de tus miembros.

La mira fijamente.

—Yo te propongo otro. Llegaremos al pie de esta montaña juntos. Una vez allí, nos separaremos y podrás ir por ahí rajando gargantas y cortando miembros de cuerpos a tu antojo.

Ella sacude la cabeza.

—Me niego.

—A pesar de tus muchos talentos —y la verdad es que el glaciano parece realmente impresionado—, no sobrevivirás sola en estas laderas.

Al oír sus palabras, un aullido de viento atraviesa el suelo y le lleva ráfagas de nieve a la cara y el cuello. Dawsyn se estremece.

—Se te han vuelto a abrir las heridas —grita por encima del vendaval, señalándole los hombros, donde florece la sangre—. No puedes correr con esta ventisca.

La joven se tambalea contra el peso del viento que le azota la espalda, pero mantiene la espada firme.

—Apuesto a que esas botas también están llenas de sangre. ¿Cuánto vas a aguantar despierta antes de derrumbarte? ¿Otra hora? ¿Dos? ¿Y qué harás entonces, chica?

Incluso mientras sacude la cabeza, se le caen los párpados. Nota que el vacío de su mente se extiende, reclamándola poco a poco. No aguantará ni una hora antes de caer. Ha pasado demasiado tiempo desde la última vez que comió o bebió, demasiado desde que descansó.

—No hay necesidad de que mueras, chica, pero si insistes en hacerlo, no salvaré tu cadáver congelado de esta montaña. Te encontrarán y arrojarán tu cuerpo al estanque, igual que sucedió con los demás.

—¿Y para qué me necesitas? —pregunta ella; se le mezclan las palabras, le cuesta pronunciarlas mientras se desvanece.

—Ya te lo he dicho —dice él, bajando las manos, con los

ojos puestos en sus temblorosas piernas—, no te necesito para nada.

Dawsyn lo sabe cuando cae, aunque no nota que su cuerpo se encuentre con el suelo. Tal vez nunca lo alcance. Quizás el viento que ensordece sus oídos sea el sonido de la caída, puede que la oscuridad sea el olvido.

11

La despierta el olor a humo, no el latido constante de la sangre detrás de los ojos ni la piel estirándosele bajo los puntos. En la grieta entre la vigilia y el sueño, cree que está en casa, acurrucada en el polvoriento suelo, delante del hogar. Pero le pesa demasiado la cabeza y tiene los hombros perforados y sensibles.

Sus pies están tan comprimidos que se retuerce de dolor. El sonido, el olor y la vista de las laderas regresan a ella de golpe y entonces se despierta, se sienta, busca desesperadamente su cuchillo, cualquier cosa, y mira a todas partes a través de la neblina del sueño.

—Tranquila, chica. Estás a salvo. —La voz áspera le llega antes de que lo vea.

El glaciano, Ryon, está en cuclillas ante un pequeño fuego. Su rostro queda iluminado tenuemente por las brasas. El humo lo deforma, lo licua.

Con el corazón aún acelerado, Dawsyn mira a su alrededor, pero apenas ve.

—¿Qué es esto?

—Una madriguera, mucho mejor que aquella en la que te encontré —dice él mientras aviva el fuego.

Y, en efecto, Dawsyn distingue ahora las raíces que se superponen y entretejen hacia la tierra.

—No puedo volar mucho en una ventisca, pero al menos mientras descansamos sabemos que los demás también tienen que estar parados.

Es entonces cuando se da cuenta del cambio que se ha producido en el glaciano que tiene delante, de lo que le falta.

—No tienes alas.

—No es que no las tenga —dice él—. Solo es que de momento están recluidas. Aquí hay muy poco espacio.

Dawsyn frunce el ceño.

—¿Puedes hacerlas desaparecer?

—Todos nosotros podemos invocarlas y hacerlas desaparecer a voluntad.

—No lo había visto nunca.

Ryon hace una mueca.

—Los glacianos tienden a concentrar su ego en las alas.

—Estás ahogando el fuego —dice Dawsyn con cuidado, observando cómo trabajan sus manos.

Ryon frunce el ceño.

—Da gracias de que haya encendido uno, chica. De no ser por él serías un cadáver bastante azul.

Ella frunce el ceño.

—¿Y qué me dices de ti?

—Prefiero el frío.

Glacianos. La abuela de Dawsyn le enseñó que las bestias del hielo eran inmunes al frío, que eran el frío mismo.

—¿No te molesta el calor?

Sin alterar la expresión, Ryon observa las brasas que está apagando.

—Es incómodo, pero no me hace tanto daño estar cerca de él como le sucedería a un glaciano de pura cepa. Así que si estabas pensando en pegarme con un atizador, yo me lo pensaría. —Bajo sus espesas cejas, sus ojos marrones se encuentran con los de ella—. Aunque supongo que tienes otras habilidades, ¿no es así, nena?

Dawsyn entorna los ojos.

—Dejé de ser nena cuando tuve mi primer ciclo, híbrido, y fui muy precoz.

El glaciano inclina la cabeza con el ceño fruncido.

—«¿Híbrido?» —Una sonrisa de suficiencia amenaza las comisuras de sus labios—. Nunca había oído esa palabra.

La mirada de Dawsyn pasea desde la coronilla de Ryon hasta sus botas, y viceversa.

—En la Cornisa, las semillas de los árboles de pícea de Sitka y de cicuta caen al suelo, y los árboles jóvenes crecen muy cerca unos de otros. Cuesta distinguirlos. Los llamamos híbridos.

Él sonríe.

—¿Cuesta diferenciarme a mí?

—No lo he decidido.

El glaciano reprime una carcajada.

—¿Cómo debo llamarte, si no es «chica»?

Dawsyn no le dice su nombre, no quiere oírlo pronunciado por él, por ninguno de ellos.

—Preferiría que no volvieras a dirigirte a mí.

—Eso no es nada educado para decirle a tu salvador.

La joven resopla.

—Querrás decir mi captor. Y uno mediocre, además. ¿No debería estar atada?

—No parecía hacer falta, con tanto ronquido.

Dawsyn mira con cautela en todas direcciones, buscando.

—Están aquí —dice él, y levanta las armas de ella, miniaturas en sus grandes manos—. Qué decepción. Pensaba que al salvarte la vida quizás hubiera frenado tu sed de atacarme durante al menos algo más de tiempo.

—Soy muchas cosas, pero no soy lenta.

—En eso estamos de acuerdo —murmulla—. ¿Dónde aprendiste a luchar?

Dawsyn le mira con desdén.

—¿Dónde crees?

—¿Quién fue tu maestro?

—Vete a la mierda.

Él suelta una risita.

—Tu padre, entonces. ¿O tu madre? —pregunta, y espera. Sus ojos no se apartan de los de ella, como en un desafío sin sentido.

Finalmente, demasiado cansada, Dawsyn suspira.

—Briar.

—Acuéstate —le ordena Ryon, mirando de nuevo el brillo de las brasas—. Estás débil.

79

Débil, como si no le hubieran quitado el sentido una docena de veces antes. La madriguera es demasiado pequeña para ponerse de pie, así que se arrastra hasta el fuego, agarra un palo del suelo y empieza a atizar las ramitas y helechos que se amontonan sobre las brasas y las ahogan. Casi al instante, una llama sube por el palo y Dawsyn continúa abriéndole hueco, haciendo que las ramitas vuelvan a prender.

—¿Quién es Briar? —pregunta Ryon; su voz es como el trueno y retumba por el espacio cerrado.

Dawsyn se limita a devolverle la mirada.

—¿Quién era Briar? —prueba él entonces.

Dawsyn suspira una vez más.

—Era mi… madre… o tutora, supongo.

—¿No era familia de verdad? —insiste él.

—Sí que era de verdad —responde Dawsyn—. Era la hermana de mi madre, y nunca he conocido a nadie tan de verdad.

—¿Qué le pasó a tu verdadera madre?

—Una enfermedad pulmonar —responde ella—. Cuando yo era un bebé.

—¿Y tu padre?

—El marido de Briar, mi padre, cayó al Abismo. No conozco ningún otro.

—¿Has dejado a alguien atrás en la Cornisa? —pregunta él en voz baja.

En su voz no hay más que una leve curiosidad, pero Dawsyn todavía se pregunta por qué se toma esas molestias con ella.

Es una pregunta que invita a la reflexión: ¿ha dejado a alguien atrás en la Cornisa? El nombre de Hector le baila en la lengua, pero Hector no es suyo. Ella no es de nadie.

—No. —Acerca los dedos a las llamas y se queja cuando el calor le quema la piel.

—Ten —dice Ryon, sosteniendo un pequeño tazón vacío hacia ella—. Debes de tener sed.

Se lo arrebata y se vuelve hacia el borde de la madriguera. Mete la cabeza en el túnel y saca la mano afuera. Mete algo de nieve en el cuenco de acero y vuelve a serpentear hacia abajo, de vuelta a la calidez de la guarida.

Observar cómo el contenido del cuenco se derrite primero, se calienta después y finalmente hierve resulta doloroso. Y más aún lo es esperar a que se enfríe lo bastante para consumirlo. Al llevarse el agua a los labios le tiemblan las manos, esta vez no de frío, sino de necesidad. Es Ryon quien va a buscarle más nieve, quien le rellena el cuenco dos veces más, sin coger nada para él.

—¿Tú no tienes sed? —pregunta ella al terminar su tercera ración.

—No.

—¿Te has hartado en el estanque? —pregunta ella con desprecio.

En su cabeza, vuelve a ver al rey dirigiéndose a sus súbditos de alas blancas: «¡Antes de la cacería, bebamos!».

Los glacianos rugieron en señal de aprobación y se echaron al estanque. Antes de que Jorst la arrastrara, presenció, asombrada, cómo los glacianos clamaban y se agarraban para sumergir sus copas en la magia del estanque y beber su brillante sustancia. Mientras tragaban, su expresión parecía exultante, orgásmica.

La expresión de Ryon es plana.

—Nunca he bebido del estanque.

Dawsyn duda.

—¿No te gusta?

Él no responde a la pregunta, aunque sus ojos se vuelven de acero y se le tensa la mandíbula. Dawsyn recuerda lo rápido que podría aplastarla si quisiera.

Prueba con otra cosa.

—¿Qué era esa sustancia del estanque?

Ryon coge un saco de arpillera de detrás de él y hurga en él. De su interior saca carne seca y frutos secos, y se los da. Dawsyn saliva y los toma sin darle las gracias.

—Iskra —dice Ryon mientras ella come, observando cómo mastica—. La magia del estanque absorbe el alma humana. Su... núcleo, podría decirse. La energía de la que están hechas. Lo llamamos «iskra».

De nuevo, Dawsyn escucha la palabra en la voz de Valma, el recuerdo de un relato entretejido entre el resto.

—¿Qué hace el iskra cuando se consume? —pregunta.

81

—Los mantiene vivos.

—¿Los mantiene inmortales, quieres decir?

—Sí, eso.

—Pero a ti no.

—No —dice—. A mí no.

Dawsyn piensa, aunque no lo dice, que le parece muy extraño que él ponga límites a la hora de beber almas humanas cuando parecía bastante dispuesto a cosecharlas.

—¿Qué me dices de la magia glaciana? —pregunta ahora—. Los vi conjurar el hielo de sus manos para abrir las puertas, las verjas levadizas. ¿Eso también es el iskra?

—Sí —contesta él.

—Entonces, ¿tú no la posees?

—No.

Su tono no deja lugar a más preguntas y la conversación acaba mientras fuera aúlla la ventisca, que no es consciente de que ya ha pasado su estación.

En algún momento, el glaciano se tumba, acurrucado de lado, con el cuerpo encogido en el reducido espacio.

—Me llamo Ryon, por si te lo preguntabas —dice, y cierra los párpados.

—Ya lo sé —murmura ella al tiempo que encuentra también su lugar en el suelo. Pasan unos instantes y entonces añade—: Me llamo Dawsyn Sabar.

—Ya lo sé —replica él.

Después bosteza, se gira hacia el otro lado y no dice más.

Ambos duermen con inquietud. Dawsyn tiene un oído puesto en la tormenta porque sabe que cuando amaine no podrán quedarse quietos, pero el sueño la arrastra una y otra vez, tira de ella hacia sus cálidas profundidades como un viejo amigo. Le resulta casi imposible sacudírselo de encima cuando por fin lo oye: los últimos alientos de la ventisca, que finalmente se suaviza.

Y que la parta un rayo si se queda al alcance de un medio glaciano.

Agachada, bordea las brasas humeantes. Pasa gateando con cuidado sobre la figura dormida de Ryon y alrededor de su espalda. Ryon continúa durmiendo, sin darse cuenta de nada, sus párpados se mueven ligeramente. Le coge de los pantalones su cuchillo y luego su hacha...

Ryon se mueve. Un instante permanece de lado, inmóvil, y al siguiente todo está en movimiento y él termina encima de ella.

Dawsyn jadea cuando su peso la presiona contra el suelo. Está tumbado sobre ella con toda su largura. Muslos sobre muslos. El estómago de él se eleva y cae contra la pelvis de ella. A través de la fina túnica de Ryon, las manos atrapadas de Dawsyn miden los latidos acelerados de su corazón. Solo ve su rostro: ojos profundos, pestañas oscuras, mandíbula con barba incipiente.

—Has tardado algo más de lo que esperaba —dice él con calma.

Ella resopla.

—Estaba cansada.

—¿Y adónde piensas ir, Dawsyn? —pregunta él. Su nombre suena rudo en su garganta—. Creía que nos habíamos entendido.

—Entiendo poco, como ya has podido comprobar.

El pecho de él le aprieta el suyo y las palabras salen con dificultad. Ryon se aparta, aunque con la cara cerca.

—Estamos aliados por un objetivo común, chica. Cuando te des cuenta de ello, te devolveré el hacha.

El momento se prolonga en el tiempo. Ambos se quedan como están. Los ojos de Ryon recorren su rostro. Dawsyn juraría que lo oye respirarla.

De repente, el glaciano se pone en cuclillas bruscamente y empieza a guardar el cuenco y el saco de arpillera en la madriguera. Hay un agujero en la pared, como una estantería. Cuando Dawsyn mira más detenidamente, ve más cosas guardadas en ella: un cuchillo romo, un trocito de cuerda, un par de botas.

—Has estado aquí antes —le acusa.

Él asiente con la cabeza.

—Solo los tontos recorren las laderas sin buscar un refugio antes, chica.

—¿Y qué necesidad has tenido tú de recorrer las laderas?

Él sonríe con suficiencia.

—Me gusta viajar. ¿Qué…, no te lo crees?

—Me cuesta creer que prefieras una madriguera a un palacio.

—Puede que prefiera la soledad.

—Si eso fuera cierto, no me estaría costando tanto desaparecer.

—Ya sabes lo que dicen: mantén cerca a las hembras violentas que lleven hacha. —Dicho esto, se vuelve hacia el túnel y se prepara para salir al aire libre—. La llamada de la naturaleza —dice, y luego salta afuera.

Mientras él está fuera, Dawsyn revisa sus heridas. Se le han saltado los puntos de un lado. Al levantar la tela del corpiño, ve la sangre seca pegada a la piel. No se le han ensuciado… todavía. En eso ha tenido suerte. Después se quita las botas y libera sus pies. Le tiemblan los labios cuando la sangre corre hacia los dedos de los pies doblados. Al menos dos están rotos, negros e hinchados. Los otros han sangrado a través de las grietas de las uñas que aún conserva. Se le ha levantado la piel de ambos talones, dejando atrás la carne blanca, teñida de rosa por los vasos rotos. La joven muerde el dobladillo de su falda y arranca una tira de ropa; sin embargo, cuando va a cubrirse un talón, palidece. Para cuando llegue al pie de la montaña no le quedará carne que cubra el hueso.

Las lágrimas le manchan las mejillas a voluntad, Dawsyn se envuelve los dos pies a conciencia, ahora agradecida por llevar demasiadas capas de faldas. Gatea hasta la pared de la madriguera y saca de la grieta las botas tan cuidadosamente colocadas. Ryon tiene los pies quizás el doble de grandes que ella, y los de Dawsyn nadan dentro de ellas. Se tropezará, pero al menos no le harán puré los pies.

Cuando Ryon regresa, Dawsyn está metiendo con sumo cuidado sus pies maltrechos y vendados en las botas de repuesto.

Él frunce el ceño.

—¿Puedes correr?

—Me las arreglaré.

—No puedo llevarte volando a plena luz del día —dice él—. Si los otros nos ven, nos seguirán, y no puedo arriesgarme a eso.

Ella le fulmina con la mirada.

—No dejaría que me llevaras volando aunque mis pies fueran muñones.

Él inclina la cabeza y lo sopesa.

—Apuesto a que sí que lo harías.

Dawsyn aprieta los dientes. El tono del glaciano le recuerda tanto al de los malhechores de la Cornisa que le entran ganas de soltarle un puñetazo.

—Acepto la apuesta.

Ryon se balancea sobre los talones, con las manos juntas entre las rodillas dobladas.

—Si gano yo, me quedo con tu hacha.

—¿Por qué demonios ibas a querer mi hacha?

—Como recuerdo de nuestra alianza —bromea.

Dawsyn frunce el ceño.

—El único modo de que te quedes con mi hacha es si te la incrusto en la espalda.

—Qué miedo —dice él, mientras sus ojos la recorren: el vestido, las botas, el pelo enmarañado, como una niña que juega a disfrazarse.

—Pero, bueno, no creo que sea así. Para cuando lleguemos al valle, me habrás suplicado que te lleve a los cielos.

A continuación, se gira y sale a la superficie de la ladera por el agujero de la madriguera.

12

$\mathcal{H}$ay algo inquietante en cómo se mueve. ¿Cómo puede una figura tan imponente causar tan poca alteración al pisar una pendiente tan empinada, saltando de una roca de bordes afilados a la siguiente?

Dawsyn va tras él, sus botas dejan unas huellas largas en la nieve al arrastrarlas hacia abajo. La nieve se derrite en los bajos de sus faldas y se ve obligada a arrastrarlas también. Pero aquí la temperatura es más cálida y, por lo menos, sabe que con cada paso cubre más terreno, lo cual la acerca más al pie de la montaña en la que ha pasado toda su vida. Puede sobrevivir unos días más.

De vez en cuando, Ryon se detiene y mira al cielo blanco entre las copas de los cipreses. No se oyen más alas que las de los somorgujos que levantan el vuelo en bandadas. Dawsyn está fascinada por lo numerosos que son y por cómo forman figuras en el cielo.

Horas más tarde, cuando el lúgubre resplandor del sol comienza a menguar, Dawsyn se detiene.

—Espera —dice, volviendo la cara hacia el este—. Oigo algo.

Ryon se detiene y escucha atentamente. Ahora, sin el sonido de sus pasos, se oye más claro. Es un tintineo. Dawsyn no puede ubicarlo con exactitud.

—No oigo nada —dice Ryon, que hace ademán de continuar avanzando.

—Suena como…, como el viento. Pero… canta.

Ryon frunce el ceño y abre un poco la boca como para desestimar lo que está diciendo, pero inclina la cabeza hacia un lado. Escucha y se le calma la mirada de nuevo. Lo oye.

—Es agua que corre —le dice en voz baja, con una luz en los ojos mientras la observa—. Aquí hace más calor. La nieve se derrite y baja por la montaña.

Dawsyn es incapaz de discernir la expresión del glaciano, ni su tono, pero ante sus palabras se le abren los ojos como platos. Vuelve a escuchar ese suave sonido que la llama y se vuelve hacia él.

—Necesito beber.

Ryon sacude la cabeza.

—Ahora no podemos permitirnos parar.

—No te estaba pidiendo permiso.

Él emite una queja y se da la vuelta para continuar cuesta abajo.

—Dentro de una hora llegaremos al siguiente refugio.

—¿Por qué no me pasas mis pertenencias y nos encontramos allí?

—Un intento lamentable —se burla él.

Dawsyn cruza los brazos sobre el pecho con los pies hundidos en la nieve.

Pasan varios segundos antes de que Ryon se vuelva a mirarla y se dé cuenta de que no se mueve.

—No tengo paciencia para juegos, chica. O caminas o te arrastro.

—Es tentador.

—Te comportas como una cría —le oye maldecir Dawsyn como respuesta.

—No parece estar muy lejos, y ni siquiera necesitaríamos encender fuego.

—No voy a permitirme desvíos.

—Así no es como funciona una alianza.

Él se frota la cara con su manaza.

—Camina, niña. Antes de que suba ahí y te lleve a rastras el resto del camino.

—Bueno —reflexiona Dawsyn—, pero antes tendrás que atraparme.

87

Por un momento, los ojos de Dawsyn se encuentran con los de Ryon en la pendiente: los de él brillan con amenaza; los de ella, con intención. Y entonces empieza a correr.

Incluso con su horrible atuendo, es rápida. Le duele y está agotada, pero la mueve algo parecido a la emoción. Corre en paralelo a Ryon, ladera a través, no hacia abajo. El sonido del agua goteando lentamente se acerca, pero también lo hace el de su rival, que ella sabe que la superará, aunque solo sea por la longitud de sus zancadas. Pero ella tiene la ventaja de estar más arriba y solo tiene que llegar al agua antes de que él la alcance.

Y entonces habrá ganado este juego de voluntades tan infantil.

Ya casi ha alcanzado el agua, su sonido la rodea al caer por la montaña. Detrás de ella, cerca, oye la respiración pesada de Ryon, pero ella ya ha alcanzado el agua. El glaciano llega demasiado tarde.

La corriente de agua poco profunda, del ancho de una mano, funde túneles en el hielo y fluye sobre la cara de un acantilado. Dawsyn se maravilla: por vez primera ve agua que corre en lugar de hervir. Se curva y se contonea sobre el suelo del bosque, insensible a cualquier bloqueo; su aspecto resulta tan hipnótico como su sonido.

Unas manos se cierran sobre la parte superior de sus brazos; de repente está en el aire. Su cuerpo se eleva lejos de la orilla del arroyo y es arrojado bruscamente contra el tronco de un imponente abeto.

Ryon la sostiene allí, con las manos sobre sus bíceps y expresión amenazante.

—¿Qué coño estás haciendo?

Dawsyn vacila. Su aliento le llega en grandes nubes de vapor que la cubren. Furioso, el glaciano le enseña los dientes, pero sus ojos…, sus ojos están muy abiertos, alarmados.

—¡Esta plataforma no es más que hielo que se está derritiendo! —ruge—. Un resbalón y te caerías.

Jadeando, Dawsyn lanza una risotada ante la desconcertada cara de Ryon.

—¿Hielo? ¡Nací en el hielo! ¡Los tuyos se aseguraron de

88

que mi vida pasara al borde de un puto Abismo! ¿De veras crees que no sé nada sobre el hielo?

Dicho esto, Dawsyn inclina la cabeza y después embiste con ella contra el puente de la nariz de Ryon.

El glaciano maldice en voz alta, con los ojos apretados, pero, en su favor, no retrocede a pesar de la sangre que le cae por los labios.

Cuando Dawsyn va a levantar la rodilla hacia su entrepierna, él la detiene y lanza su cuerpo contra el de ella, bloqueando efectivamente cualquier intento por su parte de hacerle más daño.

—¡Para! —grita mientras ella se agita contra él—. ¡Que pares! —Su voz resuena en la montaña y asusta a los cuervos que están posados.

La joven para.

Sus cuerpos se agitan uno contra el otro, irritados y temblorosos. Expectante, Dawsyn aguarda el ataque, el dolor. Dista mucho de ser su primera vez en manos de un hombre, pero nunca nadie ha logrado dominarla. Así pues, espera que la mano de él se dirija a su pecho, que sus dedos vayan hacia sus muslos, que su lengua se introduzca a la fuerza entre sus dientes. O, si no es eso, entonces que la tire al suelo, que la patee.

Pero él no hace nada de eso.

Es un glaciano y ella le ha herido, pero allí donde muchos humanos antes que él hicieron cualquier cosa, de todo, él no hace nada.

Ryon gira la cabeza y escupe la sangre de los labios.

—¿Te sientes mejor?

Dawsyn se estremece y la adrenalina disminuye.

—Suéltame.

—Como quieras —se burla él—, pero ten cuidado con el hielo, ¿de acuerdo?

Sus manos, su cuerpo, la sueltan de golpe, y allí donde su peso la presionaba ahora nota un vacío.

—Bebe hasta hartarte. Tenemos que seguir adelante.

Por encima de ellos se oye un impacto estremecedor: el chasquido de una rama.

Dawsyn se gira y levanta la vista para inspeccionar.

89

El último cazador está agazapado en el árbol, con sus grandes alas congeladas hasta la mitad.

—¿Ryon? —dice.

Este glaciano es más viejo que los otros. Tiene el pelo de color carbón más fino y los ojos más pálidos, y se le ponen redondos de sorpresa al ver a Ryon y a Dawsyn en el suelo a menos de medio metro de separación.

El silbido del aire al agitarse detrás de ella hace que Dawsyn se gire a tiempo de ver unas alas oscuras, mucho más grandes que todo su ser, desplegarse desde la columna vertebral de Ryon, donde antes no había nada.

Ryon dobla las rodillas como si se preparara para saltar, pero no aparta la vista del glaciano que está encaramado al árbol.

—Tranquilo, Phineas.

De repente, el cazador se deja caer y sus pies con garras aterrizan delante de ellos, sobre la nieve y la roca. Ryon se recoloca rápidamente, de espaldas a ella, bloqueándole el paso.

—¿No la has poseído? —pregunta el viejo glaciano, incrédulo. No se prepara para atacar, pero su expresión implora a Ryon—. Amigo mío, ¿qué haces aquí con la humana?

Ryon continúa enroscado, tenso y asustado.

—Vete de aquí, Phineas. No es tu presa.

—Tampoco la tuya, por lo que parece —contesta Phineas, lanzando una mirada a los ojos de Dawsyn—. ¿Cuánto tiempo la has tenido, Ryon?

Ryon no dice nada. Continúa con la mirada inexpresiva y los puños apretados.

Phineas emite un gruñido y sacude la cabeza.

—Deshun, dime que no pretendes huir con ella. No eres tan estúpido.

Ryon suspira.

—Tú tampoco lo eres, Phineas, y sabes que no permitiré que te vayas de aquí si creo que me traicionarás ante el rey.

El glaciano se eriza y sacude las alas. Tarda mucho en volver a hablar; cuando lo hace es con voz dolorida, como si luchara contra la rabia, por contenerla.

—Realmente, eres un estúpido si crees que no vendrán a

por ti. Te encontrarán antes de que puedas acostarte con la chica, si es eso lo que planeas.

Dawsyn gruñe y Phineas vuelve a mirarla.

Se le tensa la mandíbula como a un loco.

—Vuelve a Glacia. Debemos llevarnos a la chica.

—No —dice Ryon.

Se traspasan con la mirada.

Phineas mira a Ryon como si este se hubiera quitado una máscara, como si se hubiera destapado.

—Entonces, si eres partidario de perdonarla, dejémosla aquí. Podemos decirle al rey que se escapó de todos nosotros. He visto la sangre desde el cielo. Diremos que mató a los otros dos.

—Es que lo hizo —responde Ryon—, y prefiero que me mates aquí, hermano, a volver a ese lugar.

Phineas se inclina y se frota violentamente la cara con las manos.

—¿Esta es la respuesta a tus males, Ryon? ¿Huir de tu reino? ¿Abandonar tu posición en la corte? ¿La que te ayudé a conseguir?

—Y te he agradecido la ayuda, Phineas. Sin ti no habría puesto un pie en palacio, nunca me habrían concedido la posibilidad de salir a las laderas.

Phineas se queda inmóvil mientras le invade otro enfado.

—¿Este ha sido siempre tu plan? ¿Me has utilizado como medio para escapar?

—Tú me diste la oportunidad de tener una vida mejor y por eso estoy en deuda contigo. Así pues, no te mataré si intentas detenerme, hermano; pero si lo intentas, asegúrate de conseguirlo: no volveré a Glacia vivo.

La respiración de Phineas se vuelve agitada.

—¡Me dejas poca opción!

—Siempre hay una opción. Tú me lo enseñaste.

—Me ejecutarán por mirar hacia otro lado.

—No tienen por qué enterarse. Kesh y Theodore están muertos en la ladera. Nadie más nos ha visto. Regresa a palacio y no les digas nada.

—Pensé que tenías más sentido común que tu padre, Ryon. Me equivocaba.

A Ryon se le hunden los hombros.

—Puede ser, pero hace mucho tiempo que elegí mi camino.

—¿Y la chica?

—Solo es alguien que no quiero que me pese en la conciencia.

Phineas se tira del pelo.

—Ryon, no hagas esto, por favor. No puedes cambiar Glacia desde fuera. El único cambio sale de dentro.

Dawsyn escucha atentamente con el ceño fruncido, atrapada entre sus voluntades.

—Ambos sabemos que Glacia nunca se doblegará, hermano. Ya hace tiempo que lo sabemos. No pienso vivir y morir en la colina de su autoproclamada divinidad.

Phineas se ríe forzadamente y su voz tensa rebota por el bosque.

—Orgulloso de mierda. ¡Estás tirando tu vida por la borda!

—Para mí no hay vida allí dentro, Phineas. Lo sabes bien. —Ryon se yergue ligeramente.

Phineas maldice, enseñando los dientes.

—El único motivo por el que no te corto las alas y te devuelvo a rastras al castillo es tu padre —dice, contrayendo la expresión—. Él no habría querido esto. —Extendiendo sus alas blancas, el glaciano le dedica a Dawsyn una última mirada antes de escupir sus palabras de despedida—. Si te queda algo de sentido común, tirarás a la chica por un acantilado.

Dawsyn hace ademán de coger su hacha del cinturón de Ryon, pero antes de que pueda hacerlo Phineas ya se ha ido. Solo queda el sonido de su partida resonando en los espacios abiertos de su estela.

Ryon no aparta la vista del cielo hasta que solo se oye el goteo del agua.

Finalmente, sus alas se pliegan, acercándose a su columna vertebral y sacudiéndose con urgencia.

—Date prisa y bebe tu maldita agua —le suelta—. Tenemos que correr.

Dawsyn no discute. Su tono le dice lo que sus palabras no expresan: el peligro está cerca.

La joven se inclina a toda prisa sobre el hielo para coger agua con las manos y bebe a grandes sorbos. Por un momento, Ryon hace lo mismo, aunque bebe muy poco, antes de volver a ponerse de pie con los músculos del cuello en tensión.

Ella también se levanta, con los pies estratégicamente colocados para no resbalar. Ryon se acerca a ella y la coge por la parte superior del brazo antes de que pueda girarse, y luego la arrastra.

Cuando están a salvo de la pared del acantilado, le pone ambas manos en la espalda y la empuja.

—¡Corre!

13

*C*orren durante un siglo. Saltan por encima de las raíces de los árboles que despuntan sobre la nieve, y el vestido se le engancha y se desgarra en los matorrales. Se las arregla para seguir el ritmo de Ryon y deja que él abra camino por la nieve. Ryon no pliega las alas, aunque Dawsyn ve que se le enganchan con el viento y le frenan en su avance. No hablan, pero de vez en cuando Ryon lanza una mirada por encima del hombro para comprobar dónde está.

Hay muchas cosas que Dawsyn no entiende, pero si hay algo que conoce bien es el sabor de la amenaza, su olor, las empalagosas oleadas que impregnan el aire que los rodea. El miedo se extiende como la niebla desde Ryon hasta ella. Le duele tener las manos tan vacías.

Les llega un ruido; un fantasma distante de algo lejano. Es profundo, tembloroso. Un cuerno.

—Mierda.

Sin previo aviso, Ryon se lanza de nuevo sobre ella. De repente, su cuerpo está rodeado por el de él.

Los sonidos quedan amortiguados por su pecho; su olor la llena. Nota el rápido batir de sus alas y sus pies se separan del suelo.

Como antes, se lanzan al aire como una flecha, elevándose más y más alto. Ryon hace un giro y la agarra con más fuerza. Al golpear el tronco de un árbol con la espalda se oye un chasquido. Hace pie en una rama gruesa, se posa sobre sus cuartos traseros y la acuna en su regazo.

—No digas nada —sisea, estirando la mano hacia arriba.

Agarra una rama fina de densas agujas de pino y la tira sobre ellos. La luz se atenúa.

Por segunda vez en otros tantos días, Dawsyn se encuentra a una altura peligrosa, sujeta al pecho de un medio glaciano. Pero esta vez no se retuerce, no se la juega intentando rajarle la garganta, porque el peligro está allí mismo, sobre ellos. Lo nota por cómo se le seca la lengua y le pican las manos, y, tanto si lo desea como si no, esos brazos son ahora sus aliados.

Llegan en bandadas, como en la selección. El cielo gris se llena de una docena de glacianos de alas blancas, luego son dos docenas. Planean, vuelan en círculos por encima de ellos y más allá, pero nunca se lanzan hacia su posición. A Ryon y a Dawsyn no los ven desde el cielo, ya que sus perseguidores miran al suelo. Dawsyn los oye llamarse unos a otros de vez en cuando, gritando para que algunos inspeccionen la cresta o para que aterricen y peinen el suelo.

Ryon se la acerca más y a través de su fina túnica Dawsyn nota cómo le late el corazón. El de ella corre a la par.

Los pies de los glacianos no paran de chocar contra el suelo del bosque y sus alas cortan el viento sobre ellos, pero al cabo de un rato Dawsyn se olvida de escuchar. Los glacianos buscan y buscan, pero no encuentran nada. A medida que se alarga el tiempo, empieza a calentársele la piel. El brazo que le rodea la cintura se siente menos como una trampa. Su corazón se calma un poco y también lo hace el de él. El olor del miedo queda ahogado por el olor de él y, a pesar de sí misma, su cuerpo se relaja. Se curva donde él se curva, nota los lugares de él que ceden ante ella y los que no. Él encuentra los espacios vacíos que la rodean y los llena. En lugar de sentirse limitada, se siente sostenida. Y si a él le incomoda tenerla en su regazo, no lo demuestra.

En algún momento, los gritos y el movimiento de fuera van desvaneciéndose, alejándose. Y entonces, afortunadamente, el bosque queda al fin en silencio.

Ryon suelta la rama que los resguarda.

—Se han ido…, por ahora.

A Dawsyn le da tiempo de aferrarse al cuello de Ryon antes de que este alce el vuelo desde la rama. En el descenso, sus alas atrapan el aire y los frenan. Ryon levanta a la joven y deja que sean sus propios pies los que reciban el impacto, que provoca un ruido sordo.

Dawsyn retira las manos de él y finalmente abre la boca para hablar. Hay un océano de preguntas en su lengua, pero Ryon habla primero.

—Todavía no —dice—. No podemos parar. Venga. —Señala la ladera abajo.

Dawsyn corre arrastrando el vestido, pesado y húmedo. Esta vez es Ryon quien la sigue, a centímetros de distancia.

—Ya falta poco —resopla él de vez en cuando—. Ya falta poco.

Pero parece que no, que quizá nunca falte poco, y Dawsyn cada vez tiene menos fuerzas. Su cuerpo comienza a pedirle a gritos que se detenga, que ponga fin a esa incesante paliza.

En un lugar donde no se distinguen señales, Ryon la hace ir hacia un lado y cambian de dirección.

—Ahí delante —dice, aminorando la marcha—. ¿Lo ves?

Dawsyn no ve nada más que el blanco cegador del interminable paisaje, pero entonces… ve algo. Un espacio oscuro. Una masa abultada de color obsidiana. Cuanto más se acercan, mejor ve a través de la neblina. Es un desprendimiento de rocas: grandes trozos de restos de montaña, amontonados en un borde plano de la ladera. Algunos de los peñascos ennegrecidos son más altos que Ryon.

—Ahí hay una cueva. Es pequeña, pero no nos encontrarán.

Dawsyn no tiene aire suficiente como para responder; solo puede correr hacia ese imponente montón de piedra antes de que sus piernas cedan.

Finalmente, lo alcanzan. Dawsyn presiona las manos y la frente contra una roca mucho más grande que ella y emite un ruido que suena a dolor.

—Respira más despacio —le dice Ryon—. No podemos quedarnos a la intemperie. Ven.

Pero ella no se mueve; reserva la concentración para mantenerse en pie y coger aire. Así pues, Ryon la vuelve a tomar del brazo y tira de ella. Rodean los peñascos, pasan por encima de las rocas más pequeñas y al final se meten en un agujero cavernoso.

Dawsyn entra gateando en la boca negra como si fuera un refugio, un santuario, y allí se derrumba.

Ryon la sigue. Hay suficiente espacio para que ambos se acuesten el uno al lado del otro, con las piernas flexionadas contra el cuerpo. La cueva es demasiado baja para sentarse, no digamos ya para estar de pie, y demasiado oscura para distinguir si en su interior hay más provisiones. Dawsyn no tiene fuerzas más que para respirar, para que dejen de darle vueltas los ojos.

Ryon parece hacer lo mismo. La respiración entrecortada se escapa de sus pulmones y pasa a la garganta y a los labios.

—Joder —murmura, en apariencia para sí mismo—. Demasiado cerca. Ha estado demasiado cerca.

Pasan muchos minutos antes de que el frío la encuentre de nuevo, a través de los poros del suelo y de las capas de ropa.

Al principio se estremece, unos temblores únicos que su cuerpo conoce bien. Su mente le pide que se mueva antes de que empiece a tiritar en serio.

«Mantén a raya la escarcha. Mantén a raya la escarcha.»

Pero poco puede hacer aparte de quedarse allí tumbada. Los músculos no le responden y no tarda en echarse a temblar. Los dientes le castañetean y amenazan con cortarle la lengua si se interpone entre ellos. El frío no es un ser animado, pero, por los estragos que puede llegar a provocar, bien podría tener colmillos y garras.

—F-fuego —dice débilmente—. T-tenemos que encender un fuego.

Lo oye moverse en la oscuridad.

—No podemos. El humo..., nos encontrarán.

Empieza a tener espasmos. Su piel no es la de un glaciano. Su sangre no seguirá bombeando por las venas si se enfría.

97

—¿Dawsyn?

Tiene los dedos de las manos desnudos y entumecidos; los de los pies están dolorosamente congelados dentro de las botas, luchando contra la escarcha, buscando calor.

—Chica, te vas a morder la lengua.

Gimiendo, Dawsyn levanta su reticente cuerpo y se pone sobre Ryon.

Él inhala con fuerza cuando la cabeza de ella le golpea el pecho.

—¿Qué...?

Dawsyn apenas le presta atención. No piensa morir congelada en un agujero.

Primero desliza las manos bajo su túnica y le oye inspirar entre dientes al contacto de sus manos frías. Se desprende de las botas y entrelaza los pies, todavía vendados, con las piernas de Ryon, enterrándolos bajo sus pantorrillas. Presiona la cara contra el espacio que queda entre su brazo y su torso, y deja que su propia respiración, que inexplicablemente sigue siendo caliente, rebote contra ella.

—¿T-te vas a morir por pasarme un brazo por encima? —dice con palabras cargadas de veneno—. ¿O tu plan ha sido siempre verme morir en un agujero y tiritando?

Nota que él traga saliva secamente; un peso se asienta sobre su espalda y otro sobre sus hombros. Ryon no dice nada, y ella tampoco. Dawsyn ha vivido suficiente tiempo en el invierno para saber que está cerca de la muerte, que podría no pasar de la noche. Sabe lo rápido que arraiga la escarcha, de un modo perverso, pegándose a los pulmones si pierde la batalla, dispuesta a hacer la guerra poco a poco. Su abuela y sus vecinos murieron así. El frío de su pecho fue ganando centímetros mes a mes, encorvándoles la espalda, rompiéndoles las costillas con una tos húmeda y atroz.

—Encenderemos un fuego si lo necesitas —dice Ryon de repente; las palabras parecen escapársele, como si las hubiera estado reteniendo.

Dawsyn suelta una risa entrecortada.

—¿Qué más te da? ¿Tan frágil tienes la conciencia?

Y ahí está: de repente, la conversación con Phineas flota entre ellos, a su alrededor.

—Tal vez tenga algo que expiar —responde.

—Ya va siendo hora de que t-te expliques, híbrido. Has hecho mucho y dicho muy poco.

—Yo no te debo nada, chica. Te he salvado la vida unas cuantas veces en otros tantos días.

Dawsyn vacila ante la verdad que hay en esas palabras. Cómo odia estar en deuda.

—Tienes mis armas secuestradas y me obligas a viajar contigo. Me debes algo.

—Tengo tus armas secuestradas en defensa propia. Todavía tienes que comprometerte a no matarme.

El castañeteo de dientes se detiene por un momento y Dawsyn gime.

—Y si acepto ahora, ¿me las entregarás?

—Sí.

—¿Y te explicarás?

—Tendrás que averiguarlo.

La joven levanta las cejas en la oscuridad.

—Entonces, estoy de acuerdo. Si sobrevivo a esta noche, viajaré contigo por la mañana y me aseguraré de no lanzar un cuchillo en tu camino.

—O un hacha.

—Nunca he lanzado una sin una provocación —replica ella—. Supongo que eso dependerá de ti.

—Eso no resulta nada tranquilizador, chica. Pareces de enfado rápido.

Casi puede oír la sonrisa de suficiencia que se dibuja en su mejilla.

—Dime por qué huyes de Glacia —exige ella.

Él vuelve a suspirar, moviéndose debajo de ella.

—Mis razones no son tan misteriosas. Soy un glaciano mestizo. No tengo deseo alguno de permanecer en un reino lleno de aquellos que me miran por encima del hombro.

—Pareces tener la piel más dura que eso —responde Dawsyn—. Creo que estás mintiendo.

—¿Por qué? ¿Esperabas otros motivos mucho más retorcidos?

—¿Esperas que tenga un buen concepto de ti? ¿Porque no eres de pura raza? ¿Porque tienes las alas y la piel de otro color?

—Esperaba que recordaras mi buena disposición para salvarte el pellejo.

—Todavía no me has explicado por qué te molestaste en hacerlo —se burla ella.

—¿No puede ser por decencia?

Dawsyn se ríe de verdad.

—Nunca pensé que viviría para oír a un glaciano reivindicar decencia y expiación.

—Medio glaciano —le recuerda Ryon.

—Entonces, dime, medio glaciano: ¿qué estás expiando? ¿A cuántos humanos sacrificaste antes de que tu conciencia se apoderara de ti?

Los brazos de Ryon se tensan, no para abrazar, sino para contener la violencia.

—Nunca he matado a un humano.

Dawsyn intenta darle la vuelta a sus palabras:

—¿Nunca?

—No, pero he tirado a muchos a ese maldito estanque. Y luego los he llevado al borde del Abismo y he visto caer sus cuerpos sin alma.

Dawsyn traga saliva.

—¿Es eso lo que les sucede? ¿Los arrojan al Abismo después de quitarles el iskra?

—Sí, salvo a los que conservan para el espectáculo o como esclavos. Así pues, que sepas que tengo las manos igual de manchadas que si los hubiera destripado, chica, por si se te pasa por la cabeza enamorarte de mí.

Dawsyn pone los ojos en blanco.

—¿Eso crees que estoy haciendo? ¿No estás acostumbrado a tener mujeres encima?

—¿Mujeres? No. ¿Hembras? Siempre. Prácticamente hacen cola.

—Y, sin embargo, huyes. Eres un alma tan torturada... ¿De verdad es tan duro ser el único híbrido?

—No soy ni de lejos el único híbrido, como tú dices. Pero, para responder a tu pregunta, sí, es duro.

Dawsyn hace una pausa y abre más los ojos. Seguramente esté mintiendo. Es imposible.

—¿Cuántos sois?

—No lo sé seguro, pero diría que somos al menos tres cuartas partes de la población glaciana.

—Pero... ¿cómo es posible? ¿Cómo puede haber tantos?

—Los glacianos no han estado siempre tan aislados y tienen un largo historial de robar humanos por deseos mucho más básicos.

A Dawsyn se le corta la respiración.

—Estás de broma.

No. Así que, para que quede claro, no estoy sufriendo por pertenecer a una minoría.

—Si tantos sois, ¿por qué no vi a ninguno más en el palacio? —pregunta Dawsyn.

—Bueno, en eso sí que era una minoría. Soy el único mestizo al que se le ha concedido entrar a palacio..., como chico de los recados. Pero, aun así, es todo un honor.

Lo dice en un tono de burla evidente, y Dawsyn supone que no había ningún honor en ello.

—Y dime, ¿por qué tú? —continúa preguntando Dawsyn—. ¿Cómo entraste en la corte cuando ningún otro híbrido podía?

Ryon suspira con fuerza.

—Es una larga historia. Básicamente es porque al menos soy medio glaciano, cosa que los demás mestizos no pueden decir. En parte se debe a quién era mi padre: un glaciano de sangre pura a quien el rey Vasteel apreciaba mucho. —Su voz se tiñe de veneno—. El resto es porque llevo mucho tiempo tramando la fuga, chica. Y normalmente consigo lo que me propongo.

Dawsyn frunce el ceño. En un rincón de su mente nota que ya no tiene los dedos entumecidos, que ya no le pincha la piel de la cara.

—Vasteel —susurra para sí misma; por fin ha oído cómo se llama el rey.

—Antes de vivir en el palacio, vivía en la Colonia, que es muy diferente de la corte de Vasteel.

—¿La Colonia?

—El pueblo para los glacianos de sangre mixta. Glacia es como cualquier otro reino, Dawsyn —prosigue sin prisas—. Una población de campesinos bajo el control de la clase dirigente: un grupo de tontos peligrosamente engreídos con demasiado poder.

Dawsyn no tiene mucha idea de a qué se refiere. La Cornisa no es un reino y todas las cabañas son iguales.

—Pero tenemos una ventaja —continúa él—: los puros están muriendo, lenta pero inexorablemente. Por eso necesitan el iskra.

Dawsyn se estremece al oír la palabra.

—¿Cómo pueden morir si tienen el iskra que los hace inmortales?

—El iskra solo impide que envejezcan. No puede evitar que mueran por otras causas. Tú misma mataste a dos sin dificultad.

—Sí, pero...

—No pueden reproducirse —la corta Ryon—. Hace más de un siglo que no dan a luz a una cría de pura raza.

Dawsyn suelta el aire. No pueden reproducirse, pero pueden morir. Por eso a su pueblo lo llevaron ladera arriba, al otro lado del Abismo. Después de todo eran ganado.

—¿Y tú? —pregunta—. ¿Te vas por integridad?

—Tengo algo de moral, es cierto —le dice él—, pero no, chica, no me voy de Glacia para que mi corazón deje de sufrir. Me voy para poder regresar un día... y quemar ese maldito lugar.

Dawsyn oye cómo el timbre violento de su voz rebota contra la roca que los encierra y escucha su profundidad. Ryon no dice nada más de Glacia, de su gente, de sus planes, y Dawsyn no se atreve a preguntar. Ha obtenido demasiadas respuestas. Su mente las busca como la luna arrastra las mareas de la orilla, solo para escupirlas de vuelta a la arena una y otra vez.

Finalmente, se le cierran los ojos y su cuerpo deja de temblar. Cuando sueña, ve a su abuela, que sube por una ladera que lleva a ninguna parte.

103

14

—*D*espierta.

La voz es lejana, atraviesa montañas, cruza abismos. No, viene del Abismo. De abajo, sube por sus paredes desde las profundidades, donde espera ella.

—Despierta —vuelve a decir, y ella la ignora.

¿Qué sentido tiene despertar aquí, en el fondo, en el final de sí misma? ¿No sería más agradable quedarse en el olvido? A su alrededor están los cráneos, las costillas y las articulaciones de los que saltaron y cayeron, y ella está tumbada entre ellos, dispuesta a beneficiarse de su paz.

—Despierta, chica. Es de día. —La voz profunda, demasiado alta y cercana, la sacude.

Abre los ojos, parpadea y distingue la forma del torso de Ryon cerniéndose sobre ella.

La creciente luz de la mañana viene a su encuentro a través de las grietas de la cueva; por fin la joven es capaz de enfocar el rostro de él: la mandíbula afilada, la barba rizada de varios días, las cejas oscuras sobre los embriagadores ojos. Ryon levanta la mano sosteniendo un trozo de carne seca en ella.

—Gracias. —Se la quita de los dedos y la muerde con avidez.

—Así que tienes modales —dice él con una sonrisita.

—No te acostumbres.

Está viva y también debería darle las gracias por eso. Le sobreviene un escalofrío, pero continúa teniendo los dedos de los pies rosados, igual que los de las manos.

—Duermes como un muerto —le dice—. Y roncas como un cerdo.

Ella frunce el ceño.

—Los muertos no roncan.

—Tenemos que irnos —responde él, girándose hacia el otro lado, lejos de ella.

Tiene otro saco en la mano, como el de la madriguera. Lo agarra y empieza a arrastrarse hasta la abertura que hay entre las rocas y sale al exterior.

Dawsyn le sigue. Hay poca luz. Unas pesadas nubes grises cubren el cielo, opresivas y amenazadoras.

—Otra tormenta —dice Dawsyn con los hombros caídos—. Esta estación no se rinde.

—Nos alcanzará al anochecer —dice Ryon, inclinándose sobre la tierra helada para vaciar el saco.

—Antes —corrige Dawsyn—. ¿Notas la quietud? Nevará a mediodía.

Siente cómo las diminutas yemas de los dedos de la tormenta alcanzan a acariciarle el cuello a modo de advertencia. Se le pone la piel de gallina en el cráneo. Se mira la capa y el vestido, todavía húmedos a pesar de la noche de calor.

—Toma —dice Ryon, y le lanza un montón de tela que había en el saco.

Dawsyn lo caza al vuelo y desenvuelve el fardo gris para encontrar unos pantalones y una túnica. Finos pero secos. Se estremece de alivio.

—No te calentarán lo suficiente, pero tampoco pesarán tanto como ese ridículo ves... —Pero se detiene a mitad de la frase.

Dawsyn ya se ha quitado la capa y la ha lanzado sobre una roca. Sin dudarlo, tira de los cordones del corpiño y los afloja con facilidad.

—¿Qué haces?

Ella no se detiene.

—Desnudarme.

Tira de los hombros del voluminoso cuello y se lo baja primero por un brazo y después por el otro. Continúa por los pechos, por el estómago, y finalmente lo deja caer sobre las botas. Y se queda allí de pie sin nada más que unas finas enaguas que no la cubren entera. Se le endurecen los pezones contra la tela delgada, y el rosa intenso destaca bajo el blanco. Oye un gemido grave de Ryon y le dedica una mirada, a tiempo de ver como se tapa los ojos con la mano y se da la vuelta.

—¿Seguro que habías visto el cuerpo de una mujer antes?

Él mira hacia la ladera nevada.

—Como he dicho, hembras, pero no mujeres. Podrías haber buscado una roca tras la que vestirte.

—¿Y perderme la cara que has puesto? ¿Por qué habría tenido que hacer algo así?

La túnica le llega a las pantorrillas y las mangas son un palmo más largas que sus brazos. Se las sube, se pone los pantalones, y se esfuerza por encontrar el suelo de nuevo, ya que las perneras se han tragado las botas.

Ryon se gira hacia ella.

—Pareces una niña —dice, recuperando su sonrisita de suficiencia.

—Por cómo te has ruborizado hace un momento, nadie lo diría.

Al instante, su sonrisa desaparece y la sustituye por algo parecido a la incomodidad.

Con dificultad, Dawsyn se remete la túnica por dentro de los pantalones y se los ata lo más ajustados que puede. Después rasga las mangas y las perneras del pantalón y guarda la tela sobrante, sin molestarse en disculparse. Cuando termina, mira a Ryon.

—Y ahora cogeré mis armas.

Ryon entorna los ojos, pero no discute, y se saca del cinturón el hacha y el cuchillo. Dawsyn alarga la mano para cogerlas; al hacerlo, los dedos de él tocan los de ella y los retienen.

—Sé perfectamente lo rápido que puedes matarme con esto, chica, así que no te pienses que soy tonto. Que sepas que, si las blandes contra mí, te elevaré por encima de los árboles y te dejaré caer.

Dawsyn quiere decir algo mordaz, pero se le revuelve el estómago solo de pensar en caer del cielo. En lugar de eso, arranca sus únicas posesiones de las manos de Ryon y se las asegura a la cintura.

—No tendré motivos para blandirlas contra ti, a menos que me sigas llamando chica.

Se ponen en marcha. Ahora le cuesta mucho menos correr, ya sin las pesadas capas del vestido. Le sigue a él por entre los árboles. Ryon continúa levantando la vista al cielo. De vez en cuando oyen que el aire se agita por el batir de alas y se esconden, pero no llegan a ver a ningún glaciano sobrevolándolos ni oyen gritos.

—¿Crees que tu amigo Phineas te ha traicionado? ¿Es por eso por lo que oímos el cuerno ayer? —le pregunta Dawsyn cuando reducen la marcha al empezar a bajar por una pendiente peligrosamente empinada.

—No hay forma de saberlo. Quiero creer que regresó a palacio y les dijo que yo estaba muerto, como los otros cazadores, pero no puedo estar seguro de ello.

—¿Por qué no iba a perdonarme la vida a mí también? Seguramente, si quería salvarte el pellejo a ti, también me lo salvaría a mí, ¿no? ¿De qué sirve enviar una horda de glacianos a buscarme si sabe que los conduciré a ti?

—No podía declarar que tú también estabas muerta. De haberlo hecho, habrían esperado que regresara contigo, con tu cadáver a cuestas. Todavía tratarían de sacarte cualquier resto de iskra que quedara en tu cuerpo, como hicieron con tus otros… amigos.

Dawsyn recuerda cómo los cuerpos de Lester y Carl se deslizaron en las aceitosas garras del estanque.

—Entonces para ti sería más seguro que nos separáramos. Has de saberlo.

—No sé —replica él—. Si me encuentran, necesitaré a alguien que sepa cómo arrancarles la cabeza de los hombros.

A su pesar, a Dawsyn se le escapa una pequeña sonrisa.

107

De repente, una ráfaga de viento los azota con brusquedad y le aparta de los hombros sus largos mechones de pelo negro.

—La tormenta ya casi ha empezado —le dice a Ryon.

Pero el viento se lleva sus palabras. Ahora él está muchos pasos por delante; es capaz de cruzar la pendiente casi vertical mucho más rápido que ella.

Le llama la atención un movimiento y gira la cabeza.

Un bulto la acecha entre los árboles, caminando con facilidad contra la rocosa pendiente. Sus pesadas patas se apoyan como si caminara sobre un llano.

Es un gato, tan grande como ella, con el pelaje blanco, ni más oscuro ni más claro que la nieve recién caída que lo rodea. Su gran pecho emite un gruñido que aumenta conforme le va enseñando los dientes.

Dawsyn no se mueve. Hacerlo lo bastante rápido como para dejar atrás al animal significaría caer en una muerte segura.

—Ryon —dice en voz baja, pero el viento envía la palabra ladera arriba, lejos de los oídos de él, y el glaciano continúa alejándose, apremiado por la tormenta que se acerca.

El gato, con el pelaje erizado por la anticipación, continúa acechándola, cada vez más cerca, y avanza en círculo para conseguir la posición más elevada.

«Mierda.»

A Dawsyn se le flexionan las rodillas solas. Mientras mantiene una respiración regular, su mano roza el ojo del hacha.

«Todavía no —piensa—. Todavía no.»

El gato se abalanza, con sus garras mordiendo la tierra en una lluvia de escarcha y fragmentos de roca.

El hacha de Dawsyn vuela. La lanza por el hombro, haciendo que el mango rote sobre la hoja. En cuanto el arma abandona sus dedos, ella se lanza cuesta abajo. Con los ojos cerrados, oye el golpe certero del hacha, nota el ligero rocío de sangre caliente en la mejilla y espera oír el sonido del gran gato al caer.

El animal no la alcanza por poco. Dawsyn oye el gran golpe seco del cuerpo cuando cae al suelo, a la altura de sus pies; luego da unas vueltas de campana. Se gira y ve cómo la masa blanca rueda cuesta abajo. Cada vez está más cerca de Ryon, que se ha detenido y observa cómo una bestia se detiene a su lado con un hacha clavada en el pecho.

15

*R*yon no puede apartar la vista del gran gato blanco que tiene a sus pies. Del pecho del animal sale sangre que se congela en la nieve y la tiñe de rosa.

Oye a Dawsyn bajando hacia él; mientras la espera y la observa, se tensa. ¿Y si ha abarcado más de lo que puede apretar?

—Muchas gracias por tu ayuda —dice ella.

Tiene una forma de hablar tranquila y letal que lo perturba. Una manera de prometer dolor sin furia. Su rostro está entrenado, es impasible. No revela el miedo, la incomodidad ni la ira. Ryon tiene que buscarlos, escarbar para ver si están. Solo los ha podido intuir en su respiración, cuando se acelera, o en su pulso, si la tiene lo bastante cerca, pero nunca en sus ojos o en su lengua, que parecen dotados de una serenidad inquebrantable.

Al final aparta la vista del gato y la mira a ella, ahora de pie por encima de él, lo bastante alto como para estar a la altura de sus ojos. La joven se rasca la nariz y se aparta el cabello negro y rizado, como si no hubiera matado ella sola a un animal el doble de grande con un hacha ridículamente pequeña.

—No parece que necesitaras mi ayuda.

—O puede que por fin hayas llegado a la misma conclusión que yo: estás mejor sin mí.

Eso es justo lo contrario de lo que él quiere.

—Ah, pero entonces los depredadores que vagan por estos bosques solo me acecharían a mí.

Dawsyn se inclina para recuperar su hacha.

—Es la primera cosa sincera que me dices.

Él levanta una ceja.

—Te he dicho muchas.

—También has omitido muchas otras —dice ella, limpiando la hoja en la nieve. Al ver que él no responde, lo mira—. ¿Qué? ¿Creías que era lo bastante idiota como para no darme cuenta?

—Para nada, chica. Pero tendremos que dejar la historia de mi vida para más tarde. La tormenta está casi aquí.

Como si lo hubiera llamado, el viento asciende por la pendiente con la promesa de hielo en su aliento.

—¿Tienes otro refugio por aquí cerca? No podemos quedarnos a la intemperie.

—Sí —dice por encima de la ráfaga de viento—. Ya no está lejos. Dame la mano.

Dawsyn inclina la cabeza con expresión de acero.

¿Para qué?

—Hemos de ir deprisa, y si te caes, no lo oiré. Así que dame la mano ya, joder.

Ella se la tiende y sus dedos, helados, pequeños y pálidos en comparación con los de él, se cierran sobre ellos. Ryon la guía en un descenso sin pausa; al final, la pendiente se vuelve menos peligrosa. Al cabo de unos minutos, el glaciano ve la guarida en la falda de la montaña, disimulada por los matorrales que la rodean.

Al llegar a las zarzas enredadas, saca su espada y las corta. El viento aúlla en sus oídos y la escarcha golpea su cara al descubierto. Solo puede hacer un gesto a Dawsyn para que se adelante y entre al refugio por el hueco que él ha hecho en la enredadera.

Ryon la sigue rápidamente. A diferencia de la cueva, este refugio lo cavó él mismo, a mano. Pero, al igual que la cueva, solo tenía que ser lo bastante grande para él. Otra noche que pasará hecho una bola, con las alas escondidas, cuando sabe que lo mejor sería estar bien preparado.

Cuando llegan al interior, Dawsyn se acomoda contra la pared de tierra. Él ocupa el único espacio que queda junto a ella, muslo con muslo.

111

—Cuéntame cómo viniste a planificar estos refugios tuyos —le pide. Se estremece y aprieta el costado contra el suyo, sin duda más necesitada de calor que de dignidad—. Hiciste que pareciera como si estuviera prohibido vagar por las laderas. ¿Eres un rebelde?

Ryon se aclara la voz.

—Todo forma parte del plan.

—¿Para escapar de Glacia?

—Sí. Como te dije, solo los tontos prueban a bajar por las laderas sin un plan.

—Pero tú tienes alas —insiste ella—. Podrías haber escapado volando. Y, sin embargo, planeaste ir por las laderas.

—La guardia inspecciona el cielo con regularidad. Nunca planeé ir lejos. Necesitaba varios escondites cerca, tanto para cuando finalmente encontrara una oportunidad de huir como para cuando pudiera regresar y derrocar el imperio.

—¿Cómo saliste las otras veces para encontrar estos lugares?

Reposa la mano en la cara, considerando qué y cuánto decir.

—Iba con cuidado. Volaba hacia el bosque de noche y volvía antes de que saliera el sol. A veces aprovechaba esas noches para buscar lugares donde refugiarme y almacenaba en ellos cosas que no iban a echar de menos en palacio. Ropa, comida, calzados… —Mira los pies de Dawsyn—. Menos mal que lo hice.

—Entonces, ¿por qué no seguiste adelante si podías salir sin que se dieran cuenta?

—Porque en cuanto amaneciera y alguien se percatara de mi ausencia, saldrían a buscarme. Buscarían hasta que me encontraran, y sabrían que era un traidor. Tenía que esperar un momento en el que pudiera fingir mi muerte. La próxima vez que entre en palacio, necesito que la sorpresa esté de mi lado.

La mira y ve que ella también lo está mirando.

—El rey Vasteel no permite que nadie, aparte de su guardia personal, salga a las laderas. Tuve que esperar la oportunidad. Fui ascendiendo en la corte, aunque lentamente. Pensé que tal vez un día el rey confiaría en mí lo suficiente como para permitirme volar en su guardia. Y entonces apareciste tú. Y elegiste huir. Sabía que era la mejor oportunidad que podía esperar. Es la única vez que el rey permite que otros vuelen por las laderas. Has sido la primera persona lo bastante estúpida como para intentarlo, al menos desde hace mucho tiempo.

Dawsyn no reacciona al insulto.

—¿Cuánto llevabas esperando?

—Diez años —dice él, y aparta la mirada.

La oye suspirar suavemente.

—Es un plan con fisuras.

—Es un plan que depende en buena parte de la suerte, pero mira con qué facilidad lo hiciste: no solo aceptaste su oferta, sino que también mataste a dos de los cazadores y derramaste su sangre por el bosque. Si Phineas no me ha traicionado, los demás no tardarán en creer que me has matado también a mí, como a Kesh y a Theodore. Se cansarán de buscarte y yo habré desaparecido.

—¿De verdad te fías tanto de Phineas? —pregunta ella, poco convencida—. No parecía tenerte en gran estima.

Ryon suspira.

—Sí, puedo confiar en él.

—Te llamó «deshun» —recuerda Dawsyn—. No sé qué significa.

—Es una antigua palabra glaciana. Significa «hijo».

—¿Y por qué la usó contigo?

La pétrea mirada de Dawsyn le indica que no dejará el tema. Está hurgando, tanteándole, buscando agujeros en su historia.

Ryon se prepara para contarla.

—Phineas era el mejor amigo de mi padre, su confidente. Crecieron juntos, cerca de palacio, y se convirtieron en nobles. Mi padre, Thaddius Mesrich, era el favorito del rey. Era bueno con la espada, era bueno con todo, y el rey lo quiso pronto a su lado, cuando era apenas mayor de edad. A partir de entonces, Phineas estuvo con él. Se quedaron allí décadas, bebiendo del estanque de Iskra, custodiando al rey, llevando una vida que los de la Colonia no podían ni imaginar.

113

Si Dawsyn se siente perturbada por sus palabras, no lo demuestra.

—¿Qué le pasó a tu padre…, a Thaddius?

—Se cansó de mantenerle los pies calientes al rey; al final los cuerpos que entraban en el estanque le acabaron pesando. Para los estándares humanos nunca fue compasivo, pero para los glacianos fue, cuando menos, empático. Empezó a vagar por la Colonia, junto a Phineas, a relacionarse con glacianos de sangre mixta, todo sin que el rey supiera nada. Cuando se aventuró a alejarse de los de sangre pura, se dio cuenta de la brecha que los separaba. Empezó a percibir hasta qué punto le habían condicionado a creer que quienes tenían oro lo merecían y quienes tenían mugre debían estar agradecidos por ella.

»Al final, un día trajeron a una mujer del otro lado del Abismo. No era más que otra hembra humana entre los seleccionados aquella estación. Mi padre debió de ver algo en ella, o puede que fuera la culpa que soportaba, que lo superó. Cuando la mujer estaba a punto de entrar en el estanque, mi padre dijo que le vendría bien una doncella. La corte se rio de él, pero el rey se lo permitió.

—¿Era tu madre? —dice Dawsyn.

Por fin sus ojos delatan que puede sentir algo. Ryon asiente.

—Mi padre la sacó a escondidas de palacio y la llevó a la Colonia. Le encargó a una familia de allí que la mantuviera a salvo. Su plan era ayudarla a escapar. Phineas le rogó que la abandonara, pero mi padre estaba prendado de ella. No tardó en enamorarse.

—Y entonces apareciste tú —dice Dawsyn en voz baja; al pronunciar las palabras se ve el vaho ante ella—. ¿Naciste en secreto?

—Pero me temo que el secreto no duró mucho tiempo —dice Ryon con calma, pero se le contrae el estómago y se le tensa la mandíbula, como siempre—. El rey estaba, y siempre ha estado, empeñado en proteger la pureza de la sangre glaciana. Imagina su ira cuando descubrió que el guardia en el que más confiaba había engendrado un hijo con una humana.

Hizo que los arrojaran a ambos al Abismo después de cortarle las alas a mi padre.

—¿Y a ti no? —pregunta Dawsyn.

—El rey enfureció al descubrir lo que había hecho mi padre, pero creo que se arrepintió al instante de haberlo matado. Él protege a los de sangre pura como si fueran piedras preciosas. Yo no era de sangre pura, pero al menos lo era a medias, y ahora incluso eso es poco común. Así que me dejaron en la Colonia.

La ventisca en el exterior arrecia y el mundo se reduce a blanco y gris.

—Los de la Colonia me acogieron, pero fue Phineas quien veló por mí. Se aseguró de que me trataran con justicia entre los mestizos, se ocupó de alimentarme y vestirme cuando la Colonia no podía proveer. Le habían degradado de la guardia real por su proximidad a mi padre, y aun así presionó para que se me permitiera entrar en palacio. Me entrenó, me preparó para formar parte de la corte pese al desacuerdo de los de sangre pura. —Ryon gira la cabeza hacia Dawsyn y ve que ella le mira fijamente—. Por eso confío tanto en él.

La joven no aparta la vista pese a la mirada de él. Sus labios, morados y agrietados por el frío, están firmemente cerrados. Sus oscuros ojos recorren su rostro, leyéndole.

—¿Planeas vengar la muerte de tus padres, guerrero?

«Guerrero.» Es un buen cambio respecto a «híbrido».

—La suya... y la de todos los demás.

Ryon observa, sorprendido, cómo los labios agrietados de ella se expanden lentamente en una sonrisa.

—¿Eres un hereje? ¿Un extremista? ¿Un mártir? ¿Qué eres?

«Qué lengua tan viva que tiene.» La usa para provocar incertidumbre, recelo. Ryon imagina que le debe de haber sido de mucha utilidad en la vida, para infundir miedo en quienes la veían pequeña y vencible. Con qué rapidez les debía de demostrar lo equivocados que estaban.

Pero no le hará vacilar tan fácilmente. Ryon se inclina hacia ella y se acerca a su cara, pero sus labios se crispan al ver

115

que la chica echa mano del cuchillo que lleva en la cadera. Se detiene. Le lanza una mirada lasciva y dice:

—Quizá solo quiera destripar a todos los que pueda, sean buenos o malos.

E incluso con la piel pálida, los labios morados, los ojos inyectados en sangre y el pelo enmarañado, Dawsyn aún tiene el descaro de decirle:

—Espero que tengas una espada tan grande como tu ego. La necesitarás cuando derroques un reino entero tú solo.

Ryon sonríe.

—Es lo más amable que me has dicho.

—La mentalidad de los machos glacianos es igual de básica que la de los machos humanos —dice ella, que pone los ojos en blanco con desagrado. Después recoge las piernas más cerca del pecho y se las cubre con la capa—. No podemos estar lejos del valle.

Ryon levanta las cejas con incredulidad.

—¿Qué te hace pensar eso?

—El aire se percibe… diferente, más espeso.

Ryon sabe a qué se refiere. Los glacianos están hechos para la montaña, pero los humanos nunca fueron concebidos para soportar la vida allí arriba.

—Supongo que después de la Cornisa muchas cosas te parecerán extrañas.

Ella asiente y mira la tormenta.

Ryon, en cambio, la mira a ella. Debería de estar muerta. A estas alturas tendría que haberse congelado y rendido. Su cuerpo muestra el desgaste del viaje. Sus hombros se van curando allí donde las garras la mutilaron, pero no lo bastante rápido. La ve cojear cuando camina o corre, y su rostro palidece. Se han mantenido en movimiento, con la sangre caliente, pero bien podría no llevar ropa para lo que le sirve la que lleva. Ryon desvía la mirada al recordar su aspecto sin ropa.

Traga saliva.

—¿Tienes hambre?

Ella masculla una risa que se le escapa entre los labios.

—Rara vez no la tengo.

La cree. Es delgada, como todos los humanos que ha visto venir del otro lado del Abismo. La chica conoce el hambre y el frío. Por un momento, Ryon imagina qué aspecto tendría si estuviera bien alimentada, caliente y segura.

Coge frutos secos y carne seca de entre las provisiones que almacena en la pared de la guarida y le pasa la mitad.

—Gracias —dice ella al verlo—. A mi hermana le gustaba la fruta. —No dice nada más y se mete los trocitos en la boca.

—Creía que vivías sola.

—Así es. Mi hermana fue seleccionada hace años.

A Ryon se le tensa la mandíbula.

—Es probable que la vieras. Quizás incluso la empujaras al estanque tú mismo. —Mastica despacio, con la cabeza apoyada en la pared terrosa, pero gira el cuello para mirarle fijamente—. No creas que tu historia de dolor basta para hacerme olvidar tal cosa, híbrido.

Él entrecierra los ojos.

—Puede que lo hiciera. ¿Y qué cosas imperdonables has hecho tú para salvarte, Dawsyn? ¿O es que te consideras una santa?

Ella sonríe mordazmente y Ryon no puede fingir que no le divierte.

—Acuéstate y lo descubrirás —dice ella, pero debajo de eso, debajo de los puñales, el desdén y las palabras aterciopeladas, nota que Dawsyn está incómoda.

Y la idea de que él la haga sentir incómoda, de que no sea tan indiferente como parece, lo hace reflexionar. Duda que muchos hayan logrado de ella más que desinterés.

—¿Por qué? ¿Vas a robarme mis cosas y a dejarme sin nada?

—No —responde ella al instante, mirándole fijamente con nada más que malicia en la cara—. Antes te mataría y luego me lo llevaría todo.

Sin darse cuenta, Ryon baja la mirada hacia sus labios. Ahí está. Esa lengua de listilla. Se ríe enigmáticamente.

—No conseguirías acercarte lo bastante para hacerlo, chica. Tienes la lengua rápida, pero me juego lo que sea a que mis manos lo son más.

117

A Dawsyn se le oscurece aún más la mirada.

—Muchos han dado por sentado eso mismo.

—¿Y dónde están ahora?

—Pudriéndose.

Ryon se ríe más fuerte.

—*Outyer ve femela ut de arde mai fiersha vis de arde vindeca* —dice en voz baja, y ve que los ojos de ella van como un rayo hacia su boca.

Dawsyn espera, expectante. Cuando Ryon no dice nada, se frustra visiblemente.

Él sonríe con suficiencia.

—Significa «cuidado con la hembra cuyo deseo de herir arda más fuerte que su deseo de curar».

—Mi deseo es saltarte los dientes de la boca. Diría que ese es el deseo que gana.

—Pareces nerviosa.

—¿Nerviosa? ¿Por quién? Nunca me han dado miedo los murciélagos —bromea.

—Entonces, ¿por qué no paras de tocar la empuñadura del cuchillo? —pregunta Ryon con una sonrisa mientras sus ojos se desvían hacia la cadera de la chica.

—Estaba preguntándome si debo cortarte la lengua, o todavía no.

—De acuerdo, hagamos una cosa: ¿por qué no pruebas a golpearme? Si aciertas, me habrás puesto en mi lugar.

—¿Y si no?

—No acertarás. Y cuando falles, me quedaré con el cuchillo.

Un leve tono rosado calienta las mejillas de Dawsyn mientras le lanza una mirada asesina; a Ryon le entusiasma la idea de haber logrado provocarla por fin.

—Tienes más ego que sentido común. ¿Estás dispuesto a arriesgarte a que te clave un cuchillo en el pecho para demostrar que tienes razón?

—Tu cuchillo no se me va ni a acercar al pecho. Soy demasiado rápido y me parece que exageras en cuanto a tus habili…

Dawsyn se abalanza sobre él; de repente, el cuchillo está

brillando en su garganta. Se sienta a horcajadas encima de él, con un pie a cada lado de sus muslos y las rodillas dobladas, manteniéndose un par de centímetros por encima de su regazo. La punta del cuchillo toca el mismo lugar que tocó en su momento, cuando él la sacó a rastras de debajo del tronco de un árbol. Ryon nota cómo el filo frío recorre el camino de una vena que desaparece en su mandíbula. La cara de Dawsyn está peligrosamente cerca de la suya.

Con la cara pegada a la suya, Dawsyn inclina la cabeza hacia un lado y lo observa.

—¿Quién lo iba a decir? No se ha acercado a tu pecho.

Su aliento cálido alcanza la cara y la garganta de Ryon, que sin poder evitarlo se estremece. Le pican las manos de necesidad…, la necesidad de quitársela de encima, quizá, o puede que la necesidad de otra cosa.

—¿Me has hecho morder el anzuelo? —pregunta ella—. ¿Por qué?

Él traga saliva y nota que el cuchillo presiona con más fuerza.

—Puede que me guste tu cuchillo.

Ella resopla, entretenida.

—¿Me acusas de exagerar mis habilidades? ¿Dónde están esas manos rápidas de las que hablas? Solo los estúpidos provocan a las mujeres que tienen un cuchillo.

A Ryon se le escapa una sonrisita.

—Peores decisiones he tomado.

—Estoy segura, pero, para que quede claro, soy más rápida, nunca fallo, y solo muerdo el anzuelo cuando merece la pena.

Entonces se separa de él; cuando recupera su lugar, ya ha guardado el cuchillo.

Ryon la mira, la estudia…, esa humana parece no temer nada. Es… una caja de sorpresas.

—Si por la mañana despeja, deberíamos llegar al valle al anochecer —murmulla.

—Despejará —dice ella, inexpresiva, mientras se acomoda con cuidado contra la pared, haciendo una mueca de dolor cuando sus hombros rozan los bordes ásperos.

Duermen con los sonidos de la furiosa tormenta desatada en el exterior, que remodela la montaña.

Cuando Ryon se despierta, lo hace con el sonido de la respiración regular de Dawsyn calentándole el cuello y con su cuerpo pegado como una pieza que estuviera en su lugar. Ryon no puede evitar preguntarse qué está haciendo.

16

—¿Qué es lo que hay al pie de la montaña? —pregunta Dawsyn.

Han salido de la guarida a un aire mortalmente en calma. Hay una ligera capa de nubes que los rayos del sol luchan por traspasar, filtrándose hasta el suelo en algunos lugares. Dawsyn parece fascinada por esas zonas donde la luz convierte la nieve en joyas de un blanco tan cegador que no puede evitar entornar los ojos.

Ryon se estira y por un momento parece que sus alas fueran a desplegarse, como si ellas también quisieran estirarse, pero se retraen rápidamente y desaparecen.

—Allí acaba la ladera. Es casi imposible cruzarla a pie. Es como una gran barricada de piedras. La llaman la Puerta de Rocas.

—¿Quién la llama así?

—El reino humano —dice con calma.

A Dawsyn se le revuelve el estómago.

—No puedes hablar en serio.

Ryon duda y se detiene.

—Sí. —Frunce el ceño—. ¿Pensabas que tú y la gente de la Cornisa erais los únicos?

Dawsyn se ríe. No hay humanos tan cerca, ¿no?

—Pensaba que ningún humano se atrevería a acercarse tanto a una montaña de monstruos. Creía que lo que fuera que hubiera habido allí había sido destruido por los glacianos y que habían llevado a los humanos supervivientes a la Cornisa. ¿No es así?

Ryon sacude la cabeza.

—El reino está formado por aldeas. Solo se tomó la parte sur, que era la que se hallaba más cerca. La parte norte está más lejos y se mantiene.

Dawsyn se queda muy sorprendida, aunque mantiene su voz firme.

—¿Saben lo nuestro? ¿Lo de la Cornisa?

Ryon asiente con prudencia.

—Lo saben. Hay santuarios dedicados a tu gente. Los verás por todo Terrsaw.

—¿Terrsaw?

—Es el nombre de esa tierra —explica.

—¿Y tú cómo has llegado a saber de los santuarios de Terrsaw?

Él frunce el ceño.

—Porque he estado allí, claro.

—¿Y... qué? ¿Te dejaron entrar?

Se encoge de hombros.

—Puedo ser convincentemente humano.

Dawsyn lo recorre con la mirada y supone que tiene razón. Sin las alas no hay indicios de su sangre glaciana. Es alto, musculoso, y su constitución es la de un glaciano. Tiene la mandíbula igual de amenazante, pero no lo delata. Cuando va detrás de él y le mira la nuca desnuda, con las gotas de sudor deslizándose cuello abajo, la joven también se olvida de lo que hay en su sangre.

—¿Crees que tus amigos todavía nos andarán buscando? —le pregunta.

Ryon ignora la burla.

—Lo dudo. Ya estamos lejos de palacio. No se molestarán en venir tan lejos por una chica.

Dicho eso, se aleja a grandes zancadas con sus enormes pies haciendo crujir la nieve fresca. A Dawsyn no le queda otra que seguirlo.

Aquí el grado de la pendiente es mucho menos traicionero, una bendición para sus pantorrillas, que están a punto de morir. Cada hora, cada minuto, a Dawsyn le ha preocupado en secreto que sus músculos y sus huesos le fallaran. Pero conoce bien el cansancio, el dolor del frío y la fatiga, y por eso acalla las protestas de su cuerpo.

—Háblame de la gente de la Cornisa —le pide Ryon por encima del hombro.

La luz del sol se estira para reflejarse en su pelo y lo vuelve de un marrón intenso, distrayéndola.

—Dudo que te interese demasiado —resopla ella, con la respiración entrecortada.

—Tú sígueme la corriente. Pareces una creída y te estoy concediendo la oportunidad de enseñarme algo nuevo.

La joven se tambalea momentáneamente y luego se endereza.

—¿Qué quieres saber?

Ryon guarda silencio un momento.

—¿Tenías amigos? ¿Alguien con quien hablar después de quedarte sin familia?

Dawsyn está tan cansada que asiente, olvidando que él no la ve.

—Sí. Se llama Hector.

—¿Solo uno?

—De pequeña tenía amigos, pero en la Cornisa cuesta mantenerlos.

Él asiente con la cabeza.

—Y este Hector ¿está vivo?

—La última vez que le vi sí.

—Háblame de él.

—¿Por qué?

—Porque temo que estés a punto de caerte y trato de distraerte.

Dawsyn cada vez respira peor y sabe que él lo oye.

—Vivía cerca de mi casa, no muy lejos de la Cara. Nos criamos juntos.

—¿Y siempre era solo un amigo?

«¿Eso es curiosidad?» Dawsyn se siente demasiado confundida como para estar segura.

—No. A veces éramos amantes.

—A veces.

123

—Cuando surgía la necesidad.

Ryon se queda un instante en silencio.

—Suena romántico.

Ella se burla, pero suena más como un resuello.

—¿Los glacianos conocen el amor? ¿Se acuestan unos con otros entre las flores mientras hacen tiempo entre saquear aldeas y beber almas?

Ryon ríe sin humor, pero, por lo demás, ignora la pregunta.

—Entonces, ese Hector, ¿es alguien a quien quieres?

Dawsyn se lo plantea.

—No desde un punto de vista romántico.

Vuelven a caer en un silencio casi absoluto mientras continúan abriéndose paso por el bosque. Aquí se oyen nuevos ruidos, algunos que ella nunca había oído: el ulular de los pájaros, el parloteo de las criaturas más pequeñas en los árboles.

—Suena solitario —murmura Ryon de repente.

No dice nada más, y Dawsyn se pregunta qué sabrá un glaciano, medio o completo, sobre el amor y la soledad.

—¿Qué hay de tu vida? ¿Tenías más amigos aparte de Phineas?

—Sí —responde él.

Dawsyn espera, pero él no se molesta en dar más detalles.

—¿Eran híbridos o… puros? —Hablar en esos términos la incomoda.

—Mestizos —dice él—. Créeme cuando te digo que en palacio tan solo me toleraban, no gustaba en absoluto.

—¿Amabas a alguien? —pregunta ella, y cierra los labios de golpe. Se le ha escapado; no sabe por qué ha hecho la pregunta.

Ryon se ríe por lo bajo.

—Cuando surgía la necesidad.

—No me refería a eso.

Él suspira.

—Amaba a la gente que me cuidaba, que sacrificaba lo poco que tenía para que yo pudiera vivir, y eran muchas personas de la Colonia. Y hubo hembras por las que me preocupé. Pero no, no hubo ningún romance. Tenemos eso en común.

Dawsyn se detiene y se le escapa un gemido. Ve que Ryon se gira hacia ella, pero está borroso, inclinado. El latido que ha estado ahí desde que se despertó aumenta, la ensordece. Fuera de su cuerpo, en algún lugar, oye su nombre, quizá más de una vez. Pero está atrapada en la oscuridad, y parece una amiga.

17

Se despierta con la sensación de que la están acunando. Casi la arrulla y la lleva a aquel dulce abismo donde se escondía, pero hay algo urgente que la llama a despertar, así que se levanta y se aleja de la oscuridad y lucha por abrir los ojos.

—¿Ryon? —dice.

El rostro de él se cierne sobre ella, mirando hacia otro lado. Está lo bastante cerca como para ver cómo los pelos de su barba se entrelazan y enmarañan.

—Es la primera vez que dices mi nombre, chica.

La sensación de estar siendo acunada viene de él. La lleva en brazos mientras camina. Nota un brazo bajo los omóplatos, el otro en las corvas.

—Bájame.

—Como quieras. —Ryon se detiene y, con muchísimo cuidado, se la aparta del pecho, dejando que sus pies encuentren el suelo.

Dawsyn se tambalea; él la coge por la cintura y la sujeta. La joven respira entre dientes al notar las manos de él rodeándola, rozando sus costillas bajas.

—¿Estás firme? —le pregunta desde detrás con una voz extrañamente rugosa.

—Sí. —Pero ve el suelo cerca.

—Eh… —jadea Ryon, y la agarra antes de que su cara toque la nieve—. Ven, siéntate. Bebe.

La ayuda a bajar al suelo helado y le pasa un odre de agua. Dawsyn lo coge con dedos débiles y bebe despacio. Siente unos calambres horribles en el estómago.

Él la observa atentamente, y Dawsyn sabe lo que va a decir antes de que lo diga.

—No puedes continuar.

—Mírame —murmura ella, y le devuelve el agua, que se derrama por el temblor de su mano.

Ryon mascula una maldición en voz baja.

—No se ve a nadie en el cielo buscándonos, y creo que ya estamos lo bastante abajo.

—¿Lo bastante abajo para qué? —pregunta ella con desgana.

Él le busca la mirada y la mantiene.

—Para volar.

Una risa la abandona.

—Por desgracia, no nací con los mismos apéndices que tú.

Él sonríe.

—Me he dado cuenta. —Le mira las mejillas, donde la joven supone que la piel debe de dar muestras de calor—. Yo te llevaré.

—Me dejarás caer.

—Nunca haría tal cosa —dice él con sorna—. Te lo prometo.

Ella frunce el ceño mientras el golpeteo de su cabeza continúa incansable.

—¿Puedo apuntarte con el cuchillo en el ojo hasta que aterricemos?

Eres demasiado pequeña y estás demasiado débil como para intimidar a nadie.

Ella gime. El tiempo que invierta en resistirse solo será tiempo malgastado, y no le sobra. No puede alargar mucho más su supervivencia en esta montaña. ¿Quién sabe cuántos minutos y horas se perdieron mientras Ryon acarreaba con su inútil cuerpo por la ladera?

—Vale —dice, preparándose para ponerse de pie.

—Pero, primero, tu hacha, por favor —dice él con la mano extendida antes de que ella se levante.

Dawsyn mira primero el laberinto de su palma y después su cara; suelta una risotada.

—Si quieres conservar esa mano, híbrido, te la guardarás.

—Teníamos un trato —dice él con el ceño fruncido, pero Dawsyn ve que la diversión lo aligera, como si ella fuera un juego del que disfrutar.

Nota un sofoco por el cuello, pero levanta la barbilla y sonríe con falsa dulzura.

—No lo recuerdo.

—Es comprensible. Te has debilitado mucho en poco tiempo, te distraes y te confundes fácilmente. Hablaré despacio. —Se arrodilla sobre una pierna, como si hablara con una niña—. Te dije que te llevaría al cielo.

Dawsyn suspira. Se lleva la mano a la espalda y saca la cabeza del hacha de su cintura. Esta hacha en concreto no le importa mucho. Ha tenido muchas antes. No tardará demasiado en astillarse y romperse, y tendrá que reemplazarle el hombro o el ojo. No es tan tonta como para cogerle cariño a algo tan poco perdurable. Levanta la vista hacia Ryon y le tiende el mango romo.

Él sonríe por la victoria de un hombre que ha ganado un juego tonto y hace ademán de cogerla.

Dawsyn gira el hombro del hacha y al instante la hoja pasa por encima de la muñeca de Ryon, mientras con la otra mano le presiona el antebrazo contra la nieve. Una única gota de sangre describe un lento camino sobre el acantilado.

—¿Sabes? —dice la joven con los labios ahora incómodamente cerca de su oreja—, he perdido muchas hachas en troncos de árboles. Solo puedes golpear una cosa durante un tiempo antes de que se rompa. Me las han robado. He perdido una en el cuello de una persona, otra en el Abismo, incluso he regalado una. —Hace una pausa y no baja la vista cuando Ryon gira la cara hacia la de ella, a pesar de tenerla muy cerca—. Pero nunca he entregado una. Y cuando llegue el día en que deba hacerlo, no será a un glaciano.

Mientras otra gota de sangre sigue a la primera, Ryon se limita a mirarla fijamente, con la respiración algo más corta y la piel algo más caliente. Cuando finalmente habla, su voz es algo más áspera que antes.

—Un trato es un trato.

—Apostaste a que te rogaría que me llevaras al cielo —replica ella—. En este momento, Ryon Mesrich, ¿quién de nosotros parece más propenso a ponerse a suplicar?

Él resopla, divertido, con la mirada todavía fija en sus ojos, en su boca. La contempla por un momento y luego pone los ojos en blanco; un movimiento que resulta sorprendentemente irritante para Dawsyn.

—Vale —dice él—. Entonces habrá que hacer otro trato. Me comportaré con honor y te salvaré la vida: te sacaré volando de esta montaña, y tú sonreirás, dirás «gracias» y dejarás de soñar con matarme.

Dawsyn aparta la hoja del hacha de la muñeca de Ryon.

—Ni hablar.

Ryon se endereza y se pone de pie, sonriendo al mirar el cortecito de la parte interna de su muñeca.

—Perfecto —replica, y le tiende la mano.

Al principio, ella se lo queda mirando fijamente, nada más. Por alguna razón, la idea de dejar que le coja la mano le hace pensar que es como si perdiera. Pero todavía le retumba la cabeza y le tiemblan las piernas, así que cuando apoya su mano en la de él es un alivio.

Él la pone en pie con cuidado, observando sus gestos y sus muecas de dolor.

—Será más fácil si me rodeas el cuello con los brazos —le dice.

—¿Tengo que saltar hasta ahí arriba o mejor voy flotando?

Ryon pone los ojos en blanco y se agacha. Con cuidado, la coge por las corvas y por los hombros y la levanta del suelo.

—No hagas nada, princesa, no sea que te vuelvas a desplomar.

Ella le pasa los brazos alrededor del grueso cuello.

—Cabrón.

El murmullo de su risa le llena los oídos.

—Me gustaba más cuando me llamabas Ryon. Espera.

Nota que un temblor recorre a Ryon; de repente, las imponentes alas se extienden y la rodean. Se siente sacudida de la impresión.

Dawsyn reprime un grito cuando salen propulsados hacia

129

arriba y un borrón verde y blanco pasa silbando a su lado. Su estómago la abandona; de haber tenido algo dentro, podría haber subido hasta la frente de Ryon.

Cuando llegan al punto donde el cielo se encuentra con las copas de los árboles, Ryon despliega del todo las alas, las bate con furia y empieza a planear a gran altura. Con cada pequeña caída y elevación, la determinación de Dawsyn se desmorona y la joven se agarra con más fuerza.

—Qué raro —dice Ryon con calma—. Aquí arriba no eres tan atrevida.

Ella cierra los ojos. El pánico se filtra en su pecho y le encoge los pulmones. No puede respirar.

—¿Tienes miedo a las alturas? —le pregunta él.

Su aliento frío recorre la cara de Dawsyn. Sus labios están tan cerca del oído de la joven que por un segundo su voz es lo que domina, anula el sonido de las alas y de su propio pulso. Apoya su oído en el cuello del glaciano y oye la sangre moverse bajo la piel. La bilis de su estómago empieza a calmarse. Él le hace más comentarios sarcásticos, pero ella deja de escuchar; se concentra solo en la oscuridad que le proporcionan sus párpados, en el pulso de él, en el olor de su piel. Puede decir lo que le plazca. Puede reprenderla tanto como quiera, siempre que no la deje caer. Si le molesta cómo se aferra a él, tanto le da.

Dawsyn sabe cuándo empiezan a elevarse. Lo sabe, pero no se permite concentrarse en ello. Hará este viaje con los ojos cerrados, un nudo en el estómago y los nudillos blancos. El aire gélido la pincha en la cara y en los ojos que, incluso cerrados, le siguen llorando. De no ser por el cuerpo cálido que se aprieta contra el suyo, sería un frío insoportable.

En algún momento, su mente empieza a adaptarse a la sensación de estar suspendida en el aire. El estómago se le acostumbra a los descensos del vuelo, a las caídas en picado. Su mente se desvía hacia la mano que aguanta la parte superior de su cuerpo. Las puntas de los dedos están curvadas bajo su brazo, rozando sus costillas, muy cerca de su pecho.

«Joder.» Tal vez finalmente se haya vuelto loca. Quizá nunca despertara de su desmayo. Tal vez esto, un sueño donde vue-

130

la en los brazos de un glaciano oscuro, no sea más que una fantasía, aunque perturbadora.

Inspira sutilmente, con la nariz ya cerquísima de la garganta de Ryon. Bajo el olor del esfuerzo está el olor de él, embriagador e intenso. De nada sirve analizar por qué le gusta.

No entiende cómo Ryon es capaz de moverse por el aire con ella a cuestas, pero apenas necesita reajustarse; cuando lo hace, sus dedos la agarran de un modo que le parece íntimo.

No tiene ninguna necesidad de pensar en esos dedos. Abre los ojos. Mejor el miedo enfermizo que el camino imprudente que está tomando su mente, el camino al que su cuerpo está reaccionando.

La asalta el blanco brillante de una nube empapada de sol. Nota lo rápido que se están elevando por el viento que le azota los ojos y le tira del pelo, pero no ve nada. No hay tierra debajo ni cielo arriba, solo la interminable niebla blanca. Así tiene menos miedo.

—¿Cómo puedes ver? —le grita a Ryon.

Su voz llena sus oídos, mucho más suave de lo que esperaba.

—No veo, pero es mejor que nos quedemos en las nubes que arriesgarnos a que nos encuentren.

—¿Cómo sabes hacia dónde vas?

—Por conjeturas y por el tiempo. Ya no debe de faltar mucho.

Sus alas dejan de batir y se extienden para planear. Dawsyn separa la cara del cuello de Ryon para verlas mejor. Una membrana delgada, casi transparente, envuelve unos huesos largos y enjutos. Las alas se vuelven grises allí donde se filtra la luz. Le parece que tocarlas debe de ser como acariciar cuero. Nota cómo los hombros y el abdomen se le tensan al hacer modificaciones en su camino.

Dawsyn se pregunta cómo consigue volar teniendo la barriga tan vacía como ella y el cuerpo igual de cansado.

—Agárrate a mí —dice él con calma.

Entonces se lanza en picado.

A Dawsyn se le escapa un grito corto y sorpresivo cuando empiezan el descenso. La nube los rocía, los traspasa y luego desaparece por completo.

Ryon extiende las alas y frena.

A Dawsyn el estómago le pasa factura; maldice en voz alta.

—Vuelve a hacer eso y te mato.

—Uy, qué miedo —responde él—. Aunque dudo que lo hagas. Ya casi hemos llegado.

Vacilando, Dawsyn gira la cabeza y mira por encima del hombro. Vuelven a ver el suelo.

A sus pies, el mundo aparece extendiéndose asombrosamente hasta donde alcanza la vista. Parece interminable. Las colinas se suceden como olas, la ladera de la montaña se eleva desde el suelo como una bestia detrás de ellas, bordeada en la base por rocas escarpadas que parecen dientes y que superan en altura a los bosques que las rodean: es la Puerta de Rocas. Más adelante hay tejados, pequeños como huellas de pulgares.

Más que todo eso, es el color. La luz cae sobre el mundo, no queda trabada en la espesa capa de nubes, y la tierra se ilumina. Los bosques no son una masa interminable de pinos cargados de nieve, sino muchos tonos de verde, de ámbar, de naranja, como Dawsyn jamás vio. El agua ondulante brilla y la joven ve los pliegues de un río enmarañado que serpentea por la tierra.

Y más allá, donde la tierra da paso al cristal, que desaparece en el horizonte, hay lo que debe de ser un océano.

Este mundo es interminable. Y brillante. Y está entero. No hay Abismo que lo divida. No hay nada que pueda ser tan grande como para reclamarlo. ¿Cómo podría haberlo?

Los hombros de Ryon se estremecen y se tensan.

—Prepárate.

De repente se inclina hacia un lado y el mundo se ladea. Dawsyn debería cerrar los ojos de nuevo para contener la bilis de su estómago, pero no puede. El sol brilla de más, el suelo es demasiado amplio y no quiere perdérselo. Nunca imaginó que pudiera haber tantas cosas.

Dan vueltas suavemente, cada vez más bajo. Tal vez Ryon se ha tomado en serio su juramento de asesinarla, o tal vez solo quiera darle tiempo antes de aterrizar de nuevo. Sea como sea, no se lanza en picado al suelo, como Dawsyn sospecha que querría hacer.

Al aterrizar, los pies de él se amoldan a la tierra con facilidad, una tierra que no está cargada de nieve, sino que más bien tiene parches de ella. Está apilada en montones poco profundos aquí y allá. El resto del suelo es marrón. Incluso hay trozos tiernos con manojos de brotes verdes…, hierba.

Ryon la deja en el suelo, y ella se tumba, agradecida cuando comprueba que no se cae. Nota el cansancio en el cuerpo, que desea que ceda y se quede allí. Sin embargo, en lugar de eso, Dawsyn se inclina para tocar con la punta de los dedos, maravillada, los brotes que tiene a sus pies.

—¿Esto es el valle? —pregunta a Ryon con la voz entrecortada.

—Sí…, y todo lo demás.

—Todo lo demás —repite ella; se le empañan los ojos al ver algo nuevo.

Otra cosa más. Piensa en cuando su abuela entrelazaba las manos en el aire para describir la forma en que las plantas se abrían paso en la tierra sin obstáculos. Traga saliva.

Se pregunta si su abuela pensaría que es una bendición o una maldición haber sido guiada hasta el valle por un ser que se supone que tenía que mantenerla alejada de él.

«El frío mismo», diría Valma Sabar si lo observara.

El medio glaciano. El que colocó a Dawsyn sobre una tierra que cede.

El de la piel cálida y las manos ligeras.

La joven levanta la vista para mirarle a la cara, brillante a la luz del sol, y no ve rastro alguno del frío que se aferra a él.

—Gracias, Ryon Mesrich.

18

—*E*sto son las afueras de la aldea de los Caídos —dice Ryon mientras pliega las alas a lo largo de la columna vertebral.

—¿La aldea de los Caídos? ¿Te refieres a la que atacaron los glacianos?

—Sí —asiente Ryon—. Al otro lado hay un lugar…, una posada.

Dawsyn se levanta del suelo.

—¿Qué es una posada?

Por un instante, Ryon frunce el ceño. Parece considerar la pregunta.

—Un lugar donde dormir a cambio de dinero —explica, y se aleja caminando decididamente hacia la línea de árboles que tienen delante.

Dawsyn lo sigue, preguntándose qué significa eso de «dinero».

Entran en la sombra del bosquecillo y los ojos de Dawsyn van de un árbol o una planta a otro, tan diferentes de los pinos de la Cornisa. La estación hostil aún exhibe el desgaste provocado en la tierra; las hojas nuevas apenas empiezan a desplegarse. La joven imagina que algunas de ellas darán frutos más adelante, en la estación fértil. La única fruta que ha probado en su vida llegó medio podrida o seca en la Entrega. Se imagina cómo debe de ser recogerla a su antojo, cada vez que el hambre aprieta.

Sin embargo, los pensamientos de llenar su estómago vacío se aplacan cuando atraviesan un matorral y alcanzan una extensión de suaves colinas. Dondequiera que mire ve restos de casas en ruinas con los techos derrumbados o simplemente ahogados por las parras. Hay carros volcados cuyo contenido se pudrió o fue recogido hace mucho, y la madera está ennegrecida por el moho. Aquí y allá hay trozos de muebles, la mayoría quemados y tragados lentamente por la tierra, que asfixia suavemente lo que ha quedado a su alcance, como un depredador a su presa. Las chimeneas de ladrillos de barro yacen esparcidas, derrumbadas junto a sus anfitriones; por el suelo hay baratijas ennegrecidas que crujen bajo los pies de Ryon y Dawsyn.

Esta es la aldea de los Caídos, en su día poblada por sus antepasados antes de que los secuestraran y se los llevaran a la Cornisa. Imagina los senderos en los que hubo más caídas, los caminos angostos y transitados en los que hubo que tirar de los carros. Otra década más y lo poco que queda del pueblo de su abuela yacerá enterrado, como si jamás hubiera existido.

Dawsyn se pregunta si también están pisando los huesos de su gente, o si sus cuerpos fueron arrastrados a Glacia y arrojados al estanque de Iskra.

Ryon avanza en silencio evitando los barriles y los carros. No expresa sus condolencias a Dawsyn, aunque la joven tampoco sabría qué hacer con ellas. La muerte que quedó grabada en esta tierra no le pertenece solo a ella. Los rotos y enterrados tampoco son suyos, pero, aun así, ver todo esto enciende su ira. No una ira adquirida con el tiempo, sino una con la que nació; una que, pese a su antigüedad, exige castigo, le pertenezca o no a ella.

Finalmente, los restos de la aldea se vuelven más y más escasos, y Ryon y Dawsyn encuentran un camino de tierra que serpentea por un bosque exiguo.

—Ya casi hemos llegado —murmura Ryon, y Dawsyn siente que su cuerpo suspira de alivio.

Nota la distancia recorrida en cada ampolla, cada corte, cada zona dolorida de su cuerpo. La montaña, su cárcel, se cierne detrás de ella, extendiéndose hasta el cielo. Su cima, la Cornisa, Glacia… Nada de eso es visible para los que están abajo.

Sabe que debería estar muerta en lugar de caminando por

una tierra verde. Sabe que sus ojos nunca estuvieron destinados a ver el mundo de debajo de la Cornisa. No nació para caminar por el valle. Y, sin embargo, lo está haciendo. Ha sobrevivido a la Cornisa, al Abismo, a las laderas, y ahora está aquí. Así pues, que le den al destino, supone.

Sus párpados se vuelven pesados mientras arrastra los pies tras los de Ryon. Ve un edificio más grande. Entre los árboles es capaz de distinguir las numerosas ventanas, pero ha empezado a desvanecerse la luz, el color se destiñe de la tierra y, con él, su mente se rezaga, va a la deriva.

«¿Eso es humo?» Puede que esté cerca de un fuego, del calor. Puede que la mano de Ryon le rodee el brazo y la haga pasar por una puerta. O puede que ya esté durmiendo.

—Joder, Ryon, ¿a quién traes ahí?

—A una amiga. Necesita una habitación con urgencia, diría yo. Está a punto de instalarse en tus escalones de entrada.

—Eso ahuyentaría a los que pagan, ¿verdad? Coged las dos habitaciones del primer piso. Esta noche no espero a nadie.

Por la mañana, Dawsyn recordará que tropezaba, recordará una voz que le decía que diera otro paso, y otro más. Pero no recordará cómo su cabeza encontró la almohada. No recordará cómo su cara y sus manos llegaron a estar limpias ni cómo sus pies se libraron de sus horribles vendas. No recordará por qué se sintió ligera, como algo que hubiera estado enterrado durante mucho tiempo y hubiera sido descubierto.

Cuando se despierta está oscuro. Tarda unos instantes en adivinar dónde se encuentra, y luego unos instantes más en determinar que no está muerta ni soñando. Pero, ay, el dolor de los hombros persiste, le duelen los pies, hinchados; su estómago se estremece.

Sin embargo, hay una pequeña chimenea con un fuego vivo. El catre sobre el que descansa es de paja suave y tiene ropa de cama de algodón. Está calentita. No recuerda la última vez que estuvo tan cómoda.

No hay ningún cuerpo envuelto a su alrededor, robándole y dándole calor. Las partes de ella que no están de cara al fuego ni siquiera están frías, y le sabe a gloria.

La puerta que tiene al lado se abre, y Ryon aparece en la pequeña habitación, imponente en aquel reducido espacio. Con él llega el olor de carne cocinada. Dawsyn se sienta de un brinco.

—¿Me has traído comida? —le pregunta, con la tripa apretada.

Él se acerca al catre y le pone sobre el regazo un cuenco lleno de caldo, trozos de nabo y carne. Ignorando la cuchara que él le tiende, la joven se lleva el cuenco a los labios y se bebe todo el líquido, saboreándolo pese a lo caliente que está. Cuando termina, le arrebata el cubierto de la mano y se lleva una cucharada a la boca, tragando entre gemidos. Sin duda, es la mejor comida que ha tomado en su vida.

—Venía a despertarte. Llevabas demasiado tiempo durmiendo —dice él, que la observa con intensidad.

—¿Cuánto?

—Algo más de un día.

Ella hace una pausa.

—¿Un día entero?

Él asiente.

—Pensé que podrías morir de hambre si no te despertabas pronto, y por lo visto tenía razón.

Le pasa una jarra de agua y ella la apura.

—¿Me has limpiado mientras dormía? —le pregunta sin rodeos.

Él no se avergüenza.

—Sí —dice—. Pero solo las manos, los pies y la cara. De nada.

Ryon deja que se acabe la comida mientras sigue el movimiento de sus labios y de sus manos. Ojalá no lo hiciera, piensa ella. Las partes de su cuerpo que su mirada toca le queman. Cuesta ignorarlo, aunque el hambre ayuda. No come más despacio por educación, ni siquiera cuando su estómago se agita y amenaza con desbordarse.

Cuando la comida y la bebida se acaban, nota pesadez. Su cuerpo, saciado, intenta volver a dormir. Dawsyn se resiste al sueño observando la sala con más atención. Es lúgubre y oscura, y las paredes están desnudas salvo por los candeleros encendidos a intervalos irregulares, la chimenea y la pequeña ventana que revela la noche.

—¿Esto es Terrsaw? —pregunta.

Ryon cambia su peso en el catre.

—Sí y no. Esto es lo que se llamaría las afueras. Hay una ciudad castillo; la gente de aquí la llama la Meca. Está a varias horas a pie de aquí. En su día esta posada era el punto medio entre la aldea de los Caídos y la Meca. Anoche conociste a su dueño, aunque estabas medio muerta. Se llama Salem. Esta posada es de su familia.

Dawsyn observa a Ryon, la forma en que las palabras se convierten en cosas de afecto.

—Parece como si pretendiera hacerse amigo tuyo.

—Soy yo quien pretendo hacerme su amigo. Me hospeda cuando lo necesito.

—¿Y sabe lo que eres? —pregunta ella con brusquedad, sin molestarse en ocultar su aversión.

Ryon deshace su sonrisa. Por primera vez parece… cansado.

—Lo sabe…, como algunos otros. Pero los demás no. Y así tiene que seguir siendo.

—¿Los demás? —Dawsyn levanta las cejas.

—Los clientes que van y vienen. No les gustaría demasiado si supieran que soy medio glaciano. Creen que soy un leñador que va y viene a la Meca. Y tengo que pedirte que mantengas esa mentira.

—No hace falta. Nos separamos aquí, ¿recuerdas?

Ahora sí que sonríe de verdad.

—¿Ah, sí? Bueno, pues vete, chica.

—Me iré cuando esté lista.

—Asegúrate de pagarle al posadero al salir.

Dawsyn se detiene en seco y entorna los ojos.

—¿Con qué iba a pagarle?

La sonrisita de Ryon se desvanece.

—Con dinero, evidentemente.

Sigue siendo ingenua, su palidez se oscurece.

—No sé qué es eso, pero no pienso pagar con mi cuerpo. Puedo cortar leña, pero eso es todo lo que pienso hacer.

138

Ryon mira hacia la pared antes de responder, con la mandíbula tensa. Dawsyn sería incapaz de decir si intenta disimular una sonrisa, una mueca o una maldición.

—No, no es así como paga la gente de Terrsaw. Utilizan moneditas, piezas de plata y peltre. —Entonces rebusca en su bolsillo y le tiende algunas. Sobre la palma de la mano tiene unos discos pequeños de plata y bronce, cada uno de ellos grabado y con surcos de diferentes formas—. Dinero —dice.

Dawsyn mira el metal reluciente, curiosa bajo su aparente impasibilidad.

—Mi cuerpo valdría mucho más que cualquier cantidad de estos.

A él se le escapa un bufido.

—Apuesto a que sí.

Sus ojos buscan los de ella y le aguantan la mirada. En ellos, Dawsyn ve agitarse los pensamientos de Ryon, ve el giro que toman. Ya antes ha visto esa mirada muchas veces en los ojos de hombres cuyos pensamientos se vuelven ilícitos. Normalmente se detendría a reflexionar sobre lo patéticamente indefensos que están los hombres ante su propio deseo, pero las manos de Ryon no la agarran, sus ojos no se clavan en su pecho, sus labios no se curvan como los de un depredador. Se quedan con ella, la atraviesan. Dawsyn nota que se le acelera el corazón, que se le calienta la sangre, y se pregunta si alguna vez ha visto unos ojos de hombre tan perfectamente colocados en un rostro como en ese.

—Para —dice con ímpetu.

Ryon tuerce el labio.

—¿Que pare qué?

—Tú para…

Ryon baja la vista, pero extiende la mano y deposita las monedas en la suya. Al hacerlo, le roza la palma con los dedos.

—Ten. Paga a Salem por tu habitación cuando hayas descansado lo suficiente. Ve adonde quieras. —Se levanta y se encamina hacia la puerta, pero se detiene antes de cerrarla tras él—. Mañana vendrá una maga. Si estás dispuesta a esperar, puede curarte antes de que te marches.

139

—¿Una maga? ¿Como una bruja?

Él asiente con la cabeza.

—Pero, hagas lo que hagas, no la llames bruja. Tiene… cierto temperamento. Os llevaréis bien.

Dawsyn le lanza la cuchara, que golpea la puerta mientras él la cierra rápidamente.

—Cabrón —murmura.

140

19

*R*yon se apoya en la pequeña barra. Suelta un suspiro de largo sufrimiento y se restriega la cara. No hay nadie en la cocina ni en el desordenado comedor, si es que puede llamarse así.

El suelo de madera, astillado y combado, necesita un arreglo urgente. Las ventanas, cubiertas de mugre, dejan pasar solo tenuemente la luz matinal. Las mesas, de formas y tamaños irregulares, se inclinan allí donde están. Es temprano. Los únicos huéspedes que se alojan en la posada son él y Dawsyn, y ella aún no se ha levantado.

Todavía está aquí. Cuando Ryon se despertó, no pudo resistirse a poner una oreja en su puerta, por si oía indicios de que ella no se había ido todavía. El hecho de que eso le preocupe es revelador, no lo niega.

—Te estás pasando de la raya, bajando a mi bar tan temprano, Ryon. Yo no cocino nada tan pronto, y esto no es la beneficencia, joder.

Salem pasa entre las mesas con la túnica desabrochada; tiene los mechones pelirrojos encrespados. Ryon imagina que Salem no es mucho mayor que él, pero lo parece. Tiene bolsas muy marcadas bajo los ojos, fruto de años de licores destilados y de atender la posada. Su aspecto resulta imponente: la mayor parte de su peso está en el cuello y los hombros, aunque también hay mucho en la barriga.

Arrastra su cuerpo detrás de la barra y vierte agua de una botella de vidrio en una jarra.

—¿Quieres un poco?

—Me tomaría algo más fuerte —dice Ryon.

—El alcohol es para los clientes que pagan, Ry. Y tú no eres de esos.

—Bah, si no viniera a molestar a tu puerta, me echarías de menos.

—Hablando de molestias, ¿piensas contarme quién es esa muchacha medio muerta que arrastraste hasta aquí y dejaste en el piso de arriba?

Ryon mueve los hombros, incómodo.

—Se llama Dawsyn.

—Ya. ¿Y dónde la encontraste? —pregunta Salem con voz aún rasposa de sueño.

Ryon traga saliva.

—Es de la Cornisa.

A Salem se le cae la jarra sobre la barra y el agua se derrama sobre su mano. Por un momento tan solo mira a Ryon, incrédulo, con la mandíbula desencajada.

—Más vale que estés de broma, Ry.

Ryon sacude la cabeza.

—¡Joder! ¡Serás idiota! ¿Qué has hecho?

Ryon pone los ojos en blanco.

—Nada. Solo la he ayudado a salir de las laderas.

—¡Empieza a hablar, cretino descerebrado! ¿Qué hace una chica de la Cornisa aquí?

—La llevaron a palacio y, en lugar de saltar al estanque, eligió las laderas. Corría como un puto gato montés. Había cuatro glacianos en el aire persiguiéndola, por deporte. Yo era uno de ellos.

Salem frunce el ceño mientras mueve la mano nerviosamente.

—Has arriesgado mucho para salvar a una chica.

—No ha sido para salvarla. Esa es mi excusa. Es probable que el rey me dé por muerto. Cuando regrese, no será para hacer cumplidos.

—¿En serio? —Salem se ríe a carcajadas—. ¿Estás seguro de que no has traído a esos animales aquí? ¿Tengo que esperar que aparezcan glacianos en la puerta?

Ryon sacude la cabeza.

—Suspendieron la búsqueda incluso antes de lo que yo había pensado. No creo que me estén buscando en absoluto. Y menos aún que se molesten en buscar a Dawsyn. No imaginarán que ha sobrevivido.

—Te arrancaría la cabeza si no la tuvieras dura como una piedra, imbécil. Más te vale tener razón en tus suposiciones.

—¿Sabes?, por las mañanas te noto cierta tendencia al dramatismo, Salem. Cálmate. Nunca me habría acercado a tu casa de haber pensado que nos vigilaban.

Salem sacude la cabeza mientras murmura más insultos en voz baja. Después alcanza una botella de color ámbar de un estante que hay tras él y se sirve un trago generoso.

—Bueno, me cago en mi tumba. Tiene que ser la primera persona en abandonar la Cornisa desde que todos ellos subieron. Terrsaw la tratará como a su hija perdida hace mucho tiempo.

—Terrsaw no tiene por qué saberlo.

—¿Saber qué? —dice una voz desde el fondo de la sala.

Dawsyn está en el umbral del comedor, con la piel menos cetrina tras haber comido y dormido bien. El cabello negro como el azabache le cae por los hombros, y todavía lleva la túnica y los pantalones manchados que vestía en la montaña. La joven avanza hacia ellos, no sin dificultad, habida cuenta del vendaje.

Al verla y oírla, a Ryon se le despierta algo dentro. Ha pasado varios días y noches a su lado, muy cerca, y unas horas sin ella le han parecido un vacío. No sabe cómo denominar con precisión ese deseo que siente de levantarse y acercarse a ella.

Dawsyn llega a la barra con la barbilla alta.

—¿Es usted el posadero? —dice sin titubear.

Ryon esconde una sonrisa. Esto va a ser bueno. Una chica de la Cornisa confraternizando con los de Terrsaw por primera vez. Dawsyn debería tener miedo, pero, si lo tiene, no lo parece.

Salem deja la botella.

—Así es, señorita. Este rufián me ha dicho que se llama usted Dawsyn.

Dawsyn asiente y le tiende la mano. Mirando de reojo a Ryon, Salem se la estrecha.

—Ryon me ha dicho que debo darle dinero por su hospitalidad. Aquí tiene —dice, sosteniendo las mismas monedas que Ryon le entregó la noche anterior, unas monedas que pagarían un trago, pero difícilmente una habitación.

Salem mira las monedas y el movimiento de ojos delata su incomodidad.

—No, muchacha. No hace falta.

—¿Por qué no? —pregunta ella sin rodeos, y se le forma una arruga entre las cejas mientras baja la mano con cautela.

—¿De veras ha conseguido salir de la Cornisa?

Dawsyn frunce el ceño lentamente y luego asiente.

—Entonces yo diría que ya ha pagado suficiente —dice, y le pone la mano sobre el hombro con torpeza mientras Dawsyn sigue con la mirada hasta el más mínimo movimiento que hace—. Bienvenida a casa, muchacha. Me alegro de que lo haya conseguido.

Dawsyn vuelve a asentir; su confusión es evidente.

Salem retira la mano y se aclara la garganta.

—Quédese todo el tiempo que desee, señorita. La gente viene por la bebida, no por las camas, a no ser que acaben borrachos como una cuba. Hay muchas habitaciones libres.

—Gracias —dice Dawsyn—. Pero sería una estupidez quedarse tan cerca de la montaña con todos esos murciélagos volando por ahí.

Salem suelta una carcajada.

—Son una plaga, sin duda, pero yo no me preocuparía, muchacha. Ningún glaciano llega hasta aquí. Hace demasiado calor para esos cabrones.

Dawsyn se ríe con él.

Ryon observa cómo entorna los ojos y ensancha los labios. Al divertirse, su risa es musical, libre de ironía y desprecio; es tan ligera cuando está libre de cargas. Ryon se descubre deseando ser él quien la libre de cargas.

—¿Tienes hambre? —le pregunta.

Cuando se vuelve hacia él, la risa todavía la ilumina. Ryon nota presión en el pecho.

—Siempre tengo hambre —dice ella fácilmente.

—Le preparé algo, señorita. Siéntese donde quiera.

Ryon frunce el ceño.

—Pensaba que habías dicho que era demasiado temprano.

—Demasiado temprano para gente como tú, gilipollas. Pero si realmente tienes hambre, ya sabes dónde está la despensa.

Ryon se vuelve hacia Dawsyn sonriendo.

—Ahora vuelvo.

Ella asiente y se sienta a la barra.

Cuando Ryon y Salem regresan, colocan platos grandes de pan, huevos y tomates en la barra y se sientan uno al lado del otro. Dawsyn toca con cautela el tomate, pero no dice nada. Ryon se pregunta cuánto de este mundo será nuevo para ella, cuántas veces se sentirá desconcertada.

La puerta choca contra la pared que tienen detrás y todos dan un brinco. Dawsyn se pone de pie al instante y se lleva la mano al muslo.

—Vaya, ¿qué sórdida panda de sinvergüenzas adorna tu bar a estas horas, Salem? Creía que habías dicho que antes de las nueve el alcohol estaba prohibido.

Ryon suelta un gruñido. No es que no aprecie a Esra, pero el humano es como un polvorín, y Dawsyn no tiene ninguna necesidad de vérselas con él tan pronto después del calvario que ha pasado. Si Ryon deseaba proporcionarle espacio y paz, ese deseo se ha convertido en cenizas sobre el suelo sin barrer.

La cabeza negra y calva de Esra, así como su ancha cara, no pegan con la elegancia con que se desenvuelve. Su atuendo preferido es siempre chillón y provisto de una capa pensada para la realeza, pero destinada a un comerciante de licores.

—¡Esra! ¡Cuida tus putos modales, so imbécil! Tenemos compañía —grita Salem.

—¿Quién? ¿Ryon? ¿Ya estás borracho? Este no se inmutaría si me desnudara y me subiera a la barra… otra vez.

145

—Esra se detiene. Estaba pavoneándose por entre las mesas, pero ahora tiene los ojos clavados en los de Dawsyn. Parece perplejo—. Pero ¿quién es este tesoro que nos has traído, Ryon? No me digas que el libertino leñador del norte ha sucumbido al fin a las artimañas de una mujer?... Aunque no puedo juzgarte: viste de pena, pero tiene una cara encantadora.

Ryon reprime otro gruñido y mira a Dawsyn, que parece desconcertada, pero que, por lo demás, no se siente ofendida.

—Esta es Dawsyn —explica a Esra en tono de advertencia—. Ha venido desde la Cornisa.

Dawsyn recorre de arriba abajo al recién llegado con la mirada, pero la confusión por su vestimenta o por la mancha roja que tiene en los labios se ve rápidamente engullida por la súbita reacción de Esra, que exige plena atención de todos.

—¿Cóm..., qué..., la Cornisa? ¡Hostia puta!

—¡Te he dicho que cuides tus putos modales! —ruge Salem.

—¿La Cornisa? ¿Cómo coño has llegado hasta aquí, chica?

—¡Esra! ¡Cálmate, imbécil!

—¡Madre de Dios santísima! Debería estar besando esas horribles vendas que llevas en los pies, y en cambio aquí estoy, hablando de lo fea que es tu ropa. Ven aquí, ¡querida!

Esra se acerca a ella y con ademán ostentoso le rodea los hombros con sus brazos carnosos en un abrazo que ella no devuelve.

—¡Milagro de criatura! Pero ¿cómo lo has hecho? ¡Tienes que contarme tu historia! ¡¡Salem!! Tráenos un trago a todos.

—¡No, desgracia humana! ¡Y suéltala! Que está desayunando. No tiene ninguna necesidad de explicarte nada.

—Disculpe, señorita —dice Esra llevándose una mano al pecho, ahora demasiado fatigado. Tiene los ojos muy abiertos, realmente sobrecogidos y algo más..., ¿arrepentidos, tal vez?—. Jamás nadie ha regresado de ese lugar dejado de la mano de Dios. Dime, ¿conocías allí a un hombre que se llamaba Roth?

146

Dawsyn también abre mucho los ojos.

—Conocía a la familia Roth, aunque dudo que conociera a un hombre que viviera aquí.

Esra junta las manos y se las lleva a los labios.

—Supongo que no. Dime, ¿cómo te escap…?

—¿Eres un hombre o una mujer? —pregunta Dawsyn con brusquedad. Su expresión es inescrutable.

Salem maldice en voz baja, pero Ryon se limita a sonreír mientras la mira.

Esra la contempla antes de responder.

—Prefiero pensar que trasciendo cualquiera de las dos cosas, querida.

—Pero ¿cómo he de llamarte?

—Llámame Esra, llámame cariño, llámame perra, me gusta todo —dice, alcanzándole la mano—. Pero nunca me rebajes a nombres tan mundanos como hombre o mujer. Sin embargo, a efectos de nuestra inminente amistad, supongo que puedes decir «él» cuando sea necesario, aunque solo sea a falta de una palabra mejor.

Dawsyn le sonríe con los ojos encendidos por su propio asombro y después asiente.

Sin previo aviso, Esra se acerca a Salem.

—Voy a quedarme unos cuantos días.

—No vas a hacer tal cosa. La joven no necesita que nadie se le pegue como una lapa. ¡Déjala en paz!

—Tarde. Ya he dejado mis cosas en la habitación de siempre. Ven conmigo, querida. Te buscaré algo mucho menos repugnante que ponerte.

Dawsyn lanza una mirada a Ryon mientras la sacan de su asiento.

—No te preocupes —le dice él.

Antes de que Dawsyn pueda responder, Esra se la lleva del comedor; su capa de terciopelo rojo ondea tras él.

La pareja regresa mientras Salem y Ryon recogen la comida de la barra. Esra va como antes, pero Dawsyn lleva un

147

vestido mucho más favorecedor que el que lucía en sus traspiés ladera abajo. Es de tela pesada y cálida, con la cintura cinchada y las mangas puntiagudas en las muñecas, envolviendo los bordes agrietados de sus pequeñas manos. Tiene un adorno entretejido con la tela gris oscuro que sigue la curva de su silueta y desaparece en el dobladillo. Parece haberse lavado bien, cepillado el pelo; si bien hay signos de que su cuerpo ha pasado dificultades, como los callos, las cicatrices y la musculatura magra, ahora podría pasar por cualquier otra mujer de Terrsaw.

Aunque no para Ryon, que es incapaz de mirarla y ver algo sencillo.

Salem suelta un silbido.

—Bueno, muchacha, yo diría que tienes mejor aspecto.

—Gracias —responde ella—. Esra se ha empeñado en que me lo quede.

—Sí, tiene un centenar de ellos. No lo echará de menos.

—Gracias por ser tan generosos —les dice mirándolos a cada uno a los ojos. Se detiene en Ryon—. Y gracias por ayudarme aquí…, Ryon.

Ryon sonríe. Se da cuenta de cuánto le duele a Dawsyn mostrarle cortesía.

—De nada.

—Ahora me voy —dice ella.

Solo entonces Ryon se da cuenta del bultito que se le nota debajo de la capa: la silueta del hacha bajo el tejido de lana. Dawsyn inclina la cabeza, se da la vuelta y sale de la habitación.

Ryon se queda frío, como le sucede cuando algo le supera. La sangre glaciana que acecha bajo la superficie solo asoma la cabeza cuando su guardia se ve debilitada. Nota que la sangre se le vuelve gélida en las venas y le enfría los huesos, los órganos y la carne hasta que se le pone la piel de gallina.

Se va.

Se va.

Ryon salta de su taburete y Salem maldice cuando la madera se astilla contra la barra. Ryon nunca es tan fuerte como cuando es glacial. Pasa corriendo junto a Esra, que se queda de pie, desconcertado y, por una vez, sin palabras.

Ryon sale al vestíbulo y a los escalones de entrada dando zapatazos; durante todo el camino, una voz que resuena en su mente le ruega que la deje marchar.

Pero no puede hacerlo.

20

*L*os pies de Dawsyn, ahora enfundados en cuero bien ajustado, hacen crujir las hojas congeladas a su paso. Se siente desconectada de sí misma. Su aliento aún empaña el aire, aunque es fino e intangible. Su carne todavía se encoge por el frío, aunque no encuentra una avalancha de escarcha. Sus pies parecen estables sobre la tierra firme, aunque esa sensación la desorienta. Nota que un puño le aprieta los pulmones, algo que se parece al miedo.

—¡Dawsyn!

Esa voz. Le preocupa que alivie la presión que siente en el pecho.

Se gira y ve a Ryon corriendo hacia ella. Ya no se ve la posada.

Al alcanzarla, aminora el paso, relaja los hombros y la mira con ojos suplicantes.

—Eh… —vacila, y suelta un suspiro—. Me preguntaba si te quedarías.

Dawsyn frunce el ceño.

—¿Por qué iba a quedarme?

Eso hace reflexionar a Ryon. Dawsyn observa cómo el medio glaciano, palmo y medio más alto que ella, tensa la mandíbula mientras se esfuerza por explicarse. Mirar esa mandíbula angulosa y esos ojos oscuros demasiado tiempo es peligroso. Dawsyn sabe que ha empezado a sentirse cómoda con ellos, a familiarizarse con sus facetas. Hay un brillo en ellos que reconoce cuando él la mira, cuando ella le insulta, cuando lo amenaza con matarlo.

Ese brillo es peligroso. Como peligrosa es la forma en que

él deja rezagados los dedos cuando la toca. Y el modo en que los ojos de Dawsyn no se apartan mucho de él. Por eso debe irse. Por todas las maneras en que la han enseñado a protegerse, no necesita una clase para saber que debe mantenerse alejada de un glaciano, incluso de uno con sangre medio humana y un rostro que distrae tanto como el suyo.

—¡La maga! —salta Ryon, y el aire se empaña bruscamente—. La maga llegará al anochecer. Deberías esperar. Todavía estás herida.

A Dawsyn se le estremece el estómago.

—Me las arreglaré.

—Si se te ensucian las heridas, no podrás permitirte un curandero.

—No puedo quedarme aquí, Ryon.

—Pues deja que te siga un tiempo —dice él con voz ronca—. Hasta que sepas adónde dirigirte.

Dawsyn se le queda mirando fijamente y los ojos de Ryon se van agrandando cuanto más duda ella. Debería decirle que no. Debería rechazarlo. Debería haberle matado hace mucho tiempo.

—Quiero ver la Meca —le dice, en cambio—. Quizá… puedas mostrarme el camino.

Ryon suelta el aliento.

—Sí que puedo —dice él, asintiendo, y reprime una sonrisa.

Le tiende una mano y la deja flotando en el aire.

—Ya te la puedes volver a meter en el bolsillo, Ryon. No vamos a ser amigos —dice, pero su voz suena débil, incluso para ella.

—No, eso sería terrible.

Dawsyn emite un gruñido y se aleja a grandes zancadas por el camino que va hacia el norte desde la posada. Ryon la sigue en silencio; cuando ella se vuelve para mirarlo, él responde con una sonrisa.

—Pesado arrogante —murmura ella.

Atraviesan un bosque escaso y aquí y allá ven senderos de grava que conducen desde el camino principal a pequeños alojamientos. Al cabo de un rato, empieza a haber cada vez menos

151

árboles, y entonces se encuentran en campos abiertos salpicados de escarcha. La desenfrenada luz del sol encuentra la tierra con facilidad e ilumina la hierba alta en ondas de cálidos marrones y dorados. Resulta perturbador lo vasto de todo ello. Sus ojos no alcanzan el final. No hay barreras que bloqueen su camino.

Es consciente de que ha permanecido demasiado tiempo inmóvil. Se da cuenta de que Ryon podría pensar que está dudando. Y necesita que sepa que no es el miedo lo que la hace detenerse. El miedo nunca la ha frenado. Es que necesita mirar, y esperar, como uno hace en la noche, cuando las formas se demoran en tomar sus oscuras siluetas. Necesita hartarse de mirar y esperar a que se le adapten los ojos.

Quiere informar a Ryon de ello, pero en su lugar dice:

—Nunca había visto tanto espacio. —Su voz transmite ese matiz de recelo que pretendía ocultar.

Él guarda silencio antes de responder y eso hace que Dawsyn apriete la mandíbula a la defensiva.

—Supongo que todo te resulta extraño… —dice, aunque en el fondo es una pregunta.

Dawsyn sopesa cómo su cuerpo se inclina todavía al caminar, con los dedos de los pies curvados dentro de las botas buscando el equilibrio.

—Lucho por mantener los pies por encima de la nieve, incluso donde no la hay. Entorno los ojos incluso cuando no hace viento. Todavía me alejo del Abismo. Y el aire… —Hace una pausa—. El aire me sienta mal, es demasiado pesado.

Más silencio. No quiere volverse a mirar su expresión. ¿Acaso le divierte esta debilidad suya?

Pero entonces:

—Es que aquí el aire es más pesado y tu cuerpo nunca ha conocido otra cosa. Yo tengo la misma sensación cada vez que bajo a Terrsaw.

Su respuesta la hace volverse a mirarlo, a pesar de sí misma, y se da cuenta de que Ryon está mucho más cerca de lo que ella pensaba.

—Con el tiempo ganarás confianza en la tierra —le dice él, levantando la mano como si fuera a tocarla, pero parece contenerse para no hacerlo y cierra la mano, que después deja caer al costado—. Naciste para estar aquí.

Y todo es tan tranquilo: ese momento, con un rayo de sol que tiñe de color cedro intenso un lado del rostro de Ryon, y la hierba susurrando suavemente tras ella. Con comida en el estómago. Sin frío en los pulmones.

Se aparta de él.

—Yo nací para morir en ese estanque del que tu rey siempre bebe.

—No es mi rey —replica Ryon bruscamente.

Mejor ese mordisco familiar. Mejor que la compasión. Sin necesidad de girarse a mirar, Dawsyn sabe que las cuerdas del cuello de Ryon se tensan, que sus hombros se ensanchan, como si se preparara para desplegar las alas.

—Entonces, ¿quién te gobierna ahora, Ryon? ¿Planeas vivir como un fraude en Terrsaw?

—Ya te lo he dicho: pienso acabar con la corte de Glacia o morir en el intento.

—Es cierto, la cruzada de un único híbrido. Creo que te irá mejor como fraude.

—Ay, pero no has visto cómo me manejo con la espada, ¿no es verdad, chica? Tomar al rey será sencillo.

Dawsyn se ríe.

—Ese ego te hará pedazos antes de que atravieses las puertas de palacio.

—Pero ¿y si lo consigo? ¿Y si cae la corte y el estanque de Iskra se convierte en nada más que barro?

Dawsyn se encoge de hombros.

—Los demás híbridos serán libres para gobernar Glacia, resurgirán de las trincheras de la pobreza. Libres para irse y vivir como les plazca.

—Y la Cornisa dejará de existir —añade Ryon—. Tu gente no será trasportada a través del Abismo cada estación. Podrán volver a Terrsaw y vivir como siempre deberían haberlo hecho.

Dawsyn resopla, incrédula.

—¿Y crees que ningún otro reclamará el trono? ¿No habrá nadie que tome el poder del estanque?

—Cuando haya acabado con ese maldito estanque, no habrá humano o glaciano vivo que se enfrente a él por mucho que quiera —dice sin alterarse.

—Parece como si tuvieras un plan —le sondea Dawsyn.

—Por supuesto que lo tengo. Pero, como bien has señalado, no somos amigos, así que me temo que no vas a estar al tanto de él.

—Eres más tonto de lo que pensaba. Regresar sería un suicidio.

—Tal vez —contesta él en voz baja—. Pero mi madre era de la Cornisa y ellos la mataron, así que los prisioneros atrapados allí arriba no son solo tuyos, ¿no?

Dawsyn duda.

—Nunca he dicho que lo fueran.

De repente, la joven se detiene en seco. Han llegado a la cima de una pequeña colina y abajo hay cientos, miles de tejados.

—La Meca —dice Ryon detrás de ella.

154

Dawsyn suelta el aire con fuerza. En la Cornisa, las casas estaban apiñadas por falta de espacio, pero lo que ve aquí no tiene punto de comparación. Los tejados casi se tocan, se montan y se despliegan en el siguiente, sobresaliendo por encima de otras casas. Los espacios estrechos están llenos de estructuras extremadamente pequeñas. También hay estructuras tremendamente grandes, empedradas y remendadas con ladrillo. Y allí, en la distancia, está el edificio más grande de la Meca con diferencia. No es tan grande como el que vio en Glacia, pero solo puede suponer que es un palacio.

Dawsyn lo señala con la cabeza.

—¿Quién vive allí?

—Las reinas.

—¿Reinas? —repite ella con los ojos muy abiertos, y se da la vuelta para mirar a Ryon.

Él asiente.

—La reina Alvira y su esposa, Cressida.

—¿Las conoces?

Él se ríe enigmáticamente.

—No, chica. No quiero que me corten las alas de la espalda. Puede que sean humanas, pero su guardia es más bien un ejército.

Dawsyn sonríe con satisfacción.

—Pensaba que no tenías miedo de enfrentarte a un reino tú solo.

—No tengo ningún deseo de matar humanos. Los de sangre pura ya han masacrado a suficientes.

—Qué noble —murmura ella, volviéndose hacia la Meca. Antes de que pueda acercarse más, una incertidumbre se apodera de ella, una que pocas veces había sentido—. ¿Me…, me reconocerán? Es decir, ¿se darán cuenta de que no soy… una de ellos? —Su voz se debilita al final de la frase, y lo odia, odia que Ryon lo oiga.

Esta vez él no se contiene. Acerca la mano suavemente a su hombro y roza con los dedos su clavícula. Su peso es cálido, extraño, para nada molesto. Dawsyn se cuida de no reaccionar.

—Eres una de ellos —le dice—. Difícilmente creerán lo contrario.

La recorre un escalofrío que intenta disimular encogiéndose de hombros; la mano de Ryon cae. Dawsyn nota la ausencia de su peso reconfortante, cosa que la pone nerviosa.

—Pues vamos, híbrido mío.

Cuanto más se acerca el camino al corazón de Terrsaw, más fangoso se vuelve. Pasan junto a un carro y Dawsyn pierde el sentido al ver los animales extraordinarios que lo remolcan, unas criaturas enormes que brillan bajo la luz del sol: caballos, los llama Ryon. Pasan junto a mucha gente de la Meca y después entran en el perímetro de la ciudad.

Entre las ventanas altas hay cuerdas de tender extendidas, pesadas por la ropa colgada. Aquí las calles apestan a moho y a cloaca. La gente parece agobiada, demasiado ocupada o cansada como para prestarles atención mientras avanzan entre los edificios, siguiendo una suave pendiente.

Poco a poco, el camino se vuelve de roca y luego de adoquines, las ventanas se van viendo adornadas con persianas y las puertas pintadas y pulidas. La gente también cambia. Ya no es

155

un abanico de marrones y grises. Aquí los niños corren con zapatos de cuero y tienen las mejillas más llenas. Sus madres les gritan llevando bolsas de arpillera colgadas del brazo y faldas gruesas limpias de estiércol. Los hombres llevan capas buenas sobre los hombros, algunos montan a caballo o tiran de carros más pequeños cargados de mercancías.

Hay quien gira la cabeza al paso de Dawsyn y Ryon. Ven a una mujer de pelo oscuro con ropa buena y cara de asombro, así como a un hombre con manos de alborotador y estatura apropiada.

Dawsyn repara en cada rostro que los mira, pero pasan por encima de ella, se detienen en Ryon y luego se apartan rápidamente. Cuanto más se adentran, más empieza Dawsyn a descongelarse, y pronto está prestando atención a los detalles de la Meca, de Terrsaw.

Nunca había imaginado que pudiera haber tanta gente. Los carros cargados de frutos secos, frutas, tubérculos, grano, verduras y licores inundan los lugares. Algunas puertas están rotuladas con pintura, aunque ella no sabe leerlas.

—¿Conoces las palabras escritas? —le pregunta a Ryon—. ¿Qué dicen?

—Eso es una mercería. Eso de ahí es una taberna. Eso es la sala de un curandero…, un boticario…, una modista…

Dawsyn está confundida. Entiende la mitad de lo que él señala y tiene que llenar los huecos con lo que alcanza a ver por las ventanas.

—¿La gente da dinero por estas cosas?

—Sí —dice Ryon observando un carro con pan humeante.

El propietario le lanza una mirada recelosa. Ryon entrega al anciano unas cuantas monedas de su bolsillo y coge dos hogazas pequeñas, escurridizas y doradas.

Le tiende una a Dawsyn.

—Toma.

—No puedo pagarte.

—Dime algo que no sepa, chica.

Dawsyn sonríe y lo coge, muerde la corteza tierna y caliente; al instante queda encandilada por su sabor. Dulce y algo más…

—Es mantequilla —le dice él—. Y azúcar.

«Mantequilla. Azúcar.» Más palabras que escuchó de labios de su abuela y que habían permanecido en su interior como fantasmas latentes.

Cruzan el mercado, Ryon callado a su lado, siempre atento a los clientes que pasan junto a ellos, pero que no les prestan atención. Cuanto más se acercan al centro, más refinados son los edificios y la gente. El palacio se cierne por encima, con sus torretas visibles sobre los tejados empinados.

Dawsyn acelera el paso, avanza contra las multitudes de gente que tratan de bordear las sombras del palacio.

Ryon le pone la mano en el antebrazo.

—Nos estamos acercando al palacio. Deberíamos dar la vuelta.

—No, quiero verlo —contesta ella, quitándoselo de encima y adelantándose.

—Dawsyn, no es prudente.

La joven lo ignora y continúa la calle empedrada hasta llegar a un patio en el que no se para nadie.

157

Cuando tiene el palacio ante ella, vacila. Levanta la vista al cielo y contempla la extensión de la fortaleza de Terrsaw, rodeada por un alto muro de piedra. Es mucho menos grandiosa que la de los glacianos, pero, aun así, la deja atónita.

La tierra, la Meca, el castillo... Todo es mucho más de lo que su abuela le había contado. Todo un reino que vive bajo el sol, con los restos de su aldea de los Caídos olvidados en la periferia. Dawsyn piensa en las reinas que viven dentro de esos muros, está segura de que nunca han arrancado corteza de un árbol para comer cuando escaseaba la comida. Jamás habrán calentado piedras en el hogar para dormir junto a ellas. Nunca habrán cortado la escarcha cuando se cernía sobre ellas para reclamar los dedos de sus pies, de sus manos.

«¿Han oído el lento ahogo de la enfermedad pulmonar?»

«¿Alguna vez se preguntan por la Cornisa?»

A su lado, Ryon lanza miradas por todo el patio.

—Vas a hacer que me maten, chica. No podemos quedarnos aquí.

Dawsyn no le oye, no nota el tirón en el brazo. Mira las grandes puertas de roble en el muro, el doble de grandes que ella, y recuerda que su abuela las describía con detalle. Las tallas tienen significados y, aunque no sabe leer, los conoce.

Puede que sea de la Cornisa, pero también es de Terrsaw.

Se vuelve hacia Ryon, cuya sangre es mitad de aquí, mitad de allá, y se pregunta qué parte ganará al final. Sonríe con ironía y se dirige hacia las puertas de palacio, preguntándose si él se atreverá a seguirla.

21

Dawsyn se aleja y la mano de Ryon solo alcanza a rozar la suya cuando intenta agarrarla.

«Mierda.»

Ella empieza a correr y él la sigue con los ojos puestos en el muro de arriba.

—¡Dawsyn!

Demasiado tarde. Con el puño cerrado, la joven llama a las puertas una, dos veces; pasado tan solo un segundo, estas se abren de golpe.

El cuerpo de un guardia llena el umbral; un ojo singular echa un vistazo a Dawsyn de pies a cabeza.

—¿Sí?

La mano de Dawsyn serpentea hacia su espalda y se agencia el mango del hacha que lleva oculta bajo la ropa.

—Quiero ver a las reinas —dice claramente; si tiene miedo, su voz no lo manifiesta.

El guardia se ríe sin ganas.

—Aléjate del muro, querida, y escríbeles una carta, como todo el mundo.

El guardia hace ademán de cerrar la puerta, pero Dawsyn mete el pie en el hueco antes de que pueda hacerlo.

—He recorrido un largo camino hasta aquí y deseo ver a las reinas.

—¡Quita la maldita pierna de mi puerta, chica, o te irás de aquí a la pata coja! —la advierte escupiendo saliva al hablar mientras saca la espada.

Ryon corre hacia ella.

Pero Dawsyn es más rápida. La base de su mano vuela hacia la nariz del guardia; mientras este cae hacia atrás, ella se abre paso por el hueco que deja, esquivando la caída de su espada.

Maldiciendo, Ryon entra detrás de ella con su espada corta desenvainada, que hace caer sobre la del guardia, y se oye el choque del acero.

—¡Espera! —la insta, pero Dawsyn ya ha agarrado al guardia por los pelos y presiona su cuchillo contra el pliegue de su cuello.

—Yo no me movería —dice la joven con firmeza.

Ryon la mira fijamente, incrédulo. No le cabe duda de que su plan desde el principio era entrar a la fuerza.

—No he venido a matarte, tonto. Solo quería conocer a tus amas.

—¡Dawsyn! —la advierte Ryon con el pánico estrangulándole la garganta.

Pero el sonido de arcos que se tensan y de acero que se desliza llena el aire; ahora sabe que es demasiado tarde.

Los rodean una veintena de guardias de Terrsaw: hombres con armadura con las espadas desenvainadas. Desde arriba, otra docena inclina sus arcos sobre el borde del parapeto.

—Dawsyn, no te muevas.

Ella pone los ojos en blanco un buen rato, sufrida, mientras su espada continúa marcando la piel del cuello del guardia.

—Bajad las armas…, ¡ahora! —dice una voz de entre la multitud de guardias.

Ryon deja caer la suya al suelo y retrocede. Dawsyn tarda más; entorna los ojos mientras recorre a los guardias con la mirada, y Ryon se da cuenta de lo que pretende: busca un hueco, una brecha por donde pasar, una salida. Lucharía por atravesar a toda una guarnición de guardias armados antes que permitir que la mataran allí.

—Última oportunidad antes de que te tragues una flecha —dice la misma voz con firmeza.

Esto no es la Cornisa. No es un lugar donde gane la fuerza. Ryon mira a los guardias y ve lo rápido que se desharán de esta extraña mujer, como si nunca hubiera estado aquí. Solo es capaz de pensar en ese momento en que el sol tocaba sus párpados en los campos y en cómo acariciaba las hierbas altas mientras caminaba maravillada. No la ha traído tan lejos y ha arriesgado tanto para ver cómo la mata su propia gente, esa gente a la que pertenece.

Ryon ve que la flecha de un arquero se retrae un par de centímetros; unas palabras salen de su boca sin poder evitarlo:

—¡Se ha escapado de la Cornisa!

Silencio.

Los guardias se ponen tensos, con los ojos muy abiertos, aunque con las espadas aún preparadas.

Una guardia, la que parece comandar al resto, da un paso al frente. Sus hombros chocan con los de los demás, y estos se apartan para dejarle paso obedientemente.

—Mentira —dice con calma.

—Es la verdad —dice Ryon mirando a Dawsyn—. Díselo.

Con el cuchillo aún desenvainado y agarrando al guardia por los pelos con la otra mano, asiente.

—Soy de la Cornisa.

—Demuéstralo o les ordenaré a los arqueros de arriba que claven tu cuerpo en el sitio.

Dawsyn frunce el ceño y muestra los dientes.

—¿Cómo lo demuestro? ¿Te enseño dónde me clavaron las garras? ¿O quieres que te lleve a la Cornisa?

Los labios de la guardia se curvan.

—¡Se llama Sabar! —grita Ryon, acercando su cuerpo al de Dawsyn.

Se hace un silencio. Algunos guardias abandonan sus posiciones mientras la incertidumbre libra su lucha contra el deber.

Sin embargo, la líder evalúa a Dawsyn entornando los ojos con astucia.

—¿Sabar?

La mirada de Dawsyn se convierte en acero. Por una vez, su confusión es evidente.

—Sí.

El instante se alarga, corren los segundos, y los guardias

161

no van hacia ellos. Algunos parecen dudar y lanzan miradas hacia las puertas de palacio. Incluso su superior parece que no sabe qué hacer. Tiene la mandíbula desencajada y sus ojos van de Dawsyn a Ryon. Pero los arqueros continúan esperando, Dawsyn no se entrega al guardia y lo único que puede hacer Ryon es ir acercándose a ella muy despacio, con la esperanza de que su piel pueda soportar el impacto de tantas puntas de flecha.

Finalmente, la mujer suspira.

—Traedla dentro.

Los guardias avanzan, pero Dawsyn les grita:

—¡Deteneos!

Ryon la mira. «¿Qué hace?»

—Atravesaré esas puertas sin vuestra ayuda —dice.

—Ya basta —replica la mujer—. Cogedle el cuchillo.

Los guardias la rodean y uno arremete desde un flanco. Dawsyn deja caer al guardia que tiene a punta de cuchillo y hace volar hacia atrás el codo, que encuentra el puente de una nariz. Pasa agachada bajo el brazo de otro y da una patada hacia atrás que toca una pantorrilla.

—¡He dicho que os detengáis! —grita al enderezarse. Respira entre jadeos mientras los otros guardias, tanto los que ha dejado en el suelo como los que todavía están de pie, se detienen—. Entregaré el cuchillo, pero ya me han tocado suficientes manos no deseadas y no voy a permitir que sigan haciéndolo.

Se queda mirando fijamente a la mujer de la armadura, que está ante ella, y deja que el cuchillo se deslice por su mano hasta quedar colgando por la empuñadura entre las yemas de los dedos. Lentamente, baja la mano hacia las piedras del suelo y vuelve a ponerse de pie.

¿Y Ryon? No puede más que observarla, asombrado por los destrozos provocados por una persona tan pequeña en tan poco tiempo.

—¿Qué es esto? —pregunta una voz que retumba y rebota por el patio.

En lo alto de las escaleras que dan a las puertas abiertas del palacio se encuentra una mujer, una mujer que Ryon sabe que es una reina.

Sus cabellos pelirrojos le llegan hasta la parte baja de la espalda, con mechones canos y adornados con hilos de oro. No luce corona, pero el anillo de oro de su dedo lleva la marca del emblema de Terrsaw. Al contemplar la escena, se le marcan profundamente las arrugas de alrededor de los ojos y aprieta las manos nudosas. Al desplazarse hacia la luz, el dorado de su vestido se ilumina.

—¿Quién es? —pregunta la reina Alvira, ahora en un tono más alto.

Sus ojos se posan en Ryon y le arde la mirada.

—Me llamo Dawsyn Sabar.

Los ojos de la reina de Terrsaw se dirigen rápidamente a la fuente del sonido y encuentran a Dawsyn, cuyo pelo negro no es capaz de ocultar las motas de sangre de su mejilla.

—He venido de la Cornisa.

La reina Alvira palidece. Retuerce una mano infinitesimalmente y Ryon la observa. Los arqueros continúan en guardia, apuntando con las flechas, y él sabe lo rápido que la mano de un mando puede ordenar que se disparen las armas.

163

—Dejadla pasar —dice la reina Alvira, con los hombros tensos. Parece faltarle el aliento, como si la voz resonante que poseía un instante atrás se hubiera apagado—. Y a su amigo también.

En el acto, los guardias retroceden, todos menos su superior, que frunce el ceño profundamente.

—Os acompañaré, excelencia.

—Muy bien, capitana —contesta la reina, y se aleja a grandes zancadas por las puertas del palacio, dejando que Ryon y Dawsyn la sigan.

La capitana de la guardia se coloca al lado de ellos junto con dos guardias más, todos con las manos cerca de sus espadas cortas, ahora enfundadas.

El rostro de Dawsyn se afloja cuando atraviesan el vestíbulo y entran en la sala del trono. No tiene el tamaño y la grandeza del de Glacia, pero Ryon debe reconocer su belleza. Las vidrieras adornan el techo abovedado dejando que el sol se filtre en rayos con los tonos del arcoíris. El suelo es un mosaico de las cordilleras y de las nubes que las dividen en dos y ocultan sus cimas.

La reina se gira.

—Ruby, ve a buscar a Cressida.

—Sí, excelencia. —La capitana asiente y se apresura por un pasillo contiguo.

—Bueno —suspira la anciana con un débil temblor en los labios. Parece como si no pudiese dejar de mirar a Dawsyn—. Te pareces a tu abuela.

Dawsyn parpadea y se le deshincha el pecho, como si le hubieran pegado.

—¿Conocía a mi abuela?

—Conocía a una mujer que supongo que era tu abuela. Valma Sabar.

Atónita, Dawsyn asiente.

Justo en ese momento se oyen unos pasos apresurados que avanzan por las baldosas de mosaico en dirección al techo abovedado, y la capitana Ruby regresa acompañada de una mujer que luce un vestido tan refinado como el de la reina Alvira. Los ojos azules de la mujer hacen un barrido del grupo que hay ante Ruby y encuentran a su reina.

—¿Quiénes son? —pregunta.

—Esta es mi esposa, Cressida —informa la reina a Dawsyn—. Y esta es… Dawsyn Sabar, de la Cornisa.

Al instante, las mejillas de Cressida palidecen y su cuello enrojece.

—No puede ser.

—Mírala —dice la reina—. ¿No es la viva imagen de nuestra querida Valma?

Las dos reinas miran a Dawsyn con la boca abierta. Cressida se lleva la mano a los collares que luce colgados al cuello y traga con fuerza.

Ryon se ha enfrentado a nobles mucho más amenazantes que ellas en circunstancias mucho menos agradables, pero nunca ha sentido ese torrente de pánico retorcerse en su estómago. No le gusta cómo la miran, como si fuera una cosa de la montaña, indomable, impredecible. Dentro de él hay un conocimiento que se despliega, una resolución. Quiere llevarse a Dawsyn volando lejos de allí. Para empezar, ha sido una locura traerla tan cerca.

Se aclara la garganta.

—Ella solo quería ver Terrsaw y a sus monarcas.

Ambas giran la cabeza hacia él al mismo tiempo.

—¿Y este quién es? —pregunta Cressida a la reina Alvira sin dignarse a dirigirse a él directamente.

—Es un compañero, creo —responde la reina, ladeando la cabeza.

—Se llama Ryon —interviene Dawsyn con el ceño fruncido.

—¿Ryon qué?

—Ryon Vesser —contesta él.

Es un apellido falso pero común. Cressida lo evalúa y Ryon nota su mirada penetrante como una daga en el pecho. Sabe lo que está buscando. Ve su piel negra y cree que es humano, pero su fino instinto le dice que vuelva a mirar. Su sangre glaciana no se ve, pero está presente en la anchura de sus hombros, de sus manos y en el corte de su mandíbula. Cressida entorna los ojos.

—Cuéntanos la historia entonces, Dawsyn Sabar. ¿Cómo has llegado hasta aquí? Nadie antes había logrado escapar de la Cornisa. —Las palabras de la reina Cressida encierran un tono de burla, como si creyera que su esposa es una pardilla por dejarse engañar por las historias inmaduras de los campesinos—. ¿Saltaste por el Abismo?

La mirada de Dawsyn se vuelve de piedra.

—No —responde sin temor—. Los glacianos me seleccionaron y me llevaron al otro lado.

Allí de pie, palmo y medio más baja que las gobernantas del reino, vestida con ropa prestada y ni de lejos tan refinada, Dawsyn se hace dueña y señora de la sala. Su cuerpo no ha sido custodiado por los numerosos sirvientes de un palacio, sino forjado en el hielo de una prisión. Sus labios entreabiertos están rojos y cortados por el viento de la montaña, no teñidos por el vino de una vida de festines. Sin embargo, es ella quien las controla. Y Ryon lo ve claramente.

165

Las reinas, los guardias y él callan y la escuchan hablar.

Y ella lo hace. Relata cómo se negó a formar parte de la magia venenosa del estanque. Les cuenta que la convirtieron en un juego, en un trofeo que reclamar en las laderas. Comenta cómo los superó, sin molestarse en explicar cómo fue eliminando a los glacianos que encontraba en su camino, ni cómo el frío trató de llevársela. Les cuenta que llegó al pie de la montaña sola para no hablar de Ryon y mantener su mentira como le prometió. Dice que encontró huecos en los salientes de roca y que trepó por ellos para cruzar la Puerta de Rocas y llegar al reino, al otro lado. Y luego habla de los amables dueños de una posada, que le dieron de comer, la vistieron y le indicaron el camino hasta ellas, las reinas, sus reinas.

Cuando acaba, el timbre de su voz sigue atrapado en el techo de cristal, que parece acunarlo.

Las reinas tardan en reaccionar. Se quedan con la boca abierta y se les marcan profundamente las arrugas de alrededor de los labios.

—Bueno —murmura la reina Alvira—, es un milagro que hayas sobrevivido.

—Sí —coincide Dawsyn—, lo es.

—Si es verdad —añade Cressida con voz sombría—. ¿Qué es lo que quieres, chica? ¿Por qué has asaltado a nuestros guardias para hablar con nosotras?

—Quería ver a las personas que viven con tanto lujo aquí abajo mientras arriba mi gente cae al Abismo un día tras otro. Quería ver por qué somos nosotros quienes hemos de vivir atrapados como ratones en lugar de estar en tierra firme. Quería ver qué tenían de especial esas personas que escaparon a nuestro destino.

Ryon nota que los guardias de detrás se repliegan muy lentamente, encogiéndose ante su tono acusador.

Dawsyn continúa.

—Mi familia vivió y murió en un rincón, en un puntito del mundo de ustedes, y se me debe la oportunidad de hablar con las gobernantas que nos dejaron congelar allí arriba.

Los ojos de la reina Alvira centellean.

—Increíble. Es tan audaz como Valma. —Pero su rostro da paso a algo parecido al remordimiento—. ¿Qué esperabas de nosotras, Dawsyn Sabar? No podíamos cruzar el Abismo hacia vosotros, igual que vosotros no podíais cruzarlo hacia nosotras.

—Y, sin embargo, lo he hecho.

—Y, sin embargo, lo has hecho —asiente Alvira—. Y estoy entusiasmada. Absolutamente nadie de la aldea de los Caídos sobrevivió al saqueo de los glacianos hace cincuenta años. Te aseguro que no hay una sola persona en Terrsaw que no lamente aquella pérdida cada día de su vida.

Dawsyn no responde. Su expresión sigue siendo pétrea, impasible.

—Si has venido buscando una disculpa, la tendrás. Siento de veras el destino que heredaste cuando se llevaron a tu abuela a la Cornisa. Siempre la admiré, y la lloro, incluso ahora, tantos años después. Era mi amiga, como muchos de los aldeanos que perdimos. Todavía no puedo ir allí y ver lo que queda. Solo sirve para recordarme lo impotentes que éramos entonces y cuánto lo seguimos siendo. Saber que tu abuela sobrevivió al ataque, que tuvo hijos, me alivia como nadie puede imaginar.

Alvira se adelanta y alarga las manos hacia las de Dawsyn con cautela.

Dawsyn mira con desconfianza las manos manchadas y veteadas de la reina antes de poner lentamente una de las suyas entre ellas. La reina Alvira la agarra y se la acerca al pecho.

—Deja que te enseñe algo, querida.

Juntos, el extraño grupo sigue a la reina por un pasillo, sube por una escalera de mármol blanco y luego sale a un gran balcón. También allí el suelo es de un meticuloso mosaico brillante, pero es la vista lo que llama la atención, ya que toda la Meca se extiende ante ellos en todas direcciones.

—Mira. —La reina Alvira señala un punto, guiando a Dawsyn hacia el borde.

La reina Cressida las sigue, algo menos hospitalaria que su esposa. Continúa mirando a Dawsyn con abierta hostilidad.

Ryon aprieta los puños.

167

—¿Veis el monumento de la plaza de la ciudad? —pregunta la reina tanto a él como a Dawsyn.

Ryon lo ve. Lo ha visto varias veces en sus viajes a la Meca a lo largo de los años. El monumento de piedra tiene seis metros de altura: una mujer con el chal ondeando por la brisa y las faldas colgando entre los escombros que tiene a sus pies. Está alzada sobre un montículo de roca rota, sujetando ligeramente con las manos la piedra partida. Ryon duda que Dawsyn vea los detalles a esa distancia, pero él los conoce bien. Conoce la forma de la nariz de la mujer, la suave curvatura de sus cejas. Sabe cómo sus párpados se cierran al mundo. Sabe que tiene los labios carnosos separados por el dolor, así como la espalda encorvada por la derrota.

—Esa es la Mujer Caída. Se erigió menos de un año después de que atacaran la aldea. Al comienzo de cada estación, toda la Meca la rodea y reza por la gente de la Cornisa, por la del Abismo y por los que nunca llegaron tan lejos. —La reina se gira para mirar a Dawsyn de frente—. No creas que hemos olvidado. No creas que no sabemos la suerte que tenemos. Enseñamos a nuestros hijos a honrar a esas pobres almas condenadas a pasar por esas penurias, y no damos por sentado nuestros días en el valle.

—Parece saber mucho sobre un lugar en el que nunca ha estado —dice Dawsyn como respuesta, con los brazos cruzados sobre el pecho.

—¿Crees que no lo intentamos al principio? Enviamos a nuestro ejército ladera arriba, y la mayor parte no regresó. Los glacianos los cogieron en la montaña o se congelaron en la noche. Algunos llegaron lo bastante lejos como para ver Glacia y el Abismo, pero los devolvieron a Terrsaw con el cuerpo destrozado; a todos menos a uno, que vivió lo suficiente para contar lo que habían encontrado. Los humanos no son rivales para los glacianos, querida, y hace tiempo que dejamos de intentar demostrar lo contrario. No podemos sacrificar a todos los nuestros para salvar a unos cuantos.

Ryon frunce el ceño. Nunca ha oído a los glacianos hablar de ejércitos humanos a los que hubieran masacrado. Tal vez ganaran la batalla con demasiada facilidad como para alardear de ella.

—Ahora —prosigue la reina— puedes encontrar asilo aquí, querida. Diría que se te debe más, pero por ahora déjame ofrecerte una cama, comida, ropa, refugio, cualquier cosa que necesites. Eres bienvenida en palacio tanto tiempo como desees quedarte.

Por el rabillo del ojo, Ryon ve que la reina Cressida niega en silencio.

—Gracias —dice Dawsyn fríamente—, pero puedo valerme por mí misma.

—Muy bien —responde la reina—. La gente de Terrsaw celebrará tu regreso.

—La gente de Terrsaw no necesita saber de dónde vengo —le hace saber Dawsyn—. Y preferiría que no lo supieran.

La reina hace una pausa y la mira con curiosidad.

—Como quieras —concede—. No se me escapa que tu regreso podría traer falsas esperanzas. En cualquier caso, si cambias de opinión, será un honor para nosotras presentarte ante Terrsaw. Por favor, no pienses nunca que no tienes recursos. Nos adaptaremos a lo que puedas necesitar.

Dawsyn asiente, incómoda. Finalmente, sus ojos se encuentran con los de Ryon y parecen suplicarle que la saque de ese lugar. Hay algo en su mirada que al glaciano le recuerda a un animal ante una ventisca inminente; le tiende la mano, resistiendo el impulso de llevársela volando a su refugio antes de que el mal tiempo los alcance.

22

*D*awsyn deja que Ryon la guíe de vuelta a través de la Meca, aunque no recuerda los muchos edificios por los que pasan. Es incapaz de decir cómo se siente, pero el sentimiento es inmensamente pesado. Si pudiera, se metería una mano en el pecho, agarraría esa cosa venenosa que se retuerce y se la arrancaría. Solo sabe que la pena le obstruye la garganta por un mundo que Briar, su madre, su padre y su hermana nunca conocieron. Por una belleza que se escurrió como el agua entre los dedos de su abuela. Por el sol, la fruta y el arte que su gente nunca tocará.

—Para —le murmura Dawsyn a Ryon, cuya mano rodea la suya—. Quiero parar.

Necesita arrancarse de la mente lo que sabe. Quiere olvidar la Cornisa, el Abismo, el estanque y la gente que no hizo nada para merecer su destino. De repente, Ryon tira de ella en otra dirección y Dawsyn se descubre subiendo unos escalones de entrada mientras un timbre suena por encima de su cabeza. Entra tropezando en una sala oscura cuyos ruidos y olores la asaltan. Las voces profundas se superponen y se elevan hasta el techo en una confusa cacofonía. Los vasos tintinean y los taburetes de madera se arrastran por el suelo de piedra.

Un bar, mucho más grande que el de la posada de Salem, se extiende ante ellos, abarrotado de clientes que gritan y beben. Algunos chupan unos artilugios que emanan un humo dulce y empalagoso.

Ryon la empuja a un rincón de la sala, lejos de la barra y de los clientes que deambulan tras ella.

—Quédate aquí —le dice, y luego se va.

Dawsyn deja caer suavemente la cabeza sobre la mesa de madera y se le cierran los ojos contra su voluntad.

—Parece que necesitas un trago, querida —le dice una voz ronca y arrastrada—. Aquí tienes.

Dawsyn levanta la cabeza cuando las frías gotas de líquido le salpican la mejilla. Tiene una jarra de cerveza pegada a la piel. El hombre que hay detrás de ella la mira con dientes ennegrecidos y la cara moteada de rojo y púrpura.

Antes de que la joven pueda coger la jarra, los interrumpen.

—Largo —dice la voz atronadora de Ryon.

Dawsyn nota su mano en el hombro, reclamándola, y por una vez no se siente molesta.

—Quizás ella no quiera que me vaya —farfulla el borracho, dejando caer su bebida con fuerza sobre la mesa.

Ryon gruñe suavemente.

—O te vas o tendrás que aguantarte los trozos de cara después de que te la haya cortado en seis.

El cliente debe de ver la empuñadura de la espada que sobresale por el hombro de Ryon, o tal vez finalmente se da cuenta de la gran mole que tiene delante. El caso es que retrocede y desaparece entre la multitud.

171

Dawsyn intenta enderezarse, pero es como si tuviera la columna vertebral de goma.

—¿Y si quería que se quedara?

Ryon la mira de soslayo.

—No querías.

—¿Ah, no?

—Si lo querías, era solo para irritarme.

Ryon le coloca delante un plato con pan, fruta y carne, pero la mano de ella pasa por encima de él y alcanza la bebida. Se la lleva a los labios rápidamente y la apura.

El alcohol le quema las paredes de la garganta y le hace llorar los ojos. Nota cómo se desliza por sus pulmones y la calienta, apaciguando los lugares oscuros, y suspira aliviada. Vuelve a dejar la jarra en la mesa y coge la que el borracho ha olvidado. Cuando se la lleva a la boca, la quemadura es menos potente.

Ryon frunce el ceño.

—Más despacio, chica. Come algo.

—No necesito que me digas lo que he de hacer —gruñe ella, pero las palabras se le juntan unas a otras.

No está segura de si Ryon la oye, con todo el ruido del bar.

—¿Estás bien? —pregunta él.

Cuando Dawsyn se vuelve hacia él no puede mirar por mucho tiempo. Durante todo el día, él la ha observado con demasiada atención. No puede mirarle a los ojos y mantener la compostura. Mirarlo es peligroso.

—Estoy bien —gruñe.

—¿Habías bebido alcohol antes?

—Pues claro —contesta ella, con la visión flotando—. En la Cornisa hay bastante, y tiempo de sobra para elaborar cerveza.

Ryon vuelve a gruñir.

—Un día de estos te voy a borrar de la boca todo lo lista que eres.

—¿Lo harás, Ryon? Me gustaría ver cómo lo intentas.

La fulmina con la mirada y por un momento la habitación deja de girar.

—No me tientes.

Una mujer pasa junto a su mesa cargando una bandeja con una docena de tazas y jarras. Dawsyn se lanza sobre ella y le coge una; la mujer frunce el ceño antes de seguir adelante. Dawsyn se lleva la jarra a los labios y la inclina hacia el techo, ahora con la cerveza dulce. Cuando termina, se pasa la lengua por el labio inferior y oye a Ryon suspirar en silencio.

—Deja de hacer eso —dice Dawsyn.

—¿Que deje de hacer qué?

—Deja de desearme.

Se hace un silencio entre ellos.

Ryon no se queda boquiabierto ni se tambalea como ella querría. En lugar de eso, sonríe con suficiencia y la mira a los labios antes de apartar la vista.

—El alcohol te hace valiente.

—Ya lo era antes.

—También te vuelve arrogante.

—Y no es un rasgo deseable, ¿verdad? Que una mujer sea arrogante. En un hombre resulta atractivo, pero a las mujeres nos arrincona. Una mujer segura de sí misma o es una ramera o es una amargada.

Él le mira los labios de nuevo.

—No cuesta adivinar cuál de esas dos cosas eres tú.

Y a pesar de sí misma, a pesar de la desesperación en la que vive, la risa aflora en ella y se encuentra doblada y con los ojos entornados.

—Estás borracha.

—No lo bastante —replica Dawsyn, tambaleándose en su taburete—. Creo que me voy a tomar otra.

Ryon suspira.

—No es la mejor idea que has tenido.

—¿Y por qué no? Mañana por la mañana no hay que talar ningún pino. Habrá que aprovechar.

—Por la mañana te arrepentirás.

—Ya me estoy arrepintiendo de mañana —dice ella, arrebatando otro trago al tabernero que pasa por allí desprevenido—. Además, sé que, en caso de necesidad, tú me sacarás de aquí.

173

Ryon observa con la mandíbula desencajada cómo el alcohol pasa por entre los labios de la joven, y parece como si quisiera alejarlo de ella.

—Das por sentado demasiado.

A Dawsyn se le encienden los ojos. «¿Un desafío?»

Siente que los efectos del alcohol se extienden por sus miembros y los vuelve más livianos.

Las advertencias de su mente se quedan en poco con ese deseo que siente repentinamente. Sabe que los dedos de él se flexionan porque se imagina agarrándola por la cintura. Sabe que nunca baja los ojos a sus pechos porque si lo hiciera recordaría la forma de su cuerpo. Sabe que cuando la toca se le dispara el pulso. Él encuentra motivos para tocarla, se dé cuenta o no, y ella encuentra razones para dejar que lo haga. Resulta desesperante.

No debería provocarlo, pero sus manos lo anhelan tanto como las de él, y antes de poder decidir lo contrario ya se está moviendo.

Dawsyn casi se cae del taburete encima de Ryon, pero él la atrapa, la agarra por la cintura justo como ella sabía que lo haría. Las manos de la joven le rodean el cuello sin pensárselo, sus dedos se enredan automáticamente en el grueso pelo de su nuca. Jamás se había sentido tan insensata, pero el calor de él le pide que se acerque y no se atreve a negarse.

—Yo no doy nada por sentado —le dice en voz baja, y las palabras pasan de sus labios a los de él.

Ryon traga saliva, afectado por su proximidad. Parece que no puede mirarla a los ojos.

—No vas a seducirme —dice él como si nada, pero ya está ahí.

Se le eriza la piel del cuello cuando le pasa los dedos por encima, y se mueve incómodo en su taburete, acercándose cada vez más.

Dawsyn está entre sus muslos y, aunque él sigue sentado, la joven todavía tiene que alzar la vista para mirarlo a los ojos.

—Vuelve a sentarte —dice Ryon, pero no la suelta ni la aparta.

—Pero eso no es lo que quieres, ¿verdad?

Ryon maldice en voz baja.

—No eres lo que esperaba.

—¿Y qué era lo que esperabas?

—Una chica discreta, con moral. Una mujer que no intentaría provocarme para que la tomara sobre la mesa de un bar.

Dawsyn suelta una risa.

—Tú no harías eso.

—Ah, ¿ahora confías en mí? —pregunta él.

Ella se inclina más cerca, con los labios a un par de centímetros de los de él.

—No confío en ti, Ryon, pero eso no significa que no pueda desearte.

Cierra el espacio hasta que sus labios se aplastan contra los de él.

Su respuesta es inmediata. Dawsyn nota que en lo más profundo de su pecho un gemido se abre camino, que entra en ella. Sus labios tienen un sabor embriagador, pecaminoso. Se amoldan perfectamente a los suyos; cuando nota la lengua de él contra la suya, está perdida. Sus manos la agarran dolorosamente, la levantan más alto, más cerca de él, y ella lo recibe bien. Pero demasiado pronto, justo cuando las manos de Ryon empiezan a descender por su cuerpo, sus labios desaparecen y la aparta.

Dawsyn abre los ojos y ve que él se retira hacia atrás. Ha volcado el taburete.

—Mujer del demonio —maldice con mirada acusadora.

Dawsyn no tiene suficiente cordura como para responder, cuestionar su retirada o burlarse de él. De repente, todo cuanto puede hacer es mantenerse en pie. Siente que el mundo se inclina y nota que él regresa antes de que ella caiga al suelo de la taberna. Antes de cerrar los ojos, le oye maldecir su nombre una vez más, sosteniendo su cuerpo contra su torso amplio.

Su cuerpo se balancea hacia un lado y hacia el otro mientras el estómago se le revuelve asquerosamente. El ruido de la taberna se desvanece, y el aire, fresco y desconocido, le acaricia la piel.

Dawsyn gime y abre los ojos. El rostro de Ryon se cierne sobre el suyo, aunque él mira hacia otro lado. Una vez más la lleva en brazos, pero ahora tiene una mueca de enfado en la boca, el ceño fruncido y a cada respiración suelta palabras cortantes que rompen el silencio que los rodea.

—Debería haberte dejado en una puta roca en algún lugar...

—Bájame.

—No.

Dawsyn aprieta los dientes para contener el vómito.

—Que me bajes.

Ryon la ignora, y ella no encuentra ninguna reserva de fuerza para luchar contra él. Se esfuerza por mantenerse consciente, pero cuando parpadea se le escapa el tiempo y el entorno cambia. Primero pasan por el mercado; cuando parpadea, están en las callejuelas de barro de las afueras. Han llegado al bosque antes de que recupere la consciencia el tiempo suficiente como para hablar, y cuando lo hace sus pensamientos son inconexos y desaparecen tan rápidamente como llegaron.

—¿Eso son estrellas? —grazna con la cabeza apoyada sobre el hombro de Ryon.

Él levanta la vista hacia el hueco que hay entre los árboles, hacia el cielo de tinta que se despliega sin fin.

—Sí.

—No las había visto nunca.

Él asiente y aminora el paso.

—En Glacia, los mestizos de la Colonia vuelan por encima de las nubes para verlas, para rendir homenaje a sus muertos.

—En la Cornisa fingimos que los muertos nunca han existido —murmura ella, sin saber con seguridad si las palabras salen de su boca.

Al cabo de un rato, Ryon la evalúa.

—¿Puedes caminar?

—Creo que sí —responde ella.

Cuando la deja en el suelo, se le tambalean las piernas, pero no se cae.

—La cerveza y el licor son peligrosos, chica. Tu pequeña hacha no dará en el blanco si encuentras problemas, cosa que parece inevitable.

—No necesito la condescendencia de un glaciano.

—No, solo necesitas que ese glaciano te salve de la ejecución y luego te saque a cuestas de una taberna en un estado deplorable.

—Bien que quisiste seguirme a la Meca. Yo no te pedí que me acompañaras.

—¿Vas a fingir ahora que quieres que me vaya, Sabar? ¿Serás capaz de besarme y luego actuar como si quisieras que me fuera?

—No te necesito.

—Ah, pero desear no es lo mismo que necesitar, como has demostrado tan perfectamente esta noche.

Dawsyn aprieta los dientes y, por una vez, no tiene nada que decir.

—Veo cómo me miras, Dawsyn —dice él lentamente, mirándola a los ojos.

—Te miro como a cualquier estorbo. Sé separar los deseos de mi cuerpo y mi mente.

—Bien —le espeta él, y sus músculos saltan bajo su túnica—. Porque lo que has hecho en esa taberna no vas a volver a hacerlo.

Dawsyn se ríe sin alegría.

—¿Te has asustado, Ryon? Dime, ¿qué harás si vuelvo a besarte?

Él la agarra de la muñeca y tira de ella por el camino.

—Me hundiré dentro de ti, Dawsyn. Y sí, me da miedo.

177

23

*L*a aspereza del hilo irregular contra su piel le hace creer que está en casa, en su guarida de chicas. Se queda con los ojos bien apretados, como siempre, aguardando el momento en que note un agujero en el estómago y el día que tiene por delante le exija despertarse. Ella se niega. Se aferra a la nada de dormir un poco más. Pronto habrá que cortar leña, hervir agua y racionar la comida, y la cabaña estará vacía aparte de ella, y eso volverá a ocurrir al día siguiente, y así sucesivamente hasta que la muerte le ofrezca una alternativa amable.

Pero la cama es demasiado cómoda, y la habitación, excesivamente cálida. En lugar de notar un agujero en el estómago, percibe que se le tensa al recordar, y abre los ojos de golpe.

No hay guarida de chicas. No hay nieve. No hay Cornisa.

En su lugar, la lengua seca, el estómago revuelto y un dolor de cabeza que rivaliza con el que provocaría un hacha clavada en el cráneo.

—Buenos días.

Dawsyn gira la cabeza y maldice el martilleo de sus sienes.

—Estás horrible —dice Ryon, apoyado en el marco de la puerta.

Ella hace una mueca y se frota la cabeza mientras observa su postura relajada: los ojos oscuros, los labios curvados hacia arriba bajo la barba de varios días. Labios cuyo sabor ahora conoce.

Cierra los ojos.

—Uh.

—Sí —dice él—. Bien dicho.

—Lo siento —le dice, y es cierto.

—Yo diría que sí.

El recuerdo de su boca en la de él se interpone entre ellos, negándose a ser ignorado. Dawsyn recuerda haberse arrojado en su regazo y hace una mueca ante su absoluta falta de sensatez. ¿Abandonó todo sentido común la noche anterior?

Desplaza el peso hacia un lado del catre y todo su ser protesta. Se queja en voz baja.

—¿Por qué siento como si me hubieran atravesado la cabeza?

—El alcohol —contesta Ryon—. Te dije que te arrepentirías.

Dawsyn nota que la saliva le inunda la boca y que se le revuelve el estómago; luego se tira del catre. Cae al suelo de madera de rodillas a tiempo para vomitar violentamente en una palangana pequeña que hay bajo la ventana.

—Eso también es el alcohol.

Dawsyn escupe bilis.

—Qué útil.

179

Oye el ruido de sus botas al acercarse y nota que el aire se desplaza detrás de ella cuando él se agacha. Ryon le aparta el pelo de la cara y, de repente, su aliento le calienta el cuello.

—A partir de ahora creo que es mejor que mantengamos las distancias. No sea que pierdas el control y vuelvas a lanzarte sobre mí.

Ella suelta una carcajada, pero el efecto se ve disminuido por el sonido rasposo de su voz.

—No finjamos que soy yo quien lucha con su control.

—No estoy fingiendo —gruñe él—. Apostaría a que mi control está en su momento crítico. Te pido que no lo presiones.

—Hoy no voy a presionar nada mucho —murmura Dawsyn mientras el estómago vuelve a revolvérsele.

Ryon suspira y espera a que las arcadas disminuyan. Cuando Dawsyn ha acabado, se sienta de nuevo y tira de su vestido prestado para taparse las rodillas. Ha empezado a temblar, a pesar del fuego de la chimenea.

—La maga está aquí en la posada. La llamaré para que te visite. Te será de ayuda.

—No quiero una maga. ¿Cómo sé que no me convertirá en un sapo?

Ryon suelta una risita por lo bajo.

—Si lo intenta, siempre puedes lanzarle tu hacha.

Le pasa los dedos por la nuca una última vez; la piel se le estremece. Luego se va y cierra la puerta tras de sí.

Dawsyn se levanta con cuidado y recoge la palangana. Buscará el cuarto de baño, la vaciará, la limpiará y se aseará ella también.

El pasillo es tan estrecho que imagina que a Ryon le deben de rozar los hombros con las paredes al caminar por él. Cuando llega al final, abre la puerta del baño, donde hay un pequeño espejo rayado, una jofaina grande y una hilera de cubos con agua fresca. Primero vacía la palangana sucia que lleva y luego vierte agua fresca dentro para enjuagarla.

El pequeño espejo circular solo alcanza a reflejar su cara, pero lo que ve es espantoso. Está ojerosa, pálida. El pelo le cuelga enredado hasta el pecho. Nota las palmas de las manos ásperas, como después de lijar la madera.

Se baja las mangas, desliza el vestido por su cuerpo y lo manda a un rincón de una patada. Se deshace de las enaguas y de la ropa interior, y se aleja para mirar las partes que no alcanza a ver reflejadas. Las heridas de los hombros están amarillas, con los moratones envejecidos, pero los músculos y los tendones todavía los nota en carne viva, muy maltratados. Los cortes se han cosido, pero los huecos entre los puntos todavía supuran y desprenden un olor desagradable.

La piel se le ve especialmente blanca en contraste con el pelo negro, que desciende con suavidad por encima de sus pechos antes de abrazar las costillas con demasiada fuerza, bajar por la barriga y llegar hasta las caderas, que se recortan con brusquedad. En el descenso para llegar a Terrsaw ha perdido un peso muy valioso y por un momento se preocupa por sus raciones, por si será capaz de mantener lo que queda de ella antes de debilitarse. Pero ya no necesita racionar. Los bosques de aquí la alimentarán infinitamente y ya no tendrá que escarbar y rebuscar por cada bocado y luchar para conservarlo.

Coge un paño gris que está colgado en un gancho, lo moja en un cubo de agua helada y se enjabona el cuerpo con él. El agua burbujea y le llega una fragancia agradable que libera su nariz del olor a bilis. Se lava despacio, a conciencia, maravillada por el tacto resbaladizo de su piel, por la forma en que la suciedad se desliza fácilmente con cada pasada del paño. Cuando se siente satisfecha, con el pelo chorreando por la espalda, está temblando, pero tiene una chimenea cálida a la que regresar y ningún otro lugar al que tenga que ir; la idea es liberadora.

Detrás de la puerta hay colgada una toalla, que no es más que un trapo, y se envuelve en ella justo antes de que la puerta se abra de golpe y aparezca una mujer al otro lado.

—Parece como si hubieras visto el infierno —dice mirándola sin molestarse en sutilezas. Se detiene en las piernas desnudas de Dawsyn—. Eres bonita, pero estás flaca.

—Tú debes de ser la maga —aventura Dawsyn en tono grave, apagado.

La mujer asiente. Es hermosa, cosa que Dawsyn no esperaba. Lleva el pelo rubio trenzado a la espalda; su lisa capa gris flota un par de centímetros por encima del suelo. Tiene los ojos grandes, dominantes, y le suben hacia las sienes como a un animal. Dawsyn casi espera que tenga los dientes puntiagudos y goteen sangre. La mujer entra, cierra la puerta tras ella, y la pequeña y húmeda habitación se llena con ellas dos, quedando poco espacio entre ambas.

—Dawsyn, ¿verdad? Suelta el trapo, Dawsyn.

Dawsyn por poco se ríe. Por poco.

—Me temo que no es tan fácil persuadirme.

—No seas engreída, bonita. Tengo que ver los daños.

—Y yo tengo que saber el nombre de una persona antes de que vea mi cuerpo.

La maga sonríe.

—Qué mojigata. Yo he enseñado el mío sabiendo mucho menos.

—No lo dudo.

La sonrisa se desvanece, y esos ojos... se vuelven líquidos.

—Suéltalo, bonita.

—Primero tu nombre, o ya puedes ir a probar tus artimañas de bruja a otra parte. Yo no te he pedido que vinieras.

La maga la sopesa por un momento. No parece mucho mayor que Dawsyn, pero algo le dice a la joven que esa mujer tiene muchos años. El malestar del estómago regresa.

—Me llamo Baltisse —dice finalmente la maga con desprecio.

—Encantada de conocerte, Baltisse —dice Dawsyn con dulzura mientras deja caer la toalla al suelo.

Baltisse la recorre con la mirada de arriba abajo.

—Bueno, ya veo por qué Ryon se preocupa por ti. Hay algo extrañamente atractivo en tu cuerpo..., en lo poco que hay de él. Pero eres fuerte, ¿no? Difícil de matar. Tienes una cara por la que mucha gente daría su alma. Supongo que no me la darías, ¿verdad?

Dawsyn frunce el ceño.

—¿Mi cara?

—Sí.

—¿Cómo iba a darte mi cara?

Ella sonríe.

—No lo harías, bonita. Esa parte la haría yo. Te daría otra cara, por supuesto, aunque dudo que después soportaras mirarte al espejo.

El miedo empieza a filtrarse lentamente en Dawsyn.

—Me niego.

—Lástima. ¿Qué te ha desgarrado los hombros? —pregunta entonces, y su profunda voz se desliza sobre la cara de Dawsyn mientras se acerca y sus dedos se ciernen sobre las heridas.

—Un glaciano.

La maga vacila. Extrañamente, el color de sus ojos palidece.

—Mientes —dice.

La maga inspira con fuerza, como si quisiera aspirar todo

el oxígeno de la habitación. Después cierra los ojos, empieza a mover los párpados salvajemente y suelta el aire en una ráfaga. El sonido, estremecedor, hace pensar a Dawsyn en bestias dormidas cuya respiración hace temblar el suelo.

Finalmente, la maga abre los ojos y lanza una mirada penetrante a los de Dawsyn.

—Dices la verdad. Pero entonces…

—Soy de la Cornisa —completa Dawsyn—. Sí.

A Baltisse se le iluminan los ojos y su color dorado se aclara.

—¿Una hija de la Cornisa? ¿Naciste con sangre de maga?

Dawsyn ríe sin ganas.

—Si así fuera, ¿te necesitaría?

—¿Cuál es tu apellido?

—Sabar.

En cuanto la palabra sale de su boca, Dawsyn nota que el ambiente cambia, igual que pasó en palacio. La sonrisa exultante de la maga se desvanece y el brillo de sus iris se apaga. Se lleva los dedos a los labios y juguetea con ellos.

—Interesante —murmura.

—¿El qué?

—Tú —dice Baltisse, simplemente—. Huelo a otro mago a un kilómetro de distancia, pero en cuanto a ti… No sé decidir qué eres.

Dawsyn hace una mueca. Los ojos de la maga se deslizan sobre su silueta desnuda una y otra vez, y la joven se estremece. Le entran ganas de salir corriendo de la habitación, de encerrarse lejos de esa mujer y de lo que sea, de lo que sepa.

—Cierra los ojos, Dawsyn Sabar. El resplandor puede resultar doloroso.

—¿Qué?

Sin embargo, la maga planta las manos sobre las heridas de Dawsyn; la explosión de dolor hace que se estremezca entre sacudidas. De repente la habitación está llena de una luz cegadora que absorbe todo lo que toca; los ojos de Dawsyn se convierten inmediatamente en agua. La joven cierra los ojos con fuerza y maldice.

183

Cuando el zumbido de sus oídos se desvanece y el resplandor del exterior oscurece, Dawsyn parpadea lentamente, con cuidado. La maga ya se dirige hacia la puerta con su larga trenza oscilando con violencia.

—Me alegro de que estés viva, Dawsyn Sabar —dice—. Aunque dudo que lo estés por mucho tiempo.

24

Dawsyn se viste mecánicamente, aliviada al descubrir que sus hombros ya no le duelen. También tiene el estómago asentado y la cabeza despejada de ese incesante martilleo. No puede negar que la maga ha sido de utilidad, aunque el mero hecho de tenerla cerca hace que se le erice la piel.

Cuando baja la estrecha escalera de la posada, se siente renovada. No está cansada ni hambrienta. Se siente ligera. Había llegado a tener la sensación de que los males que agobiaban su existencia formaban parte de sí misma, como un latido, pero ahora han desaparecido. Continúa teniendo callos en las palmas de las manos, pero no le duelen al doblar los dedos. No aprieta los pies hacia dentro a cada paso y no retrocede ante su dolor. Maldice a la maga porque no puede tenerle aversión después de esto.

El pasillo está vacío cuando Dawsyn entra en él, pero oye voces procedentes del comedor. Salem está en la barra, con Esra a su lado. No hay en el mundo una pareja que contraste tanto como ellos.

—¡Me debes la última entrega, crápula decrépito!

—Sí, pero anoche vomitaste una comida gratis en la barra y espantaste a media docena de mujeres, así que diría que estamos en paz —gruñe Salem, apurando su vaso de licor.

—¿Qué más te dará a ti si las mujeres se quedan o se van? Esto no es un burdel.

—Donde van las mujeres, seguro que hay hombres, y los hombres no tienen cerebro para dejar de beber cuando la noche se alarga. Se llama negocio, imbécil desaliñado.

—No he ido desaliñado ni un solo día de mi vida, viejo —se burla Esra.

—¡Ja! Mi abuela, que está muerta, viste unos pololos más elegantes en su tumba.

—¿Y tú qué sabes? Si no has tenido el placer de ver mis pololos...

Salem deja el vaso sobre la barra de un golpe.

—¡Gracias al Abismo!

—Y nunca los verás, de hecho. Prefiero no llevar.

Salem hace una mueca.

—Si tu paquete se acerca a los taburetes de mi bar, te juro que...

Dawsyn se aclara la garganta y ambos se giran en sus taburetes.

—¡Señorita Dawsyn! Pase, pase. Le prepararé algo de comer.

—Gracias —dice Dawsyn en voz baja, y le dedica a Esra una sonrisa mordaz.

Estaba a punto de levantarse la falda en dirección a Salem, pero ahora se la baja y un pequeño rubor aparece en su ancho rostro.

—¡Dawsyn, querida! ¡Buenos días!

—Buenos días —responde ella, ocupando el asiento que ha dejado Salem.

—Ry nos ha dicho que hoy serías una compañía bastante lamentable. De hecho, ha amenazado con azotarme si iba a molestarte; le he dicho que no me amenazara con pasar un buen rato. ¿Estás enferma?

Los labios rojo rubí de Esra se fruncen con una preocupación exagerada.

—Anoche bebí alcohol.

—Ya veo. La sangre del diablo. Y dime, cariño, ¿metiste los pechos en la fuente de la plaza del pueblo? Si es que sí, no tienes de qué avergonzarte: es lo que haría yo si estuviera tan bien dotada.

La carcajada brota de la garganta de Dawsyn incluso mientras frunce el ceño.

—Eres el ser humano más desconcertante que nunca he conocido.

—Mi objetivo en la vida es dejar una impronta y no me preocupa demasiado que sea buena.

Dawsyn resopla.

—Supongo que es cierto.

—Así pues, ¿nada de exhibicionismo público? ¿Ningún incendio provocado? ¿Relaciones con cierto leñador impostor?

Dawsyn sacude la cabeza.

—Me temo que la bebida sacó lo mejor de mí. Ryon me trajo a cuestas medio camino de vuelta.

—Ah, qué buen chico. Y tan apuesto… He probado suerte con él por lo menos una docena de veces, pero en vano. Prefiere las de tu tipo.

—¿Mujeres?

—Sí, claro, eso que eres tú. Y una bastante extraordinaria, incluso sin la historia de la fuga. Tu belleza casi supera a la mía.

Dawsyn sonríe.

187

—No soy más que una damisela.

—Uy, ni de lejos. Las damiselas no sobreviven a una montaña como esa ni esconden un hacha bajo la capa.

Dawsyn frunce el ceño. Esra es mucho más astuto de lo que finge.

—En cualquier caso, créeme cuando te digo que nuestro amigo es un buen hombre, querida. Ha tenido sus cosas con un paria como yo y un viejo borracho como Salem. Te pido amablemente que no rompas nada, por favor. Pareces justo el tipo de mujer que podría hacerlo.

«Hace que parezca muy sencillo.»

Dawsyn responde con serenidad, aunque con poca convicción.

—No creo que estemos predestinados, Esra. No hay de qué preocuparse.

—Eso es lo que tú dices, cariño, pero he visto a Ry ir y venir de este tugurio muchas veces, y ninguna de ellas con una mujer en sus brazos, menos aún con una que estuviera ensangrentada y medio muerta. —Apura el último trago de su bebida—. Y hablando de todos tus males, niña de mis ojos, ¡te has recuperado sorprendentemente bien!

—La maga, Baltisse, me ha hecho una visita.

Dawsyn ve que Esra se estremece delicadamente.

—Esa mujer me seca por dentro. Sin embargo, tiene su utilidad.

—Son las palabras más amables que me has dedicado, Esra —dice una voz.

Dawsyn no necesita mirar para saber que Baltisse está detrás de ellos, como si se hubiera materializado de la nada, cosa que bien podría haber hecho..., pues Dawsyn no sabe nada de brujas.

—No soy ninguna bruja, bonita. Harás bien en recordarlo.

A Dawsyn se le eriza la piel.

—No he dicho que lo fueras.

—Sí que lo has dicho —responde Baltisse sin más mientras rodea la barra para coger lo que quiere del estante—. Solo que no en voz alta.

Pasan varios instantes antes de que Dawsyn sea capaz de decir algo. La maga oye la mente.

—Cierra la boca, que vas a ensuciar la barra —dice, y se sirve una generosa ración de vino.

Salem regresa por la puerta de detrás de la barra con un plato en la mano.

—Madre de Dios, ¿podríais los gorrones manteneros alejados de mi licor? ¡Es como tener animales mal entrenados!

—Ay, Salem —dice Baltisse—, estoy cansada de tus quejas.

—Baltisse, te juro que te clavaré una estaca de madera en tu corazón insensible mientras duermes si vuelves a mirar la botella sin pagar.

—¿Y qué harás la próxima vez que te explote un testículo por una picadura de abeja, Salem? ¿Quién te curará? Irás por ahí andando como si hubieras perdido la montura y no lo supieras.

En ese momento, la cara redonda de Salem se pone de un rojo carmesí intenso y el hombre mira precipitadamente a Dawsyn y después aparta la vista.

—¿Qué he hecho yo para merecer unas sanguijuelas como vosotros dos?

Esra se encoge de hombros alegremente y alcanza el plato que Salem lleva en la mano, pero este lo esquiva y lo coloca ante Dawsyn.

—Aquí tiene, señorita.

Dawsyn empieza a comer, extrañamente feliz al observar a tan improbable grupo engatusarse e insultarse los unos a los otros, expertos en el arte de incordiarse entre sí. Hay algo hogareño en ello, casi como una danza. No se lo esperaba, pero no se siente mal entre ellos, ni siquiera desplazada por la familiaridad que comparten. Es más, se siente parte de ella. Esra le pasa un musculoso brazo por los hombros y la anima a lanzar calumnias en su defensa. Salem le guiña el ojo de vez en cuando y le llena el plato antes de que pueda rechazarlo. Incluso Baltisse parece asegurarse de que sus gruñidos se repartan equitativamente entre los tres.

—¿Qué ha pasado con tu regla de «nada de alcohol antes de mediodía»? —le pregunta Dawsyn a Salem mientras se estira hacia atrás para aliviar la presión de su estómago, tras haber comido tanto.

—Bueno, como ya habrá notado, señorita, esta gente no hace ni puto caso.

La joven sonríe, saciada.

Esra tiene las mejillas de un rosa intenso y balancea la cabeza de un lado a otro.

—Otro no me matará.

—No, pero puede que yo sí —dice Salem, y le da un puntapié a su taburete—. Vete a dormir la mona, que al atardecer tienes que estar aquí de nuevo. Va a ser una noche ajetreada.

Dawsyn levanta las cejas.

—¿Van a venir más clientes?

—Sí —contesta Salem, asintiendo, y arrebata una botella de la mano de Esra—. Es el aniversario de la coronación de la reina. La Meca llevará el peso de las celebraciones, pero está demasiado lejos para la mayoría de los que viven cerca, así que se reunirán aquí.

Salem intenta espantar a Esra y Baltisse de su comedor, pero como no lo consigue se echa a gritar hasta que ponen los ojos en blanco y se marchan. Dawsyn los sigue.

Esra camina hacia la escalera, arrastrando los pies, mientras que Baltisse sale por la puerta principal dando zancadas, sin decir nada.

Dawsyn tiene el día por delante para hacer lo que quiera, aunque lo que más desea es algo que no debería tener. Se pregunta dónde estará Ryon. ¿Se habrá marchado de la posada? Prometió mantenerse alejado de ella, pero la joven imagina que caminar entre humanos que lo desollarían vivo si descubrieran la verdad es un riesgo, así que tal vez haya ido al bosque solo.

La joven sigue los pasos de Baltisse por los escalones de la entrada y mira hacia la calle de tierra, las sombras de los árboles. No ve a la maga por ninguna parte, y tampoco a Ryon. Se frota las manos heladas y sale al exterior, diciéndose mentiras sobre lo mucho que desea explorar el bosque y estar sola para pensar.

190

Encuentra un camino muy trillado que atraviesa el bosque, y lo sigue por temor a perderse. Se pregunta cómo le habría ido si el día anterior hubiera entrado sola en la Meca, sin que Ryon la guiara y la trajera de vuelta. ¿Habría asaltado un palacio sin saber que él la seguiría? Y, si lo hubiera hecho, ¿le habrían hecho caso los guardias?

La invade el recuerdo de la profunda mirada de la reina. Qué asombrada estaba. Dawsyn trata de imaginar a su abuela, una mujer de la aldea de los Caídos, familiarizada con la realeza, pero no es capaz. De todas las historias que le había contado, ¿por qué no hacer referencia a una tan sorprendente como esa? ¿Acaso resultaba demasiado dolorosa?

Dawsyn deja que la conversación con las reinas se repita en su mente y recuerda los comentarios agudos de la reina Cressida. Se acuerda de que entornó los ojos para mirar a lo lejos el monumento dedicado a la gente de la Cornisa, un santuario. La familia de Dawsyn resistió la cosecha de una maldición heredada, ¿y qué hicieron los de Terrsaw? Rezar. La gente de la Cornisa continuará muriendo de hambre, congelándose, cayendo y viendo cómo les quitan el alma del cuerpo, mientras que la gente del valle se arrodillará ante una talla de piedra en señal de agradecimiento.

A Dawsyn no se le ocurre nada más inútil.

No ha avanzado ni quince metros cuando se detiene. Suspira por haber perdido esa sensación de despreocupación que parecía haberla bendecido durante unas horas y aprieta los dientes.

25

$\mathcal{D}$awsyn solo desea regresar a la posada. Al llegar la tarde, ha encontrado un sitio con vistas privilegiadas junto a una pared del comedor. Desde allí observa, fascinada, cómo uno a uno los clientes de Terrsaw entran por la puerta y ocupan las sillas, los taburetes y luego los espacios vacíos que quedan en medio. Todavía no se ha puesto el sol cuando el comedor ya está lleno de gente y ruido.

Salem y Esra sirven multitud de licores a los clientes, que parecen competir por ser los que más beben, los primeros en caer… De hecho, algunos lo hacen. Sus amigos se limitan a arrastrarlos fuera, al aire de la noche, y a dejarlos allí hasta que se les pase la borrachera.

Baltisse, con los labios pintados de un rojo intenso, parece aburrida. Es el centro de atención en un rincón oscuro de la sala; la gente desvía la mirada hacia ella y la aparta rápidamente. Algunos son lo bastante valientes como para acercarse a ella, con la espalda doblada en señal de sumisión. Sea lo que sea lo que dicen, ella los descarta uno tras otro con un gesto de muñeca.

—Le piden que los cure —le dice una voz al oído.

Dawsyn se sobresalta. Nota más que ver a Ryon detrás de ella y traga saliva.

—¿Qué pasa con lo de mantener la distancia?

Oye el suspiro profundo de Ryon y lo siente resonar en su oído.

—Cada vez me resulta más difícil.

Un fuego le sube por la columna. Debería apartarse de él.

—¿Te apetece un trago? —le pregunta él.

Ella arruga la nariz.

—No. Ya he tenido suficiente para toda una vida.

La risa silenciosa de Ryon retumba en su pecho; ella la siente muy dentro.

—Entonces te dejo con tus pensamientos —murmura él.

Pasa por delante de ella y va esquivando humanos, como si fuera uno de ellos, sin rastro de alas o garras. Y los humanos no lo ven, salvo por las miradas depredadoras de algunas mujeres y de un par de hombres. Unos cuantos no son inmunes a la excitación que genera, pero el resto bebe, come y bromea como si Ryon no fuera capaz de hacerlos trizas en un momento de ira.

Dawsyn se queda en su rincón, abordada de vez en cuando por quienes echan un vistazo a su cuerpo y sus ropas sencillas, y ven una oportunidad. Ella sacude la cabeza ante cada oferta de licor y endurece la mirada como aprendió a hacer en la Cornisa cuando los hombres llamaban a su puerta para ofrecerle su «ayuda». La idea de permitir que estos hombres, algunos de los cuales no son poco amables o atractivos, toquen su cuerpo no le produce excitación alguna. Se imagina enredada con ellos y no siente nada. Pero cuando su mirada vaga hasta Ryon, que ocupa una mesa alta junto a una ventana llena de mugre, se le tensan los muslos, se le contrae el estómago y siente…, lo siente todo.

Ryon está acompañado por una mujer, una mujer magnífica. El cabello rojo le cae sobre los hombros hasta la mitad de la espalda, que está casi desnuda. Tiene los labios carnosos y los lleva pintados, seductores. A cada segundo que pasa inclina más el rostro hacia el de Ryon y agacha más el pecho sobre la mesa. Y será solo cuestión de un momento antes de que Dawsyn sepa que él va a morder el anzuelo, que va a ceder a su magia, y Dawsyn no lo culpará.

Sin embargo, cuanto más tiempo observa, más aprieta la mandíbula. La chica se le acerca, más atrevida, y Ryon no se rinde a ella, pero tampoco se marcha. Dentro de Dawsyn crece una urgencia. Se imagina esas manos, tan anchas como las dos suyas, sobre las caderas de esa desconocida, y nota el sabor de

193

la bilis. Puede ver cómo Ryon empujará a la mujer contra la pared y le recorrerá el cuello con las manos… Los dientes le rechinan peligrosamente.

Sabe que no es más que una picazón que hay que rascar. Tan solo el extraño vínculo de supervivencia compartida que la ha hecho pensar equivocadamente que tiene derecho a él. Si no fuera por la proximidad, jamás habría notado eso que hace con la ceja derecha cuando algo le divierte. No sabría que gira las muñecas adelante y atrás cuando está inquieto. No estaría acostumbrada a que sus ojos encuentren los suyos, a notarlos sobre ella, recorriéndola de arriba abajo con algo parecido a la fascinación.

Es bien entrada la noche y hay menos luz. Sin embargo, entre las sombras ve la silueta de ambos, apenas percibidos por los demás en su rincón privado. Pero Dawsyn sí que los ve. No puede apartar la mirada cuando la mujer le hace dejar de girar la muñeca y se inclina hacia delante para susurrarle al oído. En el momento en que sus dedos encuentran la mandíbula de Ryon, Dawsyn se levanta de su asiento y avanza entre la multitud hasta estar lo bastante cerca como para que Ryon la vea aproximarse. Cuando todavía no ha llegado hasta ellos, él le advierte con la mirada que se aleje, que dé media vuelta antes de que sea demasiado tarde.

Ryon frunce el ceño, aprieta los puños, menea la cabeza imperceptiblemente. Ella sabe que el pulso que nota en la garganta de Ryon es por ella, tenga que ser así o no.

Ryon se levanta cuando Dawsyn llega hasta ellos; los dedos de la mujer se apartan.

—Estás aquí —dice ella con intensidad—. Discúlpenos —le suelta a la mujer, esquivando su mirada—. Este hombre ha perdido una apuesta y tiene que pagar.

La mujer se ríe con evidente fastidio.

—Qué pena, encanto. Ve a probar suerte a otra parte.

Ryon oculta una sonrisa y levanta la ceja. Observa a Dawsyn, esperando ver cuál será su reacción. La joven gira la cabeza y mira a la mujer con gesto altivo. Sea por el calor que irradia su piel o por la intensidad de su mirada, es suficiente para ahuyentar a la desconocida. La mujer se aclara la garganta, se disculpa entre dientes, y luego su espalda desnuda se retira hacia la barra.

Dawsyn posa los ojos sobre Ryon con mirada no menos intensa.

Él se ha apoyado contra la pared; la oscuridad casi lo ha engullido.

—Vete, Dawsyn. No sabes lo que estás hacien...

Los labios de la joven atrapan los de él y silencian sus advertencias. Toda ella se pega a él y nota lo tenso que está, cómo encuentra formas de mantenerse alejado, de contenerse.

Ryon aparta la boca.

—Para.

—Dime que eso es lo que realmente deseas y pararé.

Él aparta la mirada y después la baja. Dawsyn desliza las manos sobre su pecho y nota cómo los músculos saltan bajo sus dedos.

Ryon gime en voz baja.

—No saldrá nada bueno de esto.

—Pareces asustado —dice Dawsyn, pegada a su garganta—. No te voy a hacer daño, Ryon. Puedo jurar no amarte, y tú puedes jurar lo mismo.

Ve cómo se le eriza la piel, de puro deseo: tiene la piel de gallina desde la nuez hasta el cuello.

Pero ahora la mira con esos infinitos ojos que la abrasan.

—No me desafíes, chica.

—Ya te he dicho que no me digas lo que tengo que hacer —le susurra Dawsyn en los labios abiertos.

Hecho una furia, Ryon suelta un gruñido. La agarra de las muñecas y le aparta las manos de su cuerpo. Se separa de la pared y, movido por la ira, bordea a la multitud a grandes zancadas, arrastrando a Dawsyn tras él. Ella le deja hacer, permite que le abra paso por el comedor y la saque fuera. La hace subir por la escalera hasta el rellano, donde ya no puede esperar más.

Y ella está lista. Esperando.

Prácticamente la levanta del último escalón antes de embestirla contra la pared más cercana. Sus labios presionan los de ella y le empujan la cabeza contra la madera.

La electricidad enciende a Dawsyn, que jadea en la boca de él mientras los labios de Ryon se amoldan a los suyos, devorándola. Él le suelta los brazos, la agarra por los costados y la levanta del suelo. Aplasta su cuerpo contra el de ella manteniéndola en el aire, y ella lo rodea con las piernas. Ryon sabe a cerveza dulce y a algo mucho mucho más oscuro. Su lengua se mueve por la suya, y ella se rompe, se derrite.

Es tan diferente a la urgencia con que Hector y ella se poseían el uno al otro. Su urgencia nacía de la falta de espacio y de privacidad. Pero ¿esto? Esto es necesidad.

Dawsyn se aprieta contra él y las manos de Ryon cada vez la agarran más fuerte. La abruman. Al principio solo buscan sostenerla en el sitio, pero cada vez que ella presiona su cuerpo, esas manos de él también se mueven, le buscan las nalgas, los muslos, y luego los pechos; esos dedos la agarran como si tuvieran deseos propios. Dawsyn empuja el pecho hacia ellos, buscando la fricción, y obtiene su recompensa cuando la tela del vestido se desliza sobre su hombro obedeciendo a la mano de Ryon, que tira de ella. La boca de él encuentra su cuello y lo explora, hace un mapa de su cuerpo. Ella jadea contra su cuello cuando la palma rugosa de él se acerca a su pezón.

De repente se oye un ruido en la escalera. Alguien sube tropezando de escalón a escalón.

Dawsyn y Ryon se quedan helados. Intercambian respiraciones por un momento, con el corazón a mil. Entonces Ryon se repone, le coloca bien el vestido y tira de ella por el pasillo. Encuentra la puerta de la habitación de Dawsyn y la abre con tanta fuerza que las bisagras tiemblan. Cierra de golpe tras ellos y se gira hacia ella.

Dawsyn espera que vuelva a comérsela, que la empuje hacia la cama. Desea desesperadamente que lo haga, pero, en lugar de eso, Ryon se frota la cara con ambas manos y se limpia el sabor de ella de los labios. Aunque continúa teniendo la mirada salvaje, no avanza hacia ella.

—Lo siento —murmura mientras se pasa las manos por el pelo—. No debería haberlo hecho.

Dentro de ella, el fuego chisporrotea.

—¿Por qué? ¿Te arrepientes?

—Sí —responde él inmediatamente—. No soy humano, Dawsyn. Nunca lo seré.

—Soy muy consciente de ello.

—Los míos han condenado a los tuyos a la Cornisa. ¿Lo has olvidado?

A Dawsyn se le entrecorta la respiración en la garganta. Nota que aprieta los puños.

—¿Que si lo he olvidado? —le pregunta, y los restos de deseo que aún vibran en su sangre se vuelven repugnantes—. ¿Qué podría olvidar?

Las palabras llegan con un veneno tan lento que Ryon baja la vista, ablandado por la vergüenza.

Dawsyn recuerda el sonido de la voz de Briar cantándole para dormirla, con los labios llenos de ampollas provocadas por el viento. Recuerda cómo se le marcaban las costillas y cómo deseaba dormir cuando no había qué comer. Todavía oye el sonido que hace un cráneo cuando se rompe contra el hielo, el último grito de Maya, el adiós de Briar.

—¿Hay alguna manera de olvidar, Ryon? —pregunta en voz baja, atando la rabia, dejando escapar su pesar. Sus hombros se hunden. Las palabras tiemblan—. ¿Podrías enseñármela? Me gustaría saberla.

La mirada que él le dirige no es la que ella quiere ver: lástima, remordimiento. No puede mirarla a los ojos, no puede usar su lengua para discutir.

—Lo siento —dice de nuevo, y de repente parece como si todo su cuerpo fuera demasiado pesado para él.

Dawsyn no quiere sus disculpas.

—Me mentiste.

—¿Qué? —Levanta la cabeza, sorprendido.

—Me dijiste que, si volvía a besarte, te hundirías dentro de mí.

Ryon se pone tenso.

197

—Tienes que dejar esto, chica.

—¿Y si no quiero?

—Entonces, ambos sufriremos —responde él, retrocediendo hacia la puerta—. Como cualquier otro humano insensato que haya pensado en acostarse con un glaciano.

Dawsyn observa su lenta retirada, como si ella fuera una amenaza, una plaga.

—¿Como tu madre? —golpea, y ve que ha dado en el clavo.

—Exactamente como mi madre —contesta Ryon lentamente con mirada penetrante.

Y luego se marcha y cierra la puerta tras de sí.

A Dawsyn no le sorprendería que la cerrara con llave para que no se le echara encima durante la noche.

26

Dawsyn se pasea por la pequeña habitación durante horas, echando leña a la chimenea y viendo arder las brasas. No puede sofocar ese nuevo dolor que hay en ella, tan diferente del deseo básico. Quiere salir al pasillo e ir en busca de la cama de Ryon. Quiere gritar y chillarle. Quiere volver a acostarse con él, sentir el extraño calor de un cuerpo diseñado para el frío. Es una tonta por desearlo, por ceder al deseo, tal como dijo Ryon. Debería dejar que muriera, que se esfumara hasta que no lo sintiera tan intensamente. Debería haberlo dejado cuando tenía la intención de hacerlo. En cambio, aquí está, deseando.

Finalmente, cierra la puerta con llave. Va hacia la cama y se mete en ella, todavía retorciéndose de los nervios. Tarda una eternidad en encontrar la comodidad, aún más en calmar la mente, pero al final se inclina hacia el sueño. Sin embargo, como sucede a menudo, su paz está destinada a ser breve.

Un golpe la estremece, la hace estallar por dentro. Mira a su alrededor y se levanta de repente, con la mente todavía en el límite entre el sueño y la vigilia. Agarra el cuchillo que guarda bajo la almohada; los dedos no le fallan donde lo hace el cerebro adormecido.

Ryon entra en la habitación en estampida, con el rostro desencajado. En un paso se planta junto a ella, la agarra por los hombros y la levanta.

—¡Arriba! ¡Vamos!

—¿Qué…, qué pasa? —balbucea ella.

Él la saca de la habitación. La puerta está rota, fuera de las bisagras donde él la ha pateado.

—Los glacianos están aquí encima —gruñe, y se apresura a llevarla por el pasillo, hacia el hueco de la escalera.

Los baja de dos en dos, y Dawsyn tiene que saltar para evitar caer.

—¿Cómo lo sabes?

—Los oigo.

Dawsyn escucha, pero lo único que oye es su corazón en la garganta, el estruendo de sus pies por el pasillo, atravesando el comedor y entrando a un almacén. Ryon cierra la puerta tras ellos, con el pecho pegado a la espalda de ella.

—Mueve los pies —le suelta.

Dawsyn se mueve y Ryon sumerge la mano en la oscuridad hasta alcanzar el suelo. Agarra algo que no se ve y tira de ello. Una pequeña trampilla se abre hacia ellos. La coge de la muñeca como si tuviera la intención de arrojarla a las profundidades.

Dawsyn se libera.

—Lo puedo hacer sola.

Se sienta y deja caer las piernas por el borde. Después se va dejando caer por la abertura y descubre que toca tierra firme con las puntas de los dedos. Sin dudarlo, se lanza al frío suelo de piedra y la asalta el húmedo olor a moho.

Ryon la sigue, pero el techo del sótano no es lo bastante alto para él. Levanta la mano para cerrar la trampilla y quedan sumidos en la más absoluta oscuridad.

Solo se oye el pesado sonido de sus respiraciones. Dawsyn no alcanza a ver la mano que levanta ante ella. Es el tipo de oscuridad que únicamente proviene del interior de la tierra, de ser enterrado en vida.

—¿Nos están buscando? —pregunta en el olvido.

—Sí —responde él con voz nerviosa y ansiosa.

—¿Por qué? —susurra ella—. ¿Cómo? ¿Qué pasa con la temperatura?

—Pueden soportarla durante poco tiempo.

Dawsyn se estremece.

—¿El suficiente como para encontrarnos?

Él suspira desde su rincón. Dawsyn se imagina su mirada de frustración y odio.

—Sí.

Dawsyn pierde los nervios.

—¿Y sabiendo eso pensaste que era prudente que nos quedáramos tan cerca de la montaña?

—Nunca imaginé que se molestarían en salir, que seguirían con la búsqueda.

—¿Qué significa que estén aquí?

—Significa que saben que no he muerto —responde con voz apesadumbrada y cargada de amargura.

—¿Qué pasa con Salem? Esra…

Se oye un estruendo que procede de arriba, amortiguado por los muros de su escondite. Unos pies pesados caen sobre el suelo, varios pares de ellos. Se oyen cristales rotos. El ruido se aleja mientras alguien o algo sube por las escaleras en dirección al rellano. En su agujero se oye un ruido muy fuerte. Sean quienes sean, están poniendo la casa de Salem patas arriba.

Nota que Ryon se le acerca y que sus dedos le recorren la mandíbula y luego le tapan la boca.

—No hagas ningún ruido —le dice en voz baja.

Más cristales rotos, como si estuvieran reventando las ventanas a patadas.

«¿Dónde está Salem? ¿Y Esra? ¿Y Baltisse?» Dawsyn oye el murmullo de gruñidos de los glacianos que destrozan y estropean todo arriba, pero no se oyen gritos ni chillidos. Cierra los ojos con fuerza y reza para que se hayan escondido.

Detesta con cada poro de su piel estar sentada en ese agujero sin hacer nada, mientras las bestias blancas los acechan arriba. Bien podría estar en una de aquellas laderas abandonadas, enterrada en una madriguera, escondida como un roedor. Hace girar el cuchillo en la palma de la mano. Quiere hacerlos pedazos, rebanarles los miembros. Pero con eso solo conseguiría señalar su paradero como con un faro.

Ryon, que percibe su tensión, le susurra:

—Que busquen. Si no encuentran nada, se irán.

Dawsyn se estremece al notar su aliento frío en la cara. Prácticamente oye latir su pulso, tan rápido como el de ella. A

201

pesar de su racionalidad, huele en su sudor el olor acre de la violencia y supone que está tan sediento de sangre como ella.

Los glacianos continúan arrasando; con cada segundo que pasa, los dedos con que Ryon le tapa la boca se vuelven más helados. Al principio, Dawsyn lo había atribuido al sótano y al suelo descubierto, pero pasan los minutos y Dawsyn empieza a temblar. Le duelen los labios por el frío. Le retira la mano y se siente aliviada. Al tacto, la piel de Ryon es como el hielo, como la de un glaciano.

El crujir de la madera bajo los pesados pies se hace más lejano. Se oye un último estruendo cuando algo cae pesadamente sobre las tablas del suelo y luego, arriba, todo queda en silencio.

Esperan un rato antes de moverse, aguzando el oído. Pasan unos instantes y continúa habiendo silencio.

A Dawsyn se le calma el pulso y se le relaja la columna. Apoya la frente en las manos.

—No podemos quedarnos aquí —susurra—. No pienso esconderme como una rata toda mi vida. Tenemos que irnos.

Ryon gruñe.

—No pienso irme hasta que haya hecho lo que me propongo.

Dawsyn se ríe, algo desconcertada.

—¿Esperas masacrar a toda una corte, pero no te arrastrarás fuera de este agujero para defender la casa de Salem?

Ryon se toma un momento. Dawsyn nota el frío que irradia.

—Salem me lo agradecerá cuando ya no tenga que cavar agujeros bajo su posada por si los de sangre pura vienen de visita.

—Solo vienen de visita por ti, Ryon. Esos glacianos te buscan a ti. ¿Estás dispuesto a poner a tus amigos en tal peligro?

La voz de Ryon sale en forma de gruñido.

—No tengo demasiadas opciones, chica. Mejor aquí que a la intemperie, que en la Meca, donde pongo en riesgo a más gente. Si crees que no soy consciente de la diana que llevo en la espalda, te equivocas.

—¿Y por qué venir aquí? ¿Por qué no intentar tomar la corte desde dentro?

—Tengo mis razones, y no son asunto tuyo.

Entonces Dawsyn lo ve: el cúmulo de cosas que Ryon le ha ocultado. De repente se da cuenta de que tiene un plan mucho más complejo de lo que él le había hecho creer. Algo más que un guerrero solitario con sus espadas.

En la oscuridad no lo ve, solo nota su silueta cuando entorna los ojos, pero, aun así, levanta la barbilla y entrecierra los ojos para decir:

—No pienso quedarme a su alcance. Me voy. ¿Vienes?

No tiene ni idea de si abre los ojos con miedo o si frunce las cejas como le ha visto hacer cuando está a la defensiva, pero cuando habla lo hace en voz más baja y llena de incertidumbre.

—No puedo.

No se desviará de su rumbo. Dawsyn lo sabe al oír esas dos palabras. Por mucho que Dawsyn deteste al rey de los glacianos, no es nada comparado con la ira de Ryon. Ella supone que probablemente él nunca antepondrá nada a su objetivo, ni la vida de sus amigos, ni el pueblo de Terrsaw, ni mucho menos a ella.

Se inclina hacia delante y lo rodea, manteniendo la cabeza y los hombros arqueados hasta que su mano encuentra la trampilla. Sostiene el cuchillo entre los dientes y la empuja para abrirla. Una luz tenue le hiere los ojos, pero encuentra un asidero en los listones de madera y se impulsa hacia arriba, hacia el almacén.

Se estremece cuando un trozo de cristal roto se le clava en la palma de la mano. A su alrededor hay volcados frascos, cajas y cuencos de alimentos. Ryon la sigue, echa un vistazo y se le encienden los ojos peligrosamente ante el desorden.

Se levanta, cierra la trampilla, pasa junto a Dawsyn y, de golpe, abre la puerta del almacén.

Salem, Esra y Baltisse están al otro lado; los tres se sobresaltan.

—¡Dios, Ry! Me has dado un susto de muerte —dice Salem, con la mano en la frente—. ¿Está bien la señorita Dawsyn?

203

—Estoy bien —responde Dawsyn saliendo de entre la oscuridad—. ¿Y vosotros?

Asienten con la cabeza.

—Salem es un imbécil paranoico. Tiene como una docena de trampillas en este lugar —dice Esra, que se pasa una mano por la cabeza.

—Y suerte que tenéis de que lo haga, joder.

Baltisse se limita a mirar a su alrededor, con la ira rondando por sus ojos sin fondo.

Varios de los tapices de Salem que adornaban las paredes yacen ahora en el suelo, hechos jirones. Han arrancado la puerta principal, que está en el suelo, fuera, como si la hubieran arrojado allí. Los cristales hacen brillar la madera cuando la luz de la luna la ilumina. Unos agujeros en la pared sustituyen a lo que antes eran pequeñas vidrieras.

El comedor está peor. Sillas rotas, mesas volcadas, el licor derramado por el suelo.

—Necesitaré otra carrera de suministros, Esra —dice Salem mirando los estantes vacíos, en un tono que no supera un murmullo. Parece agotado.

—Lo arreglaremos —le dice Ryon, agarrando al hombre por su gran hombro—. Cuando salga el sol, estará como de costumbre.

Dawsyn mira a su alrededor y recuerda las cabañas que vio aplastadas en la Cornisa, los tejados derrumbados y las puertas rotas, y piensa que tal vez el valle no sea tan diferente.

Mientras los demás comienzan a recoger los pedazos de la vida de Salem, Dawsyn retrocede en silencio, desaparece por el pasillo y sube la escalera.

Encuentra su habitación con la puerta tirada en el suelo y las brasas de la chimenea chisporroteando, y busca su hacha. La urgencia le llena la garganta. ¿La han encontrado los cazadores? ¿Se la han llevado? No, está ahí, bajo el colchón de paja. Tira el cuchillo sobre la cama, busca el ronzal que le prestó Esra y se lo echa por encima del hombro, enganchando el hombro del hacha en el lazo contra su columna vertebral. Vuelve a colocarse el cuchillo en la funda del muslo y se echa la falda por encima.

Su capa está colgada junto a la chimenea, para que se calentara durante la noche. A la escasa luz de la chimenea, se la pone y se la ata en la base del cuello. Luego mira la pequeña habitación.

No piensa quedarse cerca de la montaña. No piensa esconderse abajo otra vez. Si Ryon está tan decidido a desperdiciar su libertad por venganza, entonces dejarán de ir juntos. Se ha pasado la vida luchando por su lugar en el mundo y merece un descanso. Quiere las tierras de las que hablaba su abuela, ese mundo que dibujó en la mente de Dawsyn. Y no está aquí: no en esta posada, no con él.

205

27

*L*os demás no la oyen marcharse. Están absortos en los destrozos provocados por el asalto de los glacianos. Oye a Baltisse sisear sus planes de arrancarles las arterias de la garganta y guisarlas, y a Ryon consolar a Salem y tratar de disculparse. Dawsyn siente un espasmo de arrepentimiento por haber acusado a Ryon de los males de su especie.

Sale a los restos de la noche y desaparece. Lleva sus armas, sus escasas monedas y la ropa que la cubre. Se levanta la capucha de la capa y se escabulle por el camino que ha de llevarla al norte de la Meca. Si no consigue arreglárselas en otro lugar, al menos tendrá la promesa que le hizo la reina Alvira de darle cobijo en caso de necesidad.

Se mantiene al abrigo de los árboles. El camino discurre a su lado, pero no se arriesga a poner un pie en él, ya que los murciélagos blancos podrían sobrevolarlo. Está alerta por si oye cualquier sonido que los delate, pero el único ruido proviene del suelo: el crujido de las hojas y las ramitas, el chasquido de los insectos. La débil luz del sol sustituye gradualmente a la oscuridad. Dawsyn se adentra más en el denso bosque, donde las ramas del árbol más alto llegan a acariciar las de su vecino, enredándose como los hilos de una manta.

Pero demasiado pronto el sonido del viento en la distancia la deja helada. Qué bien lo conoce, tan diferente al de una tormenta que se avecina. Es el sonido de su educación, de los guardianes de su casa. Como en cada día de selección, el sonido le provoca un vacío en el estómago, la sensación de caer al Abismo.

Empieza a correr.

Un miedo familiar le araña los talones, pero ya no necesita someterlo, mantenerse quieta y obediente. Corre como sus instintos siempre le han pedido que lo haga. Oye cada vez más cerca el sonido de un vuelo en picado y clava la base de los pies en el suelo, esforzándose por impulsarse más lejos, más rápido. Tiene que encontrar una madriguera, un hueco, algo. Si los glacianos deciden aterrizar en el bosque, oirán el eco de sus pisadas a kilómetros de distancia.

El sonido de las ramas que se quiebran en lo alto la hace entrar en pánico y girar la cabeza, apartando la mirada de su camino.

Y entonces cae, cae.

Mueve los brazos en círculos, tratando de agarrarse, pero solo encuentra aire. Su estómago abandona su cuerpo y un grito silencioso lucha por subir de sus pulmones a su garganta.

Logra vislumbrar un río blanco enfurecido antes de que se la trague. Primero los pies, después la barriga y, por último, toda ella.

Peor que la nieve. Peor que el hielo. El agua del río la apalea una y otra vez, cegándola, ensordeciéndola, llenándole nariz y garganta. Encuentra cada folículo, cada célula. Sus brazos y piernas se agitan en busca de la superficie, pero no sabe dónde está, y se precipita, es arrastrada y lanzada como algo ingrávido. La nieve y el hielo pueden romper y quemar, pero el agua…, el agua tira y arrastra a su presa por su camino, le roba el sentido, le roba el aliento. Puede mantener a raya la escarcha, pero no puede elevarse por encima de una criatura a la que no puede agarrar.

No puede pensar con ese frío tan penetrante. Peor aún, pues incluso cuando le falla la mente los músculos recuerdan cómo moverse, pero nunca le han enseñado a nadar, así que sus piernas giran, sus brazos se extienden en todas direcciones, su cabeza rompe la superficie del río una y otra vez, demasiado rápido para que pueda respirar, y ningún vestigio de su cuerpo puede salvarla. En dos ocasiones su torso recibe el golpe de algo sólido mientras ella se precipita río abajo, y entonces se dobla sobre el estómago y la barbilla y espera a morir.

Habría sido mejor dejar que el estanque le robara su iskra. Habría sido mejor caer al Abismo que haber visto el mundo que hay por debajo de la Cornisa, y que luego se lo arrebaten. Sobre su mente cae una suerte de manto negro.

Otro golpe en el estómago. Algo, tal vez un tronco caído, se le clava en su abdomen y se enrosca a su alrededor. Donde el agua giraba y rasgaba, ahora solo arrastra. De repente, se ve empujada hacia un lado y su cabeza sale a la superficie.

Pero no hacia un lado, sino hacia arriba.

No puede tragar aire mientras el agua sale a borbotones de su boca, pero no vuelve a sumergirse.

Nota una respiración agitada en su oído; aunque no siente nada en su gélida piel, ni oye nada más allá del rugido del río, se da cuenta de que Ryon la tiene.

«Me tiene.»

Y entonces se desliza hacia los pliegues de su conciencia.

28

*R*yon no puede hacer desaparecer las alas, pues están resbaladizas por efecto del agua del río. Si bien le han ayudado a guiarse por los rápidos hasta encontrar una orilla estrecha, ahora su peso vuelve a arrastrarlos a él y a Dawsyn hacia la corriente. Con un rugido, Ryon arroja a Dawsyn sobre el saliente erosionado de la orilla y la espalda de la joven se estrella con fuerza contra las gruesas y retorcidas raíces de un roble, con lo que el agua de sus pulmones sale a borbotones de sus labios.

Sin embargo, no se despierta, y su pecho no se mueve por la respiración. Ryon se arrastra hasta la chica, se cierne sobre ella y le golpea el pecho, jadeando sonoramente. Le presiona repetidamente el esternón con la palma de la mano y ve salir hilillos de agua por los lados de su boca.

«Abre los ojos.»

Ryon ha visto morir a muchos, ha sostenido sus manos mientras tomaban su último aliento, o bien ha sostenido el cuchillo que los silenció. Entonces, ¿por qué se le cierra ahora la garganta? ¿Por qué golpea el suelo con el puño con una rabia intempestiva? ¿Por qué se pasa las manos por el pelo y por la cara como si quisiera arrancárselo todo?

«No te vayas.»

Los párpados de la joven se agitan.

—¿Dawsyn?

Ella farfulla y de su boca sale agua del río, pero luego coge aire jadeando, un jadeo que remueve hasta los huesos, que perturba a los muertos, y por fortuna Dawsyn vuelve a él.

Se le ponen los ojos en blanco, incapaces de centrarse en nada, y los miembros tiemblan violentamente. Pero está viva, y Ryon siente que el frío se va alejando de su sangre poco a poco, recobrando un calor que ha aprendido que proviene de ella, no de él.

—Sabía que eras demasiado terca para morir —le dice, pero le tiembla la voz.

Siente náuseas.

Finalmente, Dawsyn lo encuentra, sus ojos se calman y le cae una lágrima.

—Da la casualidad de que no soy una nadadora experta.

—Ya lo he visto —dice Ryon, con una sonrisa que se extiende bajo su creciente barba.

Dawsyn frunce el ceño y entorna los ojos, rojos e irritados.

—¿Eras tú quien me perseguía? —pregunta con una voz tranquila y dolorosamente ronca.

Él asiente.

—Te he llamado, pero has seguido corriendo. Lo siento. Te he asustado.

Ella frunce aún más el ceño.

—Por poco me ahogas.

—En mi defensa diré que también te he sacado del agua.

Dawsyn vuelve a dejar caer la cabeza sobre las inflexibles raíces del árbol.

—Gracias —dice.

—¿Qué hay de aquello de «no necesito tu ayuda»?

Ella sacude la cabeza y otro escalofrío la recorre, agitando su cuerpo con tiritones tan fuertes que le hacen castañetear los dientes. Ryon se acerca a ella; aunque sabe que no debería, que más tarde le dolerá, se echa el cuerpo tembloroso de Dawsyn sobre el regazo y los encierra a ambos dentro de sus alas, protegiéndolos de la mordedura de la brisa.

Ella apoya la cabeza en su hombro, exhausta, y cierra los ojos. Y él quiere quedarse allí, sin ver ni oír nada que le perturbe, salvo ella. Se quedan en silencio, pero al final los temblores de Dawsyn disminuyen, su piel se calienta donde está en contacto con la de él, y la joven abre los ojos. Están muy cerca de los de Ryon; imposible no verle. Por supuesto, ella nunca lo ha evitado. Es probable que no sepa cómo hacerlo. Dawsyn lleva el descaro como capa, afirma separar el deseo del verdadero apego, pero Ryon sabe que él no es capaz de hacer lo mismo. No puede tener su cuerpo y no estar hambriento del resto de ella. Incluso ahora desea rozar sus labios con los de esa chica, empaparse del alivio que supone no haberse ahogado, de que el camino de agua no se haya llevado su cuerpo. Está aquí, con él. Pero no puede retenerla, ni ella puede retenerlo a él, y ese pensamiento es una gravedad con la que debe caminar. Sus rodillas ya quieren rendirse.

Su boca busca la de ella sin pedir permiso. El rostro de Dawsyn también se mueve; Ryon vuelve a entrar en comunión con ella, los labios moldeados a los suyos. Mueve las manos despacio, deslizándolas sobre la mandíbula de Dawsyn, sobre su barbilla. Gime como lo haría un hombre hambriento y necesitado. Profundiza más y más, consciente de que, cuando salga a la superficie, el dolor volverá renovado y con ganas de cobrarse su venganza.

211

Esa sensación de caer dentro de ella no tiene parangón.

De repente, Ryon se sacude. Ese sonido. El susurro de las alas en el viento por encima de ellos. Nota que se le tensan las alas y que se abren para prepararse. Se le eriza la piel y acerca más a la mujer que lleva dentro, a la que quiere sostener.

«Ya vienen.»

Con Dawsyn en brazos, se levanta del suelo y la sangre se le enfría rápidamente. El aire está lleno de ellos, de glacianos cuyas alas mueven el bosque de forma antinatural. Las hojas y las ramas se inclinan conforme ellos descienden, y se doblan para escapar.

Ryon jura entre dientes y percibe que Dawsyn aparta su débil cuerpo de él mientras echa mano de su hacha. La joven sabe, al igual que él, que es demasiado tarde para huir. No hay dónde esconderse.

Los cazadores aterrizan y, finalmente, encuentran a su presa.

ϒ

Ryon no tiene armas. Cuando descubrió que Dawsyn se había marchado de la posada, se lanzó al vuelo, tras apenas comprobar que ningún glaciano merodeaba por los cielos. Ahora están demasiado cerca de la orilla del río, donde el bosque se divide en dos y se abre al cielo. Son objetivos fáciles, presas a su disposición.

Son seis y cierran el paso por todos los caminos de salida, salvo el que ofrece el río. Solo uno de ellos capta la atención de Ryon. Phineas. Su guardián. Su amigo.

—Qué bien ver que no estás muerto, mestizo —dice Oscka, un glaciano tan viejo que ni siquiera el iskra ha logrado quitarle la curvatura de la espalda.

Ryon lo ignora. El único glaciano al que vale la pena mirar es el que cuidó de Ryon mientras crecía, el que le enseñó a luchar, a volar. Pero Phineas no puede o no quiere mirarlo. Mira hacia abajo, lejos, a cualquier parte menos al chico al que sacó de la Colonia, y eso le dice a Ryon demasiado.

—Nunca pensé que te llamaría cobarde, Phineas. Aunque supongo que, si no lo fueras, hace tiempo que estarías muerto.

Los ojos pálidos de Phineas pasan por encima de Ryon y se escabullen.

—Eres un loco, Ryon, y has tomado tus decisiones.

—¡Vamos, vosotros dos! Nunca he oído que el mestizo adoptado hablara tan mal de su benefactor —se burla Oscka—. Tu padre se horrorizaría si no estuviera desparramado por el fondo del Abismo.

Ryon nota la presión de las garras contra la piel de sus dedos preparándose para atravesar la carne y el cuero. Cómo anhelan arrancar esas miradas engreídas de sus rostros.

Pero Dawsyn aprieta el mango del hacha y suelta la empuñadura de la daga para cogerla por la hoja mientras los calibra a cada uno de ellos. Tiene la ropa pegada al cuerpo, pesada de agua, y Ryon ve que tiembla de frío, con las secuelas de haber estado a punto de morir. Si la coge y salta para huir volando, los seguirán, y no podrá luchar y llevar a Dawsyn al mismo tiempo. No puede arriesgarse a volver a lanzarse con Dawsyn a la corriente del río y esperar que ella sobreviva por segunda vez. Tendrán que luchar, pero hay pocas esperanzas de salir airosos.

—Ven con nosotros, Ryon. El rey solo quiere verte regresar —dice Oscka.

Ryon suelta una risita.

—Dile que me niego respetuosamente.

Oscka silba.

—Voy a deciros lo que pasa, hermanos: para que nuestro amigo haya caído tan bajo, el coño de esa chica debe de ser más dulce que el estanque.

Los otros glacianos se ríen.

Ryon nota que las garras rompen la piel de sus dedos, amenazando con hacerse visibles, pero se crio oyendo burlas constantemente y no piensa dejar que le controlen tan fácilmente.

—Nunca llegarás a descubrirlo, Oscka, saco de ceniza sensible.

—Uy, pero resulta que sabemos quién es la chica, Ryon, pedazo de mierda. Dime, ¿cómo supiste de ella? ¿Cuál es tu plan?

Ryon nota que Dawsyn gira el cuello y le mira, pero hace como si no se diera cuenta.

—No tengo ni idea de qué estás diciendo.

Uno de los glacianos, una hembra, gruñe como un gato montés.

—¿Huyes de palacio? Deberías haber besado los pies de tu rey por dignarse a mirar hacia ti, perro ingrato.

—Solo los dioses saben por qué te quiere de vuelta —continúa Oscka—. El bastardo mestizo hijo de Mesrich. Deberíamos haber arrojado tu cuerpo de recién nacido al estanque para poder beberte.

—Ah, pero me quiere de vuelta, entero y en buen estado, ¿no es así?

Oscka hace una mueca.

—Solo para matarte él mismo, diría yo. Es así de tradicional.

—Muy práctico para mí.

—Ryon —interviene Phineas, implorándole—, esta es la única oportunidad que tendrás. Vuelve. Suplica al rey.

213

Ryon mira por última vez a quien lo crio y luego lo traicionó.

—Espero que no hayáis pasado todo el tiempo dándoos banquetes y complaciéndoos. El vuelo de regreso es largo y no os lo pondré fácil.

Palabras de lucha para una batalla que no puede esperar ganar.

Las garras de los cazadores arañan el suelo, no acostumbrados a que ceda. Sus alas se estiran y se pliegan por la adrenalina; los dientes les brillan amenazadoramente, pero están debilitados. Ryon lo ve en la forma en que sus alas se inclinan hacia el suelo cubierto de rocas, en su palidez, teñida de gris cuando debería ser de una blancura fantasmagórica. Jadean. Tal vez sea por el esfuerzo del vuelo, pero Ryon está seguro de que se debe a la creciente temperatura de su sangre. Llevan demasiado tiempo lejos de su montaña.

—Que así sea —dice Oscka—. Rompedle el cuello a la chica. No quiero que me arañe con esa hacha mientras me ocupo de este traidor de mierda.

214

Los glacianos sacan sus espadas cortas.

Dawsyn cambia la postura y se fija en los movimientos de los que tiene más cerca. Sin mirar a Ryon, le lanza su daga y él la coge.

Embelesado, observa cómo ella se mueve con resolución. Dawsyn gira sus hombros hacia atrás una vez, dos, y luego centra la vista en el glaciano que tiene más cerca, que se le ha aproximado por un lado. Cuando él se lanza perezosamente hacia su garganta, ella se agacha, gira el torso hacia abajo y hacia un lado; tras un chasquido estremecedor, le clava el hacha en la parte posterior del cráneo. Los ojos del glaciano se abren como platos y se derrumba sobre las piedras. Sin perder más tiempo, Dawsyn clava el talón en la nuca del glaciano muerto, extrae el arma del cráneo partido y se vuelve hacia los demás, que parecen tan atónitos como Ryon.

Dawsyn levanta la culata del hacha y se la apoya en el hombro.

—Siguiente —dice con frialdad.

Una de las hembras lanza un grito que rompe la quietud y silencia el río.

Un segundo antes de que carguen, Ryon reconoce la emoción que le mece los nervios y que enciende el calor en su sangre helada. Es la emoción que siente más intensamente al volar, la que le hace arder. Y casi sonríe. Se le olvida el miedo.

El primer adversario se abalanza sobre él y Ryon lo recibe clavándole el cuchillo en la garganta. El glaciano se desploma sobre la orilla y cae al río. Ryon se encuentra con el siguiente cuando este levanta su espada. Él aparta el antebrazo y le clava el cuchillo de Dawsyn en el costado de la caja torácica, bien profundo. El atacante ruge y cae hacia atrás dando un traspié; su espada choca contra las raíces y las rocas. Ryon la coge al vuelo mientras lanza la daga al pecho de la hembra, que cae con un alarido e intenta sacarse el cuchillo del cuerpo. Pero Dawsyn se le planta delante con la cara salpicada de sangre glaciana; con un golpe seco, deja caer su hacha sobre la empuñadura de la daga. El ruido del hierro lleva el cuchillo a las profundidades y la hembra deja de gritar.

Ryon sonríe sinceramente mientras desliza el filo limpio de la espada por la garganta del macho caído, cuyo cuerpo, demasiado caliente y sangrante, no es rival para un medio glaciano sobre el suelo. Ryon se vuelve y ve a Dawsyn esquivando a Phineas y a Oscka, con el hierro de su hacha chispeando al desviar los envites de sus espadas. Phineas jadea de lo lindo; sus movimientos son lentos y cansados. Oscka intenta una y otra vez coger a Dawsyn con la guardia baja, pero se mueve con seguridad alrededor de ellos, como si bailara una danza bien conocida para ella.

El hacha cae una última vez sobre la espada de Oscka, que sale despedida con estrépito de la mano del glaciano. Con un único paso, Phineas vuelve a colocarse tras Dawsyn, como le enseñó a Ryon, y este corre a por él. Da un salto y sus pies, de afiladas garras, alcanzan a Phineas por el costado y lo envían sangrando a la otra punta de la orilla, hasta que un montículo lo detiene.

—Vasteel te partirá en dos personalmente y sacará el iskra de tu corazón —escupe Oscka desde el suelo, con Dawsyn

215

sobre él.

La joven tiene un pie sobre su mano extendida y el otro sobre su pelo blanco, inmovilizándolo. Ella está en cuclillas detrás de su cabeza, en una posición poco estable, balanceando el cuerpo. La hoja del hacha está pesadamente apoyada sobre la garganta de él y ya dibuja gotas de sangre glaciana pura.

Una sonrisa se dibuja en la comisura de los labios de Dawsyn.

—¿Para vengarte a ti? —pregunta—. Lo dudo. —Entonces levanta el hacha y deja una línea limpia por la que penetrarle el cuello.

Ryon y Dawsyn se quedan de pie viendo a Phineas luchar por levantarse del suelo. Da la impresión de que un viento fuerte acabaría con él.

—Ryon… —jadea con las manos extendidas.

Ryon lanza la espada, que corta el aire y aterriza con un golpe seco en un tronco ancho junto a la cabeza del traidor. Phineas suelta el aliento con el pecho agitado.

—No vuelvas a pronunciar mi nombre —le dice Ryon.

La ira le invade mientras se acerca y analiza los lugares del cuerpo de Phineas donde lo golpeará.

Phineas despliega las alas a lo ancho y largo, y antes de que Ryon pueda arremeter contra él, levanta el vuelo y sale disparado hacia el cielo abierto sobre el río.

Ryon también saca las alas, listo para lanzarse. Lo atrapará en cuestión de segundos, tan debilitado como está Phineas.

Sin embargo, por el rabillo del ojo, ve caer un mechón de pelo negro. Se gira y ve que Dawsyn cae de rodillas.

—Dawsyn…

Pliega las alas y se deja caer en el suelo junto a ella, aunque la piedra le magulle.

La joven respira entre dientes, con el pelo mojado pegado a las mejillas y diluyendo la sangre de su cara en pequeños ríos rosados. Los labios, azules y resecos, vuelven a tiritar. Cierra los ojos apoyando las manos en el suelo, como si apenas pudiera evitar dar con la cabeza en la orilla.

Ryon le coge las mejillas y le levanta la cara hacia la suya, pero ella solo puede jadear y temblar.

—Dawsyn —vuelve a decir.

Tal vez la adrenalina esté abandonando su cuerpo, un cuerpo devastado por el agua y el enemigo. Se siente agotada. Le ve gotas de sudor en la frente, el cuello y el pecho. En ese momento, Ryon siente que hay algo que se retuerce en sus entrañas. La arrastra hasta su regazo y empieza a buscar, sus ojos vuelan por su cuello, por un hombro, por sus muñecas, sus brazos. Es en su cintura, donde acaban las costillas, donde brota la sangre, que se filtra a la ropa ya empapada de agua y se extiende a una velocidad alarmante. Sin pensárselo dos veces, Ryon agarra la tela y rasga la costura, dejando a la vista la piel pálida de su cuerpo y la lesión por donde la sangre se derrama libremente: el lugar donde una espada le ha hecho un corte limpio.

29

*D*awsyn no abre los ojos cuando Ryon le pone la mano sobre la herida. No se mueve cuando él ruge una maldición al cielo ni cuando la levanta de las piedras. Solo respira entrecortadamente y con el cuerpo lacio cuando él agita las alas y corta el viento en dos.

La joven es consciente del viento sobre su piel, de los constantes juramentos de venganza de Ryon, de la sensación de que la llevan por el aire… Es consciente de ello, pero no la preocupa. Lo único en lo que puede pensar es en el pulso que le desgarra el costado.

Sin embargo, poco a poco, incluso ese dolor se va atenuando. Es vagamente consciente de las gotas que se le acumulan en las comisuras de los ojos cerrados; le escuece la sal y trata de arrastrar una mano para limpiárselas, pero no puede. Nota que la mueven de un lado a otro y que hay alguien que grita, que la llama, pero ella es incapaz de levantarse. La arrastran más abajo, hacia dentro. El ajetreo de su mente, presa del pánico, se vuelve más silencioso. Tiene tanto frío como en la Cornisa cuando la leña se agotaba al final de la temporada.

—Ven, Dawsyn, esta noche el viento es malo —dice su abuela desde la escalera de la entrada.

El fuego de la cabaña está encendido y arde con fuerza. El humo de la chimenea desaparece en el cielo negro. Parece acogedor, pero Dawsyn aparta la mirada.

—No —responde ella, obstinada.

El sonido de unas botas sobre la nieve la alerta de que Valma se acerca; debería temer que su abuela la cogiera por la capucha de la capa y la arrastrara de vuelta al calor, pero sabe que esta noche no ocurrirá tal cosa.

—Tú dirás lo que quieras, mi niña, pero el aire es demasiado gélido para mis pulmones.

Una tos húmeda le dobla por completo la espalda, y el sonido chasquea por la arboleda y rebota entre los troncos de los árboles.

Dawsyn suspira. En este lugar, no hay forma de evitar a su abuela ni a Briar. Se gira, dándose por vencida. Deja que Valma vea de cerca el moratón que crece alrededor de su ojo y que se lo está cerrando.

—Uf —murmura su abuela—. Directo al ojo. Así sabemos que lo viste venir.

Dawsyn emite un sonido, molesta, y se vuelve a mirar el bosque, pero el rubor le sube por el cuello porque es verdad, debería haberlo visto venir.

—Bueno, ¿quién ha sido el desgraciado? —pregunta su abuela.

—Yennick —contesta Dawsyn en voz baja.

—¿El hijo del prior? ¿Con qué te ha atizado?

—Con el puño —responde ella de mala gana.

—Vaya, joder, niña. Más vale que ese puño no siga entero.

—No le he devuelto el golpe —confiesa Dawsyn, y eso es lo más humillante de todo, que no ha podido levantar la mano para devolver el golpe. Y le había robado una bolsa de patatas que habría alimentado a la guarida de las chicas toda una semana.

—La Entrega es siempre igual, Dawsyn —dice ahora su abuela, observándola con atención—. No todo el mundo sale vencedor.

—No si uno no es capaz de romperle la mano a un niño hambriento —contesta Dawsyn. Hace pocas semanas que cumplió quince años y desde entonces es la encargada de conseguir comida en la Entrega, y se está demostrando incapaz al respecto.

—¿No eres capaz de hacerlo? —le pregunta su abuela—. ¿O no estás dispuesta a ello?

Yennick está cada día más delgado y todos en la Cornisa lo ven, lo ignoran.

Su madre perdió la cordura hace años; si los de este saliente de la montaña fueran más amables, ya la habrían arrojado al Abismo y dejado a Yennick con una boca menos que alimentar. El niño tiene más o menos la edad de Dawsyn, pero está más débil. Más desesperado. No le queda mucho en este mundo. Le dio un puñetazo a Dawsyn en el ojo y ella no se atrevió a detenerlo ni a hacerle daño.

—No es culpa tuya, mi niña —le dice su abuela cogiéndola de la barbilla y volviendo su rostro magullado hacia el suyo.

—He dejado que se llevara nuestra comida —dice Dawsyn—. He vuelto sin nada.

La mujer le sonríe suavemente.

—Te he enseñado a herir y a matar para conseguir lo que necesitas, porque los Sabar tenemos una debilidad. Tendemos a dejar que otros cojan lo que deberíamos proteger. Por eso estamos aquí. —Esta última parte la murmura, aunque Dawsyn no sabe qué significa—. No es culpa tuya, Dawsyn. Llevas en la sangre ver el dolor de los demás, su necesidad. Y la sangre siempre sale.

Dawsyn aparta la cara.

—Entonces no viviré mucho.

—Sí —dice Valma con más firmeza—. Cogerás lo que necesites. Mantendrás a raya la escarcha. Tendrás cuidado con el Abismo…

—El frío no está vivo —murmura Dawsyn, terminando su frase.

—Cobra vida cuando le dejas hacerlo, niña… No le dejes hacerlo.

Υ

Dawsyn se despierta.

La sensación de hielo en el pecho ha desaparecido. Nota la sangre caliente, como debe ser. El pelo ya no le gotea en riachuelos por la espalda. Está tapada, no con un vestido y una capa empapados, sino con mantas gruesas, una sobre otra. El olor a pino quemado lo envuelve todo, el olor a hogar.

—¿Estás despierta?

Dawsyn gira la cabeza y encuentra a Baltisse en una silla de madera junto a su catre. Parece que la han devuelto a su cama de la posada de Salem, y la presencia de la maga explica por qué nota el costado entero y sin heridas.

Baltisse parece cansada, como si hubieran pasado días desde la última vez que durmió. La ventanita muestra que ya ha caído la noche.

—¿Cuánto he dormido?

—Varios puñados de horas. No más de lo esperado para una mujer que debería estar muerta en más de un sentido —dice Baltisse entornando los ojos mientras inspecciona el cuerpo de Dawsyn con astuta minuciosidad.

—¿Dónde está Ryon?

—Te ha cuidado todo el día y le he relevado. No huelo ninguna infección, pero dime, ¿te encuentras bien?

Dawsyn frunce el ceño.

—¿Puedes oler las infecciones?

Puedo oler y ver todo tipo de cosas, bonita. La mayoría de ellas te revolverían el cuajo. ¿Te encuentras bien o no?

—Estoy normal —responde ella, flexionando los dedos de las manos y de los pies—. Mejor que normal.

—Bien —dice la maga, y se levanta.

Se dispone a salir de la habitación, pero Dawsyn habla antes de que pueda hacerlo.

—Baltisse... —dice.

—¿Qué?

—Gracias. Estoy en deuda contigo.

—Y te da mucha rabia, ¿verdad, Dawsyn Sabar?

La chica asiente.

—Pero te lo agradezco igualmente.

—Estoy segura de que algún día podrás devolvérmelo —replica Baltisse, que vuelve a darse la vuelta para marcharse.

—¿Por qué lo has hecho?

La maga se detiene.

—¿Curarte? —pregunta con incredulidad—. Habrías muerto.

Dawsyn asiente.

—Ya, pero para ti no significo nada.

Baltisse desvía la mirada. Dawsyn observa atentamente cómo la maga, habitualmente tan atrevida y despiadada en su discurso, busca a tientas una respuesta.

—Ya has sufrido lo tuyo.

Dawsyn parece pensar en ello.

—He sufrido lo de muchos.

La maga no la desmiente y asiente en señal de reconocimiento.

—Qué suerte tiene el resto de Terrsaw de haberse librado del asalto de los glacianos hace cincuenta años —suspira Dawsyn.

Baltisse le busca la mirada y se la aguanta, impertérrita. No hay burla en su voz cuando dice:

—La suerte no tuvo nada que ver. Aunque parece que ya te has dado cuenta de ello por ti misma.

La maga se va y cierra la puerta, que vuelve a estar en su marco.

Dawsyn se queda tumbada en el catre, sana y salva, pero igualmente enferma.

No es una joven simple. Desde siempre ha sabido que su destino estaba marcado. Ha visto los agujeros y las grietas de Terrsaw, eso que hace que no pare de hacerse ciertas preguntas. Ha notado el brillo en los ojos de Ryon y se ha preguntado si era algo más que atracción, algo más frío, oportunista. Ha visto cómo todo el mundo se inclinaba a ayudarla, con algo de culpa en sus palabras. Han sido generosos, amables, complacientes, como si se arrastraran, expiando.

«¿Qué expían? ¿Qué han hecho?»

Se levanta del catre y descubre que lleva una túnica de hombre y poco más. Se acerca a la repisa de la chimenea y coge el atizador de hierro. Aviva las llamas durante un rato y deja que se le calienten las piernas desnudas. Empieza a conjeturar sobre lo que ha sucedido. Cuando sale de la habitación y entra en la aletargada tranquilidad de la posada, aún lleva el atizador en la mano, caliente al tacto.

30

*E*n su vida, a Ryon le han despertado con violencia más veces de las que recuerda. En la Colonia está lo mejor de Glacia, pero también algo de lo peor. A veces, cuando era joven, lo peor salía a su encuentro.

Los sueños se deslizan como la arena entre los dedos cuando nota un peso en el regazo, una mano en la muñeca, una presión en la garganta. Abre los ojos de golpe y encuentra los de Dawsyn. Durante unos maravillosos segundos, solo percibe su calor, su olor, la piel desnuda de sus piernas a horcajadas encima de él.

Se pone duro en cuestión de segundos y desliza la mano que le queda libre sobre su muslo. Pero el brillo de los ojos de la joven dista de ser cálido, y Ryon nota sobre el cuello algo rígido que restringe el aire.

—¿Dawsyn?

—Ryon —responde ella.

Su voz parece tan tranquila como siempre, pero su mirada es afilada, le atraviesa, delatando la rabia que hay bajo la compostura. La joven le presiona el atizador de hierro un poco más fuerte contra la garganta.

Ryon tose.

—¿Qué haces?

Ella levanta el atizador de la garganta solo para girarlo en su palma hasta que la punta ardiente queda a un par de centímetros de la nuez de Ryon.

Él traga saliva.

—Tengo un par de preguntas para ti y necesito tus respuestas.

No le temblaron las manos cuando se presentó ante el rey Vasteel o cuando mató al gato montés; no sintió temblor alguno cuando entró a la fuerza en el palacio de las reinas ni cuando mató a los glacianos en la orilla del río, pero ahora es distinto.

El peso del mundo cae sobre el estómago de Ryon. La mira más de cerca, la evalúa; claramente, ve que oculta dolor, decepción. Las dos cosas que sabía que acabaría provocándole.

—Vale —dice—. De acuerdo.

—Empecemos por aquí: dime cómo planeas conquistar Glacia.

—Primero aparta el atizador.

Dawsyn deja que la punta le toque la piel, y él retrocede, siseando.

—No puedo. Aún no he decidido si te voy a ensartar con él o no.

Ryon nota palpitar el lugar donde el atizador le ha tocado mientras la sangre corre a enfriarlo, pero se prepara para responder. Es extraño lo importante que ha acabado siendo ella para él, tanto que la idea de decepcionarla le parece insoportable.

225

—En la Colonia hay una rebelión de los mestizos que están cansados de su desgracia. Yo los lidero.

—Y, sin embargo, los dejaste. ¿Por qué?

Ryon suspira con fuerza.

—No se puede usurpar la corte de un rey sin armas.

Dawsyn asiente.

—¿Salem? —pregunta.

—Esra —responde Ryon—. Comercia con algo más que alcohol. Me trae pequeñas cantidades de un herrero de la Meca y yo las llevo a la Colonia poco a poco.

—Qué valiente —murmura ella con frialdad—. ¿Por qué me lo has ocultado?

—¿Por qué iba a decírtelo? Teníamos que separarnos al llegar a Terrsaw. Llevas intentándolo desde entonces. No había necesidad de que cargaras con tal información.

—Valiente y dulce. —Suena de todo menos encantadora—. ¿Y de qué otra información me has librado?

Ryon suelta el aire, conciliador.

—¿Qué quieres saber?

—Quiero saber lo que oculta todo el mundo. Quiero saber por qué todos me hablan con culpa, como si estuvieran en deuda conmigo. ¿Por qué se arrastran a mis pies, me dan sus posesiones, se ofrecen a mantenerme? ¿Por qué me temen las reinas? ¿Por qué no hacen nada para ayudar a los de la Cornisa? —Dawsyn vuelve a apretar la punta del atizador, ahora más fría, contra la garganta de Ryon. Se inclina—. Así pues, cuéntame lo que hicieron, Ryon el glaciano. Cuéntame cómo es que mi gente vio cómo la llevaban en manada a una prisión mientras el resto prosperaba aquí abajo.

A Ryon se le revuelve el estómago. Dawsyn lo sabe. Ya lo ha deducido. Se da cuenta por el ligero temblor de su voz, por el brillo de sus ojos. Ya le está doliendo. Sin embargo, se merece una respuesta, aunque no sea él quien se la deba.

—Porque hace cincuenta años la reina Alvira hizo un pacto con el rey glaciano —le dice Ryon, que ve cómo las palabras se le clavan en el pecho como dagas—. Porque le vendió al rey Vasteel un pueblo de humanos que podía capturar con toda libertad; a cambio, Vasteel accedió a no tocar al resto.

La presión del atizador disminuye cuando Dawsyn afloja la mano.

—La aldea de los Caídos. ¿Alvira los vendió?

—Sí. —Ryon no soporta la palabra.

—¿Y los demás lo sabían? —pregunta ella mientras se le escapa una lágrima—. ¿Sabían todos en Terrsaw que a nuestra gente se la llevarían a la Cornisa?

Ryon le toca la mejilla y desliza el pulgar bajo su ojo.

—No lo sé.

Dawsyn cierra los ojos un momento, como si borrara lo que sabe, pero cuando los vuelve a abrir están más secos, más claros, y aparta la mano de Ryon.

—Entonces lo averiguaré yo misma.

Se levanta de encima de él, se pone de pie de golpe y da media vuelta. Coge unos pantalones de Ryon de la repisa de la chimenea y se los pone hecha una furia.

Ryon la sigue hasta el pasillo, consciente de que todavía lleva el atizador. La luz del amanecer se filtra en el hueco de la escalera. Puede oír los primeros movimientos de Salem abajo, en el comedor. Debe de estar preparando la comida del día. Esra debe de estar junto a la puerta trasera, descargando leche, huevos, carnes y las interminables provisiones de alcohol. También debe de tener varias espadas cortas, arcos y flechas escondidos bajo las cajas del carro, esperando a que Ryon las robe.

Dawsyn baja las escaleras con estruendo. No se molesta en ocultar el sonido. Él la sigue, preparándose para interponerse entre la ira de la chica y sus amigos, si fuera necesario.

Las palmas de las manos de Dawsyn chocan contra las puertas del comedor, que se abren. Ryon hace una mueca de dolor: tardó más de una hora en repararlas después del asalto de los glacianos. El sonido de las puertas golpeando las paredes hace salir a Salem y a Esra de los almacenes y acercarse a la barra. Están alerta y buscan la amenaza. Ven a Dawsyn dirigiéndose hacia ellos con el atizador en la mano. Parece tranquila, pero retuerce sus dedos y las puntas de su cabello chispean de rabia. Es palpable, perfuma el aire de la habitación. Dawsyn es una tormenta que los sobrevuela, agitándose, en busca de su objetivo.

227

—¿Qué pasa, señorita Dawsyn? —pregunta Salem, cuyos ojos van como un rayo de ella a Ryon.

Ryon asiente lentamente y les suplica con la mirada tanto a él como a Esra que se anden con pies de plomo. Es toda la advertencia que necesita. Le lleva diciendo a Ryon desde que llegó a la posada que este día pronto llegaría y que, cuando lo hiciera, habría perdido a la joven.

Salem mira a Dawsyn de frente, suspira con fuerza y dice:

—Lo siento, muchacha. Lamento cómo sucedió.

A Dawsyn le tiembla la voz.

—¿Y cómo fue, Salem? ¿El resto de Terrsaw cerró las puertas y tapió las ventanas mientras el pueblo de mi abuela era arrasado? ¿Sabía tu familia que vendrían y quemarían a los niños vivos en sus camas? ¿Se taparon los oídos y giraron la cabeza?

—Por aquel entonces, yo era un niño pequeño, muchacha. Mi familia, todo Terrsaw… Nadie habla de ello.

—¡Dime si Terrsaw lo sabía! —grita ella con una voz que

corta el aire—. ¿Sabían que la reina había condenado a la aldea? ¿Estaban a favor de ello?

Esra retrocede con los ojos llenos de lágrimas.

—La gente normal y corriente no sabía del trato hasta que ya fue demasiado tarde, Dawsyn. —Vacila—. Pero la corte, la clase noble, los guardias…, ellos sí que lo sabían. Estuvieron de acuerdo. Hubo una votación y tomaron el pueblo de la noche a la mañana.

Dawsyn vuelve a cerrar los ojos con fuerza; las lágrimas resbalan libremente por sus mejillas. Salem y Esra hacen ademán de moverse, como si fueran a consolarla, pero ella continúa con el atizador en alto y su rabia es tan potente que los repele. En su lugar, se quedan a la expectativa, pálidos y retorciéndose las manos.

—¿Por qué sigue siendo su reina? Si la gente normal y corriente no tuvo nada que ver en ello, ¿por qué le permiten gobernar?

—Por miedo, señorita Dawsyn —responde Salem—. Puede que no les gustara el trato, y algunos querían matarla por eso, pero la alternativa implicaba ofrecer su propio cuello a la cuchilla, y al final la gente no es tan noble. Es más fácil oponerse en silencio, construir santuarios y rezar para que desaparezca el sentimiento de culpa. La reina tiene la mano en el bolsillo del rey glaciano, cariño. Nadie está dispuesto a cortar una mano así.

—¿Incluido tú? —escupe Dawsyn, con la cara roja.

Esra agacha la cabeza al tiempo que unas lágrimas ruedan por sus mejillas; Salem asiente de mala gana, con remordimientos.

—Sí —dice—. Yo incluido. —La última palabra se rompe al salir de sus labios.

Un sonido de ruptura abandona también a Dawsyn; por un momento, se queda inmóvil.

Ryon se acerca a ella; verla sufrir de tal manera le duele.

—¿Dawsyn?

Ella gira y el atizador sale volando de su mano a través de la habitación y atraviesa la única ventana que no estaba ya destrozada, dejando las vidrieras hechas añicos.

—¿Dónde está mi cuchillo? —sisea Dawsyn cuando pasa al

lado de Ryon, que consigue agarrarle la mano, aunque ella se suelta—. ¿Dónde está mi cuchillo?

Salem y Esra parecen asustados. Esra se tapa la boca con las manos, amortiguando su angustia. Salem tiene la cabeza agachada.

Ryon vuelve a seguir a Dawsyn, tratando de hablarle, de consolarla, pero no lo consigue.

—¡Cállate y dame mi CUCHILLO!

Ryon se lleva la mano a la cadera y lo saca de una funda.

—No puedo dártelo hasta que me digas qué pretendes hacer con él.

Dawsyn le da una patada en la palma de la mano y él afloja los dedos. La joven se lo arrebata y sale por la puerta de un brinco, al amanecer, sin dignarse a mirar atrás.

—Pretendo hacer con él lo que me dé la puta gana —dice antes de marcharse.

229

31

Se tarda dos horas en llegar a la Meca y otra en llegar al centro. Dawsyn no dice nada en todo el camino. Primero, Ryon trata de hablar con ella, persuadirla de que regrese, pero sus intentos encuentran un silencio frío como el hielo y, finalmente, se rinde. No pretende detenerla por ningún medio físico, así que retrocede un paso por detrás de ella y se resigna a seguirla.

Durante todo el camino, Dawsyn lucha por no gritar y contra el impulso de cortar con el cuchillo cada brizna larga de hierba, cada rama baja que cuelga, a Ryon. No puede mirarlo a la cara, ya no soporta el sonido de su voz, ni siquiera su presencia.

Apenas se soporta a sí misma. ¿No sospechaba que Ryon le mentía? ¿Es que no conoce la verdadera naturaleza de los hombres? Tiene un sabor tan amargo en la boca que le entran ganas de escupir. Sabe perfectamente que no hay que dejar que las palabras y las manos de un hombre, de cualquier hombre, compitan con el sentido común.

¿Acaso Ryon creía que ella no vigilaba?

¿Acaso creía que no oía?

Si algo aprendió de la Cornisa fue a tener paciencia, a calcular, a esperar a que las capas de corteza se desprendieran del tronco del árbol antes de talarlo; a estirar la comida, el agua, la leña para que durasen y durasen. A esperar, observar y programar el ataque en el segundo exacto. A escuchar los silencios de las frases y oír lo que realmente se estaba diciendo.

La Meca bulle de actividad mientras la atraviesan rápidamente, y esta vez la gente los mira. La gente normal y corriente no los pasa por alto como la primera vez que Dawsyn estuvo allí, sino que detienen las miradas en ellos y empiezan a susurrar. Algunos hombres se quitan el sombrero y desnudan la cabeza al frío cuando ella pasa. Parecen no percatarse del hombre corpulento que le hace sombra. Dawsyn supone que les ha llegado la noticia de que una chica escapó de la Cornisa.

Se imagina que la vergüenza les calienta las mejillas y les hace agachar la mirada al suelo, ¿o es que lo que ahora sabe le hace ver todo de otro modo? Cuanto más se alejan de las afueras, más bulle la Meca de actividad y más obvios se vuelven los ojos como platos y los susurros.

Nadie le dirige la palabra. Nadie se atreve a acercarse a ella. El cuchillo que lleva en la mano los advierte y las madres apartan a sus hijos tras sus faldas. Parece abrirse un camino entre la gente para dejarla pasar.

«Qué suerte», piensa ella. No tiene intención de especular a cuántos mataría si se interpusieran en su camino.

Al llegar al mercado, se desvía de su ruta. Se acaban las hileras de tejados empinados y se abren a la plaza del pueblo, donde los comerciantes exhiben sus mercancías. Más allá se ve el santuario, el que la reina Alvira señaló desde el balcón del palacio. El santuario que utilizó para describir su profundo pesar. Dawsyn pensó que describía el arrepentimiento de un observador, como el que ella misma había sentido por aquellos que caían al Abismo. Se pregunta cómo sería llevar a un inocente al borde y verle caer.

Espera que doloroso.

Dawsyn se abre paso por el centro de la plaza sin comprobar si Ryon la sigue o no. Se adentra en un callejón estrecho y corto al final del cual está el santuario dedicado a la gente de la Cornisa.

Se cierne sobre ella; es al menos tres veces su tamaño. En la base de la estatua hay cientos de velas sin encender y todo está lleno de regueros de cera seca que han bajado titubeantes hasta los escalones de piedra. Hay flores secas esparcidas entre

231

los cabos de las velas; a diferencia de la plaza de la ciudad que tienen detrás, en el espacio abierto alrededor del santuario no hay gente, absolutamente nadie. Está en silencio. El viento susurra y levanta los pétalos marchitos de las flores; a Dawsyn le eriza el vello de la nuca.

La joven rodea lentamente la base de la estatua hasta que puede ver la figura claramente: la Mujer Caída.

A cada paso, el pulso se le acelera; cuando finalmente la mira, se le torna irregular. El fino chal de la mujer pasa junto a ella con un viento fantasmagórico, congelado. Tiene los labios abiertos, los ojos cerrados; aunque el color de la piedra la apaga, Dawsyn aún nota su miseria, su derrota. La mujer tiene los puños cerrados a ambos lados del cuerpo, los escombros se desmoronan entre sus dedos, y todo parece equivocado.

Le gustaría poder hablar con el creador de la estatua y decirle que la mujer debería tener la barbilla levantada, y los ojos abiertos, con mirada penetrante. Desea pintar las mejillas quemadas, de rojo. Quiere esculpir un arma en su mano. Quiere sumergir los mechones de su pelo en alquitrán hasta que le brillen de negro. Quiere abrir la piedra e ir apartándola hasta encontrar la silueta de la verdadera mujer que hay bajo su representación, mucho más grande y fuerte que la que la estatua le ha moldeado.

Ryon se acerca desde atrás a Dawsyn, que está inmóvil; indeciso, le pone la mano sobre el hombro.

La joven se estremece al contacto; lo desea, pero también quiere que nadie la toque, nunca más. Nota que en su interior existe una sabiduría que ha crecido como una semilla. Ojalá pudiera ignorarla. Debería haberla aplastado cuando la sintió por primera vez, asegurarse de que no creciera. Le duele saberlo, e imagina que por eso nunca nadie se lo dijo.

—Ryon —dice, tragando con fuerza—, ¿por qué esculpieron a mi abuela en piedra?

Él hace una larga pausa antes de responder:

—Era la princesa, Dawsyn. La princesa heredera de Terrsaw.

32

Dawsyn corre el resto del camino hasta los muros del palacio. Ryon le pisa los talones.

—¡Dawsyn, espera! Te matarán en un momento si amenazas a sus reinas. ¡¡Dawsyn!!

«Que lo intenten.»

Que le apunten con sus flechas al corazón.

Ella avanza a toda velocidad, con la sangre golpeándole los oídos e impidiendo que oiga las advertencias de Ryon, que no hace ningún intento de agarrarla, así que ella le permite conservar las manos. Todavía no es el momento de ocuparse de él.

Dawsyn llega a los muros del palacio y se frena. Templa a la bestia de su vientre, que le ruega que embista y se abra paso con sus garras. Cuando se acerca a las puertas, guarda el cuchillo en la funda oculta de la cadera y hace que sus pasos sean ligeros y tranquilos. Resulta insoportable.

Llama a la puerta con cuidado, pero le tiembla el puño.

—Dawsyn, por favor, no lo hagas ahora —le susurra Ryon—. Sé que quieres respuestas, y te las mereces, pero espera. Podemos volver mañana.

Una lama se desliza en la puerta y aparecen dos ojos que los examinan.

—¿Sí? —pregunta la voz desde detrás de la puerta.

—Soy Dawsyn Sabar —dice—. Me gustaría reunirme con las reinas. Dijeron que era bienvenida en cualquier momento. —Habla con voz calmada, aunque no sin esfuerzo, y sabe que si este guardia no la deja entrar encontrará la muerte.

La lama se cierra y se oye un grito sordo procedente del

otro lado. Instantes después, la saluda el chirriar de la madera y las puertas se abren. Dos guardias más esperan al otro lado. Uno de ellos levanta una mano y les hace una seña para que entren.

En el patio del palacio, los guardias les indican a Dawsyn y Ryon que levanten los brazos y los cachean. Encuentran el cuchillo de Dawsyn, que sonríe dócilmente mientras se lo quitan. También se quedan con la espada corta de Ryon; a Dawsyn se le retuerce el estómago.

—Se los devolverán cuando se marchen —dice un guardia secamente.

Los arqueros están en el parapeto, observándolos con astucia, pero esta vez no los apuntan con sus flechas.

Siguen al guardia hasta la verja levadiza y esperan a que se alce. El hierro se mueve con estrépito.

Al otro lado espera Ruby, la capitana de la guardia.

—Señorita Sabar —dice por encima del ruido—, ha vuelto muy pronto.

—Sí —confirma Dawsyn mientras se acerca—. Espero poder hablar con la reina Alvira.

—Por supuesto. Supongo que es en relación con las recientes incursiones en el sur del valle…

«Así que lo saben —piensa Dawsyn—. Lo sabían y, una vez más, no echaron una mano.»

—Así es.

Al sentir un movimiento inquieto a su lado, Dawsyn advierte a Ryon con la mirada. Está deseando entrar en acción, aunque por otro lado es como si deseara agarrarla y huir. Suplica en silencio a la joven, cosa que solo contribuye a enfadarla más.

Vuelven a seguir a Ruby hasta la sala del trono, increíblemente luminosa, donde el techo abovedado muestra lo mejor de la luz de la mañana. Ruby los deja mientras va a buscar a las reinas y los ojos de Dawsyn se dirigen a los tronos. Se pregunta si sus antepasados se sentaron alguna vez en ellos. Se pregunta si su abuela lo hizo.

—Dawsyn —le suplica Ryon en voz baja. Sus dedos se enroscan sobre los suyos, pero ella retira la mano—. Dawsyn, dime qué planeas.

Ella se aparta. No tiene ningún plan.

Y parece que es la única que no lo tiene.

Al cabo de un momento entran las reinas Alvira y Cressida, seguidas por tres guardias y por Ruby. Los guardias se quedan en la entrada de la sala, pero las reinas se acercan más, con expresión cautelosa bajo las arrugas de sus rostros.

—¡Dawsyn! ¡Qué alivio ver que tú y tu amigo estáis a salvo y bien! Temía que os hubieran encontrado los asaltantes glacianos.

—¿De verdad? —pregunta Dawsyn, más mordaz de lo que pretendía.

Entonces es cuando se da cuenta. Al oír su tono, el semblante de la reina va cambiando poco a poco. Está recalculando, volviendo a trazar una estrategia. Ahora que Dawsyn sabe adónde mirar, lo ve claramente. La reina Alvira es una conspiradora, una conspiradora magistral.

—Nadie nos ayudó en el sur —continúa Dawsyn—; sin embargo, en palacio, tienen muchos guardias.

—Querida, creo que ya te dije que los humanos no somos rivales para los glacianos. Lo mejor es buscar refugio. Todos los habitantes de Terrsaw, incluidos nuestros guardias, saben cómo prepararse y ponerse a cubierto si alguna vez esas bestias deciden bajar de la montaña. Aprieta los labios con tristeza, como si lamentara no poder hacer más.

—Creemos que han venido a buscarte a ti —añade Cressida—. Hemos sido sumamente afortunados de que no lo consiguieran. —A diferencia de las de su esposa, sus palabras no resultan convincentes.

—Bueno, sí que lo consiguieron —replica ella—. Me encontraron junto al río, en el bosque.

Las reinas se quedan inmóviles. Cualquier tópico que Alvira estuviera a punto de decir se le seca en la lengua, y rápidamente cierra la boca.

Los ojos de Cressida revolotean hacia los de su esposa y se abren aún más.

235

—¡Dios mío! ¿Cómo escapaste?

—No escapé —dice Dawsyn—. Los matamos. Encontrarán sus cuerpos pudriéndose en la orilla del río. Son cinco.

Si el techo de cristal se hiciera añicos en ese momento, poco atraería el interés de los presentes. Cressida parece escéptica; Alvira, insegura. Los guardias de la entrada se quedan boquiabiertos.

—¿Que los matasteis? —pregunta Alvira—. ¿Te refieres a ti y a tu amigo?

—Sí —responde Ryon.

—Dígame de nuevo que los humanos no son rivales para los glacianos —suelta Dawsyn, y sus palabras son incisivas, con borde de acero.

La reina dice con voz entrecortada:

—Siento que hayas tenido que enfrentarte a ellos una vez más, pero debo decir que estoy impresionada.

—¿Sabe lo que me pregunto? —dice Dawsyn—. Me pregunto cómo sabían dónde buscar. —Está claro lo que insinúa y ha dado en el clavo; casi puede ver cómo la mente de la reina da vueltas y vueltas. Dawsyn imagina que Alvira debe de estar haciendo suposiciones sobre cuánto sabe—. Apostaría a que usted informó de nuestro paradero al propio rey.

La mujer palidece, como si la hubieran abofeteado, y Dawsyn se asombra de su maestría.

—¿Por qué iba a hacer algo as…?

—Vendió un pueblo entero a Glacia hace cincuenta años —la corta Dawsyn—. Supongo que un humano más le parecería un pequeño precio en comparación.

A la reina se le cierra la boca de golpe, y con ello desaparece la máscara que llevaba. Pasa mucho rato antes de que hable. En el silencio, los guardias se mueven incómodos por la periferia.

Finalmente, la reina extiende las manos, temblorosas.

—Lo hice. Lo hice y no lo negaré —dice, con voz débil—. Y no pasa un día en el que no me arrepienta de ello.

A Dawsyn le hierve la sangre.

—Pero me temo que lo volvería a hacer.

Dawsyn se resiste.

—¿Qué ha dicho?

—Querida —dice la reina, sacudiendo la cabeza con cansancio—, sé que debes pensar que soy atroz, y no discrepo, pero las decisiones que tomé las tomé sabiendo que estaba dando a Terrsaw la mejor oportunidad de sobrevivir. Eres joven y te criaron sin enseñarte las historias de este lugar, pero... —Hace una pausa y levanta la vista al techo—. Tal vez sea hora de que lo sepas todo, antes de que me taches de villana.

Dawsyn se muerde la lengua y saborea la sangre. Sabe que tiene que oírlo. Tiene que aguardar su momento y escuchar lo que dicen, esperar las grietas de su discurso.

—Años antes de que cayera la aldea del sur, los glacianos asaltaban Terrsaw. Llegaron a nuestra montaña mucho después de que se estableciera el reino de Terrsaw, y cuando lo hicieron utilizaron nuestras tierras como el hombre lo hace con un río. Pescaban a nuestra gente cuando querían y se llevaban a muchos. Robaban a los niños de las calles. Las familias se despertaban con el sonido de sus techos derrumbándose y se los llevaban a todos. Nadie estaba a salvo. Nadie dormía tranquilo. Volaban más rápido que una flecha. Los guardias lograban derribar a uno de vez en cuando, pero no era suficiente. Estaba fuera de nuestro alcance.

»Aquellos años no fueron más que caos y pánico. Enviábamos a nuestros guardias a la montaña para rescatar a los secuestrados y solo encontraban la muerte. La gente pedía a gritos que el palacio hiciera algo, que los protegieran, y el palacio guardaba silencio. Entonces gobernaba un rey y yo era una de las consejeras del consejo real. Le vimos debatirse; cuando nos pidió nuestra guía, le fallamos. La gente intentaba huir por docenas, pero más allá de Terrsaw no había nada más que el océano. Estábamos, y continuamos estando, atrapados y al alcance de los glacianos.

»No podíamos derrotarlos y no iban a dejar de atacarnos. Necesitaban a los humanos. Nuestra salvación era que solo podían ausentarse de la montaña por poco tiempo. El clima más cálido los debilitaba. Jamás acabarían del todo con nosotros, ni nosotros con ellos. Pero yo sabía que no podíamos seguir dejando que nos encerraran como a ratas en una jaula.

»Nadie intentó hablar con los glacianos. Nadie pensó en hacer un trato. Si tantos de nosotros íbamos a morir de todos modos, ¿era posible que hiciéramos una ofrenda y dejáramos que el resto viviera en verdadera paz? ¿Podíamos prescindir de los que iban a morir para que la gran mayoría pudiera disfrutar de la vida como quisiera, enviando a sus hijos a jugar a la calle, cazando en los bosques sin miedo, acostándose por la noche sabiendo que estaban a salvo? Me odié a mí misma por verlo. Yo tenía tu edad, Dawsyn. Era joven, pero había vivido suficientes años en el miedo como para saber que no podría soportar muchos más, y el resto del reino tampoco podría. La gente se ahorcaba antes que enfrentarse a una vida como aquella. Encontraban muertas a familias enteras alrededor de la mesa de la cocina: el veneno les ofrecía la seguridad eterna en un momento en que el palacio no podía hacerlo.

La reina Alvira respiró hondo, emocionada. Dawsyn supone que la reina se ha repetido esas ideas una y otra vez, absolviéndose, limpiando su conciencia, pero rara vez en voz alta.

—Pero, por supuesto, el rey no me escuchó. Era corto de miras y testarudo. Se preocupaba más por su honor que por la vida humana. Me dijo que no volviera a pronunciar una palabra sobre el tema, pero los glacianos continuaban viniendo, nuestra gente seguía desapareciendo, y yo ya no podía quedarme sentada siendo testigo de ello.

»Envié un mensaje a Glacia. Le coloqué una carta a uno de los cazadores de palacio y lo envié a la Puerta de Rocas a esperar. El rey Vasteel bajó de Glacia en persona. Entró en el palacio por este mismo techo, rompiéndolo en pedazos; cuando nuestro rey ordenó a los guardias que atacaran, Vasteel lo levantó y lo arrojó a sus pies como un saco de grano. Murió al instante.

»Fui yo quien lo detuvo. Aquella noche el rey glaciano nos habría matado a todos con sus garras. Estábamos a medio consejo, y todos los nobles de la corte estaban allí. Todos vimos la cabeza de nuestro rey partirse contra las baldosas, pero nadie hizo nada.

La respiración de la reina se agita; su pecho se hincha y parece enrojecer por la ira.

—Hablé con él. Le ofrecí una alternativa. Le dije al rey glaciano que tomara la aldea que había al pie de la montaña. Le dije que se los llevara a su montaña y se los quedara allí. Lo convencí de que regresar a Terrsaw solo los debilitaría. Le dije que los mantuviera con vida, alimentados, y que su especie tomara solo los que necesitara para abastecerse y dejara al resto en el valle para que vivieran en paz; entonces, por algún milagro, él aceptó.

»Aquella noche se fue sin llevarse a nadie, dejando a todos los cortesanos vivos. Era inaudito. El consejo votó y todos estuvieron de acuerdo en que la aldea de delante de Puerta de Rocas tendría que caer por el bien de todo el reino. Todos estuvieron de acuerdo en que era un precio elevado, pero necesario.

Cuando la reina Alvira acaba su relato de dolor y sacrificio, la sala queda en silencio. Pero Dawsyn ha oído todo lo que necesitaba oír.

—Todos menos uno —dice Dawsyn finalmente—. Hubo uno que no votó a favor. ¿No es así?

Por un momento, la reina Alvira la mira a los ojos y una alarma cruza su rostro. Asiente con cautela.

—Sí —admite—, hubo uno.

—Mi abuela —dice Dawsyn alzando la voz—. Valma Sabar, la princesa heredera de Terrsaw.

Cressida emite un sonido de irritación.

—Las princesas no representan la voluntad de toda la corte…

—Basta —le advierte la reina Alvira a su esposa, mirándola con los ojos como puñales. Después recupera la compostura y continúa—: Valma era amiga mía y me resistía a enfrentarme a ella. Su padre acababa de morir ante nuestros ojos, y eso la hizo actuar precipitadamente. Al día siguiente huyó a la aldea; de algún modo escapó de la atención de sus guardias. Hasta después de que tomaran la aldea no nos enteramos de que tam-

239

bién se la habían llevado a ella. Cuando me enteré…, cuando nos enteramos todos… Fue como si hubiéramos perdido después de todo, como si todo hubiera sido para nada.

»Pero los glacianos no volvieron a Terrsaw. Pasaron los años y no se llevaron a la montaña absolutamente a nadie. La gente del valle empezó a respirar, a vivir de nuevo. Y eso se lo hemos de agradecer a tu gente.

Dawsyn ve que la reina baja los hombros, como si cargara con todo el peso de su reino. Dos de los guardias se apresuran a acercarle una sencilla silla de madera. La reina se hunde en ella, con el rostro pálido por el esfuerzo, y es esto lo que puede con Dawsyn. La mujer que asumió la corona de su abuela, agotada y desesperada por la mala fortuna que ella misma había conferido a sus compatriotas, a su princesa.

La silla de madera en la que descansa la reina se parece mucho a esas que la propia Dawsyn tallaba en su cabaña, en las que rara vez se sentaba nadie, pues se te podían agarrotar los músculos por el frío; además, había demasiado trabajo.

Un guardia pasa junto a Dawsyn con una segunda silla para Cressida, una mujer que ha visto más días ociosos que de trabajo, y Dawsyn se estremece de furia.

—Si hubieras estado allí, querida Dawsyn —dice Alvira—, me pregunto si habrías hecho lo mismo que yo. Me pregunto si habrías tenido valor para hacer un sacrificio que te pesaría el resto de tus días. Valma tenía el corazón, pero nunca tuvo el estómago para hacer lo que era necesario.

Dawsyn nota que algo caliente le sube por la columna y le agarra la base del cráneo. Reconoce una ira heredada, una rabia latente desde hace mucho que no le pertenece solo a ella, sino a muchos otros. La sostiene, la guía como a una marioneta, pero antes de entregarse a ella deja que su voz corte el aire como una espada, deja que haga trizas a la reina.

—Mi abuela tallaba herramientas con las piedras que extraía de la cara de la montaña. Recogió madera y con ella construyó un hogar. Luchó contra quienes intentaron arrebatárselo y los mató cuando fue necesario. Se cortó los dedos de los pies con un cuchillo cuando se le congelaron. Pasó días sin comer para que sus nietos pudieran hacerlo. Se puso de pie ante nuestra cabaña al comienzo de cada estación esperando a que los glacianos se la llevaran. Y lo hizo todo sin encogerse. —Dawsyn hace una pausa. Ahora respira con fuerza y lucha por controlar eso que pide a gritos liberarse—. ¿Se atreve a decirme que no tenía estómago? Le habría partido el suyo en dos y alimentado con sus entrañas a los hambrientos de haber sabido que usted era la asesina que es.

Tras decir esto, Dawsyn se suaviza. Abre los puños y se vuelve hacia el guardia que pasa junto a ella con la segunda silla. Ve en fracciones de segundo cómo la rodea, demasiado cerca, sin saber que ella es un barril de pólvora y que la mecha está encendida. Dawsyn agarra las patas de la silla y se la quita de las manos. Después empuja al guardia hacia atrás hasta hacerle caer y se abalanza sobre él para desenvainar la espada corta que lleva a la cintura.

Dawsyn da vueltas con la espada reflejando la luz y clava la empuñadura en el estómago de otro guardia que se había lanzado hacia ella con la espada también desenvainada. Ryon ya está luchando con los otros dos y los mantiene a raya, y ella ha de enfrentarse a las reinas, que se han levantado y ahora retroceden con dificultad, con paso torpe y un pánico que resulta evidente. Podría matarlas en un minuto. Podría ver el mosaico absorber su sangre a sus pies y lo llamaría arte.

No queda espacio dentro de Dawsyn para prestar atención a lo que podría suceder después de matar a las reinas; solo sabe que Alvira no merece su corona, su palacio, su aliento, y ella quiere ser quien se lo arrebate todo.

Más allá de la rabia palpitante, oye un clamor de acero sobre madera, pero no le presta atención y apunta la espada a la garganta de la reina.

—Una verdadera reina ofrecería su cuello a los glacianos. Usted les ofreció gente que consideraba prescindible. Admítalo.

—No, no lo hice.

—¡Maldita embustera!

—Por favor, la aldea estaba cerca de la montaña, lejos de la Meca. ¡Era lo más seguro!

241

—Resultaba lo más conveniente. Y usted y su corte consideraron que sus propias vidas estaban por encima de las de mi pueblo.

—¡No se podía hacer nada más!

—Queda mucho por hacer —replica Dawsyn mientras avanza hacia ella con la espada—. Pero no será usted quien lo haga.

—¡Dawsyn!

El grito de Ryon retumba en su interior mientras sus brazos la rodean. Se gira a tiempo de ver cómo extiende sus poderosas alas y golpea con ellas los brazos y las espadas de lo que parecen un centenar de guardias que entran en manada en la sala del trono. Ryon ruge. Se agacha apretando contra él a Dawsyn, que, luchando por liberarse, se agita salvajemente. A continuación, se echa a volar.

Los propulsa a ambos desde el suelo, envueltos en sus alas. Justo antes de que atraviesen el techo de cristal, Dawsyn vislumbra la multitud en el suelo, protegiendo a su reina, cuya corona robada brilla sobre su cabeza.

33

—*P*ara de pelear conmigo, Dawsyn, o te dejaré caer.

Solo una imbécil empujaría contra su pecho o lucharía contra la jaula de sus brazos, pero la joven parece haber perdido el sentido común: ahora solo responde a la llamada de la sangre, no puede evitarlo.

—¡Dawsyn! Escúchame, por favor. ¡Para! —Ryon le agarra las manos con la suya y las sujeta contra su pecho, luchando por mantenerlas quietas—. Lo siento —repite una y otra vez—. Lo siento.

La joven se pregunta vagamente por qué iba él a disculparse con una mujer que intenta golpearlo en vano, pero entonces percibe un sonido en el viento y supone que proviene de sí misma: una angustia ardiente.

Ryon se inclina y empiezan a descender. La tierra de abajo da paso a la división entre la arena y el mar, y ni siquiera el destello azul de las olas es capaz de alejar a Dawsyn del dolor de la rabia.

El mar es aún más grande que la tierra, pero Dawsyn apenas se da cuenta de ello. Ryon aterriza en los acantilados escarpados que se ciernen sobre la playa, donde la hierba le llega a las rodillas.

Pone los pies en el suelo y hace desaparecer las alas. En un intento de calmar a Dawsyn, le acaricia la parte superior de los brazos, incluso le aparta el pelo de la cara, aunque las ráfagas de brisa marina luchan valientemente por cubrirle los ojos. Es tierno, como si tuviera derecho a tocarla, como si no fuera tan malo como el resto… o peor.

Dawsyn está al límite de su paciencia. Y entonces ruge. Levanta ambas manos y empuja a Ryon en el pecho una y otra vez. Lo empuja hasta que sus pies se encuentran con el precipicio de una pendiente empinada y las piedras se desprenden de los bordes y ruedan hacia la playa, y entonces le pega. Lanza todo su peso en un tremendo puñetazo que impacta en la mandíbula de él. Ryon suelta un alarido.

Jadeando, sollozando, Dawsyn retrocede.

—¡Sabías quién era! ¡Sabías cómo me llamaba! Por eso me ayudaste en las laderas.

Él la mira a los ojos mientras responde, esa maldita mirada suya que la penetra.

—Lo sabía —dice en voz baja.

Dawsyn se ríe como una loca.

—Pensé en todas las formas en que podrías utilizarme. Sabía que había algo, alguna razón por la que te molestabas en llevarme contigo.

—Esa no era la razón...

—¿Qué esperabas, Ryon? ¿Esperabas aparecer con la heredera legítima de la corona? ¿Esperabas que derrocara a la reina? Y después, ¿qué? ¿Que te ayudara en tu cruzada para tomar Glacia? ¿Qué me habrías hecho hacer? ¿Darte un ejército?

—Te dije en la montaña que no planeaba utilizarte para nada.

—¡Mentiroso!

—No estoy mintiendo, chica. Sabía cómo se llamaba tu abuela. Me enteré de lo que había sucedido con la corona durante mis incursiones en Terrsaw, pero no planeé robarte de las laderas. No planeé utilizarte para nada.

—Pues qué buena suerte que una maldita descendiente de la realeza de Terrsaw se cruzara en tu camino, ¿no, glaciano? Debes de haber dado gracias por tu buena fortuna. Alguien de quien podías hacerte amigo, a quien podías manipular y después utilizar para aliar a todo un reino. Podías hacer tu propia reina a medida para que cumpliera tus órdenes.

—¿Es que no me conoces, Dawsyn? ¿Alguna vez he dicho algo para influirte a mi favor? ¿He hecho algo más que tratar de protegerte?

Dawsyn jadea mientras las lágrimas de amargura le resbalan por la nariz, por la barbilla.

—No necesitaba tu protección, joder. ¡Necesitaba confiar en alguien!

Como una niña, coge una piedra del suelo y se la lanza a la cara. Ryon tiene que levantar el brazo para desviarla.

—Y me has ocultado la verdad. ¿Lo sabe Salem? ¿Sabían Esra y Baltisse lo que significaba mi nombre al oírlo?

Ryon asiente despacio, con cautela.

—Sí.

—¿Y les pediste que callaran? ¿Que no me dijeran nada? ¿Por qué?

Ryon vacila.

—¡Dime por qué! —ruge ella, doblada por la mitad por el esfuerzo de gritar.

Él la mira con lástima, con las manos alzadas como para calmar a un animal salvaje. Dawsyn recoge todas las piedras que puede y se las lanza.

—¡Para! ¡Joder! ¿Te has parado a pensar que no te dije nada para que no me apedrearas hasta la muerte? ¡No te lo dije porque no era cosa mía! No tenía por qué hacerte cargar con ello mientras aún buscabas tu camino. ¿Qué sentido tenía propinarte ese golpe? Pronto lo descubrirías por ti misma. En aquel momento me pareció mejor dejarte en paz.

—Mi propia abuela..., ¿por qué no me lo explicó?

Dawsyn podría pedir a gritos al Abismo todas las respuestas que Ryon puede darle. Camina sobre los guijarros sueltos, con los mechones negros de su cabello agitándose salvajemente.

De todas las historias que compartió, Valma no le contó algo tan importante como esto.

Hunde las rodillas en el suelo y grita entre sus manos, por su abuela, por Briar, por su padre y su hermana. Por los que están en la Cornisa. Por los que nunca salieron de la aldea de los Caídos. Y luego grita por ella misma, por un destino que nunca fue para ella.

Por primera vez desde que pisó el valle, desearía estar en la Cornisa, donde las reglas eran simples, los comportamientos predecibles y las intenciones claras. Los asesinos mataban, los ladrones robaban, los amantes follaban, y nadie prosperaba más que el otro.

Unos brazos la rodean. La protegen de la brisa helada del mar. Al principio intenta zafarse de ellos, pero está agotada. Se queda sin energías y se hunde en su cálido abrazo, deja que sus dedos le encuentren la cara, deja que su pecho le encuentre la espalda, deja que él aguante su peso y la acune hasta que la angustia alcance su punto álgido y se desvanezca.

—Lo siento —dice él una vez más.

Dawsyn no está segura de qué es lo que siente, pero la voz de Ryon suena tan sincera que solo puede suponer que quiere decir que lo siente por ella, por todos ellos, por el mundo. Por la forma en que fue trazado y dibujado antes de la época que les ha tocado vivir.

—Lo arreglaré —le dice él—. Lo arreglaré.

246

34

*F*inalmente se duerme. Sus sollozos se acallan y su respiración se vuelve uniforme. El tiempo significa poco en ese acantilado donde Ryon la abraza, con la tempestad a su espalda deslizándose hacia ellos. No se atreve a moverla, pero el palacio debe de estar buscándolos: la mujer que intentó matar a las reinas y el hombre al que le crecieron alas ante los ojos de todos. Un glaciano.

Ahora los perseguirán ambos reinos.

La baja a la playa volando por la pendiente empinada y deja que las alas suavicen el aterrizaje. El mar intenta sin éxito tocar las rocas, se acerca débilmente a la orilla antes de ser arrastrado de nuevo. En ese punto la orilla está seca; las mareas no llegarán lejos a menos que venga una tormenta que las guíe. Los altos acantilados están plagados de cientos de cuevas y huecos, y Dawsyn y él están acostumbrados a los espacios estrechos. Pueden aislarse allí hasta que sea seguro moverse de nuevo. Sin embargo, no tiene ni idea de hacia dónde.

En lo alto divisa una cueva de boca grande, lo bastante como para no tener que entrar en ella apretujándose. Flexiona los músculos de los hombros para extender las alas y las eleva antes de golpear fuertemente hacia la arena y la piedra.

Dawsyn se revuelve cuando aterrizan de nuevo y parpadea, pero tiene los ojos vidriosos, no ve, e incluso cuando él la deja en el despiadado suelo de la cueva, continúa floja, enrollada sobre el costado, hundida en su aflicción. Es lo más pequeña que la ha visto jamás.

Ryon se pregunta cuál es su mayor desdicha.

Observa a Dawsyn, con sus ropas prestadas demasiado grandes envolviéndola y las rodillas dobladas hacia el pecho. Los mechones húmedos de su cabello negro apenas le ocultan la mitad del rostro. No hay ningún hacha a su espalda, ninguna muestra de frío desinterés, solo una chica humana tan maltrecha y agotada de la guerra que su cuerpo ha cedido a su sufrimiento, encogiéndose hacia dentro. Y él no puede hacer nada.

Pero no puede resignarse.

Sale a rastras de la cueva. Imagina que incluso a través de la niebla de la pena, Dawsyn tendrá frío, así que busca leña menuda. Mejor eso que sentirse completamente inútil, que presenciar cómo ella se rompe poco a poco. No cree que sea capaz de soportarlo.

No tarda en encontrar suficiente leña seca y hierbas marinas para encender un fuego y se inclina sobre su obra intentando una y otra vez hacer aparecer una chispa. Maldice en voz baja durante los minutos y las horas que pasa peleando por conseguirlo.

Al caer la noche, unas manos más pequeñas se acercan a las suyas. Dawsyn se agacha a su lado, con el rostro aún apagado e inexpresivo, pero coge los palitos que él sostiene y los arroja al montón que hay en el suelo. En su lugar, coge otro trozo de madera, reorganiza la hierba seca y recomienza la tarea; sus manos tienen tal práctica que encuentran una chispa al cabo de poco.

Al verla de pie, Ryon siente que le da un vuelco el corazón; solo entonces se da cuenta de lo aterrado que estaba.

—¿Qué edad tenías cuando hiciste esto por primera vez? —pregunta, vacilante.

Sus palabras tardan un momento en penetrar la niebla que rodea a Dawsyn, pero lentamente sus labios forman una respuesta en voz baja.

—Era lo bastante joven como para no acordarme.

—Debes de haberlo hecho miles de veces —insiste, para que se relaje.

—Yo enseñé a Maya.

—¿Tu hermana? —pregunta él.

Ella asiente mecánicamente.

—La hija de Briar. Cuando tenía cinco años.

Ryon dirige sus ojos hacia las llamas que ahora crepitan. Por un momento se pregunta si debería intentar no presionarla, pero no puede pensar en ella como alguien frágil.

—Supongo que era tan fiera como tú.

—Más aún —responde Dawsyn, y en la comisura de su boca aparece un pequeño tic mientras lo dice, el fantasma de una sonrisa—. Estaba empeñada en hacer lo que quería, aunque eso significara arriesgarse a morir. En cierto modo, me sorprendió que sobreviviera tanto tiempo en la Cornisa. Hubo muchos que no tuvieron tanta suerte.

Ryon espera. No quiere agitarla. Sus ojos oscuros miran fijamente las llamas, y ella parece dejarse llevar mientras habla.

—La única persona a la que escuchaba era nuestra abuela, solo porque Valma era capaz de lanzar un cuchillo más rápido. Una vez, en la estación fértil, cuando Maya tendría unos seis años, me siguió al bosque. Briar me había enviado a coger corteza de los árboles para el fuego. Maya se movía como un fantasma. No supe que me seguía hasta que me adentré en la arboleda y salió de repente para asustarme. La llevaba de vuelta a casa cuando nos topamos con una pareja. No recuerdo cómo se llamaban. Eran un hombre y una mujer tan hambrientos que se les notaba el cráneo bajo las mejillas. El hombre me puso un cuchillo en la espalda mientras la mujer me registraba los bolsillos. Maya empezó a gritar y a empujarla, y la mujer le pegó. Entonces, al cabo de un instante, ambos estaban muertos. En un momento, tenía el asqueroso aliento de él en mi cara y las manos de ella sobre mi cuerpo; al siguiente, estaban boca abajo en la nieve, con los cuchillos de mi abuela clavados en la nuca.

»La abuela estaba de pie a unos quince metros. Le pidió a Maya que se levantara del suelo antes de que se le mojara el abrigo, y Maya le dio una patada a la mujer en las costillas al pasar, por si acaso. Yo tuve que recuperar los cuchillos y limpiarlos. Para entonces había visto morir a mucha gente, pero todavía me daba asco. El color de la sangre sobre la nieve se me quedaba en la memoria, a veces durante semanas. Pero ¿Maya? Ella estaba de vuelta en el bosque al día siguiente, siguiéndome como una pesada, entonando canciones de hadas. —Dawsyn atiza las llamas una última vez y luego deja su palo en el suelo de la cueva—. Era demasiado grande para aquel lugar.

Ryon observa cómo la luz danza sobre su cuello, sobre sus hombros, y le ilumina los ojos.

—Esa ira que sientes… —dice—. La gente la utilizará para hacerte daño. No se lo permitas.

—¿Por qué no dijeron nada? En la Cornisa debía de haber quien recordara a mi abuela…, quién era. Mi propia familia no se dignó a mencionarlo.

Ryon reflexiona sobre ello un momento mientras el peso que ella siente en su pecho se replica en el suyo propio.

—¿De qué te habría servido saber lo que os habían arrebatado? ¿Habría ayudado o habría dolido?

Dawsyn se frota la cara, un gesto de cansancio que nunca le había visto hacer antes.

—Estoy cansada.

—¿De qué?

—De estar sola —responde ella—. De… estar.

Ryon sabe que no está hablando de la soledad en su forma más simple. Habla de estar sola en su lucha, en una desgracia que no puede compartir con nadie, como Ryon, que no pertenece a ninguna parte.

Ryon, el hijo medio humano de una mujer de la Cornisa y un noble glaciano.

Y de los que sabe bien poco.

Sabe lo que es llevar la propia existencia en soledad, y resulta agotador, despiadado. Cada nuevo día es una promesa y una carga, destinado a ser igual que el anterior. Cuesta recordar los motivos para afrontarlo. Pero últimamente Ryon no se ha sentido así, no desde que oyó el eco del nombre de Dawsyn por los muros del palacio glaciano. No desde que se prometió que la sacaría viva de aquella montaña.

—Mi madre se llamaba Farra —explica. Las palabras salen de su boca por sí solas. No las piensa, salvo para reconocer que ya no debería ocultarle nada a ella, que nunca debería haberlo hecho—. Murió antes de que pudiera conocerla, pero se hizo amiga de gente de la Colonia que la recordaba, también de Phineas, y cuando preguntaba por mi madre, me contaban lo que sabían. Me explicaron todo lo que pudieron. Se apellidaba Julliard.

Ryon hace una pausa a la espera de su reacción; al oír el nombre, los ojos de Dawsyn buscan los suyos. La joven asiente con la cabeza. Conoce ese apellido. Tal vez entonces..., tal vez un día, lo ayudará a completar las partes de sí mismo que sigue sin conocer: su madre, una mujer de la Cornisa, igual que Dawsyn...

Ryon traga saliva y continúa.

—Mi madre era amiga íntima de Harlow Sabar.

Dawsyn se tambalea. Nunca la ha oído pronunciar ese nombre, pero lo conoce. Sabe lo que significa para ella.

—¿Mi madre? —pregunta ella—. ¿Mi verdadera madre?

—La gente de la Colonia dice que Farra hablaba de Harlow Sabar como si fueran hermanas. Nuestras madres... eran como familia.

Los ojos de Dawsyn recorren el rostro de Ryon, siempre buscando el engaño.

—Farra contó a los mestizos que en su día la familia Sabar había sido de la realeza, antes de que la princesa fuera capturada y arrojada a la Cornisa. Pedí que me contaran esa historia tantas veces que el nombre se me quedó grabado. Cuando te oí decírselo a Vasteel, pensé que había escuchado mal. Y entonces elegiste las laderas y sentí..., como si fuera el destino, que finalmente había llegado la oportunidad de abandonar Glacia para siempre, y que era una Sabar quien la había traído. Una pequeña hebra de la existencia de mi madre, todavía aquí.

—Mientras habla, su mano encuentra un lugar en el cuello de ella que encaja perfectamente—. Por eso fui a buscarte —le dice, y espera con cada célula de su cuerpo que ella lo escuche—. Por eso te quería conmigo. No podía dejarte atrás.

La piel de Dawsyn se calienta bajo su mano.

—Una parte egoísta de mí quería buscarte. No tengo más recuerdo de mi madre que aquello que he imaginado, pero sé que era valiente. Sé que soportó grandes sufrimientos en la Cornisa y en la Colonia, y sé que todo lo bueno que pueda quedar en mí salió de ella. Te vi, Dawsyn Sabar, y tenía que conocerte.

Se lo queda mirando fijamente, ya sin rastro alguno de acusación en la mirada. Es igual que la mujer que vio por primera vez en el palacio glaciano, como una guerrera, como la destrucción.

Como si debiera ser suya.

O él debería ser de ella.

Ryon no puede evitar bajar la cabeza ni deslizar la nariz por su mandíbula. No puede evitar que sus labios encuentren los de la chica, como piezas perdidas que se conectan. Sabe perfectamente que debería parar, dejarla en paz, pero también sabe que no puede hacerlo.

Porque ella es suya, igual que él le pertenece a ella.

35

Se quedan dentro de la cueva hasta que ya no pueden ignorar más el hambre y las necesidades básicas de los vivos. Pese a las circunstancias, son las horas más tranquilas que ha pasado Dawsyn en mucho mucho tiempo.

Ryon la escucha mientras la joven le cuenta todo acerca de ella: sobre su guarida de chicas, sobre Hector. Le explica lo que jamás ha contado: los peores momentos de su vida, que han ocupado todo como el miedo. Describe cómo su familia buscaba comida, la cultivaba y regateaba por ella.

Habla de horas y horas dedicadas a aprender a utilizar un arma: a lanzarla, a matar con ella. Le cuenta que se veía obligada a poner a prueba su entrenamiento con aquellos de la Cornisa lo bastante desesperados como para desafiar a una Sabar.

En todo momento, los dedos de Ryon permanecen sobre ella, recorriéndole las líneas de la palma de la mano, la clavícula, el pelo. Su mano la reclama por completo y ella se deja hacer. Hacía días que no sentía esos dedos acariciándola y, aunque se resistiera a admitirlo, los echaba de menos.

¿Y Ryon? Él siente algo parecido. Se ve en cómo gira la cabeza para verla moverse, en cómo sus manos la rozan cada vez que encuentran una excusa para hacerlo, mostrando el vértice de un deseo que intenta ocultar.

A ella le preocupa que, incluso sabiendo todo lo que sabe, todo lo que ha aprendido por sí misma, todo lo que ha afrontado para llegar hasta ahí, pueda perderse en él.

—No tendremos la ventaja de la oscuridad de la noche por

mucho tiempo —dice Ryon cuando parece que a ella se le han agotado las palabras—. Deberíamos marcharnos, encontrar un refugio mejor.

Caminan juntos hasta la entrada de la cueva. Abajo, el mar de tinta se revuelve contra la orilla. Los dedos de Ryon vuelven a rozar los de ella, que le mira a los ojos.

—Podría llevarte volando —le dice Ryon—. Podría llevarte a lo que fuera que encontráramos más allá de este mar.

Dawsyn imagina que lo haría. Por muy glaciano que sea, en él pesa más el bien, y ella se da cuenta de que quiere ir a ese desconocido lugar donde no se pronuncian las palabras «Sabar» y «glaciano». Desea desvanecerse en la delgada línea que separa el cielo del agua y empezar de nuevo.

No obstante, si se marcha, la Cornisa no se hundirá en los pliegues de este reino. No dejará de haber gente sufriendo en ella. No importa dónde vaya, siempre sabrá lo que dejó atrás, y la sola idea es intolerable.

—Puede que algún día —responde—, pero todavía no.

Él asiente, interpretándola perfectamente.

—Todavía no —suspira.

Le tiende los brazos, con una pregunta en ellos, y ella estira los suyos hacia arriba para rodear su cuello.

Ryon desliza las manos hasta la parte baja de la espalda de Dawsyn, pero, antes de levantarla, le besa la frente y le murmura sobre la piel:

—No seguiría a nadie más.

Es extraño, piensa Dawsyn, que ella sienta lo mismo, que, de todos los humanos vivos de la montaña y del valle, no pueda ir con nadie que no sea él, un medio glaciano.

Ryon la levanta contra su pecho y salen volando de la boca de la cueva.

Se elevan alto, donde el cielo nocturno los engulle. Dawsyn deja caer la cabeza hacia atrás para observar la mancha de estrellas que hay sobre ellos. Sus dedos recorren las líneas que separan los músculos de los hombros de Ryon, que se estremece. Tal vez sea que se ha quitado un peso de la cabeza, o quizá solo esté cansada de fingir que no lo desea, pero sospecha que hay algo más. Supone que, a pesar de sus diferencias, tal vez él sea la única otra criatura de su mundo que nació y se crio como ella. Quizá las almas como las suyas solo puedan vagar hasta cierto punto antes de chocar.

Se muere por él. Pese a estar a cientos de metros sobre el suelo, su cuerpo implora fundirse con el suyo. Le pasa los dedos por la mandíbula, por encima de la barba de días, y él se inclina hacia esa mano, cerrando los ojos por un momento antes de volver a abrirlos de golpe, mirar al suelo y volver a concentrarse.

Mientras lo hace, Dawsyn acerca los labios a la curva de su cuello, donde su piel está más caliente. Presiona lentamente y nota que su calidez la atraviesa. Ryon maldice y el rítmico batir de sus alas flaquea por un instante antes de reanudarse. Sin embargo, Dawsyn está perdida, drogada por el sabor de su cuello, por su piel sedosa, por notar su pulso en la lengua. Se toma su tiempo para llegar al lugar donde desaparece la mandíbula y saborea la sensación, saciándose al fin, allí, donde nada la detiene.

No es suficiente. A cada segundo que pasa, está más hambrienta, sus labios presionan más fuerte, sus manos exploran más, y el rumor sordo del pecho de Ryon se convierte en sonidos de frustración.

La agarra con fuerza para aterrizar, pero no se molesta en detenerse. Sus alas se pliegan en su espalda y desaparecen, y la lleva corriendo hacia una puerta desgastada por la humedad, que abre de un empujón con el hombro, sin inmutarse cuando esta se estrella contra la pared. La cabaña, en mal estado y abandonada desde hace tiempo, es oscura, húmeda y tiene el suelo cubierto de polvo; no hay nada más que un banco viejo y dos sillas. La luz de la luna se cuela por entre los tablones curvados y hace que la cara de Ryon se vea con partes en relieve. Parece hambriento.

No se detiene a examinar la habitación ni a buscar una superficie. Nada le impide cogerla y arremeter contra la pared más cercana, cualquier sitio que le permita presionar con fuerza contra todo su cuerpo. Los dedos de Dawsyn ya están bus-

255

cando el camino de su piel, tirando de su ropa para encontrar más de él. Ryon retrocede hasta arrancar su boca de la de ella y aguanta a la joven a la altura de sus ojos, manteniendo el pecho y la cadera contra los de ella.

—Tomo el tónico anticonceptivo —dice—. Estarás protegida. ¿Es esto lo que quieres? —pregunta con voz temblorosa—. Porque una vez que te tenga, no permitiré que me dejes.

—Ambos sabemos que no podrías evitar que me fuera —responde ella con la respiración entrecortada.

—Tal vez —admite él mientras su mano serpentea por la pechera de Dawsyn y entre sus senos. De repente, esos dedos la tocan a través de la ropa y ella jadea con fuerza mientras el placer calienta su cuerpo a toda prisa—. Aunque dudo que lo intentes. —Mueve la mano y hunde los labios en su cuello.

Dawsyn es suya.

—Te deseo —le dice ella mientras su respiración sube y baja con fuerza—. Por favor.

Nota que él sonríe contra su garganta y su mano la abandona.

—Bien.

De repente, Ryon se pone en movimiento, igual que ella. Deja que Dawsyn deslice los pies hasta el suelo. Ella le deshace los lazos de los pantalones mientras él le baja la camisa. La tela pasa por encima de sus pechos y el aire frío los golpea. Ryon captura un pezón en su boca y lo calienta con su lengua, derritiendo su centro. Dawsyn se muere por tenerlo desnudo delante, por notar su piel, tan suave. Ella arquea la espalda, empuja hacia su boca y le ruega, le suplica. Se baja el resto de la ropa caderas abajo y nota que la tela se amontona a sus pies. Al instante, las manos de Ryon, tensas por la necesidad, encuentran la redondez de sus nalgas y las aprietan.

Cuando Dawsyn ya no puede esperar más, le rodea el cuello con la mano, lo separa de su pecho y le levanta la camisa para dejar al descubierto su estómago marcado y su pecho fino y lleno de cicatrices. No se puede contener y le saca la camisa por la cabeza. Su cuerpo es extraordinario. Sus montes y valles son caminos donde buscar, donde explorar, pero todavía no, todavía no.

Ryon se quita los pantalones. Dawsyn se estremece de deseo. Del mismo modo, la dureza de él palpita con su propia lujuria. Cada uno se pierde en el otro, abrumado. Ryon se aprieta contra ella una vez más y la levanta hacia él, no antes de que ella le agarre el miembro con la mano y tire de él lánguidamente, disfrutando de su gemido ronco. Ryon desliza una mano por su muslo y encuentra su centro. Atrapa en su boca el gemido de Dawsyn mientras hunde dos dedos dentro de ella. Se balancean con urgencia el uno contra el otro, el cuerpo de él recubriendo el de ella, hasta que Dawsyn no puede más y lo guía hacia dentro, húmeda y deseosa. Y cuando finalmente la llena, con sus paredes palpitando alrededor de él, se siente completa.

—Te he deseado así desde el principio —le dice él con una voz profunda que raspa la garganta de Dawsyn hasta llegar a su oído.

La penetra una y otra vez, acunando su cuerpo, llenando todos sus espacios perfectamente. Y ella se mueve con él, tragándose los gemidos de placer de él, disfrutando de la sensación de sus pechos contra los del chico, preguntándose cómo van a poder parar ahora que han empezado. Cuando el ritmo se vuelve frenético, él la sujeta por las caderas y la inclina más alto para aumentar su placer. Cuando ella alcanza el orgasmo, es largo y estremecedor. Ryon baja por su pecho y, al dejarse ir, amortigua sus gemidos sobre la piel de Dawsyn y sus vibraciones se juntan con los latidos de su corazón.

Se quedan mucho rato enredados contra la pared, intercambiando respiraciones. Y, aunque ninguno de los dos habla, comparten el conocimiento de que entre ellos existe algo intangible que tira del uno hacia el otro. Ya no lo pueden ignorar.

257

36

*E*ncontrar esa desvencijada cabaña de pino ha sido una grata noticia. Ryon vio su tejado cubierto de agujas de pino desde el cielo solo porque buscaba desesperadamente algún lugar, cualquiera, donde aterrizar.

En la Colonia se crio en peores tugurios, y Dawsyn tampoco se crio en un palacio, así que no les molesta ver las paredes enmohecidas, los agujeros del suelo que dan directamente a la tierra de abajo ni los insectos que hay desperdigados. Dawsyn desatasca con destreza la estrecha chimenea y enciende un fuego en el viejo hogar de ladrillo, y duermen envueltos el uno en el otro junto a las llamas, con sus ropas ahora cubriéndoles como mantas.

Mientras ella duerme, él le pasa los dedos por su largo cabello negro, siguiendo sus ondas con los ojos, observando dónde refleja el resplandor del fuego. Dawsyn es, y él lo ha sabido desde la primera vez que la vio, extremadamente hermosa. Imagina que si se lo dijera, ella frunciría el ceño, le preguntaría de qué sirve la belleza y no le daría las gracias.

Pero lo es. Y a él le ha resultado difícil apartar la vista.

Se pregunta si su padre luchó del mismo modo cuando estaba con Farra. ¿Sentía en su cabeza que lo que hacía estaba mal? ¿Le daban punzadas de desasosiego cada vez que pensaba en el mar de diferencias que había entre ellos? ¿Se sentirá Ryon siempre tan mal como bien cuando está con ella? ¿Como si la codiciara, como si se la robara al mundo?

La luz del día llega antes de que él pueda conciliar el sueño, y cuando ella se mueve, él ya empieza a sentir que la perderá, que cuando ella se levante dejará el lugar que ocupa ahora contra su pecho. Así que, en lugar de eso, la besa hasta que ella le araña con lujuria; se hunde dentro de ella una vez más, decidido a escuchar su nombre en sus labios antes de dejarla ir.

Al final ha de hacerlo, pero al menos es recompensado con el gran placer de verla desnuda mientras se levanta y camina por la pequeña habitación, con la luz de la mañana colándose por entre los tablones de las paredes, creando formas sobre su piel, una piel marcada por las luchas, por el trabajo. Tiene el pelo negro largo y enmarañado; sus ojos son de una agudeza aterradora. Hombres más fuertes que él podrían ser apaciguados solo con esa mirada. Sin duda, ella sería a quien los dioses enviarían para torturarlo.

Y lo hace. De la mañana a la noche.

Los guardias del palacio les deben de estar buscando. Tratarán de matarlos en cuanto los vean. Ryon no tiene dudas al respecto. No les queda otra que seguir escondiéndose.

Buscan comida. Dawsyn es la primera en encontrar hojas de menta, bayas maduras, incluso tubérculos bajo la tierra, que asegura que son comestibles si se asan. Encuentran agua en un arroyo poco profundo que hay cerca y la beben.

Dawsyn encuentra una cabeza de hacha roma y ancha encajada en un tocón junto a la cabaña, y Ryon, absorto, observa cómo pica alrededor con piedras hasta que la madera cede y libera la hoja de hierro. Bajo la protección de los árboles, vigila mientras ella selecciona las piedras adecuadas para el trabajo y desliza en ángulo la cabeza del hacha desde la punta hasta el talón para afilar la hoja a conciencia. Mientras lo hace, tararea, recuperando patrones que debieron de acompañarla en la Cornisa, mientras trabajaba sola cada día. Cuando está satisfecha con el siniestro modo en que brilla a la luz del sol, la utiliza para cortar una rama baja de pino, a la que da hachazos en la unión hasta que se desprende. Le quita la corteza exterior hasta que solo queda el grano más liso de debajo; entonces coge la piedra y la lija.

—¿Por qué te me quedas mirando? —pregunta al cabo de un rato.

259

Él sonríe.

—Me gusta ver cómo trabajan tus manos.

—Quizá podrías molestarte en usar las tuyas —dice, alzando las cejas—. Ven.

Él se acerca encantado, pensando en todas las cosas que podría hacer con sus manos. Ella le pasa la piedra y el tosco mango del hacha que ha fabricado. Coloca las manos sobre las de él y le enseña cómo mover una contra el otro.

Ryon le roba un beso cuando ella se acerca demasiado, pero Dawsyn le advierte que se aleje, y promete que lo matará si se distrae demasiado y arruina su trabajo. Él pregunta si no será esa su vida ideal: seguirla como un pelmazo, provocarla a su antojo, hacer que exhiba esa lengua tan aguda y fingir que no existe nada más que ellos dos.

Dawsyn se sienta con tiras largas de suave corteza en su regazo y las teje, con un extremo atado a la punta de la bota para mantenerlas tensas. Cuando ha terminado, le quita el mango del hacha a Ryon e incrusta la barba de hierro del hacha en la hendidura que ha cortado, atándola después con la cuerda improvisada.

—No durará mucho —murmura mientras la clava de nuevo en el tronco del árbol y la vuelve a sacar—, pero debería aguantar lo suficiente como para cortar algo de madera.

Ryon coge el hacha y se pone a trabajar talando el árbol más cercano, que es tan alto como él. Juntos le quitan las ramas y cortan lo que se puede usar para quemar.

Horas más tarde, el fuego ahuyenta el olor a humedad de la cabaña y la llena de aroma a pino quemado. Comen los tubérculos que asan al fuego, y Dawsyn se ríe de las caras que él pone al probarlos.

—Eres un crío —le regaña, con sus rodillas tocando las de él.

Están sentados uno frente al otro ante el desvencijado banco. La silla de Ryon, de patas deterioradas, se tambalea peligrosamente.

—¿Puedo preguntarte una cosa? —dice Dawsyn mientras parte el fibroso vegetal con los dedos.

—Siempre.

—En la montaña, cuando aquellos dos cazadores glacianos me encontraron…, Kesh y Theodore…

—¿Qué pasa con ellos? —gruñe él.

—Si me hubieran matado o capturado, ¿qué habrías hecho? Ryon sonríe enigmáticamente.

—No habrían tenido oportunidad de hacerlo.

—¿Tanta confianza tenías en mí? ¿Ya entonces?

—No —admite él—. No tenía ni idea de que fueras tan violenta. Pero ya estaba siguiéndote, en los árboles, cuando llegaron. Vi cómo los mutilabas a ambos. Sin embargo, cuando Kesh se levantó del suelo, no esperé a ver quién ganaba. Pude ver cómo te desvanecías. Pensé que podría golpearte antes de morir desangrado. En cualquier caso, nunca fue cuestión de si Kesh y Theodore lograban capturarte. Habría estado encantado de tener una excusa para arrancarles la garganta, y, como tú demostraste tan visceralmente, apenas necesitabas mi ayuda.

El pie descalzo de ella se desliza contra el costado de la pierna de Ryon, y él reprime un suspiro. ¿Cómo puede un simple roce torturarle de esa manera?

Ella sonríe con complicidad.

—No sonrías así, malishka. Esta mesa no es lo bastante robusta para eso.

—Malishka —murmura Dawsyn para sí misma—. ¿Qué significa?

—Es lengua antigua. Significa «mi única». En el palacio lo utilizan para describir objetos de gran valor. En la Colonia es el nombre que le damos a alguien importante.

Ella sonríe un momento. Ryon nota que ella le da vueltas a algo.

—¿Cómo fue —pregunta Dawsyn— crecer en la Colonia?

Él hace una mueca. Es tan brusca como siempre.

—Fue… duro.

—¿Por qué?

Él suspira una vez más.

—Lo que viste en palacio dista mucho de la Colonia. Los mestizos recibimos escasas sobras. No tenemos que quemar leña ni preocuparnos demasiado por las ventiscas, pero, aun

261

así, necesitamos cobijo, ropa, comida. Vasteel lo controla todo. Quien se salta la ley se queda sin sus raciones durante una semana, y muchos mestizos mueren de este modo. Nos está prohibido estar en las laderas. No podemos usar los bosques de abajo para cosechar madera o cazar. A los que encuentran allí les cortan las alas y arrojan sus cuerpos al Abismo por robar al rey. Así que tomamos lo que se nos da y nos apañamos. Los de sangre pura tienen prohibido mezclarse con los de la Colonia, para que no pierdan su pureza. Y los mestizos, por supuesto, tienen prohibido el acceso a palacio.

—Menos tú.

—Menos yo. Si naces en la Colonia, también morirás allí.

—¿Por qué no se marchan? Si los mestizos pueden sobrevivir en el calor, ¿por qué no escapan, como hiciste tú? Sin duda, el rey no puede detenerlos a todos.

—¿Adónde irían? Nadie ha surcado los mares y ha regresado. No tenemos ni idea de si hay algo que encontrar ahí fuera. No podemos vivir en el valle. Los humanos nos tienen miedo y son insoportables. El mundo parece grande para ti, pero para nosotros, que lo vemos desde el cielo, es minúsculo. No hay suficientes rincones donde esconderse. El miedo es lo que les impide marcharse. El miedo al rey. Puede que superemos en número a los de sangre pura, pero ellos nos superan en armas. El riesgo es demasiado grande, y lo conocido siempre parece más seguro.

Dawsyn se muerde el interior de la mejilla unos instantes.

—¿Por qué los mantiene? Quiero decir el rey. ¿Por qué se molesta en encarcelar a los mestizos?

—¿Por qué cualquier reino mantiene a sus pobres, si no es para hacer que los nobles continúen siendo ricos? Aunque es más que eso. Es el iskra.

—¿El iskra? —murmura Dawsyn—. ¿Qué pasa con él?

Ryon sonríe con cansancio.

—No creerías que los humanos eran los únicos con alma, ¿verdad?

Dawsyn abre unos ojos como platos.

—¿Les quita el iskra a los mestizos?

Ryon asiente.

—Prefieren utilizar a los humanos. El rey valora menos la sangre impura, pero no es tan tonto como para descartarla. Sabe que el número de glacianos de sangre pura disminuirá y, cuando eso ocurra, se resiste a dejar que la raza glaciana se extinga por completo. Es demasiado orgulloso, demasiado controlador. Al principio utilizaron mucho a los mestizos por su iskra. Pero entonces las hembras dejaron de parir, los machos no podían engendrar hijos, y el miedo se apoderó de ellos. Empezaron a preservar toda la sangre glaciana con más esmero y fueron a buscar a los humanos del valle. Pero Vasteel mantiene a los mestizos en la Colonia, dispuesto a vaciarlos si alguna vez lo precisa.

—¿Y la banda de sublevados de la Colonia? ¿Cómo empezó?

—Conmigo —dice—. Vi lo diferente que era del resto. Mi sangre no era ni de aquí ni de allá. No estaba lo bastante diluida ni era lo bastante pura, pero sabía que podía acercarme a la corte, al rey. Yo era el único en la Colonia que tenía una oportunidad de salir de ella ascendiendo, y no podía desperdiciarla. La Colonia tiene su propio consejo de ancianos y los convencí de que era una oportunidad para todos nosotros.

—¿Así que han estado almacenando las armas que te proporciona Esra y te ayudarán a asaltar el palacio cuando regreses?

Ryon la mira al otro lado de la mesa y asiente. Se le hiela la piel al pensar en lo que hará, en lo hondo que se hundirá para destrozar el palacio pieza por pieza.

—Así que matamos al rey —dice ella sin más.

Y hay una parte de Ryon que quiere decirle: «No, tú no», pero no desea darle órdenes ni controlarla. Un fuerte presentimiento le dice que esta lucha les pertenece a ambos a partes iguales. Por una vez, aunque sea la última, siente el inmenso alivio de poder desplazar el peso de su carga y hacerla descansar sobre los hombros de los dos.

—Matamos al rey.

Se quedan quietos, cada uno en un extremo de la mesa. Dawsyn lleva solo una túnica, la de él. Han lavado su ropa en el arroyo; ahora está extendida delante de la chimenea,

263

secándose. El cuello de la túnica le cae ampliamente sobre los hombros, y el dobladillo le cubre poco de las piernas, que descansan entre las de él; por Dios, cómo le cuesta mirar hacia otro lado. Dawsyn extiende la mano sobre la mesa y él automáticamente lanza la suya para recibirla. Cuando la palma de ella descansa en la cuna de la suya, siente una suerte de veneración que le inunda el pecho. Cree que pertenecer debe de ser esto. Piensa que mataría a cualquiera que intentara quitarle esa mano de la suya.

—Si nos vamos —dice Dawsyn con la misma voz inquebrantable de siempre—, no lo haremos hasta que la gente de la Cornisa sea libre.

Por supuesto. Él mismo los sacará volando uno a uno de aquel precipicio si es necesario. Cada uno de ellos es ella.

—Hablas como una reina —le dice.

Dawsyn no le suelta la mano al rodear la mesa ni al sentarse en su regazo con las piernas colgando a lado y lado de él. No lleva nada debajo de la túnica y él se pone duro al instante. Le cuesta ignorar su calor al tenerla encima. Le pone la mano libre en el muslo y lentamente le recorre la piel, pero su otra mano está atrapada en la de ella, y Dawsyn se la lleva al pecho y la sostiene sobre el corazón.

—No me dejes atrás para hacerlo tú solo.

¿Cómo podría? Ya no está seguro de poder afrontar otro amanecer sin ella. Dawsyn habla de la nobleza equivocada de los hombres que ven más gloria en el sacrificio que en la unión, que dejan atrás a sus amantes mientras ellos mueren. Pero él no ha tenido ni una pizca de control sobre ella desde que se conocieron. Ella nunca ha necesitado que él elija su camino, y Ryon no piensa empezar a allanárselo ahora.

—Nunca decidiré nada por ti, chica. Puedes tener lo que quieras. Me aseguraré de ello.

Dawsyn le mira intensamente mientras deja que la mano de él caiga por su pechera.

—Muy bien —dice.

Luego, despacio, levanta el dobladillo de lino de la túnica y la sube por el cuerpo, dejando al aire primero la barriga y luego los pechos. Después tira la túnica al suelo y lo mira como si quisiera bebérselo, absorberlo, y eso es casi la perdición de Ryon.

—Por ahora —dice ella—, solo quiero una cosa.

Sus labios se posan en los de él y Ryon, con una fiebre que ha llegado a asociar solo con ella, la agarra de la nuca y sostiene su cara con fuerza contra la suya. Quiere devorarla.

Desliza los labios sobre su cuello mientras con las manos encuentra la curva de sus nalgas. La arrastra para acercársela hasta que la nota centrada sobre su miembro. Ella gime y mueve las caderas.

No puede más que mirarla. Ella le agarra sus manos y aprieta el pecho contra ellas, dejando que la carne caliente descanse en sus palmas. Se mueve sobre él de un modo enloquecedor, tortuoso, y al final Ryon suelta una maldición y se pone en pie, levantándola con él.

La pone de espaldas sobre la mesa, cuyas patas crujen a modo de amenaza. Acerca la cabeza entre sus muslos, oye la respiración entrecortada de Dawsyn y nota que abre las piernas a modo de bienvenida. Tiene la sensación de haber esperado esto, tomarla así, toda una eternidad. Sus sueños han estado absortos justo en esta imagen: ella abierta ante él. La explora con la lengua, encuentra todas las formas de obtener esos gratificantes sonidos de su garganta, y cuando Dawsyn empieza a decir su nombre como una oración, Ryon usa también los dedos, y nota que ella se deshace como cuando un relámpago divide el cielo.

Va subiendo por su cuerpo besándolo y lamiéndolo, y ella se crispa como una criatura que acabara de despertar. Lo empuja hacia atrás, y él la ayuda, acomodándose de nuevo en la silla. Dawsyn se pone encima de él al instante. Todo su peso cae sobre él. Es pequeña en sus manos, pero no en su mente, donde ocupa cada grieta, cada rincón, llenándolo por completo. Dawsyn jadea una orden, impaciente. Con una mano, él se afloja los pantalones y se los baja, y con la otra le recorre todo el cuerpo, preguntándose qué dios la habrá creado.

Cuando ella desciende sobre él, Ryon tiene que morderle el hombro para no maldecir. Notar su calor envolviéndole es casi insoportable. Y entonces Dawsyn empieza a cabalgarlo, al principio lánguidamente, con su lengua lasciva susurrándole al oído, prometiéndole un mundo de placer, un éxtasis sin fin. Y él la agarra de la cintura con ambas manos, se la acerca más y le inclina las caderas, recompensado al ver que ella abre más los ojos y echa atrás la cabeza con frenesí renovado. Chocan como una tempestad que encuentra tierra: de forma explosiva, incontrolable. Ryon siente el deseo crecer con furia en su interior, y cuando ella empuja la frente contra la de él y tiembla al llegar al éxtasis, él la sigue con una intensidad tan poderosa que, por un momento, queda cegado.

Le prometería cualquier cosa. Todo. Absolutamente todo.

«Tómalo todo», piensa.

Tómalo todo.

37

Dawsyn siente que las horas se le escurren como agua entre los dedos. Solo pueden quedarse por un tiempo actuando como si no los persiguieran, como si la muerte no los acechara desde su rincón, esperando su momento. Lo peor está por venir, Dawsyn lo siente en cada célula de su cuerpo.

Y en cada momento lento y suave, oye la voz de Baltisse romper su paz. «Me alegro de que estés viva, Dawsyn Sabar, aunque dudo que lo estés por mucho tiempo.»

Dawsyn también lo duda.

Quiere pasar el día entrelazada con él. No importa cuánto tiempo pase mirando y tocando su magnífica figura, no es suficiente. Hay tanto de él, tanto que es nuevo para ella, y quiere conocerlo todo. Quiere trazar líneas desde la punta de sus alas negras hasta su columna vertebral y más allá. Quiere pasar las uñas por cada sendero de su barba, por cada valle entre sus músculos. Le gusta que sus pieles contrasten intensamente, pero que se fundan cuando sus miembros se entrelazan.

Sin embargo, tienen que tramar un plan. Así pues, debe conformarse con las caricias robadas hasta que la gravedad de lo que se avecina se disipe o los destruya por completo.

Al final del día, cuando caiga la noche, se marcharán.

Ryon le cuenta mucho de lo que sabe sobre el rey glaciano y su palacio. Le explica que no se puede ir allí desde el cielo. No hay puertas ni ventanas. Le describe la red de túneles que hay bajo el edificio, protegidos por verjas levadizas reforzadas con magia. Dawsyn las recuerda bien.

—Dime cómo funciona el estanque de Iskra —le pide a Ryon mientras buscan comida bajo el amparo de los árboles.

—Lo he visto de cerca durante diez años y todavía no sé qué magia se esconde en él; dudo que nadie lo entienda realmente. Solo puedo suponer cómo funciona. Lo único que sé con certeza es que cuando un alma entra en él ya no regresa.

—¿Sabes cómo les quita el iskra? ¿Los ahoga? ¿Los asfixia?

—No creo que haga ninguna de esas cosas —responde Ryon agachándose sobre sus poderosas piernas para coger del suelo las nueces caídas—. Creo que los persuade, los convence de quitarles el alma del cuerpo. Cuando estaba lo bastante cerca, oía la magia. Eran como…, como murmullos. Y los humanos… a menudo entraban en trance. A veces yo también lo hacía. Sea cual sea la magia, tiene vida propia.

—Pero ¿por qué beber la magia no daña a los glacianos? ¿Por qué no bebe la gente del estanque al entrar?

—Hay una teoría que me contó uno de los concejales de la Colonia, y estoy de acuerdo con ella. Creemos que beber el iskra te permitirá consumir su magia, pero cuando una criatura es sumergida no puede beber.

—¿Por qué?

—¿Qué aspecto tenía la magia cuando contemplaste el estanque?

Dawsyn lo entiende cuando la respuesta cae de sus labios.

—Como líquido.

Se acuerda de cuando cayó al río helado. ¿Acaso no sintió el ardor del agua al entrar por la garganta? Imagina que beber del estanque mientras se está sumergido sería como ahogarse.

—¿Aguantan la respiración cuando entran en el estanque? —pregunta.

Ryon asiente.

—Creo que la magia los engaña, los convence de no beber. Permite que el estanque tome y no dé.

Dawsyn acuna la colección de verduras comestibles en sus manos y encoge los hombros. Si Ryon está en lo cierto, entonces el estanque de Iskra no es más que un truco, y los trucos se pueden desmontar.

—Supongo que para derrotarlo hay que obligarlo solo a dar —aventura Dawsyn.

La joven mira hacia el sol, allá a lo alto. Se pregunta si podrá soportar dejarlo ahora que realmente ha sentido su caricia.

—¿Adónde iremos desde aquí?

—De vuelta a la posada. Tengo que recoger cosas que hay guardadas allí.

—Y mi hacha.

—Y tu hacha mortal —confirma él, sonriendo—. Nadie en Glacia creerá jamás que me ha cabalgado una chica humana que mata con un hacha.

Dawsyn le lanza una nuez y él la atrapa al vuelo.

—Te abstendrás de llamarme «chica».

Divertido, la mira por debajo de las pestañas.

—¿O qué?

—O podría decidir que no quiero que tus manos se acerquen a mí.

Por un momento, la arrogancia del rostro de Ryon se apaga.

—No hay peor castigo.

Dawsyn coge una pequeña baya roja de su provisión y se la lleva a los labios, la empuja a la lengua y la mastica con deliberada lentitud. No le pasa por alto cómo él traga saliva, cómo se le dilatan las pupilas.

Ryon se pasa una mano por la cara.

—No me tientes, Dawsyn —murmura en tono amenazador—. Está oscureciendo y tenemos demasiado que hacer.

—Pues date prisa y hazlo, Ryon. Yo esperaré aquí y pienso ser tan tentadora como me plazca.

Él se traga una sonrisa y sacude la cabeza hacia el suelo, dando varios pasos hacia ella.

—No sabría decir si eres una maldición o un sueño.

—¿No puedo ser ambas cosas? —pregunta ella.

—Evidentemente.

—¿Qué parte te tienta más? —le presiona ella, cerrando el espacio que hay entre ellos y pasándole los dedos por el borde del cuello—. Será la primera parte que esconda la próxima vez que me rebajes llamándome cosas como «chica».

Ryon la mira de pies a cabeza, bebiendo deliberadamente cada terco centímetro de ella, deteniéndose en sus muslos, en sus caderas, en el bulto de su pecho, en su garganta y finalmente en sus ojos. Dawsyn ve que su boca se curva en una sonrisa que empieza a respirar entrecortadamente, con el corazón acelerado.

—Me tientan todas tus partes, chica. Cada centímetro. Puedes mantenerte alejada de mí tanto como quieras, pero ni una sola parte de ti no dejará de quedar marcada en mi memoria.

Ella entorna los ojos, se muerde la lengua y luego gime en voz baja.

—Maldito glaciano —dice.

Sin poder contenerse, presiona sus labios contra los de él.

38

Cuando en el bosque la luz es tenue y gris, se marchan de aquella vieja cabaña, de su refugio. Ese día, el aire del crepúsculo es más cálido, pero no consigue engañar a Dawsyn para que tenga esperanza. La joven sabe bien que las montañas no disfrutan del calor del sol. Por la noche, la Cornisa estaba tan helada como siempre, incluso sin las ventiscas de la estación hostil.

El bosque les devuelve el eco de sus pasos como único sonido, aparte del de los animales pequeños y el fluir de los arroyos. Les llevará toda la noche y gran parte del día siguiente llegar a la posada, si es que antes no los capturan los glacianos o los guardias.

Lo que preocupa a Dawsyn son los pastos, los campos abiertos con cultivos que no los ocultarán, tan arriesgadamente cerca de la Meca, de las reinas. Tendrán que cruzar los campos antes de que acabe la noche. No hay tiempo para descansar ni para equivocarse. Como hicieron en la ladera, seguirán un camino sin detenerse.

El primer cambio de luz llega cuando Ryon y Dawsyn están en un sendero estrecho que alguien ha transitado no hace mucho. Deben de estar acercándose a la Meca. El cielo pasa de color obsidiana a azul muy oscuro. Ryon y Dawsyn intercambian una mirada.

—Vamos —murmura Ryon, y echan a correr.

Dawsyn no hace caso de sus pies, de sus piernas, que se quejan. Todavía no ven los campos; el dosel de copas de árboles apenas empieza a clarear. Como sombras, se deslizan por el suelo del bosque. La débil luz revela ahora raíces nudosas y rocas que, de otro modo, les harían tropezar a gran velocidad. El bosque no clarea y el cielo se apresura a amanecer.

Un sonido desesperado sale de los labios de Dawsyn. No llegarán a tiempo. Amanecerá mientras cruzan los campos. Como en un juego fácil, los encontrarán desde el cielo y desde el suelo. Obliga a sus piernas a acelerar. No se permitirá que la capture furtivamente una reina hecha a base de traición. No dejará que otro gobernante la encarcele para propio beneficio.

Más adelante hay un vacío, una fractura más allá de los troncos ennegrecidos de los árboles, como si el bosque se fundiera en la nada. Estremeciéndose de alivio, se abre paso entre los helechos y matorrales que bordean la línea del bosque y los pinchos le arañan la piel desprotegida. Se detiene al instante. La hierba, que le llega a la cintura, oscila tranquilamente bajo la luna menguante, y más allá hileras y más hileras de cultivos se alinean en las suaves colinas, ondulando hacia el lugar donde el sol empuja la oscuridad.

Tan solo un segundo después, Ryon se abre paso entre los zarzales. Sin romper el ritmo, despliega las alas, anchas y poderosas. Después coge a Dawsyn a la carrera, la rodea por la cintura como un tornillo de banco y se propulsa con ella hacia delante, como si quisiera enfrentarla al suelo. Le tapa la boca con la mano para amortiguar su grito; en el mismo momento en que ella espera golpear el suelo con la cara, siente que Ryon tira de su cuerpo violentamente. Oye el poder inquietante de sus alas rompiendo el aire y abre los ojos.

Ryon sobrevuela las puntas de la hierba a centímetros de distancia, planeando tan cerca del suelo que Dawsyn podría tocarlo si extendiera el brazo.

En cuanto Ryon le quita la mano de la boca, Dawsyn jadea.

—No me dejes caer —dice, y se pregunta si él la habrá oído.

Nota el temblor de su pecho contra la espalda y sabe que sí lo ha hecho. Ryon se ríe de ella, pero sus labios rozándole la oreja le derriten. La abraza con más fuerza.

—Nunca —le promete, y solo de pensarlo se enciende en él algo primitivo.

En la línea divisoria entre la noche y el amanecer, recorren los campos como espíritus oscuros, sin que los que los persiguen puedan verlos ni oírlos. Es mucho después de que regresen a la seguridad de la cubierta de los árboles cuando la noche acaba sucumbiendo a la luz y los campos no pueden delatar ni siquiera sus huellas.

39

En los últimos tramos del viaje hasta la posada no oyen ni ven nada que indique que los glacianos sobrevuelan sobre ellos.

—¿Por qué han dejado de buscarnos? —pregunta Dawsyn por encima del hombro.

Ryon camina tras ella dando grandes zancadas y con enorme elegancia.

—Ya te dije que Vasteel codicia mucho a los de sangre pura. Cuando nos encontraron junto al río, matamos a cinco más de ellos. Cinco glacianos de sangre pura de los que no podía prescindir. De hecho, ya me sorprendió que los enviara en un principio. Nos subestimó, pero no volverá a hacerlo.

—¿Y qué hará? —pregunta Dawsyn en voz baja. Se imagina al rey Vasteel en su salón de banquetes, con sus ojos grises brillando con malicia—. No parece ser de los que piensan que el pasado pasado está.

Oye una risita procedente.

—¿Sabes?, cuando yo era joven, de vez en cuando el rey enviaba a sus nobles a buscarme. Me ataban a un poste en medio de la Colonia y ordenaban a uno de los mestizos que me pegara o me quemara.

Dawsyn se detiene y se gira.

—¿Qué? ¿Por qué?

De nuevo, una risa oscura retumba en el pecho de Ryon.

—Para asegurarse de que no encontrara la paz. Tal vez para crear enemistad entre los demás y yo en la Colonia.

—¿Funcionó? —Dawsyn se lo pregunta con suavidad, tocando el punto de sus costillas que conoció el ardor del hierro.

—Sí y no —contesta él, y le coge la mejilla con la mano—. Nunca encontré la paz, pero en cuanto a convertirme en un paria en la Colonia… —Sonríe, tomándole la mano y tirando de ella hacia delante—. Lo único que consiguió fue hacer que los mestizos simpatizaran conmigo. Estaban arrepentidos, y creo que es la única razón por la que no me expulsaron. En cualquier caso…, no, el rey no es de los que dejan el pasado en el olvido.

«Qué impacto debió de ser —piensa Dawsyn— cuando superó la pequeñez en la que todos habían intentado confinarlo sin éxito.»

Llegan a la posada antes de que el sol esté alto, y Salem abre la puerta antes de que puedan llamar, precedido por su prominente tripa.

—¡Que me aspen! ¡Ry! ¡Señorita Sabar! —grita Salem, y les hace aspavientos para que se apresuren a entrar.

Dawsyn ve que Ryon pone los ojos en blanco, pero que sonríe por la comisura de los labios.

Tras cerrar la puerta con cerrojo, Salem se vuelve hacia ellos con las mejillas coloradas y retuerce sus enormes dedos.

—¡Gracias a los caídos que estáis bien! ¡Me llegó la noticia de que buscaban a dos personas, que justo parecíais vosotros dos, por amenazar el palacio! ¡Por poco me caigo de la silla! Por el amor de Dios, ¿qué ha pasado?

—¡Hostia puta, joder! ¡Dawsyn! ¿Eres tú? Qué mala pinta tienes. —Esra baja las escaleras con un amplio vestido de terciopelo que tiene unas rosas bordadas en el dobladillo.

—¡Esra! ¡Esa boca, joder!

En su aparente entusiasmo, Esra tropieza en los últimos escalones y Ryon tiene que correr a atraparlo.

—¿Cuántas veces vas a fingir caer en mis brazos, Esra? —gruñe Ryon.

—Las que haga falta, amor. Cada día estoy más viejo.

Esra se endereza y después abraza a Dawsyn. A pesar de sí misma, la joven sonríe al oírlo, al sentir sus brazos alrededor.

—Lamento mucho lo terribles que somos todos —le dice al oído.

Ella recuerda que tenía la cara cenicienta y demacrada la última vez que lo vio, con lágrimas que arrastraban el colorete de sus mejillas. De la gente que Dawsyn conoce en el valle, él es quien menos tiene que disculparse.

—No lo hagas —dice ella—. Solo danos los cuchillos para liquidar al rey.

Esra la aparta a un brazo de distancia y su amplia mandíbula se afloja ante Ryon y ella.

—¿Ahora sois aliados?

Ryon sonríe.

—En cierto modo.

—¡Uf! Apestáis a lujuria. ¡Es repugnante! —se lamenta Esra—. Dawsyn, querida, juré que le cortaría las tetas a la mujer que me robara a mi Ry…, pero, tratándose de ti, te las dejaré en su sitio. Que sepáis que siempre estoy aquí, por si alguna vez necesitáis a una tercera…

—¡Esra! —grita Salem.

—Salem, se te oye desde Glacia. Cierra la boca —ordena Baltisse, que baja las escaleras y se detiene en el último escalón. El pelo rubio y larguísimo le cae sobre los hombros, y sus ojos ardientes y silvestres, de color ámbar, se dirigen inmediatamente hacia Dawsyn—. Aunque tiene razón, Esra. Eres un coñazo insoportable, te lo digo muy en serio.

—¡Tizzy! Nuestro Ryon se ha enamorado perdidamente de la chica de la Cornisa.

—Estoy rebosante de felicidad —dice con aire cansado—, pero como me vuelvas a llamar Tizzy venderé tu lengua a cambio de grano.

—Si pudiera volver a elegir a mis aliados —interviene Ryon sacudiendo la cabeza—, escogería algo mejor que un maniaco, una lunática y un borracho.

—Sí, pero no veo que haya gente haciendo cola para ayudar en tu misión, ocupa con alas.

Dawsyn los va mirando a todos mientras discuten y observa cómo la luz les ilumina los ojos mientras los insultos van que vuelan. La escena es de una calidez inexplicable. Una parte de ella quiere quedarse ahí, en una turbia posada en algún lugar del bosque con esta hipnotizante colección de vagabundos.

—Esra, tu boca necesita un puto exorcismo…

—¿Os vais tan pronto? —pregunta Baltisse, y el tono de su voz, bajo, consigue superar el fuerte timbre de los hombres. La maga vuelve a fijar la vista en Dawsyn, con el ámbar de sus ojos girando lánguidamente—. ¿A Glacia?

—Esta noche —confirma Ryon.

Baltisse lo observa.

El ámbar se convierte en oro fundido y se agita salvajemente mientras los pensamientos viajan de la mente de Ryon a la suya por un camino mágico. Dawsyn se pregunta qué información debe de estar dándole Ryon para que a ella se le tense la mandíbula de tal manera, para que los dedos se le enrosquen como garras.

—Ese plan es una locura —sentencia en voz alta.

—No tenía ni idea de que fueras adivina.

—No me hace falta serlo para saber lo que está al acecho. Tú y ella podéis morir de demasiadas maneras como para que salgáis vivos de esta.

—Baltisse, tú misma me dijiste que la chica es muy difícil de matar, y estoy de acuerdo.

—¿Y estás dispuesto a ponerla a prueba? Puede que no sea adivina —replica ella, descendiendo el último escalón para acercársele—, pero sé lo hecho polvo que te quedarás si le pasa algo.

Ryon suspira y parece que sobre él cae un gran peso que le hace bajar los ojos, la barbilla y el pecho.

—Yo también lo sé —responde—, pero no pienso repasar sus decisiones y desechar las que me den miedo. No son mías.

Una sonrisa irónica recorre lentamente los labios de la maga.

—Que así sea —dice.

—¿Puede alguien iluminarme? ¿Qué demonios es eso que murmuráis, atajo de leprosos? —lloriquea Salem con su aguileña nariz cada vez más roja.

—Salimos esta noche hacia Glacia —le informa Ryon—. Dawsyn y yo…, a pie.

277

Salem deja escapar una ráfaga de aliento con olor a cerveza. Se frota la cara cansada con una mano y dice:

—Bueno, pues entonces vamos a alimentaros bien. Donde vais no habrá comida caliente.

Dicho eso, el grupo de humanos y no humanos parte hacia el comedor, donde Salem prepara comida suficiente como para un pueblo entero. Esra desaparece para ir a buscar todas las espadas y los cuchillos que ha conseguido y los arroja sin contemplaciones a los pies de Ryon.

—Gracias, Es —le dice Ryon, dándole unas palmadas en el hombro, y nadie podría dudar de su sinceridad.

—Por favor, que no salga de aquí. No me gustan esas reinas. Sin duda, se beberían mi sangre como sopa si llegaran a enterarse.

—Se beberían algo peor —murmura Baltisse, sentada a la mesa.

Todos los ojos se vuelven hacia ella, pero la maga se limita a tomar otro bocado de pan con mermelada y a encogerse de hombros.

A medida que avanza la tarde y van despejando la mesa de comida, Baltisse coge a Dawsyn de la mano.

—Ven —murmura simplemente, y se la lleva.

Dawsyn la sigue por las puertas del comedor y mira por encima del hombro una vez. Ve que Ryon las mira con el ceño fruncido. Dawsyn le dedica una débil sonrisa para apaciguarlo; él tiene la sensación de que no debería seguirlas. Lo que sea que Baltisse tenga que decir no ha de oírlo nadie más que ella.

Baltisse llega solo hasta el vestíbulo y se vuelve hacia Dawsyn con una gracia que la sobresalta.

—Sospecho que a estas alturas ya te habrás enterado de la verdad sobre tu linaje —dice inmediatamente inclinando la cabeza para ver mejor a Dawsyn.

—Así es.

—Bien. Entonces quiero que sepas que yo estaba viva mucho antes de que nacieran tu abuela y tu bisabuelo. He visto Terrsaw de muchas formas, y nunca fue tan magnífico como cuando estaba en manos de los Sabar. Los magos no siempre hemos sido

278

bienvenidos, pero el antiguo rey y la antigua reina… nos salvaron a mí y a los demás de ser quemados en la hoguera.

A continuación le da la vuelta a la mano de Dawsyn para verle la palma y pasa los dedos por encima de las líneas.

—No has nacido para la Cornisa, Dawsyn Sabar —dice, mirándole la mano con curiosidad—. Tú decidirás para qué has nacido.

La maga le coloca en la mano un delicado collar de oro, sin adornos de ninguna gema o joya.

—Me temo que este collar no tiene ningún tipo de magia que te proteja. —Baltisse sonríe—. Solo quiero que tengas algo mío cerca del corazón cuando le saques a Vasteel el suyo del pecho.

Sus miradas se encuentran. Al tiempo que Dawsyn se pone la fina cadena alrededor del cuello, nota que la energía pasa entre ellas, de un modo que solo puede darse entre dos mujeres, como cuerdas que las atan, que las conectan. Es el vínculo afín entre chicas que le ha faltado desde la Cornisa, desde su guarida de chicas, y sonríe enigmáticamente, con complicidad.

—Lo haré despacio, por ti.

279

40

A Ryon le consuela saber que esta vez Dawsyn va bien vestida para el viaje, que tienen provisiones y que habrá más oportunidades de encender un fuego ahora que las ventiscas han cesado. Cómo odia el sonido del viento aullando, la amenaza que comporta. Su sangre glaciana le permite estar casi impasible en una tormenta glacial, a excepción de la dificultad para ver mientras cae la nieve y para moverse contra el viento. Y la temperatura no le molesta. Es el sonido lo que se le clava en los oídos, lo que le perfora el cerebro y le araña el cráneo por dentro. La primera vez que pisó el valle, lo único que notó fue la ausencia de ese sonido.

Incluso en la estación fértil la montaña seguirá transportando ráfagas de viento ladera abajo. Los empujará de frente y, aunque apenas será enérgico, ese sonido, tan diferente al del viento durante el vuelo, será profundamente molesto.

Protegidos por la noche, se agazapan en las sombras de las rocas de la montaña, un límite natural que separa las laderas del valle, una advertencia para humanos y glacianos por igual. Es la Puerta de Rocas.

Ryon lleva espadas cortas cruzadas a la espalda, las que heredó de su padre. Sobre ellas hay un saco enrollado con todos los cuchillos y espadas que puede llevar sin que le impidan emprender el vuelo. Dawsyn lleva sus propias cargas. Está en cuclillas junto a él con el pelo atado, sus pieles aseguradas alrededor y su propia bolsa de ropa y comida a la espalda. Esta vez lleva el hacha de mano a la cintura, sujeta a un cinturón que Esra le ha proporcionado.

Ryon le coge la barbilla con los dedos y le inclina la cara hacia la suya.

—Si nos tienden una emboscada —le dice—, nos sacaré de allí volando.

Ella asiente con la cabeza una vez.

—Deberíamos irnos.

Él suspira y le tiende los brazos. Saborea la sensación de que Dawsyn se amolde a su pecho, de que se le cuelgue del cuello. Ryon saca las alas, nota la tensión enrollada en los muslos y emprende el vuelo como una flecha. Solo vuela lo bastante alto para pasar la Puerta de Rocas y se eleva hasta la espesa cubierta de árboles del otro lado, que en parte ya está en la ladera. Deja que sus alas se hinchen para que el viento las sacuda, y reduce la velocidad bruscamente antes de aterrizar. Al tocar el suelo, sus pesadas botas esparcen la nieve en todas direcciones.

—No he echado de menos la nieve —murmura Dawsyn mientras sus botas chirrían al hundirse en ella.

—Si cambias de opinión, ¿me lo dirás?

Dawsyn pone los ojos en blanco, y eso solo sirve para despertar el deseo de Ryon.

—No he cambiado de opinión ni una sola vez en mi vida.

—Mentirosa. Has cambiado de opinión con respecto a mí.

—La primera vez que te vi pensé que eras un maniaco arrogante e insoportable con boca de listillo y una cara bonita. Mi opinión no ha cambiado.

—Eso me ha dolido —dice él con una sonrisa sincera, conteniendo una carcajada que rebotaría por entre los árboles.

Le toma la mano y, mientras empiezan a subir arduamente la montaña, reza para que sobrevivan a esta batalla y así pueda vivir el resto de su vida provocando en los ojos de Dawsyn ese brillo que se enciende ante el desafío. Si puede vivir hasta el final de sus días, solo para escuchar esa burla surgida de los labios de ella, morirá satisfecho.

Subir la cuesta es más lento, pero menos traicionero. Recuerda lo hipersensible que tenía el oído en el viaje de bajada: sus oídos se agudizaron por si oía resbalar a Dawsyn. Habría sido facilísimo que se cayera rodando y se partiera el cuello y se rompiera la crisma con una roca oculta. Qué estúpido por su parte poner en duda la destreza de una mujer que había sobrevivido veinticuatro años en la Cornisa.

Ahora Dawsyn sube la cuesta varios pasos por delante de él, cosa que permite a Ryon saber dónde está y también mirarla. Jamás volverá a cuestionar las acciones de su padre, que lo arriesgó todo para amar a una humana. Algunas de ellas pueden ser adictivas, como ha aprendido. No puede explicar la obsesión por tocarla más de lo que puede explicar su necesidad de dormir. No entiende por qué se ve obligado a mirarla más de lo que entiende los patrones del viento. Solo sabe que intentó no hacerlo, que luchó contra ello, y que al sucumbir a ella siente como si todo se hubiera aclarado de una forma maravillosa.

De hecho, mirar a Dawsyn le ayuda a acallar los sonidos de la montaña. La toca a menudo: le pone las manos en las caderas para levantarla sobre los tramos erosionados, le pone los dedos en la parte baja de la espalda para guiarla en la dirección correcta. Ella no lo necesita, pero él no puede pensar en nada más satisfactorio que la idea de que pueda hacerlo.

Continúan hasta mucho después de que haya salido el sol. Su escaso calor deja un manto de niebla que se cierne sobre el suelo, y entornan los ojos para ver a través de ella. Por lo menos los ocultará de cualquier glaciano que mire desde arriba por entre el follaje.

—Ryon, por favor, vamos a parar a beber agua y a comer, a menos que estés dispuesto a llevarme a cuestas el resto del camino.

Dawsyn apoya la espalda contra un tronco ancho y deja que su pesada respiración se ralentice. Ryon pone un pie sobre una raíz con nudos y sonríe con suficiencia.

—Lo harías, ¿verdad? ¿Cargarme el resto del camino? —pregunta Dawsyn, inclinando la cabeza—. Me imagino cómo se desviarían del camino tus manos.

—No tienes que imaginarlo.

Ella sacude la cabeza.

—¿Todos los híbridos son tan vigorosos? Llevamos caminando medio día y toda la noche.

Ryon se encoge de hombros.

—Puede. Aunque la verdad es que espero que no lo descubras nunca.

—¿Y si algún otro macho de cara bonita de la Colonia capta mi interés? —pregunta ella con una sonrisa divertida.

—Pues de repente los encontrarás muy poco interesantes cuando haya acabado con ellos.

—Qué arcaico. ¿Y qué pasaría si eso rompiera mi frágil corazón humano?

La excitación se abre paso por las venas de Ryon y de golpe se abalanza sobre ella y la empuja contra el tronco del árbol. Ella se ríe y él se inclina, aunque solo sea para estar más cerca de ese sonido, con sus labios a un par de centímetros de los de ella.

—¿A quién crees que engañas? No hay una sola parte de ti que pueda considerarse frágil. Y si alguna vez te interesaras por otro, te dejaría en paz y posiblemente me asfixiaría en mis propios celos.

—De algún modo suena atractivo.

Ryon casi la toma allí mismo, contra el árbol..., casi. De no ser porque ella está muy cansada y por la amenaza que se cierne sobre los hombros de ambos, lo haría. Pero en lugar de eso desliza su nariz por la mandíbula de Dawsyn y sonríe para sus adentros cuando ella se estremece; luego presiona sus labios contra el hueco de debajo de su oreja. Huele divinamente, su tacto es maravilloso.

—¿No tenías sed? —pregunta él inocentemente.

Ella lo aparta resoplando.

—Conmigo no empieces lo que no tengas intención de terminar —refunfuña sombríamente, y se gana una risita de él.

Ryon ve el rubor que le sube a ella por el pecho, hasta el cuello.

41

*E*ncuentran la primera guarida antes de que caiga la noche. Mientras recogen leña, la temperatura desciende como una piedra que cae al Abismo. Dawsyn está empleando su hacha. Una vez más, enciende un fuego dentro de la pequeña cueva y luego se recuesta sobre el pecho del medio glaciano, disfrutando de su calidez.

La última vez que estuvieron aquí sentados, Dawsyn le puso un cuchillo en la garganta y amenazó con matarlo si se acercaba a ella. Ahora Ryon la rodea con sus brazos y tiene las manos sobre sus muslos, frotándolos para que recuperen la sensibilidad.

Así colocados, Dawsyn se ve muy pequeña a su lado. No puede quitarse las pieles, ni siquiera con el fuego ardiendo a llama viva. No puede arriesgarse a pasar frío y debilitarse durante la noche, pero no todo ha de hacerse sin ropa.

—Nunca había dormido con un hombre antes —le dice, sonriendo cuando las manos de él se congelan.

—Mientes de nuevo. ¿Qué me dices de Hector?

—Nunca dormí a su lado. Estábamos juntos y luego nos separábamos. Era una transacción entre amigos. El primer hombre que ha dormido conmigo has sido tú, y fue en esta montaña.

—Ah, sí —murmura Ryon en su pelo—. Los ronquidos.

—Yo no ronco.

—Sí que roncas, pero no me importa. Ayuda a ahogar el ruido del viento.

—Recuerdo que me preguntaba por qué tu cuerpo estaba

caliente si tenías sangre glaciana —dice ella mientras le recorre los antebrazos con los dedos, colándolos por entre los vellos negros y rizados.

—No se sabe —dice Ryon—. Todos los mestizos de Glacia son de sangre caliente.

—Creo que es porque tu sangre humana es más espesa, más fuerte —aventura Dawsyn—. Creo que tienes los beneficios de un glaciano y también lo mejor de la naturaleza humana. Y si Vasteel también lo cree… —Hace una pausa y se vuelve a mirarle—. Bueno, hará lo que haga falta para eliminarte, para que no te enteres de tu ventaja.

Las manos de Ryon se dejan llevar desde sus muslos hasta el borde de sus pieles y hurgan por debajo hasta su vientre. Trazan una línea bajo su ombligo, todo ello sin dejar la piel expuesta al aire frío.

—Cuidado, chica —dice él, y el timbre profundo de su voz se filtra a través de su garganta hasta los labios de ella—. Si empiezas a ser amable, ¿cómo podré resistirme?

—No tengo ningún interés en que te resistas —responde ella, y empieza a moverse despreocupadamente pegada a su cuerpo.

Al instante se ve recompensada al notar que se pone duro y presiona contra ella.

—¿Quieres que ahora te cuente una historia yo? —le pregunta él, y, mientras lo dice, sus manos se mueven por la barriga de ella hasta llegar al cinturón, que él desabrocha con destreza—. Quizá sea mi nueva favorita. Trata de una chica lenguaraz que me pone un cuchillo en el cuello.

Dawsyn masculla algo que no se entiende, ya demasiado perdida en la confusión que le causan sus manos como para decir mucho más. Se mueven con destreza bajo la cintura de sus pantalones, abriendo paso mientras Ryon desliza los dedos lánguidamente sobre su piel, arrastrándolos hacia abajo a ritmo lento pero firme.

—Por la noche apretaba su delicioso cuerpo contra mí y por la mañana me maldecía, y todo el tiempo tenía que suplicar a mis propios dedos que no hicieran lo que están haciendo ahora.

285

Desliza la palma de la mano sobre el montículo de su sexo, acariciándola con los dedos, encontrando su calor, y mientras tanto su voz profunda le llena el oído y sus labios rozan su oreja suave. Dawsyn gime y empuja contra él con más fuerza.

—Una vez incluso llegó a desnudarse delante de mí, casi del todo. Tuve que ver sus tetas apretadas contra el fino retal de tela que llevaba puesto. Tuve que ver el color de sus pezones y no hacer nada al respecto. Fue una auténtica tortura. —Ahora mueve sus dedos por entre su humedad, ejerciendo una presión exquisita pero a un ritmo… torturador.

Dawsyn necesita la fricción más que el calor. Intenta moverse contra la mano de Ryon, pero él no acelera, todavía no.

—Me juré que nunca le pondría ni un dedo encima, pero la idea de su cuerpo —murmura mientras levanta la mano libre para acariciar la parte inferior de su pecho— me atormentaba. Todo en ella me tentaba. Cada día. —Desliza los dedos dentro de ella, enroscando las puntas, acariciándola hacia dentro y hacia fuera a ese ritmo deliberadamente lento.

—Ryon, por favor.

—Cómo me gusta escuchar eso de tus labios —dice—. Me he dado cuenta de que lo dices más libremente cuando estoy dentro de ti.

Le amasa un pecho y ella gime más fuerte y frota las nalgas contra su entrepierna, notando el roce de su miembro contra ellas.

—Una noche me acorraló —continúa él, ahora con voz más ronca—. Me desafió a tomar lo que llevaba días deseando. Puso sus labios de listilla sobre los míos, y ese hermoso cuerpo en mis manos, y fue como si desde el infierno hubieran enviado al mejor de los demonios para ponerme a prueba. Y fracasé gloriosamente, ¿verdad?

Dawsyn responde mordiéndole con frustración y nota que él se estremece, divertido, debajo de ella. La joven mueve las caderas al ritmo de sus caricias, buscando el roce de su palma contra ella.

—Por favor —le ruega una vez más, y pone su mano sobre la de él—. Por favor.

286

Los dedos de Ryon se apiadan de ella y empiezan a moverse con más fuerza, más rápido, acompasándose a su cuerpo, que se mueve a un ritmo propio, luchando por llegar al éxtasis.

Ryon baja los labios y le lame la garganta.

—No tienes ni idea de las ganas que tenía de hacerte esto, malishka. Quería hacerte poner húmeda, hacer que te retorcieras contra mí, como ahora.

Ella le llama por su nombre y le ruega que no pare nunca; cuando él juguetea con su pulgar, Dawsyn explota. Ryon la sostiene con fuerza mientras ella cabalga por las olas de su placer.

Después, cuando ella está recostada sobre el resplandor de él, de ellos, la besa en la mandíbula y dice:

—Este podría ser mi nuevo recuerdo favorito.

287

42

*C*uando amanece se levantan y repiten la interminable caminata. El paisaje casi no cambia, con montones de nieve blanca y nacarada que brillan débilmente allí donde la toca la escasa luz. Cuanto más alto suben, más pequeñas y resistentes se hacen las criaturas de la montaña. Ryon la lleva volando bajo cuando encuentran obstáculos y pendientes pronunciadas. Solo se detienen por necesidades básicas; para cuando ven entre los árboles los picos de las torretas glacianas, solo han pasado tres días.

A Dawsyn se le clavan en los hombros las correas de la mochila, pero sus pies no han sufrido como en la primera caminata por las laderas. Su estómago tampoco ruge en busca de atención. Ya no teme tanto lo que le espera ahora, no igual que cuando viajaba en la dirección contraria.

El anochecer los envuelve. Ryon la guía por un radio amplio alrededor de Glacia, lejos del palacio. Avanzan agachados durante un tiempo insoportable, Dawsyn tocando el suelo de la empinada pendiente con las manos enguantadas para mantener el equilibrio.

En la distancia oyen el batir de unas alas; Ryon la empuja por el hombro. Entierran la barriga en la nieve y no se atreven a moverse. Mientras esperan, aguzando el oído, el aliento de Dawsyn va derritiendo cada vez más la escarcha que hay por debajo de su barbilla.

El sonido de las alas, un solo par, continúa oyéndose un rato, pero no se acerca, y luego desaparece por completo. Dawsyn vuelve la cara hacia Ryon y levanta una ceja.

—Centinelas —susurra Ryon—, hay centinelas vigilando el perímetro. Eso es nuevo.

—¿Te están esperando? —susurra ella.

Él asiente con la cabeza.

—Ven —dice él—. Mantente al nivel de la nieve.

La espalda de Dawsyn brama mientras avanzan, pero sus ojos se inclinan para ver lo que puede del reino glaciano, y es mucho más grande de lo que imaginaba. Los tejados extrañamente empinados se vuelven más redondos, más suaves, más bajos a medida que se acercan a la Colonia; luego desaparecen. Desde donde está situada ahora en la ladera no ve nada.

—¿Hemos llegado al final?

—No —susurra Ryon—. Aquí es donde empieza la Colonia.

Dawsyn no puede hacer otra cosa que confiar en que él sepa dónde se encuentra y cómo entrar. No vuelven a oír ruido de alas, y la joven se pregunta si Vasteel será lo bastante estúpido como para no colocar centinelas en la Colonia, donde se crio Ryon.

—Espera —sisea Ryon.

Dawsyn se deja caer de nuevo sobre la nieve, pero Ryon sacude la cabeza.

—¿Lo ves?

Ella separa la frente de la nieve, levanta la barbilla lentamente y distingue la silueta lejana de un glaciano de pelo blanco que extiende las alas, como uno haría con los brazos al despertar. Es un centinela.

—Tendremos que matarlo —le dice Ryon al oído.

—¿No alertará eso a Vasteel? —pregunta Dawsyn también en un susurro que produce vaho.

Ryon suspira.

—Sí, pero ¿cuánto tardarán en darse cuenta? Yo creo que al menos unas cuantas horas.

Dawsyn nota el peso de su frente apoyada sobre su hombro, pero al instante desaparece. Lo busca, pero donde estaba solo queda el saco cargado de metal que llevaba a la espalda y la nieve donde estaban sus pies antes de echarse a volar.

—Qué impaciente, joder…

Lo ve delante, bajando en picado desde el cielo, con las alas a la espalda.

Se funde en la oscuridad. Se ve el destello de su espada cuando entra en el cuello del centinela y se hunde hasta la empuñadura. Los pies de Ryon aterrizan pesadamente un instante después. La sangre brota por la boca del centinela, cuyos ojos desvanecidos se abren como platos por la conmoción. Ryon vuelve a agarrar la empuñadura de la espada y la saca, y el glaciano se desploma hacia delante sobre la nieve.

Ryon levanta el cadáver contra su pecho y, flaqueando un poco, se eleva con él hacia el cielo, volando bajo en dirección al bosque, más allá de donde le espera Dawsyn. Desaparece con el glaciano muerto ladera abajo; cuando regresa, tiene manchitas de sangre en la frente y su espada corta vuelve a estar en su funda.

—Hemos de ser rápidos.

El sonido de sus pies es más suave que el de las alas, así que van corriendo. Corren hacia Glacia, como lo hicieron en sentido contrario cuando se alejaban de ella. Más adelante la pendiente va disminuyendo hasta volverse plana, y los pies de Dawsyn aceleran.

Ante ellos hay sombras, cientos de ellas. Deformes y sin sentido. Una multitud amenazante de formas negras. A medida que se acercan, la respiración de Dawsyn se convierte en un jadeo, y Ryon la agarra de la mano y tira de ella para que vaya más rápido. Las formas de delante se convierten en postes, puntales de madera, banderas, tiendas de campaña. Se convierten en alojamientos rectangulares y torcidos, cabañas toscamente construidas. Fila retorcida tras fila retorcida de refugios hechos a retazos, apiñados, demasiado cerca unos de otros, apoyados entre sí.

Ryon la arrastra por un sendero estrecho y apenas aminora el paso. Hay un silencio espeluznante, salvo por sus respiraciones jadeantes y la nieve que levantan con las botas. El aire gélido es como hielo que le baja por la garganta y le entra en los pulmones. Es la misma sensación y el mismo sabor que en la Cornisa.

Un malestar le baja hasta el estómago y Dawsyn ha de contener la bilis. Siente una necesidad marcada, incontenible y violenta de huir de ese lugar. Pero no está sola. Esta vez no está sola, y por eso mantiene a raya la escarcha. Sabe cómo hacerlo.

Ryon reduce el paso. Su mano sujeta la de ella como un tornillo de banco. Levanta la vista al cielo y lo inspecciona con cautela. Se desliza en el espacio extremadamente estrecho que hay entre una pared de ramas de pino que se derrumba y la tela de una tienda de campaña que se agita. Dawsyn tiene que girar el cuerpo de lado para deslizarse por el pequeño espacio. Ryon levanta la tela áspera de la tienda de campaña y se arrastra por el hueco sobre la nieve.

Ella le mira con incredulidad.

—Confía en mí —dice él, y la guía por el suelo.

En las últimas semanas, han sido demasiadas las veces que Dawsyn ha tenido que arrastrarse por agujeros pequeños y hacia lugares desconocidos, como un animal sin cerebro hacia una trampa. Se quita los guantes y nota su pulso mientras avanza por la abertura hacia la oscuridad.

Lo primero que siente es la ausencia de nieve. En lugar de eso, ve brillar astillas en las yemas de sus dedos. Pelea para ponerse de pie, para tener los pies por debajo del cuerpo; mientras lo hace, oye una voz ronca y profunda que le hiela la sangre en las venas.

—¿Y tú quién eres, si puede saberse?

Ante ella se enciende una luz, la chispa cegadora de una llama; cuando su brillo se desvanece hasta convertirse en un apagado resplandor, ve en relieve un rostro extraño.

Dawsyn retrocede y echa mano de su cuchillo, pero su espalda encuentra la figura dura de Ryon, que rápidamente le rodea el torso con una mano y le agarra la muñeca con la otra.

—Una bestia más inteligente se agacharía, Adrik, antes de que esta chica te lance el cuchillo a la cabeza.

El hombre, una masa corpulenta, arrugada y de barba gris, se echa atrás.

—¿Ryon?

—Sí —contesta él, y después le dice a Dawsyn—: Guárdalo, malishka. No nos va a hacer daño.

291

—¿Malishka? —repite el anciano mientras su mirada va de uno a otro. Frunce el ceño, perplejo.

—Dawsyn, este es Adrik —dice Ryon—. Otro mestizo, y el autoproclamado consejero mayor de la Colonia.

Adrik se encoge de hombros.

—Adrik, esta es Dawsyn. Es de la Cornisa.

Adrik clava los ojos en los de la chica, como si intentara descifrarla, como si examinara cada recodo de su cuerpo. En los muchos momentos de su vida en que ha sido más vulnerable, Dawsyn nunca se ha sentido tan expuesta como ahora. Adrik la vuelve del revés con su mirada, lenta y deliberadamente. Ella se resiste a arrugarse ante el anciano.

—Menuda fuerza mental debes de tener, muchacha —murmura como para sus adentros.

Por un momento, Adrik detiene la mirada en el lugar donde la mano de Ryon se extiende sobre su estómago. Después se gira y coloca la vela que sostiene encima de una mesa marcada y desgastada.

—No estás muerto —le dice con despreocupación a Ryon.

Una sonrisa sustituye a la sorpresa. La cabeza del anciano roza el techo de la tienda y su largo pelo gris barre el suelo cuando él se mueve.

No se le ven ni alas ni garras. Tampoco tiene la piel de marfil ni ojos sin pigmentar, pero sin duda es de ascendencia glaciana. Al igual que en Ryon, se ve en el tamaño de sus hombros, en la longitud de su espalda, en la anchura de sus manos, en la vestimenta ligera que luce como si nada a temperaturas gélidas.

—¿Es esa la mentira que contó Vasteel?

Adrik asiente.

—Dice que moriste en las laderas, asesinado por una humana junto a dos bestias. Supongo que esta es la chica en cuestión.

Ryon sonríe.

—No consiguió matarme, aunque se esforzó al máximo.

—No fue al máximo —murmura Dawsyn por instinto.

Adrik suelta una carcajada.

—Lo dicho, menuda fuerza mental.

—¿Qué más dijo el rey? —pregunta Ryon.

—Nada en absoluto, como suele hacer. Vimos a los nobles levantar el vuelo no hace ni una luna llena. Seis de ellos, Phineas incluido. Reconocería esas alas angelicales en cualquier sitio —dice, e inmediatamente escupe al suelo—. Vasteel no dio ninguna explicación, pero estuvimos atentos. Phineas volvió solo y supuse que estabas vivo y sano, sentado sobre un montículo de carne glaciana, dándote palmaditas en la espalda. Y, como de costumbre, veo que tenía razón.

—Phineas me traicionó —dice Ryon con voz profunda.

—Pues claro que lo hizo, deshun. Te dije muchas veces que acabaría siendo un arma de doble filo. Es una bestia pura. Su lealtad hacia tu padre nunca fue un pozo profundo...

—¿Una bestia? —pregunta Dawsyn, interrumpiendo a Adrik.

—Un glaciano de sangre pura —le explica Ryon.

—Bueno, espero que hayas traído algo que demuestre el tiempo y el esfuerzo que has dedicado, joven Mesrich. De lo contrario asaltarás el castillo sin más que unos cuantos cuchillos y una banda de furiosos izgois.

Cuando Dawsyn frunce el ceño porque no entiende qué está diciendo, Adrik sonríe.

—Nuestra rebelión de mestizos.

Ryon se desprende del saco, cuyo peso resulta evidente por la tensión de los músculos de su antebrazo al sostenerlo; lo deposita suavemente en el suelo, intentando no hacer ruido. Desata la arpillera, la abre y ordena el hierro brillante que contiene. Una docena de espadas, varias docenas de dagas y un arco singular con un carcaj de flechas.

Adrik evalúa la colección durante un buen rato, con los ojos encendidos de algo parecido a la malicia.

—Esto debería ayudar —dice.

293

43

*E*n opinión de Dawsyn, el plan para entrar en el palacio parece tener sus lagunas.

No hay tiempo para descansar ni para esperar. La noticia de que ha desaparecido un centinela llegará a palacio y no tardarán en arrasar la Colonia en busca de Ryon. La ventana por la que deben atacar es estrecha y se está cerrando rápidamente.

Adrik sale de la tienda para despertar a los otros ancianos. De algún modo, ocho de ellos, además de Ryon y Dawsyn, se las arreglan para embutirse en el reducido espacio. Algunos se ven obligados a sentarse en el jergón de Adrik.

Los glacianos mestizos son sorprendentemente diferentes entre ellos. Entra una mujer que tiene el pelo negro trenzado hasta la cintura y la piel tan oscura como la de Ryon. Otro tiene constelaciones de pecas, el pelo rubio rizado y la barba caoba. Dawsyn se entera de que los hay que no tienen alas. Lo único que comparten, supone Dawsyn, es su tamaño. Pero, incluso con eso, imagina que en el valle pasarían fácilmente por humanos.

—Ve por el lado norte. Las paredes están siempre en sombra.

—Hay una puerta debilitada a menos de un metro del puesto de guardia. No costará mucho derribarla.

Discuten una y otra vez puliendo unos planes que, Dawsyn lo sabe, están trazados desde mucho antes de que a ella se la llevaran de la Cornisa. Escucha el murmullo creciente de su entusiasmo. Aquí, en esta tienda de campaña hundida, hay un fervor compartido. Imagina que sus paredes deben de conocer bien su conspiración. La tela debe de haber absorbido los sonidos de su estrategia durante años. Y más tiempo. Ve la comodidad con que cada miembro se sienta y habla, y se da cuenta de que ese lugar peculiar ha albergado sus esperanzas de libertad durante más tiempo del que ella ha vivido.

Y aquí es una intrusa.

—Tu humana puede quedarse en mi tienda hasta que termine la lucha —dice de repente la mujer llamada Tasheem; y asiente en dirección a ella, con buenos modales.

—Gracias —responde Ryon—, pero Dawsyn viene con nosotros. Va a luchar.

Un silencio inmediato recibe sus palabras. Tasheem entorna los ojos un momento y esboza una sonrisa. Evalúa a Dawsyn desde un nuevo punto de vista y le guiña un ojo.

Uno de los mestizos mira boquiabierto a Ryon; con un sonido de desprecio le dice abiertamente:

—Mesrich, amigo mío, seguro que ves la desventaja que es tenerla en medio de la refriega. Es mejor que no te tengas que preocupar por su seguridad.

—Me preocuparé, aunque no es necesario que lo haga. Dawsyn está bien entrenada. Mató a unos glacianos para llegar al valle, y luego nos encargamos de más cuando estábamos allí. Te aseguro que será valiosa.

—Pero ¿debería ser condenada a una lucha que no es la suya? Aquí tenemos suficientes cuerpos más fuertes que el suyo, con ventajas que ella no posee. —Adrik se dirige a Dawsyn—. No te ofendas, chica, es solo para ahorrártelo.

—Esta es la última descendiente viva de la realeza humana. La que Vasteel mató y arrojó a la Cornisa. Esta lucha es tan suya como nuestra.

Como uno solo, los ancianos del consejo se vuelven a mirarla con curiosidad renovada en los ojos.

—¿Una princesa? —pregunta Adrik.

—No —responde Dawsyn con voz pétrea—. En Terrsaw derrocaron a la corona cuando una mujer pactó con vuestro rey.

Al oír eso, la tez de Adrik enrojece de ira.

—No es nuestro rey, muchacha. Con afirmaciones como esa solo conseguirás que te ponga de patitas en la calle.

Una sonrisa enigmática se forma en el rostro de Dawsyn.

—Inténtelo.

Ryon cierra los puños con rabia reprimida. Varios de los concejales se levantan, agitados ante la llamada a la violencia. Sin embargo, tras un instante que se hace eterno, Adrik se ríe entre dientes y rompe la tensión.

—La joven tiene espíritu, ¿verdad? —pregunta a Ryon, que todavía parece que vaya a pegarle con los puños.

—Yo lo llamaría hostilidad.

Dawsyn mira uno a uno a los hombres y mujeres que están apiñados en la tienda.

—Nuestros pueblos comparten un enemigo común. No voy a pedirles permiso para unirme a la rebelión, pero puedo prometerles que no la estropearé —dice—. Para mí no hay vida hasta que él esté muerto.

—¿Y qué hay de tu gente? —pregunta Tasheem con sus ojos negros brillando a la luz de las velas.

—No les pediré que se preocupen por ellos —responde—. Si la corte de Vasteel cae, haré lo que deba para asegurarme de que son liberados.

—Me alegro —dice Adrik—. Me temo que no podrás disponer de los izgois para sacar a tus amigos de su campamento.

—De su prisión —aclara Dawsyn—. Y yo no me fiaría de que ustedes no los dejen caer al Abismo.

—Falta poco para que amanezca —interviene Tasheem—. No tenemos tiempo para esto.

—Despierta a los voluntarios —le dice Ryon—. Dales sus espadas. Asegúrate de que esperen en los límites de la Colonia. Dawsyn y yo iremos ahora, aprovechando que aún queda algo de noche.

—Esperaremos tu señal —dice Adrik—. Buena suerte, deshun.

44

*R*yon asiente, visiblemente agitado.

—Ven —le dice a Dawsyn.

Le tiende la mano y, sin dudarlo, ella apoya su palma en la de él.

Atraviesan los sinuosos caminos entre chozas y tiendas. Ryon va delante; en cuestión de segundos, Dawsyn pierde todo el sentido de la orientación. Las ligeras pisadas de Ryon se aceleran y ella se esfuerza por seguir el ritmo mientras su aliento produce vaho a su paso. Tropieza con un cubo volcado, tan oculto por la nieve y el hielo que parece parte del suelo. Detiene la caída con las palmas de las manos desnudas y la escarcha le muerde la piel, se la quema. Ryon se gira un instante, lo justo hasta que Dawsyn recupera el paso y se impulsa desde el suelo. Continúan corriendo.

Al llegar al pueblo de los puros se da cuenta. La división entre mestizos y puros es tan clara que no hace falta dibujar una línea en la nieve, aunque bien podría haberla. Ryon la arrastra hacia las sombras y se agachan. Ante ellos se encuentran las estructuras de piedra destinadas a los de sangre pura. Techos altos inclinados de forma exagerada, fortalezas, imponentes edificios que parecen elevarse kilómetros por encima de las casas improvisadas de la Colonia.

—¿Recuerdas el camino del que hablamos? —le pregunta Ryon, y ella asiente con la cabeza.

En las últimas horas, Dawsyn se ha enterado de cuáles eran los planes de Ryon. Él sabe cómo entrar, cómo liderar un alzamiento en sus entrañas; ha aprendido cómo se mueven los glacianos en su territorio, cómo lo guardan, cómo lo protegen. De los muchos en la Colonia, parece ser el único que ha averiguado los secretos del palacio.

—No será una entrada limpia —le recuerda a ella, que asiente de nuevo.

El camino al que se refiere es una antigua ruta de esclavos. Llevaba a los esclavos humanos, como Gerrot, del palacio a sus propios confinamientos, una palabra amable, cree Ryon, para describir las celdas en las que se hacinaban cada noche. Ahora la ruta casi no se usa. Los humanos no paraban de resbalar sobre el hielo y se hacían daño o se mataban, así que ahora los tienen debajo del palacio cuando no los necesitan. La ruta de los esclavos conduce a un túnel que se hunde bajo los muros del palacio y entra directamente en él, salvo por algunas verjas levadizas que hay por el camino, por las que solo hay una forma de pasar.

De repente, Ryon la coge de la barbilla. Sus dedos arden en contraste con el aire glacial, y Dawsyn se encuentra con sus ojos, pegados a los suyos.

—No te mueras —le dice, escrutando su rostro.

Ella sonríe y le pasa un dedo por la línea de la mandíbula.

—Nunca lo hago.

Como si no pudiera evitarlo, Ryon la acerca hasta su boca. A Dawsyn la consume la curva de sus labios, el tacto de su áspera mandíbula y aprieta su boca contra la de él, momentáneamente embriagada por cómo la calidez de él se filtra por sus labios hasta los de ella. Se separan poco a poco; la gran mano de Ryon recorre la línea del cabello de Dawsyn hasta llegar a su garganta. Ella inclina la cabeza una vez más, le aguanta la mirada todavía un momento y, cuando él se mueve, echa a correr.

Corren y levantan nieve con los talones. Recorren a toda velocidad la oscura grieta que se abre entre los muros de piedra. Pasan como una exhalación por el callejón hasta llegar a una abertura en la que la calle se ensancha. No hay puertas ni ventanas a su paso. No es hasta que giran por un alto en el muro que ven entradas, cerradas al aire de la noche. El camino es sinuoso y largo. Debe de ser para que no lo vean los glacianos, así que retroceden y toman amplios arcos para alcanzar las rutas no frecuentadas y los caminos menos transitados. Ryon jadea que ya casi han llegado, casi ya están en el túnel que los conducirá a Vasteel.

Cuanto más lejos están, más seca tiene la garganta Dawsyn, ya sea por el miedo, ya sea por el aire helado, no está segura. Solo sabe que cuanto más se acercan al palacio, más disminuye su determinación. La fortaleza que la impulsaba a librar esta batalla parece diluirse entre esos muros, los más altos que jamás vio. Recuerda la piedra fría bajo los pies en la sala de banquetes glaciana, la opresiva masa de carne blanca glaciana, la sensación de la sangre de Mavah sobre su piel. Recuerda el brillo de la sonrisa enfermiza de Vasteel. Recuerda la llamada del estanque, lo atractivo que parecía…

De repente empieza a oírse un eco que resuena en la piedra que los rodea. Dawsyn ve la abertura del túnel más adelante, muy cerca, y ante ella hay dos glacianos en posición de descanso con las alas a los lados, con la piel blanca a juego con el hielo que pisan.

299

—Bueno, mestizo, me has hecho perder una buena moneda. Aposté a que no cargarías un saco lo bastante grande como para volverte a ver aquí.

Ryon agarra la mano de Dawsyn y le machaca los dedos, suficiente para que la joven vea que ha de permanecer callada, cosa que Dawsyn no ha hecho ni un solo día en su vida. La sangre le late en los oídos.

Los dos glacianos blancos están de pie, burlándose, con las garras enroscadas en el hielo de debajo de sus pies. Las garras que la ensartaron. Las garras que arrancaron a gente de su pueblo y la abandonaron al otro lado de un abismo.

—No te preocupes, pedazo de mierda translúcida. Yo tengo suficiente para los dos —dice Dawsyn con el aliento empañado por la sed de sangre.

—Allí adonde vas, las bocas de las listillas se llenan muy rápido, chica, y no de algo que te vaya a gustar.

Dawsyn casi puede saborear la violencia que se desprende de la piel de Ryon.

—Yo no lo haría —dice con la vista puesta en algún lugar por encima de los ojos del glaciano.

—¿Qué no harías, mestizo?

—No volvería a hablar de su boca. Tengo un plan que he de seguir.

Se ríen con grandes gritos, resollando.

—Ese plan ha caído al fondo del puto Abismo, Mesrich, justo encima del cadáver de tu pad…

El cuchillo atraviesa limpiamente la frente del glaciano, entre sus ojos, antes de que acabe la frase. La empuñadura tiembla cuando su cuerpo cae sobre el hielo, donde se afloja. Ryon todavía tiene extendida la mano en el lugar donde hizo volar el cuchillo, pero ahora se endereza y coge otro.

—Pensaba que íbamos a evitar cargárnoslos por el camino… —dice Dawsyn con ligereza, sacando su cuchillo del cinturón—. Recuerdo las palabras exactas: «Nada de hachazos, cuchilladas ni destripamientos hasta que hayamos entrado».

—Sí —admite él—. Esto ha sido un caso especial.

El segundo glaciano no se ha molestado en sacar un arma; de hecho, parece bastante aburrido cuando dice:

—Así no ayudas a tu causa, Ryon.

—Despellejando a esa bestia ayudo a todo el que camina y respira, Iman —responde Ryon.

—Puede ser. Pero cuando el rey sostenga su espada ante tus alas, ¿cómo vas a pedir clemencia?

—¿Y quién va a capturarme y a llevarme ante él? ¿Tú?

—No —contesta Iman—. Nosotros.

En ese momento, el aire se llena del sonido del batir de alas.

Sobre ellos, en los capiteles, aguardan apostados numerosos glacianos; cuando Dawsyn mira al cielo, tiene tiempo suficiente para ver cómo la ola blanca desciende sobre ella antes de golpearla.

45

*L*os glacianos revolotean alrededor de ellos. Son una docena.

«Un número halagador», piensa Dawsyn, y en el mismo momento le empujan la cara contra el suelo helado.

El peso de un glaciano la aplasta al ponerle la rodilla en la espalda y le saca el aire de los pulmones hasta que se marea y jadea. Nota manos por la espalda, por los costados, en busca de sus armas. Encuentran el cuchillo que sostenía en alto un instante atrás, pero nada más.

Aunque borroso, ve a Ryon en el suelo junto a ella, con varios glacianos sujetándole los brazos y la espalda con sus garras. Allí donde le clavan las garras en la piel, la sangre se desliza por sus antebrazos y cae sobre la nieve.

—Traedlos al túnel —dice Iman con su estilo cansado.

Sin previo aviso, los levantan del suelo de un tirón. Tienen los brazos inmovilizados y encadenados a la espalda, y el hierro ya les roza la piel. El hielo se pega a las mejillas y las orejas de Dawsyn, abrasando la piel igual que lo haría un atizador. Gira la cabeza hacia los glacianos que tiene a su espalda, que la rodean, y les escupe a los pies.

Una mano blanca le pega a una velocidad espantosa. El golpe la coge por sorpresa y le deja una quemazón abrasadora en la mejilla y en la sien. Dawsyn se tambalea, pero no cae.

Ryon arremete, lanzando el talón contra la pierna de quien le ha atacado. El macho lanza un aullido al aire de la noche, maldiciendo salvajemente, y los demás glacianos inmovilizan a Ryon contra la pared, encadenándole ahora los tobillos y propinándole puñetazos en el estómago y las costillas.

Dawsyn lucha contra el glaciano que la sujeta.

—¡Ryon! Si defiendes mi honor cada vez que alguien me abofetea, vas a tener una vida corta.

—Pero al menos será honorable —gruñe él, y escupe sangre al suelo.

—¡Ya basta! —grita Iman—. Movedlos. ¡Ya!

Las frías manos que rodean a Dawsyn por los antebrazos la llevan hacia delante y la empujan sobre el hielo, por el callejón y dentro de un agujero. Allí los escalones son estrechos y empinados, desaparecen en el olvido. En los últimos, el glaciano que lleva detrás la empuja y la hace caer al suelo; Dawsyn para la caída con el pómulo. La joven maldice en voz baja, gimiendo por el dolor creciente que le recorre la cara.

—Ven aquí, pequeña sabandija.

Se oyen risas y luego la ponen de pie.

Dawsyn gime y tira de las ataduras de sus muñecas. Quiere librarse de ellas, pero sin un cuchillo o su hacha no tiene mucho que hacer. Son demasiados, y tienen el cráneo grueso como las paredes: no hay esperanza de someterlos.

El túnel es más ancho de lo que esperaba y está muy oscuro. Hace un frío tremendo, pero al menos no sopla viento. Oye cómo arrastran a Ryon detrás de ella, sus pasos son más pequeños que los del resto. Nota su presencia, incluso con bestias entre los dos. Nota cómo él la busca, cómo trata de oír sus pasos y su respiración, igual que hace ella con él.

Los glacianos se detienen. Dawsyn no ve nada delante ni en ninguna parte, pero oye el ruido del hierro. Una verja levadiza, supone, una de las varias que Ryon describió.

En la oscuridad se forma una luz blanca, pequeña y brillante al principio, pero que después aumenta y se vuelve dolorosamente brillante. La luz se envuelve como una vid alrededor de la mano de un glaciano, desde la muñeca hasta la punta del dedo, y se convierte en una red de escarcha reluciente y luminosa. Sea la magia que sea, se mueve desde la mano del glaciano a la cerradura de hierro. Dawsyn oye el chasquido metálico cuando el mecanismo obedece a sus instrucciones.

302

La verja levadiza se levanta traqueteando hasta el techo; obligan a Dawsyn a seguir la marcha con un empujón.

La joven nota que el túnel empieza a subir. La procesión pasa todavía por otra verja levadiza, que los glacianos desbloquean con la misma magia, antes de que en el túnel empiece a filtrarse una luz que gradualmente va comiéndose la interminable oscuridad. Una luz que se intensifica cuando doblan una esquina; entonces Dawsyn lo ve: la abertura arqueada, los pasillos sombríos y lúgubres más allá de ella, iluminados.

El palacio..., o al menos sus profundidades.

Dawsyn sonríe ligeramente mirando al suelo. Ha funcionado, tal y como Ryon había planeado.

«La única manera de entrar —le había dicho él— es dejar que sean ellos mismos quienes nos guíen.»

Y así lo han hecho.

Con una violencia nada ceremoniosa, la empujan fuera del túnel hacia una sala oscura. Con varios glacianos delante y detrás, toman un tramo de escaleras de caracol hacia arriba. Detrás de ella, en algún lugar, llevan a rastras a Ryon; sin embargo, cuando mira por encima del hombro, se encuentra con una pared de carne blanca y armadura deslustrada.

—¡Muévete, chica! —Una mano le pega en el hombro y casi la tira al suelo.

Lo único que quiere es cruzar la mirada con Ryon. Ella necesita verle. El frío del suelo ya se le filtra por las botas hacia las plantas de los pies. Las paredes huelen igual que la última vez que estuvo cautiva en sus confines y se pregunta si esta pequeña victoria, entrar en el palacio, no hará más que condenarlos a sus garras.

Han llegado muy lejos, demasiado lejos, para que no signifique nada, para que no implique ninguna diferencia.

Continúan caminando hasta que finalmente los pasillos se ensanchan, el techo arqueado se eleva y por encima de las paredes se empieza a oír una muchedumbre que resuena hasta sus oídos. Voces, alas, ruido de acero: se acercan cada vez más hasta llegar a estar justo donde Dawsyn estuvo en su último viaje por palacio.

Unas grandes puertas de roble se alzan ante ellos, unas puertas que los conducirán hasta el rey, hasta el estanque de Iskra, y en ellas se encuentra nada menos que Gerrot.

—Abre, viejo —le dice Iman, que va delante.

Gerrot palidece, no por la orden, al parecer, sino cuando ve a Dawsyn, la chica que iba manchada de la sangre de su difunta esposa cuando esta murió. La chica de la Cornisa, esa que se escapó.

—¡Que abras! —le gruñe Iman, y un salvaje empujón hace que Gerrot se tambalee.

El hombre cede. Con los ojos llorosos, dirige a Dawsyn una última mirada de compasión. Frunce el ceño, pero con el hombro empuja las puertas hacia dentro.

Una congregación de glacianos blancos abarrota la sala. La corte reclama ruidosamente el espacio cercano al trono gritando, siseando, discutiendo, ignorando las mesas. La tensión se vuelve tangible cuando los captores de Dawsyn y Ryon hacen entrar a los prisioneros. Uno tras otro se van girando para ver a la chica de la Cornisa allí de pie, al lado de Ryon, ambos con sus grilletes. Como una ola, dejan de discutir y desvían su atención del trono y del rey. Miran al medio glaciano y a la humana, que son la fuente de su inquietud.

En la sala se hace el silencio. Los únicos susurros provienen del gran estanque que hay entre las partes, que se agita en círculos lentos, con su brillo extraño y luminoso proyectando sombras bajo los ojos de los glacianos, que las siguen.

—Ah —dice la voz, una voz que roe.

La inflexión pomposa se descompone en los oídos de Dawsyn, dobla sus dedos en garras.

Es el rey glaciano.

Vasteel.

Se levanta de su trono, obligando a alejarse a los muchos que se han reunido cerca de él. Su pelo ceniciento no oculta el brillo de locura de sus ojos. Dawsyn solo recuerda su insensibilidad, su prepotencia. Pero lo que era hace semanas se ha desvanecido y se ha convertido en rabia, una rabia que lo ha desquiciado. Se le ven las venas de los brazos completamente tensas. Tiene unas ojeras que parecen moratones. Vasteel no puede evitar que sus dientes se desnuden bajo unos temblorosos labios.

—Al fin uno de vosotros ha logrado lo que el resto no ha sido capaz. Iman... ¿Debo entender que los has encontrado tú?

Iman asiente. Dawsyn nota que los otros glacianos que la rodean arrastran los pies y resoplan con irritación.

—Vaya, Ryon, eres muy escurridizo. ¿Sabes las fuerzas que he gastado para dar contigo?

—Sé que enviaste a cinco de los tuyos, aunque ya no viven para contarlo, claro.

A Vasteel se le estremece la mejilla y el blanco de los ojos se oscurece.

—Sí —dice tranquila y peligrosamente—, lo he oído. Eran algunos de mis mejores nobles, Ryon. Eso me enfadó considerablemente. —Su voz melosa y profunda, que se esmera tanto en controlar, empieza a erosionarse, como si se agrietara entre las palabras—. Dime qué habías planeado, Ryon, aparte de liderar a tus aliados de la Colonia para derrocarme. ¿Pretendías esconderte en un armario, salir de un brinco en el momento oportuno? ¿Traes veneno para corromper mi bebida? ¿Qué genialidad has lanzado al viento, Ryon? Me muero por saberlo.

Ryon no dice nada. Cierra la mandíbula; solo el brillo de sus ojos delata sus pensamientos: impaciencia, sed de sangre. Incluso sin la armadura de los glacianos, resulta amenazante, salvaje.

Y ellos parecen saberlo. Claman a su alrededor, agarrándolo con fuerza. Deben de oler lo que Dawsyn huele, oír lo que ella oye: la violencia que rezuman sus poros, el pulso que pide matanza. Se pregunta si alguna vez una criatura ha mirado a otra con un odio tan ferviente. Ahora puede verlo: se abalanzaría sobre la garganta de Vasteel, se la arrancaría del cuello si tuviera la mínima oportunidad de hacerlo.

—Qué traidor conspirador —continúa Vasteel, acercándose más, todo él temblando de odio—. Qué forma de desperdiciar vilmente tu vida..., la vida que yo te di.

305

—Me diste una vida maldita —dice Ryon con voz aterradoramente serena.

—Te saqué del fango de la Colonia y te di un hogar, un propósito, a pesar del inútil de tu padre..., de tu miserable madre...

—Te debo mi agradecimiento por eso —responde Ryon con un tono complemente insolente: es como arrojar un guante de terciopelo al suelo para que Vasteel acepte batirse en duelo—. Sin tu caridad nunca habría aprendido los caminos de entrada, ni los de salida. Jamás les habría enseñado todo lo que sé a los izgois. Incluso me elegiste para ir a las laderas. Autorizaste mi propia fuga.

—Ah, pero no tuviste éxito en tu misión allí abajo, en el valle, ¿verdad, amigo mío? No conseguiste poner a las reinas en mi contra y convencerlas de que se unieran a tu rebelión.

Dawsyn mira entre ellos con una incertidumbre cada vez más marcada.

Ryon ríe de forma amenazadora, sin humor.

—¿Las reinas? Serían unas aliadas inútiles. No confiaría en ellas más que en ti.

La risa profunda de Vasteel rebota en el techo abovedado.

—Cómo mientes, Ryon. Realmente eres un mestizo depravado. Debería haberte arrojado al Abismo nada más nacer, justo después de destrozar el cuerpo de tu pobre madre.

Ryon deja de moverse.

—¿Qué?

—Has estado destinado a destruir sin sentido desde que te concibieron, mestizo. ¿No lo sabías? Tu madre, una chica humana de la Cornisa, murió para traerte a este mundo, como hacen todas las demás.

—La mataste tú —dice Ryon sin comprender, repitiendo la frase mecánicamente, de repente sin peso—. Le quitaste su iskra. La arrojaste al Abismo.

—Sí —responde Vasteel, y una sonrisa demente se extiende por sus mejillas—. Pero ya estaba muerta antes de que la arrojáramos. Se supone que los glacianos no han de follar con humanas, Ryon. Sus cuerpos no pueden engendrar a una criatura tan poderosa. ¿Y vosotros, sensibleros, nos llamáis despiadados? Nosotros matamos para sobrevivir. Matamos como todos los seres vivos deben hacer en el ciclo de la vida y la muerte. Pero ¿vosotros? ¿Los mestizos? Vosotros matáis por un momento de placer carnal. ¿Y tu padre? Él también lo sabía. Él se folló a aquella pobre chica sabiendo que, si arraigaba, su semilla la mataría. Y entonces apareciste tú. Puedes quedarte ahí y pensar que soy malvado, Ryon, pero yo no he matado a mi propia madre.

Lenta y dolorosamente, Ryon desvía la mirada a Dawsyn, que ve cómo la verdad se abre camino en él. Dawsyn quiere escupir a Vasteel y tomarlo por mentiroso, pero hay algo que se ha puesto en marcha para su híbrido, algo que él entiende y ella no puede comprender. El dolor lo envuelve, le hunde los hombros, le vacía el pecho. Se le nublan los ojos y luego los cierra. La bloquea.

—¿Ryon?

—Está ocupado, querida. Ahogándose en la amarga verdad, me temo. —El rey glaciano está exultante; su locura parece fuera de control.

Dawsyn se pregunta cuánto tiempo ha esperado Vasteel para destrozarlo con esa revelación. Siente que un nuevo deseo asesino despierta dentro de ella y tensa las manos a la espalda, buscando infructuosamente el mango de un hacha invisible.

—Por suerte para ti, mestizo mío, estoy a punto de aliviar el sufrimiento. Últimamente el estanque ha estado bastante seco. Le vendría bien un poco de iskra glaciano, aunque sea algo bastardo. —Los incoloros ojos de Vasteel brillan de ansia—. Traedlo al estanque —ordena—. Y a la chica también.

—¡Ryon! —grita Dawsyn.

Él no la mira. Renquea mientras los glacianos lo empujan a donde está el rey, hacia el estanque.

Dawsyn jadea cuando un fuerte empujón en la columna la impulsa hacia delante. Pisa con fuerza sobre la piedra, con los ojos suplicando a la nuca de Ryon.

«Mírame —piensa—. Mírame.»

—Llevadlo al borde.

La anticipación se agita entre los nobles que observan la

307

escena, que murmullan y se mueven nerviosamente, ansiosos, con una especie de fervor, mientras empujan a Ryon hacia el borde y el estanque da vueltas ante él.

La sustancia innombrable que hay dentro parece saber que la van a alimentar. Se extiende, estirándose para formar un lugar de aterrizaje suave y tentador. Emite un aliento; Dawsyn lo oye. Es el propio de un amante, la brisa entre unas ramas. Hace que se quiera aproximar para escuchar su susurro.

Ahora Ryon mira el estanque como se mira un santuario.

—¡Ryon, mírame! ¡Mírame!

—No lo hará, joven —se burla Vasteel mientras sus brillantes ojos se empapan de Ryon—. Ahora el estanque le está hablando. No va a oírte.

El pánico se acumula en el pecho de Dawsyn, llena su garganta. Ryon no puede oír; no puede pensar con claridad.

«Hará falta muchísima concentración —le dijo él en la Colonia—. Esto no funcionará si no podemos mantener la calma y acallar el ruido.»

«No va a funcionar.»

—¡Ryon!

Pero él continúa con la barbilla pegada al pecho y la mirada hundida hacia la llamada del estanque. Resulta inalcanzable, incluso para ella.

—Espero que duela, mestizo; una vez que te hayamos pescado y arrojado al Abismo, espero que sientas cómo se destruyen tus huesos dentro. —Vasteel arruga el labio—. Un mestizo que intenta robarme mi reino merece algo mucho peor.

Dicho eso, el rey glaciano agita sus blancos dedos.

Un guardia levanta el talón hacia la espalda de Ryon y le da una patada rápida. Mientras el cuerpo de Ryon cae en el abrazo del estanque, la sala estalla en los alegres gritos de la corte.

El estanque se lo traga al instante, su magia lo sumerge y se pliega sobre él, como un animal que atrapa a su presa entre las fauces.

Dawsyn grita su nombre hasta que un guardia le da un golpe de porra en la cabeza; ella se intenta soltar del glaciano, sacudiéndose y retorciéndose. Solo ve el vacío de los ojos de

Ryon al hundirse, su mirada muerta: sabe que no habrá nada que hacer, que será un fantasma. No, tiene que llegar hasta él.

—¡Tiradme dentro! —grita—. ¡Tiradme dentro!

El rey pone los ojos en blanco. Finalmente, aburrido por el dramatismo de aquella humana, dice:

—Tiradla al estanque, a ver si así cierra la boca.

Las frías manos que la sujetan se aflojan y al cabo de un momento sus pies golpean la piedra al avanzar, impulsándola hacia el aire. Cuando el estanque nota que ha encontrado una nueva presa, se curva para acunarla, susurrándole al oído al tiempo que ella se hunde en sus sedosos pliegues.

46

Esta magia es más densa que el agua y menos empalagosa que el aceite. No la arrastra ni vuelve pesadas sus ropas. Simplemente la envuelve, acariciando su cuerpo, como si tuviera curiosidad. Nota cómo examina cada uno de sus poros, buscando una forma de entrar.

Ella se resiste.

Escucha su canción, que parece implorarle que se duerma.

«Cierra los ojos», dice.

Y ella escucha. Sus párpados se cierran contra el brillo metálico en una rendición feliz.

«Duerme —canta suavemente la voz, que es la de su abuela y la de Briar—. Descansa ahora.»

Dawsyn no pesa, no piensa. Su cuerpo se somete con gusto a la inmersión y al flujo de la magia, que se la lleva lejos.

«Cierra los labios», le dice.

Pues claro, no va a abrirlos y ahogarse. Es mucho más agradable, más amable, ser abrazada, que la saquen de este mundo envuelta en este dulce olvido.

«Yace donde la pena no osa estar.»

No, aquí no hay pena. Solo paz y consuelo.

«Libre de las manos de la muerte.»

La muerte. La ha eludido durante mucho tiempo, tal vez más del que debería haberlo hecho. ¿Y ahora? Ahora parece tan sencillo como dormir, como parpadear, como respirar.

Sella sus labios y deja que la canción la atraiga a los suaves brazos del más allá, adonde parece irse encantada.

«Libre de las manos de la muerte.»

La seguridad. Nunca ha conocido tal cosa. No confía en ella. ¿Dónde está? ¿Adónde va?

«Yace donde la pena no osa estar.»

¿Que yazca dónde? Se lleva los dedos a los labios, siente que la magia se le aferra a la piel. Nota como si le hubieran cosido la boca.

«Cierra los ojos. Cierra los labios.»

No.

Abre los ojos de golpe. El brillo de la magia escuece, pero se obliga a mantenerlos abiertos. Una pesadez tira de ella, la canción se hace más fuerte en sus oídos; la voz parece más fría.

«¿Dónde está Ryon?»

«El estanque.» Ella está en el estanque.

Ahora lo nota; la forma en que la magia insiste en que no debe respirar mientras la va empujando más y más, mientras llama a su alma para que salga de su cuerpo.

«Dámela», le susurra con suavidad.

Dawsyn se sacude. Se resiste a respirar. Inhalar significaría llevar una taza de veneno a sus labios.

«Cierra los labios —coincide la magia—. Duerme.»

Pero no ha de hacerlo. Al separar los labios, le pinchan. El sabor del metal encuentra su lengua. Las náuseas le llenan el estómago cuando la magia, luchando por escapar, empieza a filtrarse en su boca. Con un último y lento latido de su corazón, Dawsyn inhala; la magia del estanque entra por su nariz y su boca, acumulándose en sus pulmones.

Es tan fácil como respirar aire.

Inhala de nuevo y nota que la fuerza regresa a sus cansados huesos y a sus músculos. Un resplandor le llena el pecho, irradia a través de ella. Esta magia es tangible, algo más que la sangre, la impregna de vida, fortaleciendo cada célula. Cuanto más respira, más nota que la cambia, que la acoraza.

«Ryon.»

Dawsyn empuja a través de los pliegues; ahora la magia la obedece, se aparta al pasar ella retorciéndose, buscando desesperadamente. Ahí está Ryon.

311

Tiene los ojos cerrados y la boca sellada en una línea dura. Flota con la corriente del estanque, dejándose guiar por ella.

Ya parece haberse ido de aquí.

Dawsyn se pega a él, le pasa las manos por la barba de las mejillas. Trata de gritar, de chillar, pero aunque puede respirar no puede emitir sonido alguno, y Ryon se ha ido.

Intenta abrirle los labios, los ojos, pero es inútil. Ya no están bajo el mando de Ryon. Su cara, la única cara en el mundo de Dawsyn que le resulta familiar, que siente como un hogar, se desvanece poco a poco.

Y volverá a estar sola.

Como si nada hubiera pasado.

A la desesperada, pega su boca a la de él, agarrándole la nuca, enroscando los dedos en su pelo corto. Tiene los labios calientes, pero, aun así, sin vida. La lengua de Dawsyn se apresura sobre el labio superior de Ryon, persuadiéndolo, empujándolo, como hizo en la posada o en la cabaña abandonada.

Un temblor. Débil pero real. Presiona más fuerte, forzando a sus labios a reaccionar. Siente que se abren un ápice hacia ella. Es todo lo que necesita.

Sella su boca sobre la de él; con la ráfaga más fuerte que puede lograr, le insufla magia en los pulmones.

Una violenta sacudida separa a Dawsyn y a Ryon. Ambos parecen empujados en dos direcciones opuestas. Algo engancha las ropas de Dawsyn, que ve como si tiraran de ella en una dirección imposible: hacia abajo, a las profundidades del estanque.

Su cabeza rompe la superficie del estanque. Así que no era hacia abajo. Era hacia arriba.

No le hace falta jadear para respirar, ni parpadear para quitarse el líquido de los ojos. La sustancia del estanque no se pega a las partes que no están en contacto con ella. Unas manos ásperas y firmes la agarran por las axilas y la sacan de un tirón. Al otro lado del estanque ve que sacan a Ryon y le ponen de pie. Parece ileso, pero su mirada está... vacía.

De repente recuerda que debería tener el mismo aspecto. Es un esfuerzo titánico aflojar la mandíbula, dejar caer los párpados. Con todas sus fuerzas, intenta poner expresión de sonámbula, pero todo el tiempo su pulso late, su garganta se aprieta y su pecho amenaza con derrumbarse.

«¿Ha funcionado?»

Desde luego, para ella sí.

Pero Ryon… está vacío, totalmente vacío.

—¿Los enviamos al fondo del Abismo, amigos míos? —dice la voz de Vasteel.

Una alegría exultante llena la sala, pero Dawsyn no reacciona. Se esfuerza por mantener los hombros relajados y la respiración lenta.

Una mano la empuja con dureza.

—Camina —le dice una voz gélida al oído.

Ella obedece, como hicieron los humanos sin alma.

Una procesión de nobles y guardias sale de la sala. El aire se va haciendo más gélido a medida que descienden por las escaleras subterráneas, preparándose para salir de palacio. Los apliques de las paredes proyectan un tenue resplandor. Más adelante ve la espalda de Ryon, separado de ella por varios glacianos. La gracia de sus movimientos ha desaparecido y su cabeza se inclina a cada paso que da.

Se traga el pánico, esforzándose por ignorar cómo la envenena por dentro, enfermándola. Los van a echar al Abismo, tal como Ryon predijo.

«Mantén la calma», piensa ella.

Pero si Ryon se ha ido, si no ha conseguido salvarlo, entonces pronto los dos estarán muertos.

Toda la corte de glacianos, el híbrido y la humana atraviesan un túnel. Hay una corriente helada que azota la piel de Dawsyn y la joven lo huele: el hielo, el Abismo.

La débil luz de la mañana los espera; salen al aire libre por una verja levadiza, más allá de los muros del palacio y ante el Abismo.

Verlo, vasto e interminable, es casi su perdición. Y más allá de él… la Cornisa. Esperaba no volver a verla. Mueve los pies con pasos cautelosos a través de la nieve, que rápidamente se convierte en hielo, más resbaladizo a cada centímetro. La silueta de Ryon no ha cambiado. Tiene los hombros hundidos como Dawsyn jamás ha visto.

Delante de ella, el viento aúlla por la boca abierta del Abismo, un sonido que le pone de punta el fino vello del cuello. Es el sonido de los muchos que han caído en su vientre. Es el sonido del fin.

Vasteel conduce a su corte cada vez más cerca del borde; ellos clavan fácilmente las garras en el hielo. El monarca se ríe y echa la cabeza hacia atrás con evidente alegría, por la victoria.

Dawsyn busca. No puede dejar vagar la vista demasiado lejos, pero busca una escapatoria, pero no hay ninguna, tan solo el Abismo abajo y el cielo arriba. No hay salida, no hay alternativa si realmente Ryon se ha ido. No tiene armas y está sola. Le tiemblan las manos; sabe que va a morir y nota un estallido de frío dentro.

Es tan profundo como los huesos, le parte las células de la médula, se despliega como tinta en el agua. Curiosamente, no congela, sino que quema, y la sensación no es desagradable. Un fresco alivio la inunda, aligera el temblor de sus manos; cuando se detienen al borde de esa sima cavernosa, se da cuenta de una presencia dentro de ella, una entidad que la espera, que le hace señas, una sirviente latente. Le aprieta los dedos furtivamente, flexiona la correa de esa cosa que tiene dentro de sí misma; nota que se le está formando escarcha en el centro de la palma de la mano.

La cosa canturrea, susurra a lo largo de las líneas de su mano. Es una voz que reconoce: la voz del estanque, la de la magia.

«Estoy contigo —murmura—. Estoy contigo.»

«Ayúdame», suplica Dawsyn.

Intenta forzarla a actuar. Quiere que salga de su cuerpo, como un ángel vengador; desea que divida a los glacianos en la suma de sus partes. Pero cuanto más la empuja, más se resiste.

La magia desaparece rápidamente. Como si la hubiera retenido demasiado tiempo, ahora cae en un rincón profundo de su cuerpo y no regresa cuando intenta invocarla. Ese pequeño rayo de esperanza se desvanece hasta desaparecer; un profundo cansancio ocupa su lugar. Su corazón continúa latiendo deprisa; por fuera, Dawsyn está quieta, con los ojos vidriosos y la postura encorvada.

Fuera de ella, los glacianos continúan con su celebración sin prestar atención, ignorantes.

—Traedme al traidor —grita Vasteel, y los glacianos vitorean—. Quiero cortar esas alas antes de deshacerme de él. Quedarán bien en la pared.

Los guardias del rey empujan a Ryon, que se somete inmediatamente a sus empujones, como un dócil cordero al que llevan al matadero. Como víctima dispuesta, ofrece la espalda al rey glaciano.

—Invoca tus alas, mestizo —se burla Vasteel.

Ryon no hace nada. Su mirada sigue vacía y el cuero negro de sus alas permanece oculto.

—¡Invócalas ahora mismo!

Pero él no oye, o ya no puede oír. Vasteel toma una daga larga de su cinturón y corta el aire. El sonido de cortar la carne llena los oídos de Dawsyn y ve la sangre de Ryon gotear lentamente sobre el hielo.

—Alteza, su iskra se ha ido —le recuerda un guardia con voz aburrida: es Iman.

—Bueno, cortar a quien no nota nada no tiene ninguna gracia, ¿no?

Los glacianos se ríen a carcajadas y sus insidiosos gritos retumban por el Abismo.

—Llevadlos a ambos al borde.

Dawsyn nota un empujón y camina obedientemente hacia delante; siente un desgarro interior, sabe que aquí es donde morirá, en el mismo lugar donde siempre creyó que lo haría. En la tumba de su gente. Y si ha de morir, al menos puede hacerlo junto a la única otra criatura de este mundo que tiene un trozo de ella, el único que se abrió camino hasta su alma, el único a quien podría permitirle quedarse.

Los labios pálidos del rey glaciano se curvan.

315

—Cualquier otro que me traicione tendrá el mismo final —jura. A continuación, con una última mueca enloquecida, levanta la barbilla y dice—: Que caigan.

Una mano helada en la espalda de Dawsyn..., un pie con garras en la de Ryon.

Empiezan a caer juntos.

Hacia abajo..., a la boca del Abismo.

47

La muerte es un río que fluye lentamente, arrullando su cuerpo con cuidado río abajo. La muerte es el suave viento que mantiene sus alas en alto. Es la voz de Dawsyn gritando su nombre. Es la dulce nada. Es fácil. Tan sencillo como caer.

La caída lo despierta.

O, mejor dicho, la caída despierta a la cosa. A la magia. Le araña y le desgarra hasta que él se remueve y al fin se despierta, al fin ve, al fin siente.

Y está cayendo en picado.

En un momento suceden muchas cosas, todas al mismo tiempo. Oye los gritos de Dawsyn, y eso despierta la llamada de sus alas. Mientras la oscuridad se eleva para recibirlos y las paredes del Abismo se precipitan a su lado, Ryon las despliega y las extiende, deja que frenen la caída libre.

Extiende los brazos y se lanza a por Dawsyn, que continúa cayendo más y más.

Ryon ruge por el esfuerzo, luchando contra el tirón del viento en sus alas. Las aprieta contra su cuerpo una vez más; cuando la luz del día se desvanece en la penumbra, sus brazos rodean con fuerza el torso de Dawsyn. Después extiende las alas y el viento las hincha.

Nota que las costillas de Dawsyn presionan dolorosamente contra sus brazos y reza para que no se rompan. Siente su respiración agitada y gime de alivio. Ensancha sus alas al máximo y se eleva, dejando que el viento las ayude a trazar un arco que los aleje de las garras del vientre del Abismo.

Aprieta a Dawsyn contra su pecho y compara sus respiraciones. Está viva. Por algún tipo de milagro, ambos lo están.

—Estás a salvo, chica —le murmura al oído—. Te tengo. —Y es que las lágrimas han comenzado a rodar y la respiración acelerada de ella se ha convertido en un jadeo—. Ha funcionado, malishka. Te tengo. No te dejaré caer.

Mantiene un vuelo bajo por el Abismo; no se atreve a subir tanto como para que la luz los delate.

—Pensé que te habías ido —dice Dawsyn, y su voz, por una vez, es pequeña.

A Ryon se le encoge el pecho al oírla quebrarse y aprieta los labios contra su pelo.

—Nunca. Sé que no podrías soportar estar sin mí.

Ella se burla con una risa acuosa.

—Esa es mi chica —murmura él. Quiere quedarse allí con ella, sobrevolando la montaña, con sus cuerpos completos y entrelazados.

Sin embargo, suspira.

—¿Preparada? —le pregunta, limpiándole la humedad de las mejillas.

Sus ojos se encuentran, y lo que sea que deseen decirse el uno al otro ha de esperar. Con una feroz brazada hacia abajo, Ryon los impulsa más alto.

Se elevan desde el Abismo. Las alas de Ryon, oscuras como un cielo de noche, son un faro contra la montaña invernal. Salen disparados de la boca, de alguna manera, más elegantes que nunca. Ryon corta el aire a su alrededor y tiene el gran placer de vislumbrar los rostros desconcertados de los pocos glacianos que aún están en el borde del Abismo. Dejan de moverse cuando ven a un mestizo sin alma sobrevolar el palacio con la chica humana en sus brazos. Lo ven levantarse de su propia muerte, planeando sobre las agujas y las torretas del palacio.

Cuando la voz de Ryon resuena en la cara de la montaña, los glacianos se dispersan. Se lanzan a través del hielo y la nieve para volver a su castillo, pero incluso desde los túneles se puede oír al hijo bastardo de Mesrich atrayendo a las masas de la Colonia, llamándolas a la batalla.

48

*L*os izgois esperan en la línea que separa el pueblo puro y la Colonia. Son un grupo de amotinados, solo una parte de la población mestiza, pero, aun así, un número abrumador comparado con los de sangre pura. Unos agitan las alas, otros flexionan las garras, y los que no tienen ninguna de las dos cosas se limitan a caminar de un lado para otro mientras la violencia les calienta la piel.

Y entonces llega la llamada.

Bajo la luz filtrada del día, Ryon, con las alas extendidas, se acerca a la cúspide del palacio glaciano. Primero los izgois se estremecen, sabedores de lo que se avecina, y luego el sonido del rugido de los mestizos rompe el aire de la mañana, les eriza el vello de la nuca, y levantan el acero que han ido acumulando… por fin.

Por fin.

Durante los siglos venideros, los humanos intercambiarán relatos sobre cómo los de la Cornisa pudieron oír el todopoderoso estruendo de los izgois, que, con su voz compartida, estremeció la tierra y llenó la montaña con la promesa de la muerte.

Mientras los glacianos de sangre pura se dirigen a la seguridad del palacio, cerrando las verjas levadizas tras ellos, el ejército de mestizos carga sobre la división por primera vez, atravesando el pueblo puro y dirigiéndose hacia el portador de su sufrimiento y toda su corte.

Ryon aterriza en un callejón, donde los puros y los mixtos se enfrentan con espadas y cuchillos por igual. Sus garras destrozan el cuero de sus botas cuando aterriza. Dawsyn derrapa fuera de su alcance. Ambos salen corriendo.

Un glaciano caído al que han cogido por sorpresa yace ensangrentado en el suelo. Ryon le quita la espada corta de la garra, la lanza al aire y ve cómo Dawsyn alarga la mano y la coge por el mango. La utiliza para cortar la espalda de otro glaciano que tiene cogido a un izgoi por el cuello.

Ryon oye el bramido de otro que vuela hacia él desde el callejón. Más allá de él, Ryon vislumbra el cuerpo de un izgoi asesinado sobre la nieve. Luego vuelve a mirar al glaciano que se acerca, con sus dientes puntiagudos entre los labios blancos.

Cuando el glaciano se abalanza sobre él, Ryon se agacha y da un giro, a tiempo de atrapar en el aire la espada que Dawsyn lanza hacia atrás; mientras el glaciano cae al suelo, Ryon le asesta un golpe poderoso en la parte posterior del cuello y observa con satisfacción cómo el cuerpo y la cabeza caen a cierta distancia.

—Siempre has tenido inclinación por el dramatismo —dice un tipo que se acerca por el fondo del callejón. Es Adrik. Se aleja de la sangre que gotea de su propia gente y escupe sobre los cuerpos de los glacianos caídos.

—¿Y los demás? —se limita a preguntar Ryon, con la respiración entrecortada.

—Caminan por las calles de la aldea pura por primera vez, gracias a ti —contesta Adrik, dándole una palmada en el hombro.

—Gracias a nosotros —corrige Ryon tomando la mano de Dawsyn entre las suyas.

Ella le mira con esa mirada premonitoria, con esa expresión decidida, y Ryon tiene el placer de ver su sonrisa, pequeña y pícara.

—Vamos —dice a los que están en el callejón, y aparta de una patada la cabeza cortada de la bestia.

Una masa alborotada de izgois se reúne ante los muros del palacio; algunos, en su inquietud, se lanzan al aire y vuelan en círculo, amenazantes. No hay ningún guardia glaciano a la vista. Como Ryon sospechaba, se han retirado a la seguridad del palacio para proteger a su rey.

Los izgois lo esperan, la esperan; al verlos aparecer, la masa, cada vez mayor, retumba, como si la victoria ya fuera suya.

—Matamos a cualquiera que no se rinda —grita Ryon de espaldas a los muros del palacio—. Y esta noche dormiremos en la aldea de los puros.

Los izgois gritan en señal de aprobación, levantando sus armas por encima de sus cabezas, unas armas que Ryon ha buscado, intercambiado e introducido de contrabando en la Colonia durante años.

—¡¡A los túneles!! —exclama Adrik.

Con un último grito de asentimiento la multitud se divide.

—¿Nos separamos aquí? —pregunta Dawsyn mientras con los dedos envuelve el mango del hacha que le da Adrik. Se guarda un cuchillo, y luego otro, y se vuelve hacia Ryon, expectante.

—Nos separamos aquí —asiente Ryon, con la garganta en un puño por el miedo. Le agarra la nuca con una mano y le acerca la frente a la suya—. Pronto estaré contigo, malishka.

Las palabras viajan de sus labios a los de ella. Dawsyn los presiona contra su boca y se queda allí mientras dice:

—No te mueras.

—Nunca lo hago —responde él, frotando la nariz contra la mejilla de ella, y luego se va.

49

Dawsyn y Ryon se separan. Solo hay una manera de pasar las verjas levadizas de los túneles y únicamente dos de los rebeldes poseen la magia necesaria para hacerlo. Ryon se dirige al túnel más cercano, tras la torre de vigilancia. Dawsyn va hacia el este, siguiendo a la multitud de izgois, que encuentran una entrada del túnel más pequeña. Resbalan sobre el hielo cuando el túnel se adentra en la tierra; a unos pocos metros de oscuridad, la procesión se detiene por culpa de la primera barrera: la primera verja levadiza mágica.

Atascada detrás de la manada, Dawsyn intenta abrirse paso a través de los hombros y los codos, pero no ceden. Los izgois están febriles, agitados; no le prestan ninguna atención.

Uno de los mestizos, el que está más cerca de la verja levadiza, levanta su espada corta y golpea los barrotes de hierro con impaciencia. Se oye un aullido de dolor, un destello blanco brillante, y el macho izgoi cae al suelo, gimiendo profundamente.

—¡Alto! —grita Dawsyn por encima del clamor—. ¡¡Alto!! —Empuja hacia delante con fuerza, chillando para que esperen.

Los muy idiotas se irán friendo uno a uno. No pueden hacer frente a la magia solo con fuerza.

Dawsyn lo sabe porque dentro de ella esa otra presencia está llena de alegría. Se ríe de los que se creen lo bastante fuertes como para derrotarla.

Consigue llegar hasta la verja levadiza únicamente agachándose por debajo de los codos y las caderas, y empuja a otro que se niega a moverse pese a sus gritos.

—¡No la toques, humana! Está embrujada con iskra —brama una voz desde atrás a modo de advertencia.

Los demás gritan y el ruido que recorre las paredes de piedra y el techo resuena en su cabeza. Entorna los ojos ante la cerradura de hierro oxidado y trata de centrarse, pese a tener el pulso acelerado y a pesar de los gritos de los izgois.

Siente que ese otro poder que tiene dentro, tan desconocido, intenta retirarse. Se le resiste, se esconde más allá de su alcance; con todas sus fuerzas, Dawsyn tira de él desesperadamente hacia fuera sin idea de cómo hacerlo.

«Ábrela —exige, mordiendo el resplandor cada vez menor, arañándolo—. ¡Ábrela ahora mismo!»

Dawsyn levanta la mano y nota los reticentes bucles de la magia entrelazándosele por los brazos hasta las palmas de las manos, que empiezan a brillar débilmente, quemando de frío. Acerca una mano a la cerradura y jadea, aliviada, mientras se forma la escarcha que pasa de su piel al hierro y se aferra a él con fuerza. Dawsyn lo empapa de esa luz blanquiazul y deshace su magia.

La verja levadiza se eleva y desaparece en su hueco, y el barullo del túnel se aplaca.

La propia Dawsyn queda aturdida.

—¿En qué diantre te has metido, humana? —pregunta la voz ronca.

Esa es la cuestión, cree Dawsyn, que teme conocer la respuesta. Cierra el puño al notar que la magia retrocede en ella, de alguna manera más tenue, agotada.

—Tenemos que movernos —dice en voz baja, para sí misma o para los izgois, no queda claro.

Encuentra la cadena del collar de Baltisse bajo el cuello de la camisa y se la lleva hacia delante.

«Espero que veas esto», piensa.

Los izgois tardarán años en admitir que quien los condujo al palacio fue una humana poseída por la magia glaciana. Tardarán más todavía en desentrañar los cuentos inventados para saciar la duda de los mestizos que no quieren oír hablar de una chica que ejerce un poder del que ellos no son capaces. En cambio, dirán que arrancaron las verjas levadizas de la piedra,

323

que las hicieron añicos o, en un caso, que las abrió un izgoi particularmente voluminoso, que afirmará que un dios le pidió que conquistase las verjas levadizas.

Pasarán siglos antes de que los relatos evolucionen hasta hablar de Dawsyn Sabar, nieta de una princesa de la corona de Terrsaw, que lideró un batallón de izgois por el túnel y levantó las verjas levadizas una a una con la palma de su mano. Hasta entonces, dejarán de lado que ella fue la primera en entrar en el palacio, la primera en levantar su arma. No contarán a sus hijos que esa hacha cortó los estómagos y los cuellos de los guardias glacianos que intentaron derribarla sin éxito.

Dawsyn arranca el talón del hacha de la carne blanca del pecho del glaciano. En esta sala solo hay cinco. Cinco glacianos para contener una horda de mestizos sedientos de sangre. El resto, supone, debe de estar rodeando a su rey.

Dawsyn y su grupo oyen en la distancia el sonido de acero contra acero.

«Ryon», piensa.

Los otros han conseguido pasar.

Sigue los ecos de la batalla a través de la red de pasillos. Corre. Aunque los mestizos podrían pasar por delante de ella, no lo hacen. Se limitan a seguirla, aceptando su liderazgo.

Los sonidos y los gritos se vuelven más fuertes, más perversos a medida que se acercan; finalmente encuentran la sala del trono una vez más, con las puertas abiertas de par en par. Hay cadáveres por el suelo, la sangre se derrama por entre las juntas y grietas de las baldosas del suelo, extendiéndose como venas.

Y el estanque de Iskra... se ha oscurecido.

En su interior, la magia se agita como un remolino, tan cargada con las almas de los muertos que burbujea y sisea. Inmediatamente, Dawsyn siente que la magia que lleva dentro, la que robó, reacciona.

Tira de ella, le ruega que se una a la magia del estanque, que la reúna con su origen.

Un grito rompe el ensueño. Los glacianos irrumpen en la sala por los laterales. Los estaban esperando, se percata Dawsyn demasiado tarde.

Esquiva la espada corta de una hembra que la ataca enseñando sus dientes puntiagudos, y deja que su inmenso peso la acerque hasta donde la espera su daga. Hábilmente, la hunde en el torso de la glaciana, la saca y después se aleja mientras cae.

Una mano la agarra con fuerza, y ella se vuelve para alcanzar al atacante con la culata del hacha, pero ve a Ryon, que la mira con los ojos en llamas y la piel manchada de sangre brillante.

—¿Estás bien, malishka? —le pregunta, y exhala con fuerza al atravesar con su arma la espalda de un glaciano.

Dawsyn se agacha para esquivar el golpe de una maza y vuelve a empuñar su daga para cortar el interior del muslo de quien la amenazaba. Oye el terrible grito de un hombre blanco por encima de ella y le lanza la cabeza del hacha a la ingle. Ryon la aparta mientras el macho se desploma.

—¿Dónde está el rey? —pregunta a Ryon por encima del ruido, dejando caer la espalda al lado de él.

Los glacianos estaban listos y esperando, pero los izgois los superan en número; son por lo menos el doble. Algunos de los glacianos han empezado a volar y planean sobre la refriega para tener ventaja.

Los izgois están ganando.

Ryon suelta un rugido que le revuelve las entrañas. Dawsyn se gira y ve unas garras incrustadas en los hombros de Ryon que tratan de levantarlo del suelo. Ryon tiene el pecho lleno de sangre. Por encima de él hay un glaciano enloquecido que bate sus alas y consigue levantarlo algo más de un palmo sobre el suelo de piedra, antes de verse nuevamente arrastrado al suelo.

Maldiciendo su ira y apretando los dientes, Ryon levanta los brazos haciendo oscilar su espada corta en un arco amplio; cuando pasa por encima de sus hombros, rebana las articulaciones del glaciano que lo sujeta. La sala se llena de los alaridos del glaciano. Las alas blancas baten por última vez y luego le fallan y le hacen caer de rodillas. Por los muñones de sus piernas caen ríos de sangre sobre los escalones que dan al estanque, cuyas entrañas parecen estar disfrutando. Antes de que el macho pueda emitir otro aullido de dolor, los izgois bajan y completan el desmembramiento.

Ryon se estremece al inclinarse sobre el suelo, con las garras blancas clavadas en los hombros, ahora sin un portador que tire de ellas.

Dawsyn se precipita hacia él.

—¡Ryon!

Un dolor punzante. La joven nota el claro desgarro de la carne de su cuello, percibe que su piel y sus tendones ceden bajo el pinchazo de algo afilado y penetrante. Pero, más allá de eso, nota el aliento helado contra su piel.

Reacciona girándose para clavar su daga en la desafortunada bestia que se ha atrevido a clavarle los dientes. Alcanza a la hembra en el costado y le clava la daga una y otra vez, llena de rabia, hasta que nota que el mordisco cede y se desliza de su carne con una lentitud enfermiza; el cuerpo incoloro de la hembra resbala hacia el suelo.

Pero es demasiado tarde.

Dawsyn ya lo nota: el veneno.

—¡Deteneos y nos rendiremos! —dice una voz desesperada.

—Rendíos primero, bestias, y nos detendremos.

Dawsyn se vuelve hacia la escaramuza y ve que la sala se ha quedado quieta y casi en silencio. Solo quedan unos cuantos glacianos en pie. Los izgois los retienen arrinconados; algunos se ciernen sobre ellos para asegurarse de que no puedan encontrar ninguna ruta de escape.

Ryon lanza un grito mientras sus puños golpean la piedra. Dawsyn se gira y ve cómo se saca la última garra de la piel, con los dientes apretados y las manos temblorosas. Maldice en tono amenazante, escupiendo al suelo, y luego se pone de pie, no sin cuidado.

—¿Dawsyn? —la llama inmediatamente, con su voz grave como un estruendo intempestivo.

—Aquí —responde ella, moviendo reaciamente sus piernas hacia él.

Ryon la ve, desliza la mirada sobre ella y la detiene en su garganta. Al principio abre como platos los ojos y luego enseña los dientes, antes bien humanos, pero ahora de demonio. Suelta un bramido, y la furia empapa cada nota y llena cada rincón de la sala. Los que están cerca palidecen. ¿Y Ryon?

Ryon se convierte en una criatura de la noche y de la muerte.

Despliega las alas una vez más, extendiéndolas en un instante, y salta al vuelo para aterrizar sobre la hembra que jadea a los pies de Dawsyn, la misma que la ha mordido y envenenado.

La hembra glaciana yace boca abajo, con el torso destrozado por la daga de Dawsyn, a punto de morir.

El pie con garras de Ryon se cierra sobre la garganta de la hembra mientras se inclina sobre ella, todo él temblando, enloquecido.

—No mereces nada tan fácil como la muerte —gruñe.

Sin más preámbulos levanta bruscamente del suelo su blanca figura, la eleva volando sobre el estanque y la arroja dentro. La sustancia se mueve para recibirla con su insaciable hambre. La glaciana cae y cae; cuando la magia se pliega sobre su cuerpo, la sala queda en silencio salvo por el silbido agradecido del estanque.

Bajo el gran techo abovedado, Ryon se cierne sobre los izgois y dirige su mirada asesina a los pocos glacianos acorralados.

—Cogedlos y llevadlos a las mazmorras —ordena con ese timbre de voz aterrador—. Vigiladlos. Aseguraos de que no usen ninguna magia para escapar.

Y mientras los izgois se apresuran a reclamar su premio, Ryon aterriza ante Dawsyn, a tiempo para que ella caiga entre sus brazos.

327

50

Si la magia es luz y humo, entonces el veneno es petróleo, negro como el alquitrán, y ambos surgen dentro del núcleo de Dawsyn, luchando por poseerla.

El veneno es pesado; la arrastra hacia abajo. Ella se somete, allí en la oscuridad, consciente solo de esos dos tipos de materia. El veneno se filtra en su interior, reclamándola poco a poco, y duele…, Dios, cómo duele.

Desde algún lugar por encima de las profundas fauces de su mente, la voz de Ryon la llama, le suplica, pero ella no ve nada. Siente poco más que el rápido deterioro de cada célula, y le resulta familiar. Esta es la réplica de un sueño en el que yacía en el fondo del Abismo, donde su cama eran los huesos de su gente. La oscuridad y el frío se unen a su alrededor. El lugar donde ella muere.

Mantén a raya la escarcha.

«No puedo. Tengo frío.»

Ten cuidado con el Abismo.

«No puedo. Estoy dentro de él. Estoy cansada.»

El frío no está vivo.

«No dejes que me lleve —reflexiona—. No lo dejes entrar.»

Está perdida dentro de sí misma. El petróleo la está contaminando y ella no puede evitar que se propague. Llega hasta su centro, sus bucles se extienden para acariciar la magia, para provocarla.

«No dejes que me lleve —ruega a la magia—. No lo dejes entrar.»

Poco a poco, el veneno va entrando, va ganando un terreno precioso, pinchando a la magia, desafiándola a despertar, listo para tragársela entera.

«No dejes que me lleve.»

Finalmente, la magia reacciona. La luz sisea y se retrae, resintiéndose al contacto del veneno; luego, como una tormenta, se enfurece.

La magia la inunda. Como una ola, sube y baja, llenando con su luz cada hueso, cada vena, cada célula, quemando el veneno con su toque helado hasta que la propia Dawsyn empieza a sentirse expandida, demasiado llena de su poder. En cualquier momento, su cuerpo estallará, incapaz de contenerla más. La magia se traga el veneno hasta el último lametazo. Dawsyn grita ante la presión inmensa, o lo intenta. Nota que su pecho se levanta por sí mismo, que la luz y su ardor llegan a su punto máximo.

Y entonces, afortunadamente, la magia la libera, volviendo a enroscarse en sí misma, de vuelta a la oscuridad para esperar. Agotada. Desgastada.

Dawsyn abre los ojos.

—¡Sabar, ayúdame! ¡Si vuelves a cerrar los ojos, te los abriré! —grita Ryon con la nariz casi tocando la de ella. Está inclinado sobre ella, con las manos a lo largo de su garganta, sobre su corazón—. Quédate aquí, ¿me oyes?

Dawsyn cree que sí, aunque su voz suena distante. Sus labios se mueven demasiado deprisa, y eso la hace entornar los ojos. Pero por suerte está libre del dolor. Libre de la pesadez que la sujetaba hacia abajo y hacia dentro.

Ryon continúa rondándola, hablándole, acariciándole las mejillas y el cuello, dejando pequeñas chispas de calor a su paso. Cómo desearía ella poder acurrucarse en esos dedos y quedarse ahí. Ve cómo sus ojos la recorren velozmente. Son de un color marrón oscuro casi igual al de los suyos. Las pestañas gruesas, la mandíbula áspera, la seda lujosa de sus párpados, la inclinación de su nariz. Dawsyn levanta los dedos hacia el labio de él y pasa el pulgar por su borde perfecto, y él suspira de puro alivio.

—No te muevas —le dice—. El veneno se extenderá más rápido. He mandado llamar a un sanador…

—Se ha ido —dice Dawsyn con la voz ronca.

—¿Qué? Quédate quieta, amor. No intentes hablar.

—Se ha ido, Ryon. Te preocupas demasiado.

Ryon la mira, todavía con pánico.

—¿Qué quieres decir?

—La magia…, el iskra…, lo que sea que nos diera ese maldito estanque… me ha curado.

Él la mira con escepticismo.

—¿Cómo puedes estar segura?

Dawsyn no puede aventurar una respuesta, no puede describir la sensación de humo y luz sofocando el veneno.

—Tendrás que confiar en mi palabra.

Ryon sonríe y el alivio se filtra en el resoplido que suelta.

—Me has asustado —le dice.

—¿Quién sería yo si te dejara robar toda la compasión? —murmura Dawsyn bajando la mirada hacia los hombros de él—. Parecen doloridos.

—Lo están —comenta él, y presiona sus labios contra los de ella.

El beso es el más suave que han compartido. Agradable. Dawsyn no puede resistirse a la forma en que su boca se funde con la de él; desea que sus labios queden unidos el máximo tiempo posible. Le pasa los brazos con cuidado por la nuca y lo mantiene pegado a ella, y él se ríe contra su boca.

—¿No se supone que las hembras prefieren jugar al gato y al ratón? ¿Que se hacen las estrechas?

—No tengo tiempo para eso —responde ella, y le pasa la lengua por el labio.

—¿Cuántas veces vas a empezar lo que no puedes terminar? —pregunta Ryon mientras sus labios van hacia el cuello de Dawsyn.

—¿Quién dice que no tengo intención de hacerlo?

—Yo. Me temo que no puedo tolerar la multitud de espectadores que estarían encantados de verte terminar.

Dawsyn se queda helada debajo de él, y él se ríe una vez más.

—Vamos, chica. Si puedes revolverme por dentro, podrás mantenerte en pie.

Ryon la ayuda a levantarse, le gira la barbilla con suavidad para verle el cuello y le pasa los dedos por la zona de la mordedura. Después la conduce a un escalón bajo y la insta a sentarse con él. Pone una pierna a cada lado de su cuerpo y la atrae hacia su pecho. Dawsyn deja que su frente descanse bajo su garganta. Tras su túnica ensangrentada, en el crepúsculo de su piel, su corazón late firme, fuerte. Un cansancio la atrae, y aunque hay mil preguntas que debería hacer, escucha sus latidos y se pregunta si alguna vez ha escuchado un sonido más significativo.

Bajo sus pies, la sangre, tanto pura como mestiza, se seca en el suelo. Los izgois se mueven a su alrededor. Algunos comienzan a arrastrar los cadáveres de los glacianos.

—¿Hemos ganado? —pregunta Dawsyn.

Tal vez sea todo lo que puede decir.

Ryon le besa la cabeza con suavidad y respira profundamente.

—Hemos ganado, chica.

Ni Dawsyn ni Ryon saben lo que hay que hacer después, probablemente muchas cosas. Se quedan en el escalón, dos criaturas improbables de la misma montaña, talladas con precisión para encajar la una con la otra. Ryon parece pensativo, su mente probablemente se centre en la Colonia y en el final de todas sus injusticias.

Pero los pensamientos de Dawsyn están en la Cornisa, en su guarida de chicas. Están con la gente a la que pronto liberará.

No ha pasado mucho tiempo cuando Adrik, Tasheem y los demás concejales se presentan ante ellos, todos sonrojados y manchados por el esfuerzo de la batalla.

—¿Estás bien? —pregunta Tasheem, con la mano tendida hacia el codo de Dawsyn.

—Sí —contesta ella sonriendo.

Está arañada, magullada y enormemente cambiada, pero se encuentra bien.

—Vasteel se ha ido, Ryon —anuncia de repente uno de los concejales—. Así como algunos de sus nobles. Hemos buscado por todas partes y no están en palacio. Buscaremos en el pueblo, pero es tarea inútil. Parece que han escapado.

—Ahora no deberíamos intentar buscarlos en el cielo —dice Ryon deslizando la mano hacia la parte baja de la espalda de Dawsyn—. Muchos de los nuestros están heridos y cansados. Dejemos descansar a los izgois. Celebradlo. Vasteel acabará saliendo a rastras de las profundidades de su rincón. Y nosotros le estaremos esperando.

Asienten en señal de acuerdo.

—Solo quedan ocho bestias —dice Tasheem sin ocultar su sonrisa—. Incluido Phineas.

Ryon se gira bruscamente y hace una mueca de dolor al notar el tirón de los desgarros del hombro. No responde a la noticia de que el que fue su amigo, ahora un traidor, sigue vivo. Se limita a clavar la mirada.

Por su parte, Dawsyn está furiosa en silencio.

—¿Cuántos izgois hemos perdido? —pregunta Ryon.

—Muy pocos —responde Tasheem—. Solo unos cuantos en la aldea y otro en el palacio. Los heridos ya están siendo atendidos. Ahora tienen las mejores camas para descansar.

—¡Es una victoria como nunca soñamos, Mesrich! —grita Adrik, su voz ronca llena de una antigua satisfacción. Se vuelve hacia los izgois, levanta los brazos y grita—: ¡Glacia es nuestra!

El estruendo de los mestizos llena la sala. Todo un reino liberado ahora de la tiranía. Libres para moverse por la montaña por donde les plazca, libres para vivir sin miedo.

—Tenemos mucha suerte —dice Adrik, volviéndose hacia Ryon— de que tu teoría haya resultado ser cierta. Es increíble. Ahora la magia del estanque reside en vosotros.

Adrik baja la vista hacia las manos de Ryon; hay asombro en su mirada. Dawsyn no puede culparlo. Ryon, sin embargo, entorna los ojos.

—Nos ha ayudado a tomar el palacio, y también parece tener... otras propiedades —dice, mirando la garganta marcada de Dawsyn—. Pero eso es todo cuanto hará. Hay que vigilar el estanque. En cuanto sepamos cómo destruirlo, lo haremos, como estaba previsto.

—Y si no podemos hacerlo, entonces lo sellaremos con piedra y nos aseguraremos de que permanezca cerrado —coincide Tasheem—. Ese maldito estanque ya ha esparcido bastante su porquería.

Ryon asiente con expresión solemne.

—Hay mucho que hacer —dice Adrik retorciendo las manos con una alegría apenas contenida—. Pero hoy dormiremos, comeremos y follaremos en palacio para alegría de nuestro corazón, y no queda ni una sola bestia blanca para decirme que no puedo.

Tasheem le golpea con fuerza en el estómago. Adrik se ríe.

El consejo se dispersa tras darle las gracias a Ryon.

Solo Tasheem se acuerda de Dawsyn; toma las manos de la humana entre las suyas y se inclina para besarla en la mejilla.

—Nos has bendecido, Dawsyn Sabar. Eres realmente apta para ser una reina.

Abraza a Ryon y los deja; su figura ágil desaparece entre el alboroto.

—Reina —murmura Ryon, acercando a Dawsyn a su cuerpo una vez más—. No es suficiente.

Dawsyn sonríe débilmente; tiene la cabeza en otra parte, concretamente en Terrsaw, con las reinas en su propio palacio.

—Hay tanto que deshacer —exhala Dawsyn, cuadrando los hombros—. No sé por dónde empezar.

Ryon le suelta la mano, que ella deja caer a su lado, baja los escalones y se agacha a recoger algo. Después vuelve a subirlos y se queda varios peldaños por debajo para que sus ojos estén a la altura de los de Dawsyn. Le tiende el hacha y se la ofrece, balanceando el cuello en su palma.

333

—Por donde quieras —le dice, y le acaricia los dedos cuando ella agarra el mango de pino—. No me atrevería a decirte lo que tienes que hacer.

Ella se burla, pero no puede evitar alargar la mano y aguantarle la mandíbula.

—Maldito mentiroso...

51

Dawsyn no podrá deleitarse con la caída del rey glaciano mientras siga habiendo gente atrapada en la Cornisa. Dejarlos allí siquiera un segundo más, ahora que no hay ningún guardián que los retenga, la hace sentir mal. Lo primero que hace al salir de la sala del trono es pedir a Ryon que vuele al otro lado del Abismo y empiece a liberarlos inmediatamente. Después de todo lo que ha soportado, tal vez sea egoísta presionarlo más, pero Dawsyn tiene que pedírselo, porque ¿quién lo hará si no es ella?

—Plantéatelo —le pide Ryon—. Si apareciera ahora, ¿qué pensarían? ¿Quién confiaría en mí? Solo verían a un glaciano. Tratarían de matarme.

A Dawsyn le preocupa que lo hicieran. No tiene muchos amigos en la Cornisa. ¿La escucharían a ella si intentara explicarles la situación?

—Por hoy no hay nada más que hacer —le dice Ryon, que la atrae hacia sí con el tono de su voz mientras las sombras caen sobre su hermoso rostro—. Ven. Hace demasiado que no duermo y no puedo hacerlo si no estás conmigo.

Dawsyn sonríe y deja que la guíe por un pasillo.

—Una vez me dijiste que no me necesitabas para nada.

Ryon hace una mueca.

No fue hace tanto; sin embargo, entonces le parecía un demonio, una criatura de la noche, el frío mismo.

—Si recuerdas, soy un maldito mentiroso —replica él entrando en su espacio y acariciándole la clavícula.

Sus dedos suben por la garganta hasta llegar a los labios.

No es fácil no dejarse llevar por él. Una mano baja hasta su cintura, y ella desea que se la lleve. Pero, detrás del deseo, en la mirada de Ryon late un conflicto con el que lucha en silencio. Intenta no fruncir el ceño, pero Dawsyn se da cuenta. Sus dedos se crispan contra ella con inquietud. Las palabras del rey caído resuenan de nuevo en los oídos de Dawsyn: «Tu madre, una chica humana de la Cornisa, murió para traerte a este mundo, como hacen todas las demás».

Igual que todas las demás.

Todas las demás humanas que tienen la desgracia de engendrar el hijo de un glaciano.

El rostro de Ryon se quedó vacío ante sus ojos; ella palidece al recordarlo.

—Tú no eres responsable de su muerte, Ryon.

Él no dice nada; de no ser por el tic de la mandíbula, Dawsyn no podría estar segura de si la ha oído. Los dedos que le tocan el cuello se vuelven glaciales; ella coloca sus propias manos sobre ellos para templarlos. Sus palabras no han hecho más que traerle una especie de ataque interno de dolor…, de culpa.

Algún día, Dawsyn le dará a Ryon cada pedazo de su madre que pueda encontrar. Él lo sabrá todo, aunque solo sea para quitarle esta inquietud que nota bajo su superficie.

Ryon suspira y estrecha sus pequeñas manos entre las suyas.

—No sabía que las humanas mueren durante el parto, Dawsyn, te lo juro.

—Lo sé —le dice ella.

Es cierto. Sabe que, a pesar de todas las cosas malas que hay en él, hay una multitud de otras buenas.

No dicen nada más. Dawsyn le sonríe sin miedo. Deja que la envuelva bajo su brazo y la acompañe por el pasillo; cuando pasan por una alcoba, un grupo de humanos sale cautelosamente de entre las sombras.

Los esclavos.

Miran a todas partes con cuidado.

—Ahora es bastante seguro, creedme. ¡Venid! Salid.

—Guiándolos fuera de su confinamiento hay un izgoi salpicado de sangre al que parece faltarle parte del lóbulo de la oreja y que lleva una jarra de cerveza en su gigantesca mano, con un aspecto exactamente tan aterrador como él dice no ser—. ¡Sois libres, humanos! ¡Venid a regocijaros con nosotros! ¡Podéis hacer lo que queráis! Personalmente, me he decantado por el deporte de orinar sobre los cadáveres de las bestias, pero ¡que cada uno haga lo que le plazca!

Gerrot pasa arrastrando los pies y su desgastada mirada encuentra la de Dawsyn. Está igual de demacrado y agotado que cuando Dawsyn lo vio por última vez, con la piel colgando de los huesos. Cuando va a pasar a su lado, se detiene. No puede hablar y, al parecer, no puede mirarla de frente. Dawsyn se pregunta si podrá mirarla sin ver a su Mavah sangrando en sus manos.

Inesperadamente, el hombre se acerca a ella: la chica de la familia de la princesa Terrsaw que él conoció en su infancia. Su gratitud hace que le tiemblen las manos, los labios. Dawsyn asiente. El hombre sonríe débilmente y suspira como los últimos alientos de tormentas hostiles, diciendo con los ojos lo que su boca no puede.

337

Dawsyn le aprieta las manos. Quiere decirle que la muerte de Mavah no será en vano, pero se da cuenta de que no puede prometerlo. Gerrot asiente una vez y luego sigue su camino, arrastrando los pies junto a los demás esclavos, ahora liberados de su lucha. Por fin.

52

*D*awsyn y Ryon están a las puertas del palacio de Terrsaw. No llevan armas y levantan las manos en son de paz; miran a los guardias de la reina, que apuntan hacia ellos con espadas y flechas.

Ya sin la necesidad de pasar desapercibidos, solo les llevó unas horas volar desde Glacia hasta el valle. No fue tarea fácil conseguir que Ryon accediera a volar. Dawsyn discutió implacablemente con él hasta que accedió.

Hay que liberar a la gente de la Cornisa. Dawsyn y Ryon necesitan la ayuda de Terrsaw para hacerlo. Nadie de allí confiará en una criatura alada. La joven sabe perfectamente que primero clavan el cuchillo y después escuchan. La considerarán una traidora, una conspiradora. Verán las alas de Ryon y recordarán a todos los que arrancaron de entre ellos. No es tan estúpida como para creer que su voz por sí sola borrará el profundo miedo que tienen.

Necesitan que otros embajadores humanos vayan allí y les cuenten qué sucedió. Pero más que eso, la gente de la Cornisa precisa hogares en Terrsaw, comida, medicinas. La mayoría de los habitantes de la Cornisa han nacido allí. Dawsyn imagina que su transición a Terrsaw no carecerá de problemas.

Hay otro motivo por el que tienen que ver a las reinas.

«Es hora —piensa Dawsyn— de que se establezcan nuevas alianzas.»

Los mestizos merecen la libertad de vivir lejos de la montaña si así lo eligen. No fueron responsables del iskra ni de la aldea de los Caídos. Vivían igual de reprimidos que Terrsaw antes de que la reina Alvira hiciera su trato con el rey glaciano, y se han ganado su liberación.

En cuanto a la propia reina Alvira, Dawsyn ha llegado a conocer bien lo que antes no podía aceptar: la reina antepuso el bien de muchos al de unos pocos, y fue, a lo sumo, un acto de sacrificio.

Y Dawsyn sabe de sacrificios.

Mientras ella y Ryon descendían la montaña, precipitándose por el cielo como espíritus, recordó las palabras de la reina: «Si hubieras estado allí, querida Dawsyn, me pregunto si habrías hecho lo mismo que yo».

No, ella nunca habría condenado a unos cuantos para salvar a muchos, pero no puede decir sinceramente si hubiera hecho algo mejor.

Los guardias de la reina les gritan que se echen al suelo.

—Tranquilos —dice Ryon mientras se arrodilla lentamente—. No queremos hacer ningún daño.

Pese a todo, un guardia lo derriba. Ryon suelta un resoplido molesto y deja que el guardia le empuje la cabeza sobre los adoquines.

—Creo que eso no era necesario.

—Hablas demasiado —dice Dawsyn con una sonrisa, viéndole escupir arena. Otro guardia la empuja a ella al suelo junto a Ryon; ella se queja—. Ay.

—¿Qué decias? —resopla Ryon con una mueca de dolor cuando no menos de tres guardias se arrodillan sobre su espalda para sujetarle las manos.

Los meten por las puertas del palacio con las muñecas encadenadas, una posición que ya es familiar para Dawsyn. Las espadas relucen hacia ellos desde cada ángulo. Parece que toda una guarnición de lo mejor de Terrsaw siente la necesidad de escoltarlos, lo cual no resulta nada sorprendente teniendo en cuenta la escena que montaron en su última salida. Al frente de ellos, por supuesto, está Ruby, la capitana de la guardia, que hace un gesto de cabeza al vigilante de las gigantescas puertas de roble y el hombre con armadura se gira para dejarlos pasar.

Como en la otra ocasión, los arrastran a la sala de recepción, donde el suelo de mosaico brilla bajo el techo de cristal. Las manos que agarran a Dawsyn y a Ryon por los hombros los obligan a arrodillarse.

—Vigiladlos de cerca —les ordena Ruby a sus subordinados—. Voy a buscar a sus altezas reales.

Se aleja a toda prisa, con el acero de su armadura moviéndose ruidosamente.

Lo siguiente es un silencio tenso. Al cabo de varios minutos, a Dawsyn empiezan a dolerle las rodillas y hace ademán de levantarse.

Al instante, las manos que tiene sobre los hombros la obligan a bajar de nuevo.

—¡Arrodíllate!

—Me llamo Dawsyn —refunfuña ella.

Ryon gime, pero se le forma una sonrisita en la comisura de la boca.

—Solo por eso mereces que te metan en las mazmorras.

Unos pasos los alertan del regreso de Ruby, a la que preceden la reina Alvira y la reina Cressida.

Las dos ancianas de la realeza visten perfectamente, con sus blusas camiseras de delicados encajes y sus vestidos fluidos adornados con los más finos bordados; se las arreglan para tener un aspecto formidable.

La expresión de la reina Alvira parece resuelta, como si estuviera resignada a hacer algo que preferiría no hacer. Cressida, en cambio, mira con desprecio, especialmente a Ryon, a quien considera un repugnante mestizo glaciano.

—Señorita Sabar —dice la reina Alvira mientras recorre con la mirada los moratones y arañazos que cubren la piel de Dawsyn—. Debo admitir que no creí que volvería a verla. Ni a ti —añade volviéndose hacia Ryon—. Si esto es un intento de asesinato, es mediocre.

—No tengo ningún deseo de matarla —dice Dawsyn, y ve que la reina levanta las cejas—. Ningún deseo persistente —se corrige.

—Han venido desarmados, alteza —interviene Ruby.

La reina parece observarlos un momento, fijándose en cada detalle.

—¿Por qué ha venido aquí, señorita Sabar? Es mejor que me lo diga ahora. No es prudente que se ponga en manos precisamente de la persona a la que intentó destronar.

—Nunca deseé el trono —explica Dawsyn, y está convencida de ello—. Y tampoco lo quiero ahora. Estaba... enfadada.

—¡Trató de atravesarla con una espada! —dice Cressida, indignada y con voz estridente.

—Pero no lo hice —añade Dawsyn, encogiéndose de hombros—. Tampoco entregué a mi propia gente a un monstruo. Eso lo hizo usted, ¿no fue así, alteza?

—Así fue —responde la reina Alvira con la barbilla alta—. ¿Ha venido a ventilar sus quejas una vez más?

—No. He venido a decirle que, aunque no entiendo lo que hizo, no la culpo. No puedo hacerla responsable de cada vida perdida en la Cornisa, en el Abismo o a manos de los glacianos. Al único a quien debería culpar es a Vasteel.

—Entonces deja ya de hacernos perder el tiempo, niña, y ve a hacerle una visita al rey. Nos ahorrarías el trozo de cuerda que tendríamos que usar para ahorcarte —gruñe Cressida, cuyo rostro arrugado se sonroja de la rabia que bulle en su interior.

—Ya fuimos —dice Dawsyn, cuya voz parece rebotar y amplificarse en el techo abovedado—. Vasteel ya no es el rey de Glacia. Se ha ido.

Silencio.

Los guardias dejan de moverse, paran de respirar, mientras que la reina... parece conmovida, verdaderamente afectada.

—Mientes...

—Los de sangre pura fueron superados por los mestizos —añade Ryon con una voz tranquila que no corresponde a la tensión del momento—. Los lideramos nosotros.

—¿Está muerto? —susurra la reina Alvira con los labios de un blanco fantasmal.

—Escapó... junto con algunos otros —la informa Dawsyn—. Los demás fueron asesinados. En Glacia solo quedan

341

ocho glacianos de sangre pura, y están encadenados y vigilados. Glacia ha caído.

Los guardias no saben cómo reaccionar. Miran a sus reinas, pero Alvira y Cressida están aturdidas. Cruzan una mirada; Dawsyn ve en ella incredulidad y luego, lentamente, inequívocamente, miedo.

—Su alteza —jadea Ruby. Su pecho sube y baja a pesar de las limitaciones que impone su armadura—. ¿Podría ser cierto?

—Lo es —ataja Ryon bruscamente—. Ahora Glacia está en manos de los mestizos, y ellos no sienten deseo alguno de hacer daño a los humanos, ni aquí ni en la Cornisa.

—Lo que significa que los que quedan en la Cornisa pueden ser liberados —añade Dawsyn—, si permiten que los mestizos los trasladen volando por el Abismo y hasta Terrsaw.

La reina Alvira vacila, con los labios bien apretados.

—¿Y los mestizos glacianos están dispuestos a hacerlo? —le pregunta a Ryon despacio, con cautela.

Él asiente con la cabeza.

—Yo sí. Y tengo amigos que también ayudarán.

—Pero... ¿los mestizos no comen humanos, como lo hacían los glacianos de sangre pura? —pregunta Ruby, que enseguida se sonroja por haberse dejado llevar por un arrebato.

La reina Alvira frunce el ceño; es como un cuchillo que corta el aire.

—Los glacianos nunca han comido humanos —explica Dawsyn, que se pregunta si realmente nunca lo han sabido—. En el palacio glaciano hay un estanque...

—Estoy al tanto de la existencia del estanque y de su funcionamiento, señorita Sabar —la interrumpe la reina—. ¿Qué es lo que necesita de mí? —pregunta en tono frívolo, formal.

Sin embargo, los guardias parecen tambalearse sobre sus pies, desequilibrados por esta revelación, confundidos. Se miran entre sí y Dawsyn casi puede oír las preguntas: «¿Qué es el estanque? Si no comían humanos, entonces, ¿qué hacían con ellos?».

—Quiero que enmiende sus errores —dice Dawsyn con la ira calentándola desde dentro—. Deseo que ayude a su propia gente a salir de la Cornisa. Necesitamos embajadores que vayan allí con nosotros y les demuestren que estarán a salvo, que les expliquen que Glacia ha caído. Necesitamos que los acoja en Terrsaw y los ayude a reconstruir sus vidas.

La reina asiente con la mirada gacha al tiempo que reflexiona, como si sus pensamientos corrieran entre las palabras de Dawsyn mientras la joven las dice, como si estuviera buscando algo.

Levanta la barbilla hacia Ryon.

—¿Y qué hay de ti, mestizo? ¿Qué necesitas tú de mí?

Ryon frunce aún más el ceño ante el desaire, receloso.

—No hay ninguna razón para que los humanos teman a los mestizos. Quiero proponer una alianza entre nuestros reinos para que los mestizos puedan vagar más allá de las montañas.

—¿Y quién eres tú para hacer tal trato? ¿Acaso ahora eres el rey de Glacia? —pregunta la reina.

—No —responde Ryon—. Hay un consejo sin monarca. He venido a hablar en su nombre.

—¿Y esperas que confíe en tu palabra de que las criaturas de sangre glaciana no harán daño a nuestro pueblo?

—No espero nada —contesta Ryon con calma—, salvo la oportunidad de construir la confianza entre los nuestros. No espero que se construya en un día.

Cressida se burla, pero la reina Alvira está perdida en sus pensamientos.

—Por ahora, la amenaza de los glacianos ha desaparecido, alteza —dice Dawsyn, atrayendo su mirada una vez más—. Si lo desea, puede enviar a sus guardias a Glacia para que lo comprueben por sí mismos, pero Terrsaw puede celebrarlo. Usted puede hacer regresar a su gente de la Cornisa y será su salvadora.

La reina junta las manos delante de ella.

—La gente de la Cornisa ha sobrevivido demasiados años en manos de Vasteel.

—Es cierto —concuerda Dawsyn—, pero necesitamos su ayuda para asegurarnos de que regresen sanos y salvos. No vendrán solo porque yo se lo diga. Andarán con pies de plomo, estarán asustados.

343

La reina asiente una vez más y después le da la espalda. Parece comunicarse en silencio con su esposa; el momento se alarga.

Sin embargo, Dawsyn sabe que la reina no tiene elección. No puede dejar a su propia gente en la Cornisa, por mucho que tema las represalias. No puede negar a sus guardias la oportunidad de al menos confirmar las afirmaciones de Dawsyn de que Vasteel se ha ido. No puede negar a Terrsaw su oportunidad de celebrar, de vivir libre de amenazas.

—Lo cierto es que nunca creí que este día llegaría —dice la reina Alvira, y su voz flota hacia el techo—. Cuando hice aquel trato hace tantos años, nunca imaginé que un día nos libraríamos de él.

Alarga la mano hasta la de su esposa; intercambian una mirada larga, como si las palabras se colaran entre sus palmas. Parece que pasa una eternidad antes de que la reina Alvira vuelva a dejar caer la mano al costado. Después se gira y, mientras los guardias contienen la respiración, levanta la vista hacia Ryon y le mira con repentina frialdad.

Sin rastro de asombro en la voz, levanta la barbilla con toda la gracia de una víbora antes de atacar.

—Se suponía que debías matar a esta chica, Ryon. No has cumplido tu parte del trato.

Frío. El frío inunda a Dawsyn. La ahoga.

—Te daré la misma respuesta que te di la última vez que entraste aquí pavoneándote y pidiéndome que compartiera Terrsaw con los tuyos, pidiendo que mis guardias te ayudaran en tu cruzada. Yo no hago negocios si no obtengo una retribución justa. —La reina sonríe a Ryon, arrodillado ante ella, y se regodea con su expresión de absoluto asombro. Después se dirige a Dawsyn—. Me amenazó contigo, querida. ¿Nunca te lo mencionó? Intentó extorsionarme a cambio de armas, combatientes y alianzas. Prometió que haría correr la voz dentro de Terrsaw, que iniciaría una revuelta y te haría reclamar el título de tu familia. Qué alegría les habrías traído a las masas si hubieran sabido de tu existencia, si hubieran sabido que te habían traído hasta ellas. Esos tontos se inclinan ante la memoria de tus ancestros como si fueran dioses. Te habrían apoyado.

344

Los zapatos de la reina Alvira repiquetean indignados contra el suelo de baldosas mientras camina hacia Ryon.

—El trato era que matarías a la chica; a cambio, yo te daría mi alianza. Cuando apareciste aquí con ella de nuevo, ¿crees que no me di cuenta de que habías sucumbido a ella? Eras como cualquier otro con una polla y dos ojos, desviviéndote por proteger a la misma mujer a la que habías aceptado matar.

—No, yo no...

—¿Tú no qué, mestizo? ¿No te diste cuenta de lo encantadora que era? ¿No te diste cuenta de lo estupendo que sería tenerla en tu cama? Es curioso, estaba dispuesta a dejarlo pasar, al darme cuenta de que nuestra querida Dawsyn no tenía ni idea de quién era y de que tú no tenías intención de decírselo.

La reina saca una daga de la cintura de su vestido. Ryon abre los ojos como platos.

—Así que, Ryon, te agradezco mucho que me hayas quitado a Vasteel de encima y me hayas traído a la chica para que pueda acabar lo que tú fuiste incapaz de hacer.

Hielo. Las venas de Dawsyn se convierten en hielo. La materia sensible que tiene dentro se marchita, se vuelve más hacia dentro.

¿Qué ha hecho?

¡Qué ha hecho!

—Sería tonta si no aprovechara esta oportunidad que tan amablemente me has servido en bandeja de plata.

Solo queda un momento, un lento segundo, antes de que la reina entierre su cuchillo en el corazón de Ryon.

El tiempo se suspende. Dawsyn mira a Ryon a los ojos. Esos iris oscuros le suplican, le ruegan, y entonces la daga le traspasa la ropa y se hunde en su pecho hasta que la empuñadura encuentra su carne.

Un jadeo agudo sale de lo más profundo de los pulmones de Ryon. La sangre se desliza sobre la empuñadura enjoyada, gotea sobre el mosaico; mientras la reina retira la daga, Dawsyn nota que la tierra tiembla, que un ardor le abrasa la garganta, y el mundo se acaba. Todo se derrumba.

—¡Hacedla callar! —ordena la reina.

345

Una fuerte bofetada golpea a Dawsyn de lado. Solo entonces deja de gritar, con la garganta desgarrada por el esfuerzo, los únicos temblores provienen de su pecho, sus pulmones. Es ella la que tiembla, es ella la que se derrumba.

Ryon la mira tendida en el suelo. Sus cabezas están una junto a la otra, como si estuvieran acostados juntos una vez más, memorizando las montañas y los valles del rostro del otro. Solo que ahora, cuando ella gimotea su nombre una, dos veces, los párpados de Ryon permanecen cerrados, tan diferente a cuando duerme, a cuando sueña. Dawsyn observa, paralizada, cómo se va.

La deja.

—Lo siento, señorita Sabar —continúa la reina Alvira, sin saber que Dawsyn no oye, no piensa—. Pero aunque no quiera mi corona, me temo que para el pueblo de Terrsaw no podrá ser de otra manera si se enteran de quién es, y no puedo permitir que eso ocurra.

La reina se levanta las faldas y se dispone a salir, seguida de cerca por su esposa.

—Encerradla —grita la reina Alvira por encima del hombro.

Los guardias levantan a Dawsyn del suelo.

Su cuerpo se desploma y le arrastran los pies por el charco de la sangre de Ryon. En ese momento, un eco de luz susurra dentro de ella, desde un rincón que no puede alcanzar: «Libérame, libérame», susurra.

Agradecimientos

*H*asta que empecé a hacer vídeos tontos para las redes sociales, nunca creí que un día me publicarían. A pesar de ello, sabía que seguiría escribiendo: cuando te gusta hacer una cosa, prefieres hacerla gratis que no hacerla. Siempre me he considerado una de las afortunadas, una persona que encontró su pasión. Aquel en que publiqué mi idea para *El valle* en TikTok fue mi día de suerte. Así que, ante todo, mi amor y mi agradecimiento deben ir a todos los salvajes de la comunidad de BookTok. No solo me habéis aceptado y seguido la corriente con mis tonterías, sino que me habéis empujado a crear este libro.

A mis amigos y seguidores en línea, gracias por tanto. Habéis hecho que me sienta inmensamente feliz por haberme arriesgado.

A mi agente, Amy Collins, una diosa en la Tierra, una mujer que de buena gana se sacaría los ojos por mí si lo considerara necesario, gracias. Gracias por no pasarme por encima. Gracias por enviarme aquel correo electrónico. Gracias por conducirme (o empujarme) en la dirección correcta.

A Gemma, Caroline, Ailsa y al equipo de Angry Robot Books. Gracias por creer en mí y en esta novela. Gracias por ser pacientes, amables e implacables en vuestro trabajo con *El valle*. Pocas veces me he sentido tan realizada como trabajando con un grupo talentoso como vosotras. Estoy verdaderamente agradecida por cada hora que habéis dedicado a Dawsyn y Ryon.

Hannah Maehrer, ¿por dónde empiezo? De verdad que

creo que estábamos destinadas a que nuestros caminos se cruzaran. Eres una parte muy importante de esta historia. Tú, y solo tú, me has acompañado en este proceso de principio a fin. Me has escuchado hablar una y otra vez sobre Dawsyn y Ryon, y ni una sola vez se apagó tu entusiasmo por mí. Te estoy infinitamente agradecida.

A mis lectoras beta, Hannah y Janessa Siren, un millón de gracias. Os agradezco mucho que sacarais tiempo de vuestras ocupadas vidas para leer *El valle* y concederme el privilegio de vuestros comentarios.

A los que aceptaron leer por anticipado esta historia. Ninguno de vosotros se inmutó cuando os pregunté si tal vez, de alguna manera, querríais, tal vez, leer *El valle*. Vuestro entusiasmo me hizo saltar las lágrimas. Me alegro de que no estuvierais allí para verlo. Gracias por darme una oportunidad. Tenéis todo mi permiso para quemar el libro si así lo deseáis.

348

A mis padres, Andrew y Julie McCallum. Este libro está dedicado a vosotros, ¿cómo no iba a estarlo? Sois enteramente responsables de que sea como soy. Gracias por las risas interminables, las noches de Monty Python y *Hotel Fawlty*, por interesaros de verdad por las cosas que me gustan. Os quiero hasta subir a lo alto de la ladera y cruzar al otro lado del Abismo.

A mis hermanas, Alycia Mitchell y Teagan Pitchford: sois la razón por la que todavía puedo afirmar que tengo una pizca de cordura, por pequeña que sea. Os quiero.

A mis hijos, Zoe y Dean. Vosotros dos, mis preciosos bichejos, sois la razón por la que lo hago todo. Todo es por vosotros…, todo. Dicho esto, este libro es para las mamás y los papás, y no debéis leerlo nunca.

Por último, a mi marido, Michael, que ha tenido que aguantarme durante más de diez años. De nada. Gracias por darme tiempo y espacio para hacer algo que me gusta. Gracias por fingir entender de lo que hablo. Gracias por aceptar los interminables tiktoks y las tonterías en general. Tú y yo somos el equipo que deseaba. Te quiero.

Y a ti, lector, que te arriesgaste con una escritora como yo. Vayan también para ti todo mi amor y mi agradecimiento.

Que siga la trama.

Este libro utiliza el tipo Aldus, que toma su nombre
del vanguardista impresor del Renacimiento
italiano, Aldus Manutius. Hermann Zapf
diseñó el tipo Aldus para la imprenta
Stempel en 1954, como una réplica
más ligera y elegante del
popular tipo
Palatino

El valle

se acabó de imprimir
un día de invierno de 2023,
en los talleres gráficos de Liberdúplex, s. l. u.
Crta. BV-2249, km 7,4. Pol. Ind. Torrentfondo
Sant Llorenç d'Hortons (Barcelona)